**Fantasy**

Herausgegeben von Friedel Wahren

Ein vollständiges Verzeichnis aller
im HEYNE VERLAG erschienen Romane aus der
aventurischen Spielewelt
finden Sie am Schluß des Bandes.

Das Schwarze Auge

LENA FALKENHAGEN

# DIE NEBELGEISTER

*Dreiundvierzigster Roman*
*aus der*
*aventurischen Spielewelt*

begründet von
ULRICH KIESOW

**Originalausgabe**

WILHELM HEYNE VERLAG
MÜNCHEN

HEYNE SCIENCE FICTION & FANTASY
Band 06/6043

*Umwelthinweis:*
Dieses Buch wurde auf chlor- und säurefreiem Papier gedruckt.

Redaktion: E. Senftbauer
Originalausgabe 10/99

http://www.heyne.de
Printed in Germany 1999
Umschlagbild: Thomas Thiemeyer
Kartenentwurf (Seite 6/7, 8 und 9): Ralf Hlawatsch
Umschlaggestaltung: Nele Schütz Design, München
Technische Betreuung: M. Spinola
Satz: Schaber Datentechnik, Wels
Druck und Bindung: Presse-Druck, Augsburg

ISBN 3-453-15634-X

# Inhalt

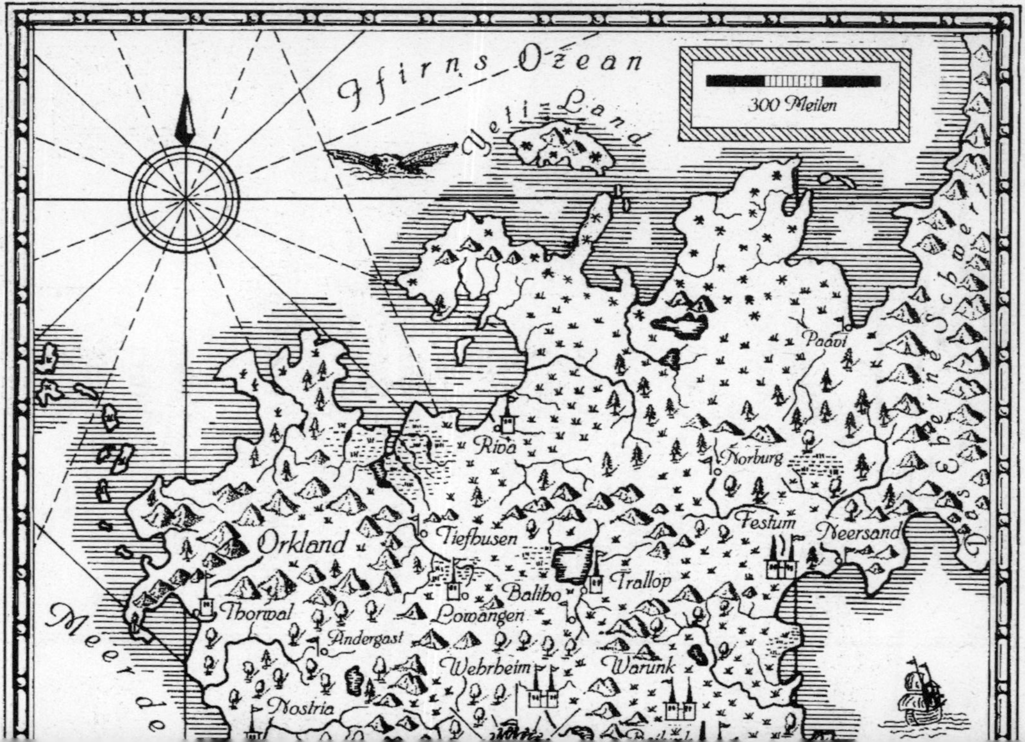
Ifirns Ozean
300 Meilen
Yeti-Land
Schwerer Gos
Paavi
Riva
Norburg
Festum
Neersand
Orkland
Tiefhusen
Trallop
Balibo
Thorwal
Lowangen
Andergast
Wehrheim
Warunk
Nostria
Meer de

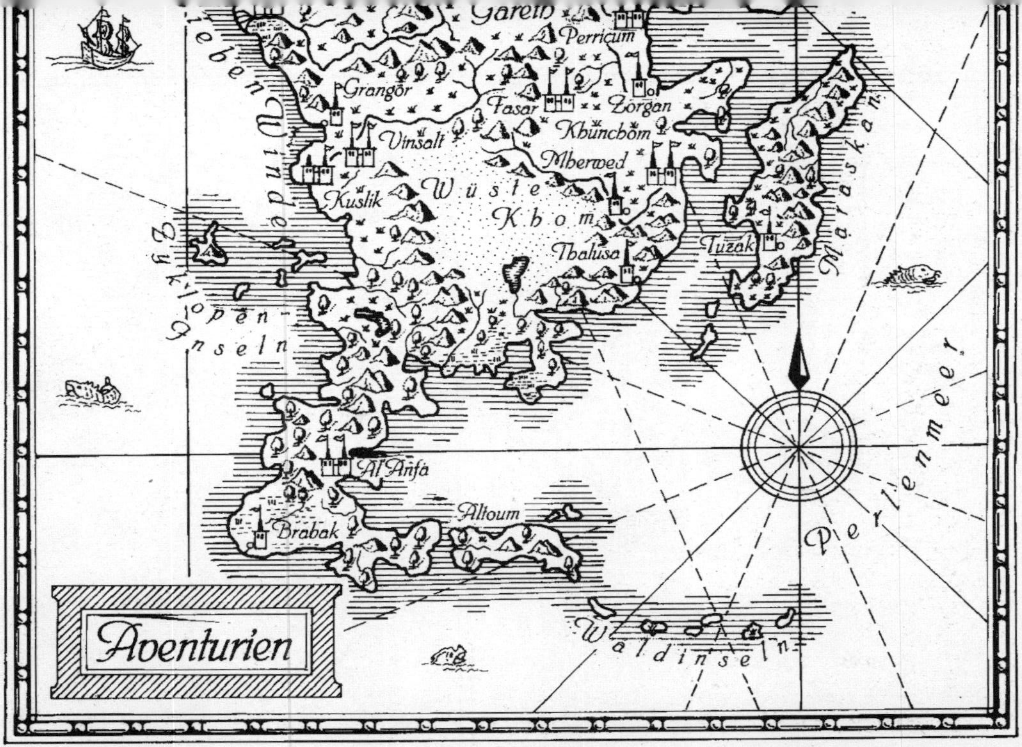
Aventurien
Gareth
Perricum
Grangor
Fasar
Zorgan
Khunchom
Vinsalt
Mherwed
Kuslik
Wüste Khom
Thalusa
Tuzak
Maraskan
Al'Anfa
Altoum
Brabak
Zyklopen-Inseln
Waldinseln
Perlenmeer

Havena
im Jahre 29 Hal
200 Schritt
Marschen
Oberfluren
Krakeninsel
Orkendorf
Fischerort
Boroninsel
Nallesbof
Unterfluren
Südhafen
Feldmark
1. Alter Fürstenpalast
2. Bennaindamm
3. Gbuns Haus
4. Efferdtempel
5. Villa Marteniel
6. Rahjatempel
7. Rondrianes Geschäft
8. Überfall des Paktierers
9. Esche und Kork
10. Hotel Palastgarten
11. Fürstenpalast
12. Praiostempel
13. Garether Tor
14. Zollbrücke
Route der Nebelgeister:

Havena
im Jahre 291 vor Hal
200 Schritt
1. Alter Efferdtempel
2. Neuer Efferdtempel
3. Fürstenpalast
4. Handwerksgilde
5. Rahjatempel
6. Ferdokborgen
7. Praiostempel
8. Perainetempel
9. Nabemas Turm
10. Delphinplatz
Marschen
Krakeninsel
Orkendorf
Nallesbof
Boroninsel
Firunsstadt
Lhamin
Efferdheim
Fürstensteg

Einen lieben Dank an Ina Kramer, aus deren Feder die wundervollen tulamidischen Verse stammen, und an Heiko Buchholz, der wie immer mit Rat und Tat zur Entstehung dieses Romanes beigetragen hat

›In der Nebelnacht‹ wurde übersetzt von Ulrich Kiesow und Lena Falkenhagen.

## Wichtige Personen

FATAS:

*Die Familie Bennain:*

Cuanu ui Bennain, König Albernias
Idra Bennain, seine Frau
Invher ni Bennain, ihre Tochter und Kronprinzessin Albernias
Ruadh ui Bennain, ihr Sohn und Prinz von Albernia
Efferdan ui Bennain, Bruder Cuanus und Prinz von Albernia
Romin von Kuslik-Galahan, Fürstlicher Gemahl Invhers
Finnian von Kuslik-Bennain, Sohn Invhers und Romins

*Die Schmuggler:*

Rondriane Kevendoch, ›Gräfin der Unterstadt‹ und Krämerin in Havena
Praiodan Kevendoch, ihr Bruder
Thalionmel, eine Elfe
Ghun Teagham, der ›Weibel‹
Lyn Barc, Fhann, Cian und Seola, Schmuggler

*Die Geweihten:*

Graustein, Hohergeweihter des Efferd in Havena
Illarea Efferdtreu, eine Efferdgeweihte
Larona Seeträumerin, Hüterin des Zirkels, oberste Efferdgeweihte Aventuriens

*Sonstige:*

Aldare, eine Elfe
Sulpiz Agilfried, Wirt des Gasthauses *Esche und Kork*
Rhianna Conchobair, eine illegitime Tochter Raidri Conchobairs
Leiella, einer Neckerin
Frau Marteniel, eine Magierin (hinter deren Pseudonym sich Nahema, die mächtigste Zauberin Aventuriens, verbirgt) ·

**YMRA:**

*Die Geweihtenschaft des Efferd:*

Efferdhilf ›der Blaue‹, Hohergeweihter des Efferd in Albernia
Efferdwin, ein junger Novize im Tempel
Vater Oisin, ein alter Geweihter
Raike, eine junge Geweihte
Branwen Bruadhir, eine Novizin

*Die Geweihtenschaft des Ingerimm:*

Ingramosch, Sohn des Irgabrosch, Hohergeweihter des Angrosch
Errax, Sohn des Ergasch, Priester des Angrosch
Arim, Sohn des Argarim, Priester des Angrosch

*Die Geweihtenschaft der Rahja:*

Riganna, die Erwählte der Göttin
Eillyn, Hohegeweihte der Rahja in Havena
Niando, Rahjalyn, Ulfila, Aedin, Cynwal und Glenna, sechs weitere Priesterinnen und Priester

*Die Geweihtenschaft des Praios:*

Ardan, Hoherpriester des Praios in Havena

*Der Fürstenhof:*

Toras ui Bennain, Fürst des unabhängigen Albernia
Marhada ni Bennain, seine Tochter und Thronerbin
Nahema von Dela, eine mächtige Zauberin und Baronin

*Sonstige:*

Rhÿs der Schnitter, ein Tagelöhner
Meister Ghundir, ein Schmied
Ceorvina, eine Schurkin
Callan, ein übler Schurke

## Vom Anbeginn der Zeit

So führt Satinav das Logbuch auf dem Schiff der Zeit, in dem das Streben der ganzen Welt auf weißen und schwarzen Seiten niedergeschrieben ist. Und zwei Helfer gewährte der Ewige LOS dem Frevler: Ymra und Fatas, seine beiden Töchter. Aus dem Stoff, aus dem die Segel des Schiffes sind, nämlich aus den Träumen und Wünschen, formen sie die Seiten des Schicksalsbuches. Ymra bildet aus den Erinnerungen der Menschen die Vergangenheit, und jede Nacht vollendet sie eine schwarze Seite. Fatas formt aus den Hoffnungen der Menschen die Zukunft, und jeden Tag vollendet sie eine weiße Seite.

*Naranda Ulthagi,*
*Auf der Suche nach der gefrorenen Zeit*

*Prolog*

# Fatas

Leise plätscherte das Wasser an der Mauer, die den Efferdtempel Havenas von der verfluchten Unterstadt schied, als Zulhamin sich durch die Schatten der Nacht schlich. Mit einigen raschen Griffen überprüfte die Diebin, ob ihr Werkzeug noch richtig saß. Der Satz Dietriche, den sie in einem Bausch gezupfter Wolle in ihre Gürteltasche gesteckt hatte, klimperte kein bißchen, und das kurze Stemmeisen saß fest an die Wade gebunden unter dem Leder des Stiefels. Die Dolchklinge in der ebenfalls ledernen Scheide am Gürtel würde nicht blinken, der eiserne, mit Stoff umwickelte Knauf nicht glänzen. Schließlich tastete die Rechte zum linken Handgelenk, um das ein sandbrauner Seidenschleier gewunden war – Zulhamins Markenzeichen, das sie üblicherweise am Tatort zurückließ.

Ihre Hände waren naß vom Schweiß, denn der Einbruch heute war kein gewöhnlicher Auftrag. Stieg sie üblicherweise in schwer zugängliche Häuser, Burgen oder Türme ein, würde sich der Diebstahl an sich heute als wahres Kinderspiel erweisen. Das Haus, in das sie eindringen würde, war offen, niemals abgesperrt, eingeschossig, nur von einer einzigen Person bewacht. Sie würde hineinspazieren, das Objekt an sich nehmen und wieder hinausspazieren, so einfach war das.

Doch das Gebäude war ein Tempel, das Objekt eine heilige Perle. Zulhamin wischte die feuchten Handflächen an den Beinkleidern ab und schlich geduckt näher. Früher hätten ein paar Gebete die Spannung vertrieben, doch heute wußte sie nicht mehr, ob sie noch zu dem Wüstengott Rastullah oder doch lieber zu Phex beten sollte, dem Herrn der Nacht und der Diebe. Trotzdem hatte sie den Auftrag mit dem Efferdtempel angenommen, sie konnte der Herausforderung nicht widerstehen.

Zulhamin liebte Perlen. Glatt und geschmeidig, mit samtenem Glanz und von himmlischer Helligkeit waren sie, und sie zog sie jedem eitlen, aufdringlich funkelnden Diamanten oder Goldstück vor. Sie besaß bereits einige wirklich seltene Stücke, die sie in Khunchom und Fasar entwendet hatte, in Städten also, in denen sich Perlen gut stehlen ließen, weil es dort so viele davon gab. Doch man hatte ihr versichert, daß diese Perle alle anderen übertreffe; von der Größe eines Apfels sei sie und von tiefblauer Farbe. Zwar konnte sich Zulhamin eine Perle nicht in Blau vorstellen, aber deswegen war sie hier. Sie *mußte* dieses Kleinod sehen, in Händen halten, an der weichen Haut ihrer Wange spüren, das wußte sie. Das war auch einer der Gründe, weshalb sie diesen Auftrag angenommen hatte, ausgerechnet in einen Efferdtempel einzubrechen. Üblicherweise zählte die Novadi die Tempel der Zwölfgötter nicht zu den Orten, an denen sie arbeitete – man wußte ja nie, ob an der Götzenverehrung nicht doch etwas Wahres dran war, und Zulhamin war sich diesbezüglich schon gar nicht mehr sicher, seit sie in Fasar von einem Geweihten des Phex über den Kult belehrt worden war; der rastullahverfluchte Dieb hatte ihren Glauben erschüttert.

Unwillig schüttelte Zulhamin ihre Verzagtheit ab. Dieses eine Mal würde sie den Auftrag im Tempel erledigen, aber nur dieses Mal.

Flink flocht sie ihr langes schwarzes Haar zu einem dicken Zopf und steckte ihn im Nacken unter das

Wams, bewegte sich dann vorsichtig hinter die Häuser am Efferdplatz, überstieg leise einen Holzzaun und huschte zwischen einigen Büschen hindurch zu den zwei Häusern am Ende der Gasse. Von hier aus war die einsehbare Strecke zum Efferdtempel, der unglücklicherweise auf einem fast völlig freien Platz stand, am kürzesten. Jetzt, in der Dunkelheit, sah Zulhamin nur einen hellen Fleck, wo sie vorgestern den weißen Marmor mit den neun Säulen davor bei Tageslicht betrachtet hatte. Neun. Zulhamin atmete auf und entspannte sich ein wenig, denn neun war die Zahl Rastullahs. Welch ein Zeichen des Herrn!

Die Diebin spähte nach rechts und links und lief schließlich wieselflink hinüber in den Zwischenraum zwischen der Rückwand des Tempels und der südlichen Mauer, die den Platz begrenzte und bis hinab ans Wasser reichte. Seichte Wellen klatschten gegen den Stein, während sich die Novadi eng an den marmornen Sockel des Gebäudes schmiegte und ihren Atem zu beruhigen trachtete.

Neun! kam es ihr plötzlich in den Sinn. Neun war auch die Zahl des Phex, beim Barte des Allmächtigen! Die Hand schlich sich zu der Stelle, an dem das verschlungene Bronzeamulett unter dem Wams direkt auf der Haut lag und sie vor bösen Geistern schützen sollte. Fast hätte Zulhamin laut geflucht. Hätte sie diesem verdammten Dieb damals doch nur die stillschweigende Verachtung geschenkt, wie es sich für eine Rechtgläubige geziemte! Nun warf Rastullah ihre Zweifel auf sie zurück.

*Langsam trinke ich das Wasser*
*Sanft spiegelt es die Höhe des Himmels.*
*Doch sein Geschmack ist gleich*
*dem der tiefsten Erde*
*Kraftvoll und weich zugleich*

*Süßer als Dattelsaft*
*Berauschender als Wein*
*Erregender als die Liebe –*
*Die Gabe des Herrn nach neun*
*Tagen der Dürre und Sonne.*

Wie erhofft taten die Zeilen des Dichters Abu ibn Sirkan ihre Wirkung, nachdem Zulhamin sie lautlos hatte auf der Zunge zergehen lassen. Wie grob und rauh doch die garethische Sprache war, daß sie solch süße Worte nur unvollkommen wiederzugeben vermochte! In Fasar hatte die Diebin eine Übersetzung der Verse gehört und sich vor Grauen geschüttelt.

Beruhigt nahm Zulhamin die Durchführung ihres Plans in Angriff. Sie drückte sich westlich an der Wand entlang, an der Seite des Tempels, die der berüchtigten Unterstadt zugewandt war. Wegen jener Ruinen kam die Diebin nicht von der Wasserseite her, was um ein Vielfaches einfacher gewesen wäre, doch Zulhamin nahm Gerüchte über fluchbeladene Orte sehr ernst, zumal man hier in Havena wirklich handfeste Beweise für die Unheiligkeit der Unterstadt hatte. Nein, nach allem, was sie von der Strafe der Götter und dem Tod der Alten Stadt gehört hatte, wollte sie wirklich kein unnötiges Risiko eingehen.

Endlich gelangte die Novadi zu der vorderen äußeren Ecke des Tempels. Ein eiliger Blick, doch niemand hielt sich auf dem Platz auf – es war schließlich weit nach Mitternacht. Zulhamin huschte los.

*Sehet das Band der Dünen im*
*Schimmer der sinkenden Sonne*
*Rötlich beschienen die eine, und*
*bläulich die andere Seite*
*Labsal sind sie dem Auge,*
*Trost dem Herzen und Wonne*

*Weil sie wie leuchtende Wellen sich*
*hinziehn in endloser Weite…*

Die breiten Stufen hinauf und durch die neun Säulen hindurch – seien sie nun dem einen oder dem anderen Gotte heilig –, niemand störte sie dabei. Wieder beruhigte die Diebin ihren Atem, fest an die dicke Mauer neben dem verhangenen Eingang gedrückt. Rechts neben ihr standen eine Opferschale und die fischschwänzige Statue des Herrn dieses Hauses in stummem Stein, aus deren emporgehaltener Muschel ein Strom steten Wassers in ein Becken im Boden floß.

So weit – so gut, dachte die Frau und wünschte sich die Geschmeidigkeit des Fuchses in die Füße, als sie schließlich den Vorhang zum Allerheiligsten beiseite schob und vorsichtig hineinschlich. Wider Erwarten mußte sie sich hier nicht auf das durch die gefärbten Scheiben in Kuppeldach und Wänden hereinfallende gedämpfte Licht der sterbenden Mada verlassen, denn ein bläulich schimmernder Stein in der Hand der Statue beleuchtete das Heiligtum mit mattem Licht – dem sanften Glanz einer Perle nicht unähnlich, wie Zulhamin fand. Diesen Raum hatte sie bei ihrer Begehung vor ein paar Tagen nicht betreten können – allein Geweihte hatten hier Zutritt.

Die angespannten Sinne spielten Zulhamin Streiche; die Novadi meinte, die leisen Schritte und heiligen Gesänge der Priester aus vergangenen Jahrhunderten zu vernehmen, und erstarrte. Das Plätschern von der Statue im Vorraum drang nun leicht gedämpft an ihre Ohren, und Zulhamin nahm sich vor, dem Element, das diesem Götzen heilig war, nicht zu nahe zu kommen – man konnte ja nie wissen.

*…Aber der nächtliche Sturm*
*verändert die lieblichen Hügel*

*Dräuend erheben die Ketten sich*
*in dem fahlgrauen Frühlicht*
*Und der Pilger nach Keft ergreift*
*verzweifelt den Zügel*
*Wenn der Huf seines Pferdes*
*hilflos in treibenden Sand bricht.*

Die erste Strophe des uralten Gedichtes *Lied der Dünen* in Gedanken fortsetzend, schritt Zulhamin leise auf die Statue zu. Die Novadi sandte ein flinkes Gebet an den Diebesgott, der ihr hier sicherlich dienlicher war, konnte er doch seinen Bruder Efferd leichter besänftigen, als Rastullah dies vermutlich jemals vermochte.

Man hatte ihr beschrieben, daß sie sich nun nach links wenden müsse – an dem Loch im Boden vorbei –, in einen Raum mit Ritualgegenständen hinein, während sich im Raum rechts von der Halle ein Schlafgemach befand, in dem fast immer ein Geweihter schlief. Die Hand am Amulett, schob sich Zulhamin vorsichtig durch den zweiten Vorhang, der den Nebenraum abtrennte. Entgegen ihren Erwartungen lag der Raum ebenfalls in sanftes bläuliches Licht getaucht, ausgehend von einem Stein in einer silbernen Schale, in die Delphine eingraviert waren.

Eine Treppe hinab, hatte man ihr erklärt, in einen Raum hinein, in dem eine kleine Statue und die gesuchte Perle auf zwei steinernen Sockeln ruhten.

Entschlossen nahm Zulhamin den Leuchtstein aus der Schale und näherte sich mit klopfendem Herzen dem Durchlaß zur Treppe.

*Sehet den Wüstengalan in der Pracht*
*seiner goldbunten Federn,*
*wie er sich putzt und stolziert als ein*
*schöner und brünstiger Freier,*

*wie er die Blutotter jagt im*
*schützenden Schatten der Zedern,*
*wie er ein Nest scharrt im Sande*
*für die gesprenkelten Eier …*

Schritt für Schritt schlich Zulhamin die grob behauenen Stufen hinab, begleitet vom fahlen Schein des efferdheiligen Lichtes. Die Treppe machte einen Knick und führte weiter in die Tiefe, bis sie schließlich in einen kleinen Raum mündete. Die Novadi hob den Stein hoch und sah sich um, und tatsächlich befanden sich nur wenige Gegenstände in der Kammer. Zwei etwa hüfthohe Säulen aus altem Marmor standen am Kopfende, die eine trug die kleine Statue eines Zwergen mit Hammer, die andere ein helles Samtkissen, auf dem die schönste Perle lag, die Zulhamin je in ihrem Leben gesehen hatte. Der matte Glanz des makellos runden Kleinodes zauberte Wellen des Entzückens in das Herz der Diebin, so daß sie nahe daran war, laut aufzujauchzen. Das seltene Stück schimmerte in dem tiefen Blau der sonnenbeschienenen See, während das Licht sanfte Kreise auf dem Rund bildete, die die Frau an jenen nebligen Hof des Mondes gemahnten, der darauf hinwies, daß am nächsten Tag endlich das kostbare Naß des Himmels auf die dürstenden Dünen des Hügels niedergehen würde. Diese Perle – die Perle! –, jauchzte es in ihr, übertraf an Schönheit und Ebenmäßigkeit ihre kühnsten Erwartungen.

Die behandschuhte Hand näherte sich zitternd dem kostbaren Stück, verharrte jedoch kurz davor. Sollte Zulhamin zu Rastullah oder zu Phex beten, damit sie vor der Strafe des Götzen bewahrt würde, dessen Eigentum sie hier entwendete? Vielleicht wäre es gar klüger, unverrichteter Dinge wieder zu gehen, als sei nichts geschehen, und das Stück an seinem Ort zu belassen? Doch bereits während die Novadi dies überlegte, lachte in ihr die Elster laut auf und verhöhnte sie, denn nun, da sie die Perle einmal gesehen hatte, wußte sie, daß sie sie besitzen mußte.

Nein, Zulhamin würde nicht zum vereinbarten Treffpunkt kommen, den zweiten Teil ihres Lohnes in den Wind schreiben und sich mit dieser Mutter aller Perlen auf gen Süden machen – allerdings nicht mit dem Schiff, da Efferd angeblich über die Meere herrschte. Sein Element sollte sie fürs erste vielleicht meiden.

Entschlossen zog die Diebin den Handschuh aus und griff zu – sie mußte die Perle spüren. Sachte bewegte sie sie in der Hand, die von dem apfelgroßen Kleinod ausgefüllt wurde, und hob sie sich vor die Augen. Und ach! Wie sanft das kühle Rund sich an ihrer zarten Wange anfühlte!

Mit glücksgefülltem Herzen schlich sich die Diebin wieder die Treppenstufen hinauf, aus dem Nebenraum in das Allerheiligste hinein, niemals den Blick von der Perle wendend. Hier löste sie das helle Tuch vom Handgelenk und ließ es zu Boden gleiten.

Doch zart wie Seide nun einmal war, floß sie von der Kante des Loches im steinernen Boden hinab in die Dunkelheit, aus der Zulhamin ein merkwürdiges, leises Stöhnen zu hören vermeinte. Kurz verharrte sie erschrocken und zählte ihre schnellen Herzschläge, doch nichts rührte sich. Manch ein Havener behauptete, unter diesem Tempel säße ein geschupptes Ungeheuer, mit dem Zulhamin ungern aneinandergeraten wollte.

Deshalb schlich sie unter den gestreng zusammengezogenen Brauen des steinernen Meeresgottes leise, leise weiter in den Vorraum. Den kostbaren Schatz verstaute sie im Bauschnest ihrer Gürteltasche und huschte mit dem Segen jener Götter, deren Zahl die Neun war, durch das Portal mit dem Delphinrelief hinaus und wieder zur Rückseite des Tempels. Mit all der Vorsicht einer geschickten Diebin kehrte sie auf dem Weg zurück, den sie gekommen war, und ließ sich die letzten Verse des *Liedes der Dünen* auf der Zunge zergehen, wobei sie wie immer die dritte Strophe aussparte – sie war ihr gar zu traurig.

*…Aber die grausame Sonne*
*versengte das Gelege,*
*und von den wolligen Küken*
*wird keines das Tageslicht schauen.*
*Sinnlos des Vogels Bemühen,*
*all seine Hege und Pflege,*
*doch er wird Jahr über Jahr*
*wieder die Nestmulde bauen.*

*Kapitel 1*

# Fatas

Silbern glitzerte das schmale Madamal über den dunklen Wassern der Unterstadt. Zerborstener Stein ragte aus den Wellen auf, Reste der zerstörten Gebäude, in denen vor dreihundert Jahren Fröhlichkeit und geschäftige Betriebsamkeit geherrscht hatten und die innerhalb weniger Augenblicke von Efferds Fluten vernichtet worden waren. Über den Ruinen lag Nebel, einem gespenstisch gewobenen Teppich gleich. Wie zartes Gewebe bedeckte er das nasse Grab der Toten, faserte hier und dort und gab den Blick frei auf zerbrochene Tempelsäulen und grüne Schlingpflanzen.

»Mehr nach links«, flüsterte Thalionmel. »Da vorn ist ein Algenteppich!« Praiodan knurrte. »Wie du das nur immer siehst«, flüsterte er. »Manchmal glaube ich, daß dir eine sehr lebhafte Einbildung zu eigen ist!«

»Still, ihr beiden!« befahl Rondriane zischend. »Fhann, fahr mehr backbord. Aber tauch die Ruder nicht zu tief ein. Ich möchte da unten nichts aufstöbern, was nur auf uns gewartet hat! Außerdem ist mir die Ladung wahrlich zu teuer, als daß ich sie hier den Krakenmolchen zum Fraß vorwerfe!«

Der blonde Hüne brummte zustimmend und stemmte sich mit Rondriane in die Riemen, um den unheimlichen Algenteppich zu umschiffen. In der Tat war das kleine, flache Ruderboot voll beladen mit in Wachshäute eingepackten Warenbündeln, die Seidenstoffe, Gewürze und anderes kostbares Gut enthielten. Noch vor einer Stunde hatten die *Nebelgeister* und die *Wasserbraut* bei einem Treffen in einer Bucht vor der Küste Ladung gegen Gold getauscht. Während die *Wasserbraut* am nächsten Tag mit der ersten Flut in den Hafen von Havena einlaufen würde, brachten die *Nebelgeister* ihre geheime Fracht nun unter dem Licht der Mada durch die Unterstadt in ihr Versteck, von dem aus sie sie dann in einer mondlosen Nacht über den Bennaindamm in die Stadt weiterliefern würden. So erreichte das Schmuggelgut dann *Kevendochs Exotische Krämerwaren*, und dank eines Rondriane sehr verbundenen Sekretärs aus dem Rat der Kapitäne besaß die angesehene Krämerin Rondriane Kevendoch sogar die richtigen Papiere für die Waren.

»Praio, mach die Lampe an!« befahl die rothaarige Anführerin der Schmuggler, und ihr Bruder nickte und drehte hastig an dem Rädchen, das den glimmenden Docht der verdunkelten Sturmlaterne aus dem Metallschlitz höher schob.

»Wird auch Zeit«, murmelte er, noch an dem Knoten hantierend, der die leinerne Stoffabdeckung über der Laterne hielt. »Es ist wirklich stockfinster.« Thalionmel, die hübsche Elfe, die direkt im Bug des flachen Bootes hing und nach vorn ins Dunkle spähte, schüttelte dagegen unwillig den Kopf und warf das glatte schwarze Haar über die Schulter. »Wenn ihr Licht macht, sehe *ich* überhaupt nichts mehr. Das blendet zu sehr!«

Praiodan schnaubte. »Das ist dann doch eine echte Verbesserung! Drei Leute sehen mehr, einer weniger. Dadurch haben wir nur gewonnen.« Damit zog er die Stoffabdeckung von der Laterne.

Thalionmel gab ein leises, aber sehr empörtes Quietschen von sich, als das helle Licht ihre empfindlichen Elfenaugen blendete. »Verdammt!« fluchte sie gänzlich unelfisch und blinzelte mühselig.

»Stell dich nicht so an, so schlimm kann's nicht sein!« Praiodans Einwand klang ruppiger, als er es beabsichtigt hatte, doch er atmete erleichtert auf, als die warme Lichtglocke diesem gräßlichen Ort wenigstens einen Hauch von Heimeligkeit verlieh.

»Hört schon auf, ihr beiden!« befahl Rondriane wiederum. »Die Krakenmolche haben euch nur noch nicht aus dem Boot gezerrt, weil sie sich mit ihren acht Armen vor Lachen die Bäuche halten.« Doch die Stimme seiner Schwester klang gar nicht heiter, fand Praiodan, und er konnte sie gut verstehen. Selbst nach unzähligen Fahrten durch Havenas versunkenen Stadtteil sträubten sich ihm noch immer die Haare bei dem Gedanken daran, wie Liara damals von einem der schrecklichen Ungeheuer ins Wasser gezerrt worden war.

Die Alte Stadt war verflucht, das wußten selbst die Kinder, schreckliche Kreaturen hausten in den versunkenen Häusern. Die alten Fischerinnen und Netzknüpfer erzählten von schwarzen Seeschlangen, vielarmigen Krakenwesen und tödlichen Muränen, ja gar von riesigen Sargmuscheln, die ihr Opfer einschlossen und nicht wieder freiließen, bis es elendiglich ertrunken war.

»Und außerdem weiß ich gar nicht, was an einem Algenteppich so schlimm sein soll«, murmelte Praiodan in einem Anflug von jugendlichem Trotz, der seinem Alter eigentlich gar nicht gut stand. Er wußte auch nicht, was ihn immer überkam, aber er konnte Thal einfach nicht das letzte Wort lassen – vielleicht weil sie sich immer so unglaublich viel klüger und weiser vorkam als alle anderen.

»Das da zum Beispiel!« rief die Elfe nun warnend, denn in dem Algenteppich begann das Wasser zu brodeln. Platschend schossen aus dem grünen Geflecht sicherlich ein Dutzend wurmartige Kreaturen mit weit aufgerissenen Mäulern heraus und auf das Boot mit seinen vier Insassen zu. »Springegel!« fluchte die rothaarige Anführerin, während Praiodan laut aufschrie, als eines der Tiere ihn an der Brust traf – die Laterne polterte zu Boden. Schnell wie der Wind sprang Thalionmel vor, wischte dem Gefährten den Egel mit der Dolchklinge vom Lederwams und zertrat den ekligen Schmarotzer.

Praiodan lag auf dem Rücken im heftig schwankenden Boot und rang entsetzt nach Luft, als er einen saugenden Laut und Fhanns kurzen Schrei hörte. Der blonde Hüne saß auf der Ruderbank, über der auch Praiodan lag, so daß ihn die wabbeligen Körper, die sich mit den Mäulern an Fhanns Lederrüstung festgesaugt hatten, fast berührten.

Mit weit aufgerissenen Augen beobachtete der rothaarige Mann gelähmt, wie Fhann sich keuchend vornüberwarf, als sich einer der Rüssel der Springegel in seinen Körper rammte, und aufzuckend rückwärts von der Ruderbank fiel, als auch die beiden anderen zustießen. Im Schein der Laterne, die – den Göttern sei Dank – nicht verlöscht war, sah Praiodan, wie dem Verletzten Blut aus dem Mund lief und neben den welsartigen Schlündern der Egel aus den Wunden hervortrat.

»Ah! Blutsauger!« schrie Thalionmel mit einem Ton, wie Praiodan ihn bei ihr noch nie gehört hatte, stürzte sich achtlos über ihn hinweg auf den am Boden liegenden Fhann und attackierte die riesigen Blutegel mit so blinder Wut, daß man fast um deren Opfer fürchten mußte.

Mit einem lauten Schmatzen löste sich eine der verletzten Kreaturen und rutschte unter der Ruderbank auf Praiodans Schulter, der den glitschigen Körper sofort wie von Sinnen ergriff und mit einem Schrei des Entsetzens über Bord schmiß. Rondriane fing eine zweite, die sich von Fhanns Brustkorb löste, vorsichtig auf und warf sie hinterher, die dritte glitt, bereits von der rasenden Elfe in eine blutige Masse verwandelt, schließlich auch herab und wurde von der Anführerin mit einem gezielten Tritt ins Wasser befördert.

»Sind sie weg?« fragte Praiodan, während Thalionmel schluchzend und über und über von Blut bedeckt zusammensackte. Er stellte die Sturmlaterne wieder auf und schob Thalionmel auf einige der prallen Beutel im Bug, um seiner Schwester zu helfen, den verletzten Fhann ins Heck zu ziehen.

Rondriane nickte und biß sich auf die Unterlippe – wie ihr Bruder wußte, eines der wenigen Anzeichen von Besorgnis, die die sonst so kühle und beherrschte Frau zeigte. »Da steckt noch ein Stachel drin«, sagte sie und wies auf die Brust des Verletzten, wo in der Tat die Waffe des Riesenspringegels noch herausragte. »Es ist nicht gut, wenn man sie umbringt, während sie noch saugen, die verfluchten Dinger bekommt man nur schwer wieder heraus.«

»Und was tun wir jetzt?« fragte Praiodan, dem bei dem Anblick ganz schlecht wurde.

»Du nimmst Fhanns Riemen, und wir rudern hier jetzt erst mal weg. Der Elfe ist das anscheinend ein wenig auf den Magen geschlagen.«

Praiodan gehorchte und ruderte panisch, warf jedoch immer wieder einen Blick über die Schulter auf Thalionmel, die zusammengekauert im Bug lag und wie irrsinnig vor sich hinbrabbelte: »Armer kleiner Mi, hast doch niemandem was getan...«

»Dort vorn an der Mauer legen wir kurz an«, zischte Rondriane. »Ich muß der Frau erst mal wieder Verstand einbläuen!« Praiodan vertäute schließlich das Boot an einem rostigen alten Haken der verfallenen Mauer und sah zu den beiden Frauen hinüber.

Rondriane erhob sich von der Ruderbank und näherte sich der jammernden Thalionmel mit einigen taumelnden Schritten, die das Boot zum Schwanken brachten. Sie griff die jüngere Frau beim Schlafittchen und schüttelte sie durch. »Verdammt, Mädchen, reiß dich am Riemen! Bist du denn von allen guten Geistern verlassen? Hörst du!« Wieder und wieder schüttelte sie die Elfe, die wie von Sinnen schluchzte. »Thal«, grollte die rothaarige Anführerin, »wenn du jetzt schlapp machst, nehme ich dich nie wieder mit, das schwöre ich dir hoch und heilig bei Efferd. Ich muß mich auf meine Leute in jeder Lage verlassen können, und wenn deine zarten Elfenaugen kein Blut sehen können, dann, tut mir leid, bist du zum Bierausschenken geboren und nicht zum Schmuggeln! Hörst du!«

Brüllend fuhr Thalionmel sie an: »Laß mich in Ruhe, Hölle, du hast ja keine Ahnung!« Der Klang ihrer Stimme hallte gespenstisch durch den dunklen Nebel, und Praiodan schlang sich fröstelnd die klammen Arme um die Beine.

»Überall Blut, und der Hals völlig aufgerissen, und die kleinen Augen stierten plötzlich *so* groß und ängstlich… Und die Ungeheuer, die Ungeheuer haben sein Blut getrunken!« Thalionmel schluchzte erneut und wischte sich ärgerlich die Tränen von der Wange. Bei ihren Worten erinnerte sich Praiodan wieder an die Gerüchte über eine gräßlich Mordserie vor ein, zwei Jahren in Havena, die angeblich von einem Werwolf oder Vampir begangen worden war. Eine der Leichen, ein kleiner Junge, hatte auf dem Hinterhof des Gasthauses *Esche und Kork* gelegen, jener Schenke, in der Thal arbeitete. Wie dem auch sei, das lag lange zurück. Mit einem Seitenblick auf Fhann stellte Praiodan fest, daß es dem großen Mann offenbar gar nicht gutging: Er atmete nur flach und war sehr blaß.

Trotzdem redete Rondriane weiter auf die Elfe ein. »Das ist mir egal. Wir sitzen *jetzt* in demselben Boot und brauchen dich, dein Mi ist mir da wurscht. Streng dich an und hilf uns, und du bleibst dabei. Wenn nicht, kannst du wenigstens beten, daß wir dich hier rausbekommen, aber dann kannst du mich mal!« Der Bruder der Anführerin atmete vor Erleichterung auf – er hätte es Rondriane zugetraut, die Elfe gleich über Bord zu werfen. Er wandte sich ab und blickte wieder sorgenvoll zu Fhann.

»Schwester«, meinte er schließlich hastig, denn der Verletzte lag dort wie tot. »Der Blonde stirbt uns unter den Händen weg! Wir müssen schnell etwas tun.«

Rondriane blickte herüber, nickte und fauchte die Elfe wütend an, »Also, wenn du dir deinen Platz in diesem Boot sichern willst, dann benutze deine Magie, und rette Fhann! Warum habe ich mir nur von dir einreden lassen, daß ich dich brauchen könnte, verdammt!« Auch wenn die Schmugglerin die Angst der Havener vor Magie teilte, wußte sie aus Erfahrung, daß man mit Zauberei auch viel Gutes tun konnte. Zum Beispiel heilen.

»Mach schon!« zischte sie. »Fhann hat nicht mehr viel Zeit!«

Thalionmel haßte die Rothaarige in diesem Moment. Mi war tot, zerrissen, ausgesaugt, ermordet, und sie verspürte Trauer und wollte weinen, bis sie nicht mehr konnte. Die gräßlichen blutsaugerischen Egel hatten die Elfe erschreckt und die Leiche des Jungen vor ihrem geistigen Auge erscheinen lassen, wie sie damals am Brunnen gelegen hatte, kalt, verrenkt, tot. Thalionmel wollte nur noch in ihr Bett und heulen, bis ihre Schwester Aldare käme und sie tröstete. Sie holte tief Luft, um die Tränen am Fließen zu hindern. Fast hatte sie es vergessen – Aldare war ja auch nicht mehr da und hatte sie allein gelassen in dieser Stadt voller blutrünstiger Kreaturen und Scheißkerle... Statt dessen war ihr Schwesterherz ihrer elfischen Seele hinterhergelaufen, wild drauflos, ins Ungewisse. Alle ließen sie einsam zurück oder schrien sie an, genau wie Rondriane.

Doch die Fahrten durch die Unterstadt mochte sie nicht missen, sie zeigten ihr, daß sie genug Mut und Geschick besaß, um wie Aldare einfach etwas allein zu entscheiden, etwas zu tun, mit dem die anderen nicht einverstanden waren. Ein Geheimnis zu bewahren. Wenn die Schwester doch einmal zurückkehren sollte, würde sie ihr triumphierend von ihren Abenteuern berichten, die sie in der Verfluchten Stadt erlebt hatte.

Noch einmal sog sie tief den Atem ein und verbannte die Gesichter von Aldare und Mi, um schließlich schwankend vom Bug hinüber ins Heck zu stapfen, vorbei an der blöden Rondriane und ihrem Hasenfuß von Bruder. Fhann sah in der Tat gräßlich aus. Mindestens zwei der Riesenspringegel hatten ihre Stachel in den Brustkorb des kräftigen Mannes gerammt, und einer war in der Wunde verblieben. Eigentlich sah der Schmuggler schon fast tot aus, und wieder schob sich das blasse Gesicht des kleinen stummen Jungen vor ihr inneres Auge; sie verdrängte es jedoch ärgerlich. Sie legte dem Mann eine Hand auf die kühle Stirn, die andere auf den zerschundenen Brustkorb, versuchte, sich zu beruhigen, und stimmte den Gesang der Elfen an: »*bhalsama sala bian d'ao, bhalsama sala bian d'ao, bhalsama sala bian d'ao*«, sang sie immer und immer wieder, zuerst verbissen und zornerfüllt, mit der Zeit entspannter und ruhiger. Sie würde ihn heilen.

Praiodan beobachtete die Elfe mißtrauisch. Er haßte Magie, fürchtete sich vor ihr und verbannte üblicherweise allein jeden Gedanken an sie aus seinem Kopf. Er hatte gräßliche Geschichten darüber gehört, wie Schwarzmagier einfache Leute gefangen und gefoltert, für ihre Zauberexperimente mißbraucht oder in Kröten oder Fliegenpilze verwandelt hatten. Bei Zauberei konnte ständig etwas schiefgehen, man wußte einfach nie genau, woran man war. Aber wenn Thalionmel

Fhann damit heilen konnte... Mit einem mulmigen Gefühl betrachtete er die schönen langen Finger der Elfe, die auf der Brust des Verwundeten lagen. Narrten ihn seine Sinne, oder übertrug sich gerade ein sanftes goldenes Leuchten von der Zauberin auf den Schmuggler?

»Praiodan, nimm den Dolch, und paß auf, daß wir nicht überrascht werden!« befahl Rondriane barsch. Sie mußte den ängstlichen Blick des Bruders bemerkt haben. Dankbar gehorchte Praiodan und blickte hinaus über die dunkle, blubbernde Wasserfläche. Ja, die Unterstadt ängstigte ihn noch mehr als die Magie, aber vor ihr konnte er sich in acht nehmen, er wußte, wo sie war, und konnte sie hinter sich lassen. Mit der Zauberei stellte sich das nicht ganz so einfach dar.

Angespannt beobachtete er eine der vielen Inselchen in der Nähe. Manchmal fragte er sich, wer hier wohl früher gelebt haben mochte und was die Menschen im Augenblick des Todes durch die Fluten empfunden hatten. Waren sie im Schlaf vom Wasser überrascht worden? Beim Liebesspiel? Beim Stehlen, Morden oder Beten? Dunkle Büsche raschelten in der fauligen Brise, und ein Baumstamm löste sich langsam von der Insel. Hatten hier Ehegatten gezankt oder sich vertragen? Was war mit den Gefangenen geschehen, die eingesperrt worden waren? War Zeit geblieben, sie zu befreien, damit sie wenigstens eine Chance bekamen wegzulaufen, oder waren sie in ihren Kerkern elendiglich ersoffen? Praiodan zitterte, denn er hatte selbst bereits hinter Gittern gesessen. Der Gedanke, eingesperrt zu sein, während die Flut in der Zelle stieg, erfüllte ihn mit bleierner Angst.

Geisterhafte Nebelschleier zogen über das dunkle Wasser und warfen das Licht seiner Laterne zurück, ohne daß es dem Mann in irgendeiner Weise nutzte. Jetzt, da er die Schwaden beobachtete, schien es ihm fast, als vollführten sie einen Tanz für ihn, als wollten sie seine Sinne narren und ihn erschrecken. Leise räusperte sich Praiodan, um einen Laut von sich zu geben, der ihn gemahnte, daß er noch nicht verhext war oder eingeschlafen...

Der Baumstamm trieb geruhsam auf das Boot zu, und nun ahnte Praiodan, was Thalionmel gegen das Licht gehabt hatte: Der helle Lichtkegel beleuchtete einen bestimmten Bereich um das Boot herum sehr gut, aber dahinter herrschte Dunkelheit, in der die geblendeten Augen erst recht nichts erkennen konnten. So konnte Praiodan nun nicht genau ausmachen, was ihm an dem Baumstamm so merkwürdig vorkam. Denn *daß* er seltsam war, bemerkte der Schmuggler immer deutlicher. Er trieb nicht steif und starr, sondern machte jede Bewegung der Wellen mit, umgeben von einem eigenartigen Algenteppich.

Unruhig warf Praiodan einen Blick zurück zu Thalionmel und ihrem Patienten. Noch immer schimmerten ihre Hände golden, doch die Wunde auf der Brust des Mannes hatte sich halb geschlossen! Der harte Stachel des Untieres wurde wie von Geisterhand aus dem heilenden Fleisch herausgetrieben und kippte schließlich zur Seite um, während Thalionmel vor Anstrengung ächzte und ihr der Schweiß von der Stirn lief.

Hastig drehte sich Praiodan wieder weg, denn trotz der heilsamen Wirkung erschreckte ihn dieses Ereignis sehr. Das war... widernatürlich.

Gesang drang an seine Ohren. Er schüttelte ungläubig den Kopf, um die Müdigkeit und Furcht zu verscheuchen, doch ließen sich die hymnisch auf- und abschwellenden Klänge nicht vertreiben. Im Rhythmus seines Herzschlages vibrierte eine Pauke so dumpf, daß Praiodan sie mehr im Bauch spürte als tatsächlich hörte. Ferne Worte in einer ihm unbekannten Sprache fanden durch die Schwaden und schickten ihm einen Schauder über den Rücken – wer hier die Muße fand, dunkle Gesänge anzustimmen, hatte entweder Übles im Sinn oder war nicht ganz dicht! Oder beides, setzte der Mann voller Unbehagen hinzu.

Hastig drehte Praiodan den Docht der Lampe herab und stülpte das dunkle Tuch wieder darüber. Rondriane merkte kurz auf und setzte zum Sprechen an, doch als ihr Bruder leise zischte, sie solle ruhig sein, verstummte auch sie und lauschte in die Nacht hinein.

Der schwache Mond beleuchtete die Umgebung mit blassem Licht. Noch immer empfand Praiodan dieses rhythmisch zitternde Gefühl im Magen, doch die Stimmen schienen sich inzwischen ein wenig entfernt zu haben. Schon wollte der Mann wieder aufatmen und mit seiner Schwester über seine Hirngespinste spotten, da zerriß der Nebel, und wie aus einem Dutzend dunkler Kehlen hörte Praiodan den rituellen Gesang nun ganz deutlich. Fast erinnerte ihn die Melodie an die heiligen Lieder des Efferd, doch während diese vom Rauschen der Wellen und der Ewigkeit des Meeres sprachen, erzählte dieser Gesang von den unzugänglichen Abgründen der Tiefsee und den lauernden Muränen. Mißklänge, die die Efferdlieder verkehrten und verunstalteten, ließen die Lauscher erzittern, ohne daß sie hätten sagen können, wodurch dieser Eindruck hervorgerufen wurde.

Praiodan drückte sich tiefer in das Boot und hoffte, daß die zaubernde Elfe nicht wieder unvermittelt herumschrie. Er meinte, daß der Klang der Pauke sich näherte, denn seinem Magen wurde immer mulmiger zumute. Die Stimmen schwollen stärker an, und Praiodan war sich nun ganz sicher, daß er diese Sprache noch nie gehört hatte. Mehr einem schlangenartigen Zischeln gleich denn Worten, zauberte der Gesang eine Gänsehaut auf Arme und Nacken des Mannes. Im Schein des Madamals glitt ein langes, flaches Boot vorbei, das kaum von den Nebeln verborgen wurde. Aufrechte Gestalten, durch Kapuzenmäntel verhüllt, standen darin und schienen sich der Gefahren ihrer Umgebung nicht bewußt zu sein. Geisterhaft bewegte sich das Boot weiter und verschwand schließlich wieder im Nebel, bevor Praiodan und Rondriane aufzuatmen wagten.

»Was war das?« fragte Rondriane erschüttert. Doch auch ihr Bruder fand nicht die richtigen Worte. »Ich will es gar nicht wissen, glaube ich. Ich will's nicht wissen. Irgend etwas Unheiliges.« Als seine Schwester nickte und zustimmend schnaubte, flüsterte er hinüber, »Meinst du, ich kann die Lampe wieder hochdrehen?«

»Augenblick noch. Wir wollen ganz sicher sein, daß uns niemand sieht oder hört.« Und so harrte Praiodan noch ein Weilchen aus, bis von den unheimlichen Gestalten kein Ton mehr zu hören war.

Wieder beruhigte ihn der Schimmer des Lichtkegels, den er dieses Mal jedoch noch kleiner hielt. Travias Schein würde sie schon beschützen.

Etwas schlug dumpf gegen den Bug und brachte das Boot sanft zum Schaukeln. Das mußte der Baumstamm sein, den er vorhin noch dort hinten hatte treiben sehen. Praiodan lehnte sich leicht über Bord, um nachzuschauen, was ihn daran so gestört hatte.

Die brechenden Augen eines schönen Gesichtes starrten Praiodan gequält an, und er schrie erschrocken auf, als eine blutige Hand aus dem Wasser schoß und seinen Kragen ergriff.

»Rondriane! Eine L-Leiche!« brüllte er seiner Schwester zu und versuchte, den Griff der Hand vom Stoff seiner Jacke zu lösen. »Hilfe! Hilfe!« Sein Herz raste.

»Ich bin ja da, Praiodan, halt doch mal still!« Rondriane drückte ihren jüngeren Bruder energisch wieder auf die Bank zurück, damit er nicht aus lauter Hast aus dem schaukelnden Boot fiele, und ergriff dann ihrerseits die Hand, um sie zu lösen. Die Finger waren kühl, aber nicht leichenkalt.

»Verdammt!« entfuhr es ihr. »Der lebt noch! Hilf mir!« Und zum Entsetzen ihres jüngeren Bruders machte sie sich daran, den Körper ins Boot zu hieven. »Hilf mir schon! Das ist kein Untoter! Der lebt noch!«

Tatsächlich gelang es ihnen gemeinsam, den Körper aus dem Wasser zu ziehen und nun auch noch auf den Boden des Bootes zu legen. Rondriane strich die langen schwarzen Haare aus dem Gesicht und bemerkte erstaunt, daß es sich um eine schöne Frau mit südländischen Zügen handelte. Im Schein der Lampe erkannte sie sogar noch den verwaschenen Kohlestrich um die Augen und den goldenen Ring im zierlichen Nasenflügel der Frau, die kaum mehr atmete.

Ihre Lippen bewegten sich kaum merklich, und Rondriane schüttelte Thalionmel heftig an der Schulter. »Thal! Du mußt sie heilen, schnell! Sie stirbt sonst!« Müde und ausgelaugt gab die Elfe unwirsch zurück, »Bin ich Rohal? Ich kann nicht mehr! Ich habe meine ganze Kraft für Fhann verbraucht, und falls du's wissen willst, mir ist zum Kotzen.« Offensichtlich hatte sie den weiteren Gast in ihrem Boot noch gar nicht so richtig wahrgenommen.

»Verdammt«, fluchte die Anführerin und wandte sich wieder der Südländerin zu. »Sie ist bestimmt Novadi. Die Tulamiden tragen keine solchen Nasenringe, glaube ich!« murmelte sie. Schnell verstummte sie allerdings, als mühsame Worte über die Lippen der Sterbenden drangen. »Perle…«, hauchte sie, und mit einem entsetzlichen Seufzer wieder: »Die Perle…« Augenblicke verstrichen, in denen die Geschwister und die mittlerweile sehr aufmerksam gewordene Elfe auf weitere Worte hofften. Dann sprach die Novadi in ihrer fremdartigen Sprache weiter, die die drei Schmuggler nicht verstanden.

Doch im Sterben flüsterte die Novadi die dritte Strophe des Liedes der Dünen, jene Strophe, die sie zwar von ihrer Mutter gelernt, aber noch nie gesungen hatte. Doch sterbend kamen ihr die Worte des unbekannten Dichters leicht über die Lippen, und die Träne floß unerkannt über ihr feuchtes Gesicht.

*Sehet das Shadif, so kühn, mit*
*den Nüstern wie zärtliche Seide*
*Klug ist es, mutig und flink,*
*treu seinem Herren ergeben*
*Wie es in Anmut und Stolz grast*
*auf der kärglichen Weide*
*Ist es des gläubigen Kriegers*
*erhabenste Freude im Leben.*

*Aber schon nahen brandschatzend*
*sich der Ungläubigen Heere*
*Und der Krieger voll Zorn prescht*
*vorwärts, die Feinde zu strafen*
*Doch da sinkt nieder sein Tier,*
*getroffen vom feindlichen Speere*
*Einmal noch schaut's seinen Herrn,*
*liebend, dann ist es entschlafen.*

*Kapitel 2*

# Fatas

Efferdan ui Bennain war einer der wenigen Menschen, die nicht dem Herrn Efferd geweiht waren und die Erlaubnis besaßen, das innerste Allerheiligste des alten Tempels des Meeresgottes zu betreten. Dies war der älteste Efferdtempel in Havena; er hatte das große Beben überstanden, ja – wie manche sagten – sogar aufgehalten, bevor es den östlichen Teil Havenas ebenso zerstören konnte wie den westlichen. Der Tempel, der den meisten Gläubigen offenstand, war das Haus der göttlichen Wogen in Oberfluren nahe dem Fürstenpalast. Zwar durften die Gläubigen, die zum Alten Tempel kamen, auch hier gerne in der vorderen Bethalle ihre Andacht verrichten oder den Predigten des Hohengeweihten Graustein lauschen, die heiligen Zeremonien allerdings wurden allein im Kreis der Efferdgeweihten abgehalten.

Wie immer von tiefer Ehrfurcht ergriffen, schritt Efferdan zügig die Stufen empor und unter dem Delphinrelief hindurch in eben jene Vorhalle, in der bereits drei weitere Havener um die Statue versammelt waren, vor der ein künstliches Becken, gefüllt mit Meereswasser, stand, und beteten. Das Abbild zeigte den Gott mit Menschenkörper und Delphinschwanz, in einer Hand den Dreizack, in der anderen eine Muschel, aus der stetig Wasser in das geheiligte Becken darunter sprudelte. Das Plätschern des Wassers erfüllte den großen offenen Raum und hallte von den Wänden wider, und gemeinsam mit dem durch die grün und blau getönten Butzengläser gefärbten Licht verwandelte es die Halle in ein Unterwasserparadies.

So viel Heiligkeit ging von den uralten Marmorwänden aus, daß Efferdan stets die sich ewig wandelnden Hymnen zu hören meinte, die hier über die Jahrtausende gesungen worden waren. Schon als kleiner Junge hatten die Geweihten ihn hier willkommen geheißen, damals, als seine Frau Mutter, die Fürstin Thornia, ihn hierhergesandt hatte, um in den Tempeldienst zu treten und Efferdnovize zu werden. Larona Seeträumerin, die damalige Hohegeweihte des Tempels und jetzige Hüterin des Zirkels der Efferdgeweihtenschaft, hatte viel Zeit mit dem Knaben verbracht und seine Gaben geprüft, ihn schließlich jedoch wieder heim in den Palast geschickt und erklärt, daß er nicht berufen sei. Efferdan dankte dem Unergründlichen noch heute dafür, daß seine Mutter gestorben war, bevor sie jene Botschaft erfuhr, sie hätte ihr wahrlich das Herz gebrochen. Sie hatte den späten Sohn als Geschenk Efferds betrachtet und ihm aus ganzer Seele die Weihe gewünscht.

Trotz alledem wußte Efferdan, daß er ein Band zu dem Meeresgott besaß, soweit ein Sterblicher sich erdreisten durfte, solches zu behaupten. Damals, als Knabe, hatte er vor dem inneren Altar gehockt und war eins mit der Brandung gewesen, hatte die Gesänge der Wale gehört und die kühlen Berührungen von Fischleibern auf der Haut gespürt. Er wäre gerne im Tempel geblieben, hatte die Entscheidung der Geweihten jedoch still hingenommen. Jetzt, da man ihn rief, verspürte er eine tiefe Freude, daß er es war, den die Efferdkirche rief. Die Nachricht hatte jedoch Sorgen geweckt, so daß er sich eilte, ihr zu folgen.

Inzwischen galt Efferdan als einer der gelehrtesten Kenner der Wassertiere und ihrer Verhaltensweisen in ganz Albernia, er hatte zu Studien- und Lehrzwecken bereits die Tempel und Universitäten zu Methumis, Bethana und Al'Anfa aufgesucht und seit dreißig Jahren ganz persönliche Erfahrungen mit den Kreaturen der Unterstadt gemacht, ohne daß ihm jemals etwas geschehen wäre. Dieser letzte Aspekt hatte ihn selbst nach und nach verblüfft, denn noch niemals hatte ihn eine der See- oder Sumpfkreaturen dort draußen angegriffen, allein vor jenem Gezücht mußte er sich fürchten, das nicht unter Efferds Herrschaft stand – und vor den Menschen, die sich dort aufhielten und meist ihre ganz eigenen Ziele verfolgten. Efferdan wußte von den *Nebelgeistern* und hatte ihre kleinen flachen Frachtboote schon so manches Mal durch die Dunkelheit gleiten sehen. Anders als so viele leichtgläubige Havener schrieb er ihnen nichts Überirdisches zu, außer vielleicht ihren Mut, sich in so gefährlichen Gewässern zu bewegen. König Cuanu – Efferdans zwanzig Jahre älterer Bruder – hatte ein hohes Kopfgeld auf jeden einzelnen der Schmuggler ausgesetzt, das sich der Gelehrte jedoch nicht zu verdienen trachtete. Irgendwie dienten doch auch sie dem Gott der Meere, fand er, wenn auch auf gänzlich andere Art als er selbst.

Efferdan wischte diese Gedanken fort und schritt nun auf die Statue und das Becken zu, kniete davor nieder und ließ beide Hände kurz in das Wasser gleiten, um sich schließlich mit den feuchten Fingern die Stirn zu benetzen. »Dein Segen über mein Haupt, Herr«, murmelte er dabei leise und erhob sich wieder. Dann ging er auf den schweren Samtvorhang mit dem Muster sich scheinbar ineinander verwebender grüner und blauer Algen zu, horchte kurz, bevor er ihn anhob, und schritt schließlich hindurch, in das Allerheiligste des Tempels.

Eine weitere Efferdstatue von ähnlicher Machart wie die in der Vorhalle stand an der Wand gegenüber des Eingangs, nur daß sie neben dem Dreizack statt einer

Muschel einen großen Gwen-Petryl-Stein emporhielt, der ein stetes und kühles bläuliches Licht spendete. Im Gegensatz zu dem Jüngling, den die erste Statue gezeigt hatte, trug dieser Efferd einen langen Bart und dichte, buschige Brauen, unter denen die großen Augen strafend funkelten. So war der Gott nun einmal – sprunghaft und wandelbar, launisch und unergründlich. Mal meinte man, ihm Mitleid und Güte zuschreiben zu können, dann wieder riß er mit Fluten und Stürmen vielleicht Hunderte in den nassen Tod. Trotz der ungnädigen Augen hatte Efferdan vor diesem uralten Efferd aus Alabaster niemals Angst empfunden – eher Respekt, wie vor einem machtvollen Vater, denn den seinen hatte er niemals kennengelernt.

Auch hier erweckte das durch Butzenfenster und die große Dachkuppel bläulich gefärbte Licht den Eindruck einer Unterwasserwelt, gefördert durch die uralten Wandmalereien, die in allen nur erdenklichen Grün- und Blautönen gehalten waren und jede bekannte Wassertierart und -pflanze zeigten. Efferdan liebte es, diese Bilder zu betrachten und im Geiste mit den echten Exemplaren zu vergleichen, denen er bereits begegnet war; er kannte sie alle beim Namen und wußte sicherlich ebenso viele Details über ihre Eigenarten und Besondernisse wie Graustein, der Hohegeweihte. Dem Unergründlichen sei Dank, die riesige Flutwelle des Seebebens 291 vor Hal hatte vor diesem uralten Tempel halt gemacht, von dem man sagte, daß er vor mindestens 1600 Götterläufen errichtet worden war, als Dank der Havener an Efferd für die gelungene Vertreibung der Orkhorden aus ihrer Stadt – lange bevor die Bennains überhaupt albernischen Boden betreten hatten.

Doch das Heiligtum dieser Tempelhalle war nicht etwa die Statue des Meeresgottes, sondern eine runde Öffnung im Boden, die hinunter in eine blaß-bläulich leuchtende Kaverne führte. Dort unten wohnte Lata, die Drachenschildkröte, Abgesandte des Efferd selbst und uralt. Wenn Efferdan hierherkam, ergriff stets beklemmende Ehrfurcht sein Herz, denn hier, in Havena, hatte sich nach dem Großen Beben in den Kavernen unterhalb des Tempels eine wahrhaftige Alveraniarin eingenistet. So wie die Geweihten der Rondra Kor als Sohn der Göttin verehrten, so betete man Lata als Tochter Efferds an, mit dem wesentlichen Unterschied, daß Lata *hier* war, hier in Havena.

Und wie immer, wenn er hierherkam, brachte Efferdan Lata eine ganz besondere Opfergabe dar. Von seiner letzten Fahrt in die Unterstadt hatte er einer Sargmuschel ihren Schatz entnommen – ein altes Amulett, das sich im Laufe der Jahrhunderte völlig mit Perlmutt überzogen hatte. Zwar hätte ihn dieses Wagnis fast die rechte Hand gekostet, doch er hatte gewußt, daß dieses Kleinod der Drachenschildkröte angemessen wäre.

Also kniete Efferdan vor dem Loch im Boden nieder und richtete in Gedanken seine Worte und Gebete an Lata, zog das Perlmuttamulett hervor und hielt es über den Durchlaß. Niemals wagte er, seine Gaben direkt hinunterzuwerfen, aus Furcht, sie könnten die Alte stören. Deshalb schritt er schließlich auf den Altar zu, der vor der Statue stand, und legte das Schmuckstück darauf nieder. Die Geweihtenschaft würde es dann schließlich hinuntertragen.

Mit einem letzten Gebet verabschiedete sich Efferdan von dem Gott und seiner Tochter und stellte sich an die Seite des heiligen Raumes, um darauf zu warten, daß man ihn ansprach.

»Efferdan!« Der Prinz hielt inne und wandte sich zu dem mit Vorhängen abgetrennten Nebenraum, aus dem gerade eine Geweihte hervorgetreten war.

»Ilarea, seid gegrüßt!« antwortete er mit ebenso gedämpfter Stimme. Die Geweihte, die ähnlich weißblondes Haar hatte wie Efferdan selbst und es auch wie er lang über den Rücken fallen ließ, schritt gemessen auf ihn zu. Die blaugrünen Gewänder einer hohen Geweihten flossen um ihre drahtige, fast dürre Gestalt, an den Schultern und am Kragen bedeckt mit schillernden Perlmuttscheiben. Ilarea Efferdtreu benahm sich sonst selten so feierlich, fiel Efferdan auf, er kannte sie als ausgesprochen launische Person, die innerhalb weniger Herzschläge zwischen lachender Freundlichkeit und überschäumenden Wutausbrüchen schwanken konnte, besonders in den seltenen Fällen, wenn Efferdan sie beim Wettschwimmen geschlagen hatte – was bis jetzt erst zwei- oder dreimal vorgekommen war. Da Graustein, der Hohegeweihte des Gottes in Havena, leider ein ebenso wechselndes Gemüt besaß, war Efferdan schon bisweilen unfreiwilliger Zeuge so lauter Streitgespräche geworden, daß das Gebrüll über den Hafen hinweg bis ins Orkendorf zu hören gewesen war.

Ilarea winkte den Prinzen nun in das kleine Gemach, in dem der oder dem jeweilig nachts anwesenden Geweihten ein Bett, ein kleiner Tisch mit drei Stühlen und eine Komode zur Verfügung standen. Die Geweihte bot Efferdan einen Platz am Tisch an, bevor sie sich selbst setzte. »Wir haben Euch in das Haus Efferds gerufen, Prinzliche Hoheit, um Euch und mit Euch Eure Familie zur Beratung hinzuzuziehen. Hier im Tempel ist ein Ereignis eingetreten, das sich so nicht vorhersagen ließ und das auch die Bennains als Herrscherfamilie Albernias direkt betrifft: Die Efferdperle ist verschwunden.« Sie schwieg einen Moment, bevor sie fortfuhr: »Wir vermuten, daß der Gott sie wieder zu sich genommen hat.« Sie ballte die Fäuste in ohnmächtiger Wut, denn dies würde möglicherweise auch bedeuten, daß kein Segen mehr auf diesem Haus lag.

»Die heilige Perle? Hier? Aus dem Tempel verschwunden?« Der Prinz wagte es nicht zu glauben, doch Ilarea nickte.

»Wann ist das geschehen?«

»Letzte Nacht. Graustein bemerkte es, als er zur Kaverne hinabging.« Die Geweihte saß mit auf dem Tisch gefalteten Händen da und blickte den Prinzen aufmerksam an.

Efferdan dachte an die Kaverne und ihre göttliche Bewohnerin. »Was ist mit *Ihr*?«

Der Geweihten war klar, wen er damit meinte, doch sie mußte wiederum mit den Schultern zucken. »Luan hatte über Nacht Dienst im Tempel, hier in diesem Raum. Er hat eigentlich einen recht leichten Schlaf, doch er ist nicht aufgewacht. Das Gebäude ist immer offen, auch nachts, weshalb natürlich keine Spuren zu sehen wären, wenn es ein weltlicher Dieb gewesen sein sollte... Graustein aber meint, die Perle sei entwendet worden. Der Hohegeweihte wird übrigens gleich zu uns stoßen – er befindet sich noch im Gebet.«

Efferdan kannte sich nicht halb so gut mit Menschen aus wie mit den Meeresbewohnern, und doch sagte ihm Ilareas Gesicht, daß sie zweifelte. »An was glaubt Ihr denn – einen Diebstahl?«

Zum dritten Mal zuckte die Priesterin unsicher mit den Schultern. »Es war vor nun zwanzig Jahren, daß Graustein die Perle in Latas Kaverne auf dem Grund des Sees fand, dessen Zufluß hinaus zur Unterstadt führt. Er pflegte dort recht häufig zu schwimmen. Zwar war ich erst zehn Jahre alt, aber ich erinnere mich an diesen Tag, als wäre er gestern gewesen. Der 16. Ingerimm ist der Tag des Großen Bebens, das damals genau dreihundert Jahre zurücklag, und an jenem Tag sandte Efferd uns die Perle, nachdem wir am Bennaindamm mit vielen hundert Gläubigen eine Zeremonie abgehalten hatten. Seine Gabe war ein Zeichen Seiner Vergebung – nach dreihundert Jahren verzieh Er Havena, was Ihn damals so erzürnt hatte. Efferd mag ein launischer und wankelmütiger Herrscher sein, Prinz, doch mir erschien dieses Geschenk immer als eine Art Schlußstrich. Eine Belohnung für die Demut und Treue, mit denen wir in den letzten Jahrhunderten bewiesen haben, daß die Stadt der Gaben des Gottes wieder Wert ist.«

Grübelnd nickte Efferdan. Havena war vor der Katastrophe führend in der Seefahrt und im Güldenlandhandel gewesen, sagte man, doch dreihundert Jahre hatten nicht ausgereicht, diesen Status wieder zu erreichen, und die Stadt hatte kaum ein Drittel der Einwohnerzahl wiedererlangt, die laut der Überlieferungen bei dem Seebeben vernichtet worden sein mußten. Und inzwischen hatten die Schiffe und Kontore des Horasreiches denen Albernias längst den Rang abgelaufen. Viele Kais und Ladekräne im Hafen verfielen zusehends und waren kaum noch zu gebrauchen, und während natürlich noch fast alle Westküstenrouten Havena als Anlaufpunkt enthielten, blieb doch ein Großteil der Schiffsanlegeplätze leer. Dazu kam der Krieg im Osten, der auch die westlichen Provinzen gnadenlos geschwächt hatte, und das wieder blühende Schmugglerunwesen, bei dem im Jahr viele tausend Silbertaler an den Zollämtern vorbeigeschleust wurden. Seine Nichte Invher war die Erbin einer schweren Krone.

»Krone...«, dachte der Prinz laut. »Könnte es etwas mit der Krönung zu tun haben?«

»Auch ich habe daran bereits gedacht«, ertönte die laute Stimme Grausteins vom Eingang des Raumes her. Er fegte den Vorhang beiseite und betrat das Zimmer mit schweren Schritten. Zur Begrüßung des prinzlichen Gastes, der sich schnell erhob und verbeugte, nickte er einmal würdig und ergriff erneut das Wort, bevor einer der beiden eine Antwort formulieren konnte. Raumgreifend gestikulierend, wie es so seine Art war, meinte er: »Die Bruderschaft von Wind und Wogen Havenas hat die Bitte Eures Bruders, des Königs, wohlwollend begrüßt, in die Krönungszeremonie der Kronprinzessin Invher auch die Gabe Efferds miteinbeziehen zu dürfen.« Er schlug mit den Armen einen weiten Halbkreis, gen Westen gewandt. »Doch mir scheint, daß der Segen des Herrn der Gezeiten nicht auf diesen Feierlichkeiten ruht, wenn er das Artefakt entrückt, bevor es gegen seinen Willen Verwendung findet. Ich bin kein Mann des Zauderns oder Lamentierens, deshalb zeigt mir dieser Hinweis darauf, daß wir falsch entschieden haben.« Grausteins polternde Stimme verstummte, und er ließ die Arme nun wieder sinken, um die Hände vor dem Bauch zu falten.

Sogleich sprang die jüngere Geweihte auf und widersprach dem Hohengeweihten. »Graustein, meinst du wirklich, daß dies die einzige Möglichkeit ist, diesen Vorfall zu deuten? Ich bin nicht deiner Meinung, daß das Verschwinden des Kleinods – so es von Efferd selbst ›entrückt‹ wurde, wie du sagst – nun auch noch etwas mit Prinzessin Invhers bevorstehender Krönung zu tun haben muß! Ich meine, du urteilst vorschnell.« Innerlich mußte der Prinz schmunzeln, denn dies war es, was er an der Kirche des Efferd so liebte: Zwar hatte der Tempeloberste die letzte Entscheidung in sakralen Angelegenheiten, doch das hieß noch lange nicht, daß die anderen Geweihten das ohne Zank und Streitgespräch hinnahmen. Die Kirchen des Praios und der Rondra mochten feste Befehlsstrukturen zum obersten Gebot machen, doch bei den Efferdpriestern zügelte niemand seinen Unmut, ganz so, wie es das Vorbild des Gottes vorgab. Man konnte sicher sein, von den Priestern des Meeresgottes meist eine direkte und unverblümt ehrliche Antwort zu bekommen.

Graustein schüttelte unwillig den Kopf, gab aber

knurrend nach. »Du streitest fast so gern mit mir wie Hochwürden Larona damals. Doch ich gestatte Euch, Prinz Efferdan, Untersuchungen anzustellen. Ilarea wird Euch zur Seite stehen, da sie schließlich sakrale Dinge besser beurteilen kann und sich zudem hier im Tempel besser auskennt. Doch die Deutung der Hinweise überlaßt Ihr dann mir.« Er musterte den Prinzen eingehend, der zustimmend nickte. Sein Gesicht und seine Statur mochten bei den Damen bei Hofe sicherlich Gefallen erregen, auch wenn man dem Prinzen ansah, daß er kaum ein solcher Schwerenöter war wie sein jüngster Neffe Ruadh ui Bennain. Die wenig prunkvolle Kleidung und das lange, ungeschnittene weißblonde Haar wiesen darauf hin, daß er sich nicht viel aus Etikette und Hofhaltung machte, allesamt Beobachtungen, die für ihn sprachen, fand Graustein. Rätsel gab dem Geweihten allerdings eine Schätzung des Alters des Mannes auf – er wirkte mehr wie Mitte, vielleicht Ende der Zwanzig, auch wenn der Priester wußte, daß der Prinz schon fast vierzig sein mußte, da er noch ein Sohn Fürst Halmans gewesen war. Nun, zumindest der Sohn von Fürstin Thornia, brummelte der bärtige Mann zu sich selbst, denn mit dem breitschultrigen und kriegerischen Lebemann Halman hatte Prinz Efferdan wahrlich nicht viel gemein. Graustein erinnerte sich – vor sicherlich dreißig Jahren, als Efferdan noch ein Junge gewesen und er selbst noch ein einfacher Geweihter war, da hatte man den Prinzen zum Noviziat in den Tempel gebracht. Auch wenn Graustein ihn für außerordentlich geeignet erachtet hatte, war es Larona Seeträumerin gewesen, die ihn wieder fortgeschickt hatte.

Natürlich kannte Graustein den Prinzen gut, denn immerhin hatte er ihm das Privileg erteilt, das Allerheiligste des Tempels betreten zu dürfen, da Efferdan ganz offensichtlich ein sehr efferdgefälliges Leben führte und den Gott tief verehrte. Doch es mußte noch mehr in ihm stecken, erkannte der Priester, und schmunzelte.

Dann nickte der Hohegeweihte. »Es ist ganz im Sinne der Priesterschaft, daß Ihr Euch Eure Gedanken dazu macht, Prinz, Ihr seid ein unvoreingenommener Beobachter und Vertreter Eurer Familie, die ja an dem Vorfall immerhin auch ein Interesse hat. Laßt uns den Tempel begehen.« Und ohne ein weiteres Wort verließ er den Raum und schritt voran, darauf vertrauend, daß die Geweihte und der Prinz sich ihm anschlossen.

Nach der Beschreitung des oberirdischen Bereichs des Tempels ergab sich ein bedrückendes Bild für Efferdan: Tatsächlich befand sich nirgendwo der kleinste Hinweis darauf, daß weltliche Einflüsse zum Verschwinden der Efferdperle geführt hatten. Auf der anderen Seite bot der Tempel einem Dieb, der den Zorn des Gottes nicht fürchtete, nicht gerade viele Hindernisse, man konnte nachts einfach hineinspazieren, die Perle nehmen und wieder hinausspazieren.

Damit kam der stille Prinz zu der Frage, die schon den ganzen Abend in seinem Geiste gelauert hatte und die er eigentlich hatte vermeiden wollen: Wer sollte das heilige Artefakt eines Tempels stehlen – und vor allem, warum? Der Fluch des Efferd oder doch zumindest seiner Priesterschaft war ihm sicher, verkaufen konnte man ein solches Stück auch nicht… Auch wenn er es sich nicht eingestehen wollte, stimmte Efferdan der Meinung Grausteins langsam zu, daß Efferd selbst das Artefakt entrückt hatte. Die Interpretationen eines solchen Ereignisses mußte er dann der Kirche überlassen.

Noch einmal musterte er den linken Nebenraum gründlich, bis sein Blick auf die schmale Treppe fiel, die in die Kaverne führte.

»Ilarea!« rief er gedämpft und schritt schon darauf zu. Hastige Schritte und fahles Licht deuteten an, daß die Priesterin ihm mit dem kleinen Gewn-Petryl folgte. »Was suchst du noch?« flüsterte die Frau. Diesmal war es an Efferdan, die Schultern zu zucken, doch er stieg weiter hinab bis zu dem Raum mit der Statue, aus dem die Perle verschwunden war. Sein Herz klopfte wild von innen gegen die Brust, doch er nahm sich zusammen, denn der Fels unter seinen Füßen war so schlüpfrig und feucht, daß man leicht stürzen konnte. Algen wuchsen an den Wänden und auf den Stufen, die weniger aus dem Fels geschlagen als *gebrochen* wirkten. Die Treppe endete in einem kleinen leeren Raum, in dem sich außer zwei Sockeln, von denen einer eine spannlange Statue trug, und einer davor aufgestellten Bronzeschale keine weiteren Gegenstände befanden. Als Efferdan die Statue im Schein des Gwen-Petryl näher in Augenschein nahm, erkannte er zu seinem Schrecken, daß es sich mitnichten um eine Darstellung des Meeresgottes handelte, sondern um die Ingerimms, des Gottes des Feuers. Zu allem Überfluß war es auch noch die zwergische Darstellung ihres Schöpfergottes, die dort langbärtig und mit Schmiedehammer und ewiger Lampe in Stein abgebildet war. Allerdings hatten Hiebe mit einem schweren Hammer die ansonsten meisterhaft geformte Statue beschädigt, ein Teil des Kopfes und der Schulter fehlte, und der dicke Bauch wies eine tiefe Kerbe auf.

Also waren die Gerüchte wahr, die angeblich zur Zerstörung Havenas vor mehr als dreihundert Jahren geführt hatten? Die Schriften im fürstlichen Archiv, die Efferdan mehr als einmal studiert hatte, berichteten von einem Streit der Kirchen des Efferd und des Ingerimm, der Inhaftierung von drei (möglicherweise ingerimmgeweihten) Zwergen durch die Garde und einer zerstörten Statue. Doch reichte dies aus, um den Herrn der Meere zu veranlassen, fast eine ganze Stadt zu zerstören? Efferdan wagte nicht, daran zu glauben.

Neben dem Sockel lag halb verborgen ein alter Hammer, vermutlich jener, mit dem Efferdhilf, der damalige Hohegeweihte der Stadt, die Statue zerschmettert hatte. Laut den Dokumenten war es eben jener Geweihte gewesen, der vom Fürsten der Stadt in jenem Jahr verlangt hatte, Efferd als Herrn vor Praios dem Götterfürsten verehren zu lassen, der ja der Gott des Neuen Reiches war, von dem man sich im Jahr zuvor abgetrennt hatte. Eine merkwürdige, beängstigende Geschichte, die davon berichtete, daß die Götter von den damals sicherlich sechzigtausend Einwohnern der Stadt kaum viertausend am Leben gelassen hatten. Efferdan betete, daß diese Katastrophe nicht wegen einer beschädigten Statue entfesselt worden war.

Die nun recht steilen Treppenstufen führten Efferdan ui Bennain weiter hinunter. »Efferdan!« entrüstete sich die Priesterin halblaut zischend, um hier unten nahe der heiligen Kavernen keinen Krach zu machen.

Doch der Prinz hielt nicht inne. Er hatte einen Ruf verspürt, der über die Autorität der Priesterschaft hinausging, ihn innerlich erbeben ließ und ihm die Tränen in die Augen trieb. Der hell leuchtende Schein in der Hand der Geweihten, die ihm sicheren Schrittes folgte, verdrängte die Dunkelheit, die wie Spinnweben in den Ecken nistete, bis der Mann bemerkte, daß auch der Fels rechts und links leicht schimmerte. Hier und dort glommen kleinste Gwen-Petryl-Kiesel, zunächst nur wenige, bis es schließlich so viele waren, daß Efferdan nicht mehr allein dem Stein in Ilareas Hand vertrauen mußte.

Die Treppe hatte sie tief hinuntergeführt, tiefer, als Efferdan es für möglich gehalten hatte. Sie befanden sich sicherlich bereits unterhalb der Wasseroberfläche, mutmaßte er. Schließlich öffnete sich vor ihm eine große Höhle, nein, eine Kaverne, denn von hier führte kein sichtbarer Ausgang hinaus.

Schillerndes bläuliches Licht von den Wänden der Kaverne tanzte auf dem See, von der leise wogenden Oberfläche stetig bewegt. Die Strahlen des steinernen Gwen-Petryls fielen zurück auf die unbehauenen Wände und zauberten tausend Farben in die Adern aus Aquamarin und Bergkristall, die den Fels wie Kronen und Juwelen schmückten.

Der Tanz des blauen Lichtes füllte nicht alle Bereiche der Kaverne aus. Zwar zog sich der Gwen-Petryl auch durch die rückwärtigen Wände der Höhle, doch bis dorthin reichte das Wasser des unterirdischen Sees nicht.

Es war still bis auf das Tappen der beiden Fußpaare auf dem nassen Felsboden. Zarte Wellen leckten den glitzernden Sand fast lautlos, die nassen Zungen des Meeres schienen das einzige Leben in der Höhle zu sein. Auch wenn es Efferds unendliches Reich sein mußte, das das Wasser des Sees speiste und rührte, so drang doch sein rhythmisches Rauschen und Atmen nicht hierher.

Efferdan staunte. In dem See befand sich sicherlich ein Ausgang zum Meer, denn manchmal hörte man Berichte von der Drachenschildkröte, die man vor der Küste oder am Bennaindamm ausgemacht haben wollte, und der Prinz selbst glaubte, sie einmal im Nebel der Unterstadt gesichtet zu haben. Diese Höhle müßte eigentlich völlig überflutet sein, das wußte jedes Kind, das bereits einmal am Wasser gespielt hatte…

Ziellos wanderte er zu dem weißen Sand des Strandes, die Augen unverwandt auf das herrliche Spiel des Gwen-Petryl-Lichtes gerichtet, das von den Steinen an den Wänden und der Decke auf die Wasseroberfläche fiel. Ein wahrhaft heiliger Ort.

»Wir sind hier tief unter dem Tempel, tief unter dem Meeresspiegel, Ilarea«, sprach er schließlich seine Gedanken aus. »Eigentlich müßte Efferds Element die

Höhle ausfüllen.« Als er zu der Priesterin zurückblickte, nickte sie nur lächelnd, und Efferdan beschloß, dieses Wunder einfach hinzunehmen.

Linker Hand neben der schiefen Treppe erkannte er im hinteren Bereich dieses Höhlenraumes schließlich doch noch einen weiteren Zugang und ging darauf zu, an Ilarea vorbei, die ihm jedoch in den Weg trat. »Was ist dort?« fragte Efferdan verwirrt und sah die Priesterin fragend an.

»Die Schatzkammer«, antwortete sie tonlos und trat beiseite, um ihm den Weg freizumachen. »Verzeiht mir«, fuhr sie schließlich fort, »aber ich hätte niemals gedacht, einmal um all dies fürchten zu müssen. Mir ist deutlich geworden, wie unsicher hier doch alles ist – wenn jemand etwas stehlen wollte, müßte er sich nicht sehr anstrengen.« Etwas zerknirscht fügte sie hinzu: »Nicht daß ich Euch in Verdacht hätte.«

»Ich weiß schon, wie Ihr das gemeint habt«, beruhigte Efferdan sie und betrat die breite Öffnung in den natürlichen Gang, der selbst Lata genügend Platz böte. Nach etwa zehn Schritten öffnete sich eine weitere Höhle, und was der Prinz hier sah, ließ ihn unwillkürlich den Atem anhalten.

Geschmeide, juwelenbesetzte Waffen, kostbare Perlmuttgegenstände, Pokale aus Silber und Mondsilber, Golddukaten der unterschiedlichsten Prägungen und Statuen aus Jade, Kristall und Marmor – jedes erdenkliche kostbare Material hatte hier Verwendung gefunden für eine Opfergabe an den Herrn der Gezeiten und seine Tochter. Einem Drachenhort gleich stapelten sich die Schätze am Boden, nur hier und dort durch eine ordnende Hand in einer Kiste oder Truhe verstaut.

»Heiliger Beleman!« entfuhr es dem Prinzen, der zwar an Reichtum gewöhnt war, doch niemals solche Kostbarkeiten auf einem Haufen gesehen hatte. »Nun begreife ich Eure Vorsicht!« sagte er mit einem zaghaften Lächeln zu Ilarea.

Noch geblendet von den Schmuckstücken, sah er sich in der viel kleineren Höhle um und schüttelte den Kopf. »Hier werden wir wohl auch nichts finden«, schloß er betrübt und kehrte dem Schatz den Rücken.

Zurück in der großen Kaverne Latas, schritt der Prinz noch einmal auf den See zu, über dessen Mitte sich in der Decke kreisrund die Öffnung hinauf zum Tempelraum befand. Er benetzte die Finger mit dem kristallklaren Wasser, durch das man bis auf den Grund sehen konnte, und hob die Hände zur Stirn. Mitten in der Bewegung verharrte er, denn in dem hellen Wasser bewegte sich etwas, das auf den ersten Blick einem Schleierfisch ähnelte, dem fast durchsichtigen Hochseefisch mit den langen, zarten Schwanzflossen. Bei näherem Hinsehen entpuppte sich das Objekt jedoch als echter Schleier aus hauchdünner Seide, wie der Prinz vermutete, da das Stück Stoff in dem klaren Wasser kaum sichtbar war.

Rasch streifte der Prinz Schuhe und Wams ab und sprang unter dem erschreckten Schrei der Geweihten kopfüber in den See, um schließlich mit dem dunklen Tüchlein wieder aufzutauchen.

»Stammt dies aus einer Tempelgabe der letzten Tage?« fragte er Ilarea, während er aus dem Wasser stieg.

»Nicht, daß ich wüßte.« Die erstaunte Dienerin Efferds schüttelte zögernd den Kopf. »Aber um sicherzugehen, werde ich alle Brüder und Schwestern befragen.«

»Erkundigt Euch doch auch gleich einmal, ob sich in der letzten Zeit irgendein Tempelbesucher auffällig verhalten hat, vielleicht hat der Dieb sich bereits vorher einmal umgesehen.« Die Geweihte nickte und hastete flink die Stufen zum oberen Tempel hinauf und ließ den Prinzen in der Kaverne allein.

Wieder vernahm Efferdan den fernen Ruf, einem Zupfen an seiner Seele gleich. Er war nun allein in der schönen Höhle mit dem hellen Sandstrand, und doch fühlte er die Aufmerksamkeit von jemandem – oder etwas – auf sich ruhen.

Unzeremoniell beugte sich Ilarea nach einer Weile leicht über das Loch in der Decke der Kaverne und ließ das Stück Stoff hinabbaumeln, das in der lauen Efferdluft schnell getrocknet war und nun seine echte Farbe preisgab – das helle Braun vergilbten Grases. »Niemand hat diese Gabe entgegengenommen«, verkündete die Priesterin triumphierend von oben, »und die wenigen Leute, die nicht dem Herrn geweiht sind und wie Ihr trotzdem Zugang zum Heiligtum haben, werfen nicht einfach Dinge in die Kaverne. Es stammt also vermutlich von einem Fremden. Luan berichtete, daß er vor einer knappen Woche eine Novadi in der Bethalle gesehen habe. Er hat sich damals sehr darüber gewundert…«

Efferdan nickte zu ihr hoch und antwortete gedämpft: »Ich glaube nicht, daß das Verschwinden der Perle Efferds Werk war. Der Uralte ist bestohlen worden.«

Neben Efferdan begann das Wasser im See der Kaverne zu brodeln. Erschrocken fuhr er herum und starrte der Kreatur entgegen, die sich dort aus den Fluten schob. Ein riesiger grünlicher Kopf, gefolgt von einer breiten Panzeröffnung, aus der das Wasser herausströmte. Ein vier Schritt langer gewaltiger Panzerleib, der naß in gelblichem Braun und dunklem Grün glänzte, kroch langsam aus dem See und auf den Strand hinauf.

Die verwachsenen, buckligen Platten wiesen eine Dicke auf, die den Schuppen eines Kaiserdrachen in nichts nachstanden. Und doch hatte dieses halbgöttliche Wesen, von Efferd als Wächterin der Götterlehren nach Havena entsandt, tiefe Risse im Panzer, als hätte ein Zyklop seine gewaltige Axt hineinsausen lassen. Was für eine Kreatur vermochte es, dieser Tochter Efferds einen solchen Schaden zuzufügen?

Voller Unbehagen stand Efferdan an dem weißen Strand, der den See umgab. Die Riesenschildkröte stapfte mit den baumdicken Beinen geruhsam auf den felsigen Grund der Kaverne und drehte sich mühselig um, so daß Sie Efferdan entgegenblickte. So plaziert, ließ Sie sich nieder und schloß die Augen.

Die Zeit verging, während Efferdan dastand und sich mühsam im Zaum hielt. Er prägte sich jeden Teil Ihres Körpers genau ein, um Sie später einmal nachzeichnen zu können. Schließlich bemerkte er ein feines Prickeln auf der Haut, als hätte ihn eine kühle Brise gestreift, doch hier in der Kaverne war es völlig windstill. Mit jedem Atemzug aber spürte er, daß Latas Präsenz immer mehr die gesamte Höhle ausfüllte, bis die Luft selbst so dick schien, daß Efferdan Mühe hatte zu atmen. Noch immer sprach Sie kein Wort, wiewohl der Prinz sich nicht ganz sicher war, ob er das überhaupt erwartete. Angestrengt wandte er seine ganze Kraft auf, um unter der Macht ihrer Aufmerksamkeit aufrecht stehen zu bleiben, da seine Knie drohten einzuknicken – eine schweißtreibende Angelegenheit.

So verging fast eine Stunde, bevor die Drachenschildkröte wieder die Augen öffnete. Tellergroße gelbliche Pupillen blickten ihn direkt an, und die Macht Ihres Geistes wuchs zu voller Kraft heran, fast als blicke ihm Efferd persönlich ins Antlitz.

Efferdan sank nieder und hockte sich auf den weißen Sand. Der Strudel wirbelnder Fragen in seinem Geist floß in ruhigere Bahnen, seine Ängste milderten sich, die Gedanken plätscherten einem munteren Bächlein gleich dahin. Zwar wußte er noch, wo und wer er war, doch alles andere hatte an Bedeutung verloren. Wollte die Uralte ihm Fragen stellen, ihn prüfen oder beurteilen? Er wußte nicht einmal zu sagen, ob nicht in der Tat all das bereits geschehen war.

Von der Drachenschildkröte ging eine so intensive Aura der Ruhe aus, daß Efferdan sich völlig aus dem Strudel der Zeit herausgerissen fühlte. Ein schönes Gefühl, wie ein wacher Teil seines Geistes bemerkte, doch er ließ sich schweben und gab sich gänzlich jener machtvollen Entität hin, die größer zu sein schien als diese Höhle, ja, größer als Havena oder sogar ganz Albernia.

Dann sandte die Drachenschildkröte Efferdans Geist in die Vergangenheit, um ihm einen Blick auf die schwarzen Seiten des Buches der Zeit zu gewähren, der Legende nach verfaßt von Satinavs dunkler Tochter Ymra.

*Kapitel 3*

# Ymra

Unter Fürst Toras hatte sich Albhernia ganz zum Guten gewendet, befand Efferdhilf der Blaue. Seit der Herrscher im letzten Jahr die Unabhängigkeit der Provinz erklärt hatte, besaßen Land und Leute wieder ihren alten Stolz. Havena mußte sich nun vor nichts mehr fürchten, nicht vor Gareth und nicht vor den Göttern, da ja Efferd über die Stadt wachte.

Zufrieden strich sich der kahlköpfige Hohegeweihte über den blauen Morgenrock, der locker über den ausladenden Bauch fiel. Vielleicht sollte er tatsächlich einmal damit beginnen, an seiner Rede zu schreiben, schmunzelte er – der Forderung an den Fürsten, Efferd als höchsten der Zwölf an die Spitze der Götter zu setzen, damit ihm endlich die verdiente Verehrung zukäme. Mit diesem Gedanken spielte er schon eine Weile, und er war sicher, daß Fürst Toras seine Forderungen erfüllte, wenn er nur den richtigen Zeitpunkt wählte.

Efferdhilf mühte sich zur Fensteröffnung und sah hinaus. Sein Blick aus den oberen Gemächern des großen Efferdtempels am inneren Hafen konnte ungehindert über das Becken und die darin liegenden Schiffe schweifen, durch die erhöhte Lage sogar über weite Teile der Stadt. Groß war Havena geworden, nickte er zufrieden. Durch Schiffahrt und den Güldenlandhandel, setzte er im stillen hinzu, denn das Meer war es, das der Stadt ihren Reichtum bescherte. Und so einflußreiche Kauffahrer wie Bhuan Bruadir trugen ihre Opfergaben aus Cantera in das Haus des Efferd und nicht das des Praios. Der Hafen bildete das Herz der Stadt, der Große Fluß die Lebensader der ganzen Provinz. Der Kult des Praios sollte sich glücklich schätzen, daß die Efferdkirche ihn überhaupt in ihrem Lande duldete!

Der Hohepriester schlurfte zur üppig gedeckten Speisetafel zurück, um noch ein Scheibchen frisch gebackenen Brotes mit dieser köstlichen Marmelade aus Cantera zu verspeisen. Pinienapfel hatte Bruadir die Frucht genannt, die ein köstliches hellgelbes Mus lieferte, das besonders zu Brotfladen vorzüglich mundete.

Das Frühstück mußte allerdings bald beendet sein, der Frühling bot auch für die Efferdpriester viele Aufgaben. Wenn der Winter zu Ende ging, wollten jetzt im Phex erst einmal die Winde für die Seefahrt günstig gestimmt werden, und um reichen Fischesegen muß gebetet werden, im Peraine dann wollte Efferd besänftigt werden, denn wessen Element nährte und speiste schließlich die Frucht auf dem Feld... Zuwenig Regen ließ die Saat verdorren, zuviel allerdings ließ sie faulen. Eine verantwortungsvolle Aufgabe, die die Priesterschaft von Wind und Wogen da zu erledigen hatte, denn das Wohl ganz Albhernias hing allein von ihren Ritualen und Gesängen ab. Heute hatte der Fürst der Stadt, Toras ui Bennain, den Geweihten zudem zu einer Ratssitzung in den Palast gebeten – ein Privileg, das der Hohepriester gerne wahrnahm.

Bevor Efferdhilf sich in sein Schlafgemach begab, das auf der anderen Seite des Gebäudes fern vom lärmigen Hafen lag, betätigte er ein Glöckchen. Nach wenigen Augenblicken trat sein Leibnovize herein und schloß die Tür lautlos. Efferdwin war ein schmucker Bursche mit langem weißblondem Haar, das über seine schlichte Novizentracht bis über die Schulterblätter fiel.

Den jungen Mann schätzte der Hohepriester als seinen Leibpagen sehr, da er kaum einmal ein Wort sprach, ohne daß man ihn gefragt hätte, und seinen Dienst pflichtbewußt und stets pünktlich versah. Zwar kam er nicht aus gutem Hause, doch immerhin fügte er sich in die Geweihtenschaft gut ein und tat, was man ihm auftrug.

»Efferdwin, die Robe.« Der Hohegeweihte legte seinen Morgenmantel ab, an dessen Revers noch einige klebrige Flecken der guten Pinienapfelmarmelade zu finden waren, und warf ihn in die Ecke. Das rituelle Bad würde er heute weglassen, schließlich blieb nicht viel Zeit bis zur Mittagsandacht in der Tempelhalle.

Gehorsam machte sich der Novize daran, mit einer Kleiderbürste vorsichtig die kostbar bestickte Robe zu entstauben. Schuppenförmig eingewobene Mondsilberfäden verliehen der blauen Seide Festigkeit, um die schweren Aquamarine tragen zu können, die von zwergischen Edelsteinschleifern zu funkelnden Juwelen geschliffen worden waren. Die wahre Kostbarkeit des Gewandes bildeten jedoch die winzigen springenden Delphine, die aus blauen und weißen Diamanten gestickt waren; diese reflektierten das Licht so stark, daß es das Auge blendete.

Efferdwin half dem Hohenpriester beim Anlegen der sperrigen Robe, strich sie glatt und knöpfte sie hinten zu. Schließlich brachte er noch die ›Krone‹ des höchsten Geweihten des Efferd, eine schlicht geformte Kappe aus blauem Samt, die ebenfalls über und über mit Juwelen bestickt war.

Bevor der Priester den Raum verließ, wandte er sich noch einmal zu Efferdwin um und lächelte. »Ich benötige einen Boten, der einige Papiere in den Alten Tempel trägt. Sie befinden sich auf dem Schreibtisch. Bis Mittag sollten sie dort sein, mein Junge.«

Der Novize nickte folgsam. »Natürlich, Hochwürden. Ich mache das sogleich, nachdem ich den Tisch abgeräumt habe.«

Damit verließ der Hohepriester den Raum, während Efferdwin den Tisch abdeckte.

Gebackenes Brot, geräucherte Salzarele, Kochschinken… Efferdwin schüttelte den Kopf, wie üblich, wenn er die Reste des hohepriesterlichen Frühstückes entfernte. Offensichtlich galt das Gebot der Kirche in den höheren Rängen nicht mehr, nur Dinge zu essen, die kalt zubereitet worden waren und nicht auf dem von Efferd unerwünschten Feuer.

Fein säuberlich räumte der junge Novize Geschirr und Aufschnitt auf den Beistellwagen. Er bedauerte sehr, daß er ob seines Botendienstes nicht am Gottesdienst teilnehmen konnte, bei dem die Geweihtenschaft für die Bauersleute um einen segensreichen Götterlauf bitten wollten. Die Zeremonien und Gesänge besaßen eine so ehrfurchterweckende Heiligkeit, daß Efferdwin gerne an jeder einzelnen teilgenommen hätte…

Statt dessen verließ er den prachtvollen Marmorbau durch einen Seitengang und begab sich in die Menschenmassen im Hafen. Schauerleute am fernen Kai brüllten einander Befehle zu, warfen Warenbündel weiter und grölten und lachten. Eine Gruppe weiblicher und männlicher Matrosen zog an Efferdwin vorbei, direkt in die Arme der Lustknaben und Huren, die an den Straßenecken auf Kunden warteten.

Zügigen Schrittes kämpfte sich Efferdwin durch die dichten Menschenmassen am Hafen und in den umliegenden Straßen. Der neue Efferdtempel, der mittlerweile schon zehn Jahre alt war, stand mitten im pulsierenden Leben der Innenstadt, westlich des Fürstenpalastes, der nicht minder prachtvoll war. Hohe Türme und Mauern aus grünlichem Marmor in einem großen Park boten eine angemessene Residenz, die sozusagen von Efferdtempeln umschlossen war: der Alte Tempel, der wesentlich kleiner als der neue war, den Efferdhilf hatte errichten lassen, befand sich im Norden des Schlosses, ein weiterer kleiner Schrein in Nalleshof am Fischerhafen.

Der Alte Tempel gefiel dem jungen Efferdwin wesentlich besser als der neue. Hier fand er die Muße und die Hingabe, dem Herrn Efferd wahrlich nahe zu sein, hier und am Leuchtturm an der Flußmündung, der ebenfalls ein Heiligtum enthielt. Jedesmal wenn Efferdwin diese alten Gemäuer betrat, waren Lärm und Hast für ihn ausgesperrt, und der strenge bärtige Efferd blickte auf ihn herab, während der große Gwen-Petryl-Stein alles in helles Licht tauchte. Manche jungen Novizen fürchteten sich vor diesem Efferd, er aber fand, daß er eher väterlich wirkte. Er hatte seinen Vater niemals kennengelernt, da dieser ebenso wie seine Mutter bei einem Unfall ums Leben gekommen war, als Efferdwin wenige Jahre alt gewesen war. Fürst Thorn, der Vater des jetzigen Fürsten Toras, hatte Efferdwin damals in die Obhut des Efferdtempels gegeben, eine gute Entscheidung, wie sich nun bewiesen hatte, da Efferdwin schon als kleiner Junge sämtliches Meeresgetier auswendig kannte und inzwischen schon fast ein Experte auf diesem Gebiet war – er hatte allerdings das Gefühl, daß die älteren Geweihten sich ungern von einem jungen Novizen überflügeln ließen, und so hielt er sich ein wenig zurück.

Nun ging Efferdwin die Stufen zum Tempelraum empor, schritt zwischen den alten Säulen hindurch und benetzte sich im Vorraum mit beiden Händen die Stirne, wie es sich gehörte, wenn man das Haus des Gottes betrat. An einigen ärmlich gekleideten Gläubigen vorbei, die wie er offensichtlich die Altehrwürdigkeit des Alten Tempels dem Prunk des neuen vorzogen (oder dort schlicht nicht eingelassen wurden), begab er sich durch den schweren Vorhang in das Allerheiligste, um Vater Oisin aufzusuchen, einen wahrhaft steinalten Mann. Der Geweihte, der den Tempel mit der jungen Raike allein versorgte, empfing den Novizen herzlich.

»Efferdwin! Schön, daß du vorbeischaust!« Die Stimme des Alten klang kraftlos und zitterte bisweilen, wenn er nicht gerade eine Predigt hielt. »Was führt dich her, mein Junge?«

Der Angesprochene hob vielsagend die Schultern.

»Ah, schon wieder ein neuer Erlaß des Hohenpriesters?« krächzte Oisin und nahm dem Jungen die emporgehaltenen Dokumente aus der Hand. Die Brauen des Alten senkten sich bedrohlich und erinnerten Efferdwin an die Statue, neben der er und Vater Oisin standen, und da fing der Geweihte auch schon an zu poltern. »Dieser junge Tunichtgut, dieser dekadente Speichellecker, eine Schande ist er für sein Amt, für die ganze Priesterschaft! Was bildet sich dieser Jungspund eigentlich ein? Meint, mich hüh und hott in der Gegend herumkommandieren zu können, und das, obwohl ich gewißlich doppelt so alt bin wie er! Der soll mir unter die Finger kommen, dieser blindgeborene Rotbarsch!« Efferdwin ließ das Gewitter des Alten geduldig über sich ergehen und wartete darauf, daß es wieder abflaute.

»Lest doch erst einmal, was er schreibt«, schlug er schließlich vor, als die Wolken wieder halbwegs abgezogen waren. »Das werde ich nicht tun!« raunzte der Alte ihn an und strich sich den dünnen Bart glatt. »Ich werde ihm nicht die Freude gönnen, mich zum Schlagfluß getrieben zu haben!«

»Aber lest Ihr denn die Verordnungen des Hohenpriesters nicht mehr?«, fragte Efferdwin erstaunt.

»Natürlich nicht!« bellte der Priester. »Reine Schikane, alles reine Schikane. Meint, mich herumkommandieren zu können, dieser Wichtigtuer, doch er fürchtet sich vor mir, ja, das tut er! Und er glaubt, es sei eine

Strafe für mich, in diesen kargen Tempel abgeschoben zu sein, dabei ist dies der Ort, an dem Efferd wahrlich zu mir spricht...« Die Flüche Oisins erstarben langsam, und wie die See sich nach dem Sturm glättete, verschwand auch das Runzeln von seiner faltigen Stirn.

»Du hörst ihn doch auch, nicht wahr, Efferdwin?« Der Junge nickte. »Das ist gut«, brummte Oisin und führte ihn in den Nebenraum, wo sich der Alte steif auf sein Lager setzte.

»Der hohe Herr Efferdhilf ist zu sehr mit der Politik beschäftigt, um Vater Efferd noch zu hören«, murmelte er hier nun betrübt und ließ sich von dem Novizen eine Schale Wasser reichen, aus der er langsam einige Züge nahm.

»Meine alten Augen erspähen düstere Wolken am Horizont, mein Sohn«, murmelte Oisin nun und hob die dürre Hand, die von Altersflecken übersät war, gen Westen.

»Hoheit, ich bin zumindest dafür, die Petition anzuhören, um gerecht abwägen zu können«, sprach Hochwürden Ardan, der Hohepriester des Havener Praiostempels. »Immerhin benennt das Edikt Kaiser Silem-Horas' auch Ingerimm als einen der Zwölf, die über die Gläubigen herrschen. Warum also vorschnell handeln und sich so den Zorn der Götter zuziehen?« Die goldene Robe des Geweihten schimmerte und glänzte im Licht der kristallenen Kerzenleuchter, die den fürstlichen Salon erhellten.

Kaum minder prachtvoll funkelten die Gemmen auf Efferdhilfs blauer Robe und seiner geschmückten Kappe, als er die Faust auf den Tisch sausen ließ und sich ruckartig erhob. »Den Zorn Efferds handelt Ihr Euch mit einer solchen Entscheidung unabwendbar ein, laßt mich Euch dessen versichern, Hoheit! Dies ist die Hochburg des Meeresgottes in seinem ureigensten

Land, in dem man schon seit Hunderten, ach, Tausenden von Jahren dem Meer und den Flüssen huldigt. Stellt Euch also seinen Zorn vor, wenn man in Havena beginnt, das Feuer zu verehren, dessen brennende Wut«, und hier erschauderte der Blaue effektvoll, »sein flüssiges Elixier zu verzehren droht?«

»Feuer mag Wasser vernichten, wenn es stark genug ist, Bruder«, lächelte der graubärtige Praiospriester, »doch Wasser vernichtet Feuer ebenso, wenn es nur die nötige Kraft aufbringt. Traut Ihr Eurem Gott so wenig, Efferdhilf, daß Ihr Euch ängstigt, ein kleines Flämmchen könne den Großen Fluß verkochen lassen?«

Am liebsten hätte Efferdhilf dem Praiospriester die Faust ins lächelnde Gesicht geschlagen, doch solche Wutausbrüche führten zu nichts. »Natürlich ängstigen mich solche Gedanken keineswegs, Bruder«, sprach er in ähnlich freundlichem Ton wie Ardan. »Doch weiß ich gar nicht, wie diese vertrackten Zwerge gerade jetzt auf den Gedanken kommen, hier einen solch blasphemischen Tempel zu errichten! Schließlich birgt ein Ingerimmtempel in Havena ein ähnliches Sakrileg für den Herren Efferd wie eine Magierakademie für den Herren Praios!« Nun wandte sich Efferdhilf der Blaue an Fürst Toras, der gelangweilt zwischen den beiden Priestern saß und seine Fingernägel betrachtete, während die freie Linke lässig auf dem Knauf eines Spazierstockes ruhte. Der Fürst war nach dem frühen Tod seines Vaters erstaunlich jung Erbe seines Amtes geworden, so daß viele ihn für leicht beeinflußbar hielten. Tatsächlich verbarg sich jedoch unter dem wohlgefälligen Gesicht mit dem dunklen Bart auf Kinn und Oberlippe ein eigensinniger, fast trotziger Geist. »Und genauso wie Euer Vater, Hoheit, einen Erlaß gegen die Magie in dieser Stadt verfaßt hat, fordert Efferd eine Bestimmung gegen den Ingerimmkult!«

Toras ui Bennain öffnete schon den Mund, um eine

Antwort zu formulieren, doch kam ihm Hochwürden Ardan wiederum zuvor.

»Das ist doch etwas völlig anderes, Hochwürden! Zunächst verstößt die Magie gegen ein Gesetz des Herren Praios, des Götterfürsten, und weiters hat sie in dieser Stadt unter den ketzerischen Thaumaturgen bewiesen, zu welchen Untaten sie in der Lage ist! Wie viele Menschen, Bürger dieser Stadt, hat sie auf dem Gewissen?«

Aufbrausend schnauzte der Efferdpriester zurück: »Und wie viele Menschen hat die Herrschaft der Priesterkaiser auf dem Gewissen, die ihrerseits das Silem-Horas-Edikt mißachteten und ganze Kirchen zu vernichten trachteten?« Wie zwei wütende Hunde stierten sich die beiden Hohengeweihten über den Tisch hinweg an, die Hände auf die Platte gestützt.

»Hochwürden, ich bitte Euch – nehmt Euch doch ein wenig zusammen«, erklang da die leise Stimme Fürst Toras'. »Ich weiß Euer beider Rat sehr zu schätzen und will ihn in meiner Entscheidung beherzigen, die ich in dieser Angelegenheit zu fällen gedenke. Nahema, meine Liebe, was meint Ihr?«

Die drei Männer wandten sich zugleich um zu der vierten Person, die sich, gemütlich auf einer Liege ausgestreckt, Trauben in den Mund baumeln ließ. Die Schönheit der Dame war in der Tat beachtlich. Schwarzes Haar, das zu langen, peitschenartigen Zöpfen geflochten war, schillernde schwarze Augen von unergründlicher Tiefe und der leicht dunkle Teint der Haut wiesen sie als Tulamidin aus, deren wohlgeformter schlanker Körper von einem geradezu skandalös eleganten dunkelblauen Kleid umschmeichelt wurde, das der weiten und flatternden Mode mit den unzähligen Unterröcken weit voraus war.

Die Baronin von Dela, auch die Schöne Baronin genannt, verschwendete allerdings keine Mühe darauf, den drei Männern in irgendeiner Weise schönzutun. Die klugen dunklen Augen fielen gelangweilt auf den jungen Fürsten, und während sie eine pralle blaue Traube zu den Lippen führte, sprach sie mit wohlklingender Stimme: »Empfang sie doch.« Sie zuckte anmutig mit einer Schulter. »Das verspricht, amüsant zu werden.« Weiße Zähne teilten die Frucht spritzend und befleckten so die güldene Robe des Praiospriesters.

Hochwürden Efferdhilf zischte wütend: »Ihr laßt Euch von dieser Hexe wohl sogar befehlen, was Ihr anzuziehen habt, Hoheit?«

Krachend sauste nun die Faust Fürst Toras' auf den Tisch. »Hochwürden Efferdhilf, zügelt Eure Worte!« Die leise Stimme des Herrschers war kaum lauter, aber wesentlich gefährlicher geworden. »Unser Herr Vater hat nur wenig kluge Gesetze erlassen, aber eines davon gedenken Wir mit äußerster Gewalt durchzusetzen: Wer die Baronin von Dela unter Zeugen als Zauberin schimpft, wird auf zehn Jahre aus dieser Stadt verbannt. Wir werden also Eure soeben gesprochenen Worte allesamt vergessen, und Ihr überdenkt in Zukunft Eure Rede besser! Und nun laßt Uns bitte allein, Wir sind müde.« Der junge Fürst lehnte sich in seinem Sessel zurück und tauschte Blicke mit der Baronin, während die Hohengeweihten der Praios- und Efferdkirche Havenas sich brüskiert aus dem Raum zurückzogen.

»Ich denke, das wird in der Tat amüsant…«, schmunzelte Nahema, während sie sich eine Traube in den Mund schob.

Die Aussaat auf den Äckern rund um Havena würde fast den ganzen Perainemond andauern. Rhÿs war eigentlich Schnitter. Das bedeutete, daß er nicht am Ende des Jahres, sondern am Anfang gebraucht wurde, im Herbst, wenn das Korn reif und gelb auf den Feldern stand. Tatsächlich war er sogar ein sehr guter Schnitter, in seiner Heimatstadt Abilacht hatte er schon mehrmals den von der Landherrin gestifteten Preis gewonnen, der meist aus einem ganzen Abend Freibier bestand.

Abilacht jedoch war ein kleines Dörfchen, in dem es viele Bauern und Schnitter gab, und selbst ein Albernier mußte auch außerhalb der Erntezeit etwas zwischen die Zähne bekommen. So hatte es Rhÿs also aus dem kleinen Dorf in die Hauptstadt verschlagen, denn er sagte sich: Wer, wenn nicht ich, ist dafür geeignet, hier gutes Gold zu verdienen? Da man nun aber Schnitter nur im Efferd und Travia benötigte, dann allerdings um so mehr, verdingte er sich auch zur Aussaat als Landhelfer, denn schließlich hatte man es auch im Perainemond eilig, das der Göttin so heilige Korn würdig in die Erde zu bringen. Viel zu früh war Rhÿs bereits Ende Tsa aufgebrochen, da er es kaum hatte erwarten können, die große Stadt zu sehen. So kam es nun, daß er bereits im frühen Phex eingetroffen war und sich bis zum Saatfest am ersten Peraine nach einem anderen Lohn umsehen mußte.

Glücklicherweise benötigte man in Havena rund um das Jahr Arbeiter, die kräftig anpacken konnten, und kräftig war Rhÿs in der Tat. Und wie es Phex so fügte, benötigte Meister Ghundir, der Schmied, einen Gehilfen, der sich ein wenig mit dem Handwerk auskannte. Rhÿs' Mutter war Schmiedemeisterin gewesen und hatte gewollt, daß er das Handwerk von ihr übernähme, doch sie war zu früh gestorben – die Blaue Keuche. Der neue Schmied, der in Abilacht die Schmiede übernommen hatte, hielt bereits einen Lehrling im Brot und wollte keinen zweiten, und so wurde Rhÿs Schnitter – eine Arbeit, die keinen Gesellenbrief und kein großes Können verlangte. Morgen sollte er bei Meister Ghundir anfangen, doch bis dahin blieb noch genug Zeit, sich von den verbliebenen Hellern einige

Kleinigkeiten zu erstehen, wie ein richtiger Großstädter. Und wenn Phex ihm weiter hold war – schließlich herrschte er ja über diesen Mond –, konnte Rhÿs vielleicht länger bei Meister Ghundir bleiben und mußte nicht zurück aufs Feld.

Zunächst wanderte der junge Mann allerdings ziellos durch die Stadt seiner Träume, in der die Straßen, so hatte es in Abilacht geheißen, mit Gold gepflastert seien. So manch ein Nachbarkind war deshalb schon aufgebrochen, um Havena zu sehen und dort sein Glück zu machen, anstatt auf dem langweiligen Dorf zu verrotten, wo den lieben langen Götterlauf nichts anderes als im letzten passierte. Und im vorletzten. Und im vor-vorletzten.

Eigentlich war Rhÿs ganz glücklich darüber, nun ein havenischer Tagelöhner zu sein. Auch wenn er sich von den hier verdienten Talern sicher nicht mehr, sondern eher weniger leisten konnte, da die Preise höher waren, bedeutete doch, sich als Havener fühlen zu können, etwas, das sich nicht in Gold aufwiegen ließ.

Und die Stadt war so riesig! Eine ganze Weile schon irrte Rhÿs nun herum, um sich ›seine‹ Stadt einmal so richtig anzusehen, und beim Laufen auf dem Steinpflaster in den guten Praiostagsschuhen litten die Füße schon sehr. In der Stadt trug man aber nun einmal gutes Schuhwerk, so hatte es ihn seine Mutter, Boron sei ihrer Seele gnädig, gelehrt; sie hatte ihre guten Manieren wie ihr Handwerk aus ihrer Heimat, den Zyklopeninseln, mitgebracht.

Und Höflichkeit war angemessen, wenn man zum höchsten Efferdtempel des Landes ging. Den Fürstenpalast des Herrschers hatte Rhÿs sich bereits angesehen und sogar einen Blick auf eine ausfahrende Karosse erhaschen können, prachtvoll verziert mit goldenen Beschlägen, wie sie nur ein Meistergoldschmied zu fertigen verstand. Groß und mächtig präsentierte sich die

Residenz, doch blieb der Fürstenpalast das Haus eines weltlichen Herrschers; im Efferdtempel jedoch wohnte ein Gott. Das Haus des Meeresgottes hatte sich Rhÿs bis zum Schluß aufbewahrt, sozusagen als krönenden Abschluß seiner fußschinderischen Wanderung. Wie ihm ein Einheimischer verraten hatte, fand auf dem Delphinplatz vor dem Tempel gerade ein Jahrmarkt statt, auf dem Gaukler ihre Künste feilboten (außer dem Feuerschlucker natürlich, der abseits des Marktes bleiben mußte), Steinmetze und Holzschnitzer kleine Delphinstatuen und Schiffsnachbildungen für einen Tempelgang anboten, die man sich, wie die Marktschreier kundtaten, im Gotteshaus weihen lassen könnte, geflochtene Weidenkörbe und -hauben standen in den Auslagen, getrocknete Seesterne und leere Muscheln wurden feilgeboten, und dazu gab es natürlich Fischbrot und Bier. Hinter dem Markt thronte, einem großen Marmorfelsen gleich, der Tempel des Efferd, für den sich Rhÿs heute so fein gemacht hatte. Andächtig schritt er die breite helle Treppe empor und zwischen den freskenbedeckten Säulen hindurch, auf denen Seegetier und Heilige abgebildet waren. Überall wiederholte sich das Bild des Delphins, des munteren Begleiters Efferds, und das des Wales, seines Sohnes.

Direkt an dem doppelflügligen Portal erspähte Rhÿs eine Priesterin des Efferd in ihrer blauen Robe. Der Stoff des Gewandes wirkte wie blaugeschuppte Fischhaut und schimmerte im Licht, und das Perlmutt an Kragen und Schulter erschien dem Tagelöhner wie Koboldsgold, denn es zeigte alle Farben des Regenbogens.

Ehrfürchtig zog Rhÿs vor der Geweihten die Mütze und wollte schon auf die Knie fallen, als die Priesterin ihn am Arm ergriff und aufrichtete. »Efferd zum Gruße«, nickte sie. »Was gibt es?« Rasch machte Rhÿs einen kleinen Schritt zurück, um der Geweihten nicht zu sehr auf die Pelle zu rücken, und räusperte sich verlegen: »Ich möchte gern dem Herrn Efferd einen Besuch abstatten, Hochwürden!«

Kühl lächelnd erwiderte die Geweihte auf seine artige Rede: »Euer Gnaden reicht, Bursche. Dieser Tempel ist jedoch dem gemeinen Volk nicht geöffnet. Geh rüber zum Alten Tempel östlich des Fürstenpalastes, da kannst du beten.«

Enttäuscht nickte Rhÿs höflich und verbeugte sich noch einmal vor der Dienerin des Gottes, bevor er sich umwandte und die Treppen wieder hinabging. Fast kam es ihm nun so vor, als besudelten seine staubigen Feiertagsschuhe den hellen Stein der Tempeltreppe…

Wie dumm er gewesen war! Natürlich baute man einen so prachtvollen Tempel nicht für den kleinen Alrik! Immerhin beschirmte der Herr Efferd das ganze Land, während die Frau Travia im Tempel daheim in Abilacht nur die Armen und die Gäste beschützte. Doch trotzdem hätte er den Tempel gerne von innen gesehen.

Statt dessen schlenderte Rhÿs nun über den Jahrmarkt. Er wollte sich einen der kleinen hölzernen Delphine leisten, auch wenn die Heller dann knapp würden, bis er von Meister Ghundir neuen Lohn erhielte. Vielleicht ließ man ihn in den Alten Tempel ein, von dem die Geweihte erzählt hatte.

Der Holzschnitzer nahm das Geld, musterte Rhÿs jedoch abfällig von oben bis unten, als sei es ein Gefallen, daß er ihm sein Figürchen verkaufte. Nun, da der junge Mann sich einmal umsah, bemerkte er, daß die meisten Besucher dieses Marktes edle Gewänder und kostbaren Schmuck trugen, und manch eine hohe Dame erstand eben solch ein Figürchen und trug es in den Efferdtempel. Als hoher Herr hätte man geboren sein sollen! Rhÿs seufzte enttäuscht und verbannte diese ketzerischen Gedanken dann flugs aus seinem Kopf.

Und so machte sich der Tagelöhner unauffällig

davon, um die hohen Herrschaften hier nicht noch mehr zu stören. Ganz am Rande des Marktes saß eine sonderbare Händlerin in einem Hauseingang auf einem bunten Webtuch. Solch große Städte bargen wahrlich merkwürdige Leute! Die Frau trug keine Haare auf dem Kopf, statt dessen prangten verschlungene blaue Farbbilder auf ihrer Glatze, die Wellen, Delphine und Wale darstellten. Tatsächlich mußte sie eine Thorwalerin sein, wie das grobschlächtige Gesicht und die breiten Schultern zeigten. Auf dem Tuch vor sich bot sie schöne Muscheln und Steine an, die von den Gezeiten rund und glatt geschliffen worden waren. Rhÿs mochte solche Steine gerne, sie fühlten sich in der Hand so angenehm an. Kurzerhand trat er an die Frau heran und beugte sich nieder, um ihre Ware zu begutachten. »Efferd zum Gruße, gute Frau!« meinte er dabei. Die Händlerin blickte zu ihm herauf und betrachtete ihn lächelnd. »Swafnir zum Gruße, junger Mann. Die Schätze des Meeres warten nur auf dich. Nur wenige Kreuzer!« Rhÿs begutachtete diese ›Schätze‹ und meinte dann: »Sind nicht alle Steine Schätze Ingerimms? So hat es mich zumindest meine Mutter gelehrt!« Er nahm einen großen rötlichen Kiesel mit weißen Schlieren in die Hand und strich sanft darüber, um zu probieren, wie er sich anfühlte. »Den hätte ich gern. Was soll der kosten?«

Hinter ihm erklang eine jugendliche Stimme: »Alle Dinge, die aus dem Meer kommen, sind Geschenke Efferds. Und schließlich ist der Gwen-Petryl auch ein Stein und kommt aus Alveran selbst. So haben es mich zumindest meine Lehrer gelehrt.«

Rhÿs drehte sich halb um und betrachtete den Sprecher. Als er die graue Robe sah, dachte er schon, er sähe einen leibhaftigen Geweihten des Phex vor sich. Das konnte natürlich nicht sein, denn Phexgeweihte, die Roben trugen, waren unmöglich echte Diener des Diebesgottes. Der weißblonde junge Mann trug das gleiche Fischschuppengewebe wie Rhÿs es bei der Efferdgeweihten gesehen hatte. Der Fremde war wohl ebenfalls ein Geweihter, vermutlich niedrigeren Ranges, denn er konnte kaum älter sein als Rhÿs selbst.

»Efferd zum Gruße«, nickte der Neuankömmling nun, und Rhÿs erwiderte den Gruß höflich.

»Ich wollte nichts Falsches sagen, Euer Gnaden«, fügte er dann zerknirscht hinzu, denn die Diener Efferds wußten solche Sachen sicherlich besser. Doch der weißblonde junge Mann mit dem sanften Gesicht lächelte freundlich und korrigierte ihn: »Sag nicht ›Euer Gnaden‹ zu mir. Ich bin kein Geweihter, sondern nur Novize, auch wenn ich nächstes Jahr geweiht werde. Ich bin Efferdwin.« Erleichtert lächelte der Tagelöhner zurück. »Man nennt mich Rhÿs den Schnitter. Ich wollte, ich könnte auch Geweihter werden wie du! Aber sie lassen mich ja nicht einmal in den Tempel hinein.«

Schulterzuckend betrachtete nun auch Efferdwin die Auslage der thorwalschen Händlerin. »Jeder kann Geweihter werden, wenn Efferd ihn beruft. Dazu muß man kein reicher Mann sein.« Dabei nahm er eine kleine Silberkette mit einem Anhänger aus Opal in die Hand und ließ sie durch die Finger gleiten.

»Wirklich? Woher weiß man, ob man berufen ist?« Und zu der Frau gerichtet: »Was soll der Stein kosten?« »Drei Kreuzer, junger Mann!« Rhÿs kramte in seiner dürren Börse und drückte ihr die Münzen in die Hand.

»Man fragt die Priester. Die prüfen dich dann und befragen Efferd hinsichtlich seiner Wünsche. Und je nachdem, ob Er dich erwählt oder nicht, darfst du bleiben und wirst ausgebildet.«

»Efferd selbst hat dich erwählt?« Rhÿs fielen fast die Augen aus den Höhlen. Auf einmal hatte er wieder großen Respekt vor diesem Novizen. »Nun schau nicht so«, lachte Efferdwin freundlich und zahlte der Händlerin den gewünschten Taler für das Schmuckstück. »Noch kann Er mich bei meiner Weihe wieder zurückweisen. Daß Er mir gestattet hat, in seinem Haus zu lernen, heißt noch lange nicht, daß Ihm dann gefällt, was aus mir geworden ist.«

Trotzdem druckste der Tagelöhner ungeschickt herum und knetete dabei seine Mütze, die ihm irgendwie wieder in die Finger geraten war: »Nun ja, trotzdem muß Er Euch – ich meine, dich, also, Er muß dich ja zumindest mal angeschaut haben, und das fände ich schon großartig, ich meine…«

Nun auch wieder ernster, nickte Efferdwin und legte sich das Schmuckstück um den Hals. »Ich hoffe, Er nimmt mich als seinen Diener an, nächstes Jahr im Efferd… Aber trotzdem ist das kein Grund, mich so anzuhimmeln«, schmunzelte er dann.

»Ich bin noch nicht lange in Havena«, erklärte Rhÿs nun entschuldigend. »Eigentlich erst seit heute. Ich fange morgen als Gehilfe bei Schmiedemeister Ghundir an. Eigentlich wollte ich nächsten Mond bei der Aussaat helfen.«

»Als Schnitter?« Der Novize runzelte die Stirn. »Benötigt man die denn im Perainemond?« Kichernd schüttelte Rhÿs den Kopf. »Nein, natürlich nicht! Aber man braucht Leute bei der Aussaat, und da ich das Korn, das ich schneide, leider nicht behalten darf, muß ich mir meinen Lohn eben anders verdienen.«

»Ich verstehe«, lachte Efferdwin. Der junge Tagelöhner mit dem schlichten Gesicht und dem offenen Wesen gefiel ihm auf Anhieb. Deshalb schlug er vor: »Ich habe ein wenig freie Zeit – möchtest du mit mir zum Alten Tempel gehen? Ich würde ihn dir zeigen, er ist wirklich sehr schön – schöner als der neue, wenn du mich fragst. Ich dachte nur, weil du so traurig aussahst, als du den Tempel nicht betrachten konntest…«

Begeistert stimmte Rhÿs zu. »Gern. Ob man mir dort vielleicht hierauf einen Segen sprechen kann?« Er hob das fein geschnitzte Delphinfigürchen hoch, um es dann mit dem eben erstandenen Stein in seinen Beutel gleiten zu lassen. »Natürlich!« erwiderte Efferdwin munter, und so machten sie sich gemeinsam auf, um dem Alten Tempel einen Besuch abzustatten und den jungen Rhÿs Efferd vorzustellen.

Efferdwin durfte die Schale mit dem heiligen Wasser füllen, während Vater Oisin vorsichtig das kleine Holzfigürchen vor der Statue emporhielt und niederkniete, wie es Raike und Rhÿs hinter ihm bereits getan hatten. Plätschernd und spritzend goß der marmorne Efferd das Wasser aus der emporgehaltenen Muschel in das Becken, und Efferdwin dankte ihm für jeden Tropfen. Als das Gefäß gefüllt war, zog er es aus dem Strahl, so daß das Wasser wieder in den kleinen See neben der Statue fallen konnte.

»Meer«, begann der alte Oisin, »Fluß. Regentropfen. Sie alle sind Dein, o Herr der Gezeiten. Dein ist der Lebensquell für Mensch, Tier und Pflanze, im Wasser wie auf dem Land. Wie der Regen segnend auf Sumus Leib herniedergeht, so segne diese Figur, die zu Deinen Ehren erschaffen wurde. Leihe sie diesem jungen Mann, der in Ehrfurcht und Demut Deiner gedenkt und ein Teil von Dir bei sich tragen möchte.« Damit hielt Oisin Efferdwin den hölzernen Delphin entgegen und tauchte ihn in die bereitgehaltene Schale heiligen Wassers.

Rhÿs nahm das noch feuchte Figürchen ehrfürchtig entgegen und hielt es so vorsichtig, als könne es bereits durch einen falschen Blick zerbrechen. Ein göttergesegnetes Artefakt ganz für ihn allein! Noch konnte er das kaum begreifen. Die Stimmen um ihn her hörte er kaum, allein der helle kleine Delphin in seinen Händen zählte fürs erste... Einen Teil des Gottes bei sich zu tragen, das hätte er sich niemals zu träumen gewagt, wahrlich nicht!

»Du siehst aus, als hätte man dich erleuchtet«, scherzte Efferdwin sanft, und da bemerkte Rhÿs, daß er sich draußen vor dem altehrwürdigen Tempel auf dem kleinen Platz befand und die Abendsonne ihm in die Augen strahlte. Drucksend erwiderte er schließlich: »Ich habe nur noch nie ein gesegnetes Artefakt in Händen gehalten, geschweige denn besessen! Das ist ganz wunderbar. Efferd ist wahrhaft großzügig.«

Das Wunder noch immer in den Augen, untersuchte der Schnitter sein neues Kleinod ganz genau. Efferdwyn beobachtete ihn dabei und wunderte sich selbst. Noch nie hatte er einen Menschen so begeistert und dankbar über den Efferdsegen gesehen, denn schließlich konnte jeder zum Tempel gehen und gegen einen kleinen Obulus Gegenstände segnen lassen. Das war ja nicht gleich eine Weihe, die das Objekt bis in die Tiefe mit Efferds Kraft durchdrang und es quasi zu einem geheiligten Artefakt machte!

»Danke!« Rhÿs lächelte Efferdwin glücklich an. »Ich glaube, das ist das schönste Geschenk, das ich jemals bekommen habe. Dabei kennst du mich doch noch nicht einmal.« Lächelnd zuckte der Novize mit den Schultern. »Man wird ja wohl noch mal nett sein können, ohne daß es einem gleich jemand vorwirft...« »O nein«, versicherte Rhÿs schnell. »Ich werfe es dir ganz bestimmt nicht vor. Hab Dank!«

»Gern geschehen. Ich würde das viel häufiger machen, wenn jedermanns Augen dann so strahlten wie deine... Aber jetzt muß ich zurück zum Tempel. Ich habe Dienst.«

»Natürlich. Ich gehe dann auch. Ehm – was passiert, wenn ich es in die Tasche stecke?« Rhÿs hob den Holzdelphin vorsichtig an. Lachend erwiderte Efferdwin:

»Er wird lebendig und glitscht dir wieder heraus.« Einen Moment lang starrte ihn Rhÿs ungläubig an, dann lachten sie beide. »Ich glaube, ich habe es verdient«, grinste der junge Schnitter dann und verstaute die Figur vorsichtig in der Tasche. »Noch einmal Dank!« Und damit trennten sich ihre Wege.

Riganna tanzte. Ihr wildgelocktes feuerrotes Haar floß einem Wasserfall gleich über ihre Schultern und streifte den dunkelroten Schleier, den sie in den Händen hielt. Ihr langes, durchsichtiges Gewand verbarg kaum etwas von dem rahjaisch wohlgeformten Körper, der hier der Göttin der Liebe und des Rausches einen Göttinnendienst darbrachte. In dem breiten albernischen Gesicht gemahnten Wangenknochen und Kinn an die Form eines Herzes, die von dem Ausschnitt des Kleides wiederaufgenommen wurde.

Die Melodie, die die Geweihte der Rahja mit ihrem Leib interpretierte, plätscherte ebenfalls einem Fluß gleich dahin, wie so vieles in Albernia von dem Element Efferds inspiriert. Die Harfnerin Rahjalyn, wie die übrigen Musiker in die hauchdünnen roten Kleider der Geweihten gehüllt, ließ ihre wohlgepflegten langen Finger über die Saiten der großen Harfe aus Rosenholz gleiten, während der schöne Niando die Levthansflöte blies und ihr rauhe, melancholische Töne entlockte. Doch zum albernischen Gemüt gehörte die Fröhlichkeit ebenso wie der plötzliche Stimmungswechsel, so daß sich die sehnsuchtsvolle Musik schließlich zu einem schnellen und rhythmischen Tanz veränderte, bei dem die thorwalsche Schönheit Ulfila die kleinen flachen Trommeln schlug und Niando die Flöte durch eine Fiedel ersetzte.

So wie Riganna sich ganz dem Spiel der Instrumente hingab, ihnen ihren Körper lieh, damit die Musik nicht nur hörbar, sondern auch sichtbar wurde, gaben sich die Musikanten ganz dem Stück hin, das sie der Göttin Rahja darbrachten. Immer schneller und schneller schlug Ulfila die Trommeln, während Riganna die Füße über den kühlen Marmorboden der Tempelhalle gleiten ließ. Mit Sprüngen und Drehungen durchquerte sie den Andachtsraum, wirbelte auf der Stelle oder umkreiste die entzückten Gläubigen munter, bis die zügige Melodie wieder abbrach, um Niando und seine Levthansflöte die letzten sehnsuchtsvollen Töne spielen zu lassen, die Riganna schließlich in einer Abschlußpose am Boden zwischen roter Seide und fließendem Haar verharren ließen.

Ihr Busen hob und senkte sich schnell, als sie sich endlich unter dem geraunten Beifall der Gläubigen und Musikanten, den sie an die Spieler weitergab, wieder erhob.

»Das war wundervoll, Riganna!« Niando und Rahjalyn küßten sie nacheinander zärtlich und schlossen sie in die Arme. Immer noch außer Atem, schmiegte sich die Tänzerin dankbar an die beiden Glaubensgeschwister. Wenn die Musik ihren Körper dirigierte, war es fast so, als spiele die Göttin selbst auf einer Harfe, deren Saiten Rigannas Arme und Beine waren. Jede Bewegung erfüllte sie dann mit ekstatischer Genugtuung und führte sie langsam zum Höhepunkt des Tanzes hin, doch hinterher, nachdem diese Ekstase abgeklungen war, fühlte sie sich verausgabt und geschwächt.

Niando trug Riganna vorsichtig zu einem Lager aus roten und goldenen Kissen, wo er sie niederließ. »Trink ein wenig«, befahl er ihr lächelnd, und auch wenn es ihm kaum besser gehen konnte als ihr selbst, nahm die Geweihte diesen Dienst gerne an und ließ sich von ihm den Weinpokal an die Lippen führen. »Hab Dank, Geliebter«, lächelte sie schließlich und überließ ihm den Kelch, während sie selbst das Haupt auf die Kissen bettete.

Ulfila jedoch, die noch immer hinter ihren Trommeln saß, fing wieder an, einen klaren und fast militärischen Rhythmus zu schlagen. Dazu erhob sie schließlich die helle Stimme in einem alten Lied der Rahja, in das Niando schließlich in einer disharmonierenden Begleitung einfiel, die den Gesang der Trommlerin eigenwillig ergänzte.

Während Riganna so dem getragenen und gleichmäßigen Gesang lauschte, fiel ihr Blick aus halbgeschlossenen Augen auf die wunderschöne Statue der Rahja, die hier in Havena als sich sinnlich räkelnde Frau dargestellt wurde. Anders als in anderen Tempeln bestand dieses Heiligtum nicht aus rosafarbenem oder weißem Marmor, sondern aus Rosenholz, das bereits vom Alter dunkel gefärbt war. Es mochte das lebende Material sein, von dem man sagte, daß es ebenso atme wie Mensch und Tier, das Riganna immer wieder denken ließ, daß die Statue sich tatsächlich bewegte.

Einer Träumenden gleich nahm die Priesterin wahr, wie sich eine kleine helle Träne aus dem Auge der Göttin löste und langsam die Wange herabrann, so langsam, als habe Satinav den Lauf der Zeit verändert. Hinter der Statue erhob sich ein sanftes Leuchten, dort, wo sich auf einem Podest der kleine Schrein mit dem Rosenholzkästchen befand. Darin aufbewahrt lag ein Heiligtum der Rahja, das Levthansband, das die Empfindsamkeit von Priesterinnen und Gläubigen gleichermaßen noch um ein Vielfaches zu steigern vermochte. Wie die Legenden sagten, hatte es Levthan als Liebesfessel für Satuaria angefertigt, um sie – ganz und gar nicht rahjagefällig – gegen ihren Willen zu bezwingen.

Aus diesem Schrein nun glühte das Levthansband heraus so hell und klar, daß es Riganna in den Augen schmerzte und sich sogar gegen die hölzerne Wand des Kästchens abhob.

»Du…«, hauchte in ihrem Geist eine volltönende,

wunderschöne Stimme, die wie eine Glocke lange verklang.

»Geliebte…« Dem Gongschlag eines Praiostempels gleich brachte diese Stimme Rigannas Körper zum Schwingen.

»Bald…«, wisperte die kraftvolle Stimme, dann verblaßte das Glühen, und Rigannas Ohr füllte sich wieder mit dem starken und entschlossenen Gesang der beiden Geweihten, der sich seinem Ende zuneigte.

Hatte sich ihr Körper eben noch erschöpft angefühlt, so konnte sich Riganna nun kaum noch erheben. Nachdem Ulfila und Niando ihr Lied beendet hatten, räumte die Thorwalerin ihre Instrumente fort und brachte Ordnung in die Seidenkissen, die den Gläubigen als Unterlagen gedient hatten.

»Oh!« hörte Riganna sie ausrufen. Die große Geweihte näherte sich der Tänzerin barfuß mit festen Schritten, nahm ihre Hand und legte ihr schließlich einen kleinen glatten Gegenstand in die Handfläche. »Hast du das beim Tanzen verloren, Riganna? Es lag vor der Statue. Du solltest sie besser festnähen!«

Riganna öffnete die Augen, erschöpft von ihrem Traum. Doch als sie die Hand öffnete, um das Kleinod zu erspähen, das Ulfila ihr gegeben hatte, lag dort eine kleine ebenmäßige Perle von matt schimmerndem Weiß in der Form einer Träne.

*Kapitel 4*

# Fatas

Die Wirklichkeit um Efferdan herum zerbarst in winzige Scherben. Noch meinte er, sie wieder zusammensetzen zu können, hier ein Auge der schönen Tänzerin zu erblicken, dort die glitzernde Robe des Hohenpriesters, doch je mehr Zeit verstrich, um so mehr entglitt ihm, was er soeben erlebt hatte. Kräftig pochte der Schmerz in Efferdans Kopf im rhythmischen Schlag seines Herzens, als er die Augen öffnete und sich fragte, wo er war. Langsam sah er auf, blinzelte und erkannte, daß er auf dem weißen Sandstrand in der Kaverne der Drachenschildkröte lag. Seine Glieder fühlten sich steif und kalt an, als er sie probeweise bewegte, doch das war kein Wunder, da er von seinem Bad im See der Kaverne schließlich von Kopf bis Fuß naß gewesen war, als Lata erschienen war.

Lata. Seine Augen suchten den gewaltigen Körper der Kreatur, die unbewegt und ruhig in ihren Panzer eingezogen dalag. Sie war kaum von den Felsbrocken um sie herum unterscheidbar, wie sie so regungslos dalag.

Fröstelnd erhob sich der Prinz mühselig und warf der Gigantin noch einen nachdenklichen Blick zu, bevor er sich umwandte und die Hände ehrfurchtsvoll in das klare Wasser des Kavernensees tauchte. Langsam wusch er sich den Sand von der Wange und aus dem Haar und versuchte, die Bilder in seinem Geist zusammenzufügen. Was er gesehen hatte, war einzigartig:

Havena, das doch wiederum nicht Havena war, zumindest nicht so, wie er die Stadt seit seiner Geburt kannte. Der kleine alte Efferdtempel war so offensichtlich identisch mit dem, unter dem er sich gerade befand. Efferdan wunderte sich, wie wenig an dem Gotteshaus in den letzten dreihundert Jahren verändert worden war. Doch der Rest der Stadt und die Landschaft darum herum waren einem so grundlegenden Wandel unterzogen worden, daß Efferdan erzitterte. Zum ersten Mal meinte er, wirklich ermessen zu können, was für Gewalten bei der Vernichtung Havenas damals entfesselt worden sein mußten, wenn ganze Küstenlinien und Hügelketten verschwunden waren.

Die Gesichter jener Zeit waren dem Prinzen andererseits unangenehm vertraut. Efferdhilf der Blaue spukte ihm im Kopf herum und drängte sich immer wieder in den Vordergrund, bis der Hochgeweihte schließlich von dem Novizen abgelöst wurde. Efferdwin war die albernische Variante seines eigenen Namens, im modernen Garethi Efferdan ausgesprochen. Auch das Gesicht hätte sein eigenes vor zwanzig Jahren sein können... Vielleicht ließ ihn Lata die Geschichte einfach mit eigenen Augen erleben, sozusagen als ein Teil des Ganzen, nicht einfach nur als stummer Zuschauer. Doch nein, schließlich hatte er auch Dinge gesehen, bei denen er überhaupt nicht anwesend gewesen war, wie die Sitzung beim Fürsten. Verwirrt schüttelte der Prinz den Kopf und erhob sich. Er begriff den Sinn des Ganzen nicht, verstand nicht, warum Lata ihm diese Bilder sandte. Nicht, daß er sich dagegen hätte sträuben wollen! Fasziniert verglich er sein neues Wissen mit dem geringen Kenntnisstand der Historiker. Was würden diese darum geben, an seinem Erlebnis teilhaben zu können!

Langsam zwang Efferdan nun seine Beine zur Bewegung. Einige wenige Schritte tat er zur Drachenschildkröte, um sich mit einer ungelenken Verbeugung zu bedanken, dann kämpfte er sich zur Treppe der Kaverne.

Es galt, eine Diebin zu fangen.

Mitten auf dem Bennaindamm blieb die Schmugglerin stehen und betrachtete zuerst den bereits üppig blühenden Tsatempel, der mitten im Ruinenfeld nahe des alten Fürstenpalastes errichtet worden war, dann die Stadt dahinter – ein weites Meer roter Häuserdächer, so weit sie blicken konnte. So manch ein Schornstein rauchte jetzt im kühleren Efferdmond, und das Praiosrad hatte sich noch nicht gänzlich gen Efferd gewandt, so daß es trotz des späten Nachmittages noch sehr hell war. Bäume und Büsche wuchsen um sie herum, von kraftvollem Grün und farbenprächtig blühend. Dann wandte sie sich um, gen Unterstadt, die fast farblos wirkte. Braun in allen Spielarten und moosiges Dunkelgrün herrschten hier vor, selten einmal sah sie eine gelbe Sumpfdotterblume. Allein jene Inseln, die in der Nähe des Tsatempels aus dem schlammigen Grund ragten, trugen die Sämlinge der Pflanzen des Gartens der Göttin.

Hier auf dem Bennaindamm, genau auf der Grenze zwischen ihren beiden Leben, hockte sich Rondriane schließlich auf den blumenübersäten Hang, der hinunter zum Wasser führte. Das eine Leben führte sie in der Stadt als einigermaßen angesehene Bürgerin und Besitzerin eines Krämerwarenladens, die allerlei Exotika aus dem Süden anbot. Dank eines ihr verbundenen Sekretärs, der dem Rat der Kapitäne unterstand, konnte sie für die Gewürze, Duftwässerchen und Seidenstoffe auch stets die erforderlichen Zollpapiere vorweisen… Für manch ungewöhnliche Bestellung, die sie für besondere Kunden tätigte, war das unabdingbar.

Denn ihr zweites Leben, das, von dem außer ihrem jüngeren Bruder Praiodan kaum ein Dutzend Menschen wußte, war das der *Gräfin der Unterstadt* – oder vielmehr des *Grafen* –, da niemand ahnte, daß sich hinter dem tolldreisten Anführer der *Nebelgeister* eine Frau verbarg. Das war auch gut so und mußte so bleiben, denn schließlich war der letzte *Graf*, von dem man behauptete, er sei nun als echter Geist zurückgekehrt, eindeutig ein Mann gewesen. Rondriane konnte das beschwören, schließlich hatte sie Mi Laghail mit ihren *Jägern* damals zur Strecke gebracht…

Sie hatte ihn und ein, zwei weitere Mitglieder der Bande dem Fürsten übergeben und dafür Straferlaß für sich und ihren Bruder erwirkt, der, während sie auf die Jagd nach den Schmugglern ging, zwei lange Götterläufe in der Moorburg gesessen hatte, dem gefürchtetesten Gefängnis ganz Albernias.

Armer Praiodan, dachte sie, die Zeit dort hat ihn ganz schön verändert. Das alles lag nun bereits über ein Jahrzehnt zurück, und der damals sechzehn Jahre alte Praio war nun fast dreißig, während sie selbst unaufhaltsam auf die Vierzig zuging, doch ablegen würde der Bruder die Erinnerungen an die harte Arbeit und die Prügel niemals. Trotzdem begleitete er sie noch immer dreist auf den Schmuggelfahrten durch die Unterstadt, und das allein bewies seinen Mut zur Genüge, doch vor Kampf oder auch nur kleinen Raufereien fürchtete er sich – zu sehr erinnerte ihn das an die Moorburg.

Damals hatte Rondriane bei ihrer Jagd mit dem Großteil der Schmuggler einen Handel abgeschlossen und sie entkommen lassen. Nach einigen Jahren ehrenhaften, aber armen Bürgertums waren die *Nebelgeister* schließlich wieder auferstanden, und niemand vermutete, daß die ehemalige Jägerin ihrerseits wieder zum Wild geworden war.

König Cunau war selbst schuld, befand Rondriane grimmig. Er hatte sie damals aus der Moorburg geholt und ihr die Freiheit gegen den Kopf des *Grafen* geboten, nachdem man sie und Praiodan beim Schmuggeln erwischt hatte. Das würde ihr heutzutage nicht mehr passieren, sie hatte durch die Jagd etliches über die Methoden der *Nebelgeister* in Erfahrung gebracht und konnte nun auch auf die anderen Schmuggler, ihre Verbindungen und ihr Wissen zurückgreifen. Die nahen Bereiche der Unterstadt kannte sie selbst gut genug, aber die Streunerin Lyn Barc zum Beispiel, die man den ›Aal‹ nannte und die schon für Mi Laghail gefahren war, kannte viele der Routen und Abnehmer von damals und arbeitete nach den Jahren der Dürre gerne wieder mit Rondriane zusammen. Sie zählte ungefähr so viele Jahre wie Rondriane selbst, auch wenn Wein und Rauschkräuter sie älter wirken ließen. Die blinde Seola war schier unersetzlich für die nächtlichen Fahrten nach Havena; sie sah zwar nichts, hatte aber ein ausgezeichnetes Gehör. Außerdem lehnte Rondriane es ab, die Elfe Thalionmel auf die Stadtfahrten mitzunehmen, da sie als – zumal elfische! – Schankmagd im Gasthaus *Esche und Kork* bekannt war wie ein bunter Hund. Ab und an stand sie Schmiere, um mögliche Passanten abzulenken, aber auch das durfte nicht zu häufig vorkommen. Wieder einmal fragte sich die Schmugglerin, was bei der sonst so kühlen und berechnenden Elfe den Heulkrampf im Boot ausgelöst hatte – nun ja, sie war noch nicht sonderlich lange dabei und noch nicht abgebrüht genug.

Cian und Laille waren ein Pärchen, das Rondriane noch aus der Moorburg kannte. Manchmal blieben sie im Versteck in der Unterstadt zurück, fuhren die Waren in die Stadt oder standen beim Ausladen Schmiere. Eigentlich bereiteten sie kaum Sorgen, außer das Cian sich als ein wenig zu flink mit dem Dolch erwiesen hatte…

Als letzter der Nebelgeister erwies sich Ghun Teagham, der ›Weibel‹, als nützlich, da er half, die Bande unter Kontrolle zu halten, und mit seinem Haus im Südhafen direkt in der Nähe des Bennaindammes wohnte, von dem aus die *Nebelgeister* auf Beutezug gingen. Trotzdem traute Rondriane ihm keinen Finger weit und kehrte Ghun nicht den Rücken zu. Er konnte es kaum ertragen, daß sie jetzt der *Graf* war und nicht er. Immerhin hatte Ghun ihr Mi Laghail, Cuil Thear und Faenwulf Ormson damals in die Hände gespielt... Dumm nur, daß Lyn und die anderen davon erfuhren und ihn deshalb als Nachfolger nicht dulden wollten.

Rondriane lächelte abfällig. König Cuanu (der damals noch Fürst gewesen war) und Ghun Teagham hatten ihr die Regeln beigebracht, und nun war sie selbst eine Meisterin in diesem Spiel geworden. Sie würde niemals wieder jemand anderem als sich selbst vertrauen, und an Gerechtigkeit glaubte sie schon gar nicht mehr, seit sie von einem Fürsten mit dem Leben ihres Bruders erpreßt worden war. Sie hatte Cuanu ui Bennain damals ihr Wort gegeben, ihm den Kopf der *Nebelgeister* zu bringen, und das hatte sie getan. Zu mehr war sie nicht verpflichtet gewesen.

Der König war in der Tat selbst schuld, befand die Schmugglerin grimmig.

Es war schon lange dunkel, als Rondriane, längst in der abgekühlten Abendbrise fröstelnd, sich erhob und die steifen Glieder streckte. Genug der Grübelei! befahl sie sich selbst und ging nun gen Efferdtempel in Richtung Stadt.

Den Damm hinauf schritt sie zügig, über den Efferdplatz und hinein in die lange Meerstraße, bis diese schließlich einen weiten Knick nach Osten machte, aus Fischerdorf hinaus gen Oberfluren. Kurz nachdem die Meerstraße in die Fürstenallee mündete, kam sie zum

Gasthaus *Esche und Kork*, der Immanstammkneipe, in der Thalionmel als Schankmagd arbeitete und, wie man so sagte, den einen oder anderen zahlenden Kunden noch auf andere Art bediente – auch wenn sie wählerisch war.

Das Gasthaus eignete sich allerdings besser als viele andere hier, um dort ein deftiges Abendessen zu sich zu nehmen, so daß Rondriane durch die schwere Holztür in den köstlich duftenden Schankraum trat. Sie wollte zugleich auch schauen, ob die Elfe den Schrekken der letzten Fahrt gut verarbeitet hatte.

»Die Pest holt den Rest! Äh! Die Pest holt den Rest!« krähte der Rabe eines Stammgastes zum wohl dutzendsten Mal, als Thalionmel Rondriane den Eintopf und das Havenabräu brachte. Absichtlich an einem der hinteren Ecktische sitzend – also unweigerlich in der Nähe des alten Mannes und seines kreischenden Federviehs –, hielt die Anführerin der Schmuggler die Elfe noch zurück. »Geht es dir wieder besser, Thal?« Kurz angebunden nickte die spitzohrige Schönheit und zupfte sich den blütenkelchartig auslaufenden knappen Rock zurecht.

»Du hast ja ausgesehen, als sei dir ein Krakenmolch ins Bett gekrochen«, fuhr Rondriane fort, und die Schankmagd erwiderte: »Ich mußte nur an Mi denken, einen kleinen Freund. Er starb vor ein paar Jahren. Möchtest du noch etwas?« Als die Rothaarige stumm den Kopf schüttelte, fügte Thalionmel hinzu: »Tut mir leid, wenn ich da ein bißchen verrückt gespielt habe. Aber das kommt nicht mehr vor. Und schließlich habe ich mich doch berappelt – ohne mich wäre Fhann jetzt tot.«

Die rothaarige Schmugglerin nickte der Elfe zu. »In der Tat, das wäre er. Es war gut, daß wir dich dabei hatten. Fährst du das nächste Mal wieder mit?«

Endlich versuchte die Elfe ein kleines Lächeln, und

die trotzig angespannten Kiefermuskeln lockerten sich. »Ja, gerne«, nickte sie.

»Und das mit Mi kommt auch nicht wieder vor. Ich glaube… ich glaube, ich bin drüber weg.« Thalionmel griff ihr Tablett und verließ Rondrianes Tisch.

Mi hatte auch der ehemalige *Graf* der Unterstadt geheißen, an den sich Rondriane nur ungern erinnern ließ. Seiner öffentlichen Ersäufung war sie ferngeblieben. Obwohl die meisten Schmuggler nur mit den albernischen Kronen gebrandmarkt in die Moorburg gesteckt wurden, hatte Fürst Bennain damals die Hinrichtung befohlen, um dem Mythos um die *Nebelgeister* ein Ende zu setzen und am Kopf der Bande ein Exempel zu statuieren. Ein weiser Zug, wenn Rondriane das kühl betrachtete, doch andererseits wäre sie selbst nun an der Reihe, wenn man sie erwischte – und genau das trachtete die ehemalige Jägerin zu verhindern. Schon immer hatte sie genau gewußt, was sie wollte, und daß sie und Praio nicht arm sterben sollten, hatte sie von Kindesbeinen an beschlossen. Doch jung sollten sie auch nicht sterben, weil ihnen jemand in die Quere kam, wie zum Beispiel die königliche Garde…

Rondriane mußte unwillkürlich an die Sterbende denken, die sie in der Unterstadt gefunden hatten. Warum hatte sie dort im Wasser getrieben? Die letzten Worte der Südländerin hatten die Schmuggler neugierig gemacht, so daß Rondriane vorsichtig Nachforschungen angestellt hatte. Auch die Novadi mußte ein gutes Leben geführt haben, bevor es sie erwischt hatte. Nachdem Rondriane die Besitzerin des *Palastgartens* davon hatte überzeugen können, daß die Besitzerin der Sachen tot war, hatte die Dame der Schmugglerin den Nachlaß aus Schmuck, Seide und merkwürdigerweise Einbruchwerkzeug verkauft. Anscheinend hatte sich auch Zulhamin saba Farisha nicht mit dem begnügt, was sie langsam mit harter Arbeit hätte verdienen können...

Der Schmuck hatte das investierte Geld allerdings kaum gerechtfertigt, da er hauptsächlich aus Perlen bestand, die nicht notwendigerweise nach Wert, sondern eher nach besonderen Merkmalen ausgesucht schienen. Trotz alledem, kein Verlustgeschäft. Thalionmel hatte ihr sogleich ein Paar Perlenohrringe abgekauft und trug sie sogar bereits.

Nachdenklich stocherte Rondriane in ihrem Eintopf und überlegte, ob es nicht vielleicht doch bald genug wäre mit dem Geschäft, bevor sie entweder von den unheiligen Jägern der Unterstadt oder den kaum heiligeren des Fürsten zur Strecke gebracht würde.

Noch gestaltete sich der Abend im Gasthaus *Esche und Kork* geruhsam, aber es war ja auch noch nicht sehr spät. Als Stammkneipe der Immanmannschaft der Havena-Bullen und ihrer begeisterten Zuschauer konnte es in dieser beliebtesten Gaststätte an der Fürstenallee schon mal heiß hergehen... Der L-förmige Raum bot mit vier langen Tischen, an denen robuste Bänke standen, genügend Sitzgelegenheiten. In dem kurzen hinteren Winkel gab es noch zwei runde Tische nebst Stühlen. Immankrempel aus längst vergangenen Spielen hing an den Wänden, kaputte alte Korkbälle, angebissene und zersplitterte Schläger in den unterschiedlichsten Stadien der Abnutzung – Sulpiz Agilfried, der Wirt, wußte zu jedem Stück eine dramatische Geschichte zu erzählen.

Rondriane mochte das Imman nicht besonders, doch das Gasthaus *Esche und Kork* gefiel ihr sehr. Meist war es so voll, daß man in einer Ecke unauffällig über Dinge reden konnte, die nicht gleich jeder hören sollte, und selbst eine angesehene Bürgerin wie sie fiel hier nicht weiter auf und konnte gefahrlos Kontakt zu weniger seriösen Gestalten aufnehmen. Selbst Mitglieder

der Königsfamilie verkehrten hier, erzählte man sich, ein Umstand, den Rondriane allerdings eher abträglich fand. Zur Zeit war sie es zufrieden, unter dem notdürftig zusammengeflickten Immanschläger aus dem letzten Jahr zu hocken, an dem noch das Blut des armen Kerls klebte, der ihn damals über den Schädel bekommen hatte, und ihren Eintopf zu genießen.

Als dieses Mal die Tür aufging, sah sie unwillkürlich auf. Sie konnte den Eingang von ihrem Sitzplatz aus gerade eben sehen, blieb jedoch vor den Augen der meisten unaufmerksamen Kneipengänger verborgen. Das galt nicht für den Mann, der nun eintrat und direkt auf ihren Tisch zuhielt, den sie bis jetzt für sich allein gehabt hatte. Irgendwie kam ihr das hübsche Gesicht unter dem langen weißblonden Haar bekannt vor, zuzuordnen vermochte sie es jedoch noch nicht.

»Efferd zum Gruße«, lächelte der Neuankömmling freundlich und offen. Rondriane nickte bloß als Antwort, um ihn vielleicht mit ein wenig Unfreundlichkeit abzuwimmeln. Sein Alter zu schätzen, fiel ihr schwer, zwischen Ende Zwanzig und Mitte Dreißig, dachte sie. Als sie ihm jedoch in die blaugrünen Augen blickte, hielt sie inne, den Holzlöffel zum Mund zu führen. Diesen weisen Augen nach zu urteilen war der Mann bereits viel, viel älter.

»Darf ich mich setzen?« fragte der Mann nun überflüssigerweise, und die Schmugglerin deutete mit einer Hand unwillig auf die fünf freien Stühle am Tisch. »Danke.«

Einige Bissen lang sah er ihr beim Essen zu, doch als sie stirnrunzelnd aufblickte und zu einem bissigen Kommentar ansetzte, kam er ihr zuvor und fragte mit sanfter Stimme: »Ihr seid Rondriane Kevendoch, nicht wahr? Euer Bruder sagte, daß Ihr hier häufig zu Abend eßt.«

Die Frau ließ den Löffel in die Schale zurücksinken

und füllte ihn erneut. »Die bin ich. Und mit wem habe ich die Ehre?« Ihre Antwort klang mürrisch, aber das sollte sie auch. Sie hatte keine Lust auf flache Konversation.

»Mein Name ist Efferdan ui Bennain. Wir kennen uns aus dem Efferdtempel.« Der Schmugglerin blieb der Brocken im Halse stecken, und sie hustete. Innerlich fluchte sie darüber, daß sie sich bei der Antwort so hatte verschlucken müssen.

Der Rabe auf der Stuhllehne des Nachbartisches pickte ein paar Kerben in die Holzkugel des Stuhles und krähte wieder triumphierend: »Die Pest holt den Rest! Äh! Die Pest holt den Rest!«

»Halt's Maul!« schnauzte ihn Thalionmel kühl an und fragte den Prinzen: »Etwas zu trinken gefällig?«

»Ja, bitte ein Bräu«, und an Rondriane gewandt, »habt Ihr Euch verschluckt?«

»Nicht der Rede wert«, antwortete sie mit noch belegter Stimme. »Ich wundere mich nur, Prinzliche Hoheit.« Mit einem kräftigen Räuspern befreite sie ihre Kehle. »Ich frage mich, was ihr wohl von mir wollen könntet?« Thalionmel kraulte dem schwarzen Vogel am Nachbartisch das Gefieder und lauschte dabei sicherlich unaufällig, wie Rondriane ahnte. Das war gut, denn wenn man sie jetzt hier verhaftete, wüßten die anderen gleich Bescheid. Doch nein, niemand konnte darauf kommen, daß sie der *Graf* war, sie hatte keine Fehler gemacht. Es sei denn, Ghun hätte sie verraten...

»Mein Anliegen wird in Euren Ohren sicherlich ein wenig merkwürdig klingen, Frau Kevendoch, ich bin allerdings selbst überrascht, daß mich mein Weg zu Euch führt. Ich komme soeben vom Hotel *Palastgarten*. Frau Linnane, die Besitzerin, berichtete mir, daß Ihr ihr glaubhaft zu versichern im Stande wart, daß eine ihrer Mieterinnen kürzlich verstorben ist und daß Ihr das gesamte Gepäck erstandet. Zufällig bin ich ebenso an der südländischen Dame interessiert, wie ihr – und an ihrem Gepäck.«

Ungläubig starrte Rondriane ihn an. Das war doch nicht möglich… Nach solchen Mühen, offiziell über jeden Zweifel erhaben zu sein und eine unbescholtene Bürgerin zu mimen, nach den aufreibenden Handständen, die sie ständig hatte machen müssen, um gute Papiere für ihre geschmuggelten Waren zu haben und trotzdem nicht aufzufallen, nach all dem Aufwand sollte sie nun eine solch kleine Unachtsamkeit enttarnen? Unfaßbar – und fast zum Lachen, daß es mal wieder ein Bennain war, der ihr in die Quere kam.

Ihr Gesichtsausdruck mußte dem Prinzen viel zuviel von ihren Gedanken verraten haben, denn er fügte leise und beschwichtigend hinzu, »Frau Kevendoch, ich bin nicht hier, um alte Geschichten wieder aufzurollen, die bereits so lange zurückliegen. Ich möchte Euch hier auch nichts unterstellen, denn Ihr seid mir als eine götterfürchtige und gläubige Person bekannt. Mir geht es lediglich darum, Antworten auf ein paar Fragen zu finden, die für mich und die Kirche des Efferd von außerordentlicher Bedeutung sind.«

»Aldare! Nee, Thalimone, ach, auch egal, Schankmagd, ich will ein Bier!« lallte es von der anderen Seite des Raumes herüber, so daß der Prinz und die Schmugglerin unwillkürlich zu der Elfe aufsahen, die noch immer versonnen die Federn des Raben kraulte und nun schuldbewußt aufschreckte. Sie errötete, was sie ausgesprochen selten tat, griff sich verlegen an einen der Perlohrringe und eilte in Richtung Küche.

Kühl starrte Rondriane den Prinzen an und wartete, bis der Lärmpegel im Gasthaus wieder auf sein übliches Maß angestiegen war. »Wenn Ihr auf jene alte Geschichte von damals anspielt, wißt Ihr sicherlich auch, daß mich mit Eurer Familie keine allzu tiefe Liebe verbindet. Warum also sollte ich Euch Eure Fragen beantworten? Und wie kommt Ihr auf den Gedanken, ich wäre dazu überhaupt in der Lage?« Sie legte einen abweisenden Ton in ihre Stimme.

Verständnisvoll nickend erwiderte der Prinz: »Diese Angelegenheit hat nichts mit meiner Familie zu tun, Frau Kevendoch. Um so mehr allerdings mit dem Efferdtempel. Man hat ihn bestohlen.« Rondriane zog erstaunt und entsetzt die Brauen hoch, doch der Prinz fuhr fort: »Die Antwort auf Eure zweite Frage habe ich Euch bereits gegeben. Frau Linnane vom *Palastgarten* versicherte mir glaubhaft, daß Ihr viel Geld in die Habseligkeiten der Frau saba Farisha investiert habt, bevor Ihr überhaupt einen Blick darauf habt werfen können, was mich zu der Vermutung veranlaßt, daß Ihr wußtet, was Ihr finden würdet. Also müßt Ihr sie gekannt haben. Mich interessiert nun allein, was Ihr in ihrem Besitz gefunden habt und ob Ihr… nein, das ist nicht möglich«, brach er nachdenklich ab. »Was ist nicht möglich?« hakte Rondriane verwirrt nach.

»Wir sind einander so häufig im Tempel des Efferd begegnet, Frau Kevendoch. Ihr habt doch sicherlich bereits an jenen Gottesdiensten teilgenommen, an denen die heilige Perle des Efferd ausgestellt wurde?«

Die Schmugglerin nickte vorsichtig. »Natürlich. Sie wird einmal in der Woche am Praiostag den Gläubigen gezeigt und soll Wunder wirken können. Man sagt, sie gestatte demjenigen, der sie berührt, unter Wasser zu atmen. Ich habe auch gehört, daß sie Wünsche erfüllen oder einen guten Fang bescheren soll… Aber davon ist sicher vieles nur Gerücht.« Sie lächelte herzlich, als sie hinzufügte: »Ich war damals dabei, als die Geweihten den Dankesgottesdienst abhielten, den am Bennaindamm. Zum dreihundertsten Jahrestag des Bebens. Es war ein wunderschönes Fest.« Rondriane erinnerte sich noch genau an die herrlichen Hymnen und Gebete, die sie über das Wasser in die Unterstadt gesandt, an die

Blumengirlanden und Geschenke, die sie dem Herrn der Meere geopfert hatten.

Als sie wieder aufsah, bemerkte sie Efferdans tiefen, prüfenden Blick und musterte ihn ihrerseits. Merkwürdig. Er mußte mindestens ebenso alt sein wie sie und wirkte doch wesentlich jünger.

»Deshalb sagte ich, daß es unmöglich ist, daß Ihr damit etwas zu tun habt. Eben jene Perle, die nach den Feierlichkeiten in der Kaverne unterhalb des Efferdtempels gefunden wurde, ist aus den Räumen des Tempels gestohlen worden. Ich besitze die Beschreibung einer Novadi, die einige Tage zuvor einem der Priester aufgefallen war, und habe heute bereits Dutzende Pensionen und Gasthäuser aufgesucht, um nachzufragen, ob sie dort gewohnt hat. Ich bin beim *Palastgarten* gelandet, nur einen Katzensprung vom Palast entfernt.« Er verzog betrübt das Gesicht.

»Die Efferdperle ist gestohlen worden?« fragte Rondriane entgeistert und lauter, als sie es beabsichtigt hatte. Einige der Leute drehten sich zu ihnen um, und Efferdan bat sie mit gedämpfter Stimme: »Bitte, nicht so laut! Die Geweihtenschaft hofft immer noch, daß man das aufklären kann, bevor es sich herumspricht…«

»Ja, Verzeihung«, flüsterte die Schmugglerin, nun um einiges leiser. »Aber das gibt es doch gar nicht! Wer bestiehlt denn einen Tempel?« Die Antwort war einfach, schalt sie sich, als Efferdan sie ihr gab. »Eine ungläubige Novadi vielleicht?«

Sie nickte. »Und Ihr seid Euch sicher, daß es diese Novadi war? Es gibt in Havena sicherlich mehr als eine…« Innerlich überschlugen sich ihre Gedanken. Es paßte alles zusammen – die sterbende Frau in der Unterstadt war die Diebin der Perle gewesen, jenes Wort hatte sie noch sterbend auf den Lippen getragen. Doch sie hatte sie nicht bei sich gehabt; das zu untersuchen war Rondrianes erster Gedanke gewesen. Hätte sie das gewußt, wäre sie sicherlich nicht so dumm gewesen, ihre Habe zu kaufen und sich damit bloßzustellen... Vielleicht war die Frau sogar an einem Fluch Efferds gestorben... Rondriane erschauderte.

»Ist Euch nicht gut?« fragte der Prinz besorgt. »Ich... bin entsetzt«, brachte Rondriane heraus. »Ja, das bin ich auch«, bestätigte Efferdan. »Unter diesen Umständen kann ich doch auf Eure Zusammenarbeit zählen?«

Die Schmugglerin faßte sich mühsam und nickte. »Nun gut. Ich fand die Leiche der Frau; sie war an den Bennaindamm geschwemmt worden, als ich gestern morgen vom Tsatempel hinauf zum Efferdtempel ging. Ich sitze dort gerne ein Weilchen, wißt Ihr? Nun, ich dachte zuerst, daß es sich um ein Bündel oder ähnliches handeln müsse, und so zog ich es herauf. Ihr könnt Euch meinen Schrecken vorstellen, als ich sah, daß es sich tatsächlich um eine Tote handelte. Tja, ich brachte den Leichnam zum Tsatempel zurück, da eine anständige Bestattung einem jeden Götterkind zusteht, sei es nun gläubig oder ungläubig. Ich dachte, die Geweihten könnten die Boronpriester besser als ich verständigen. Vorher jedoch habe ich noch nach einem Merkmal ihrer Identität gesucht, um eventuell jemanden benachrichtigen zu können, und fand dabei einen Zimmerschlüssel des *Palastgartens*. Ich kenne das Hotel, weshalb ich die Besitzerin schließlich von dem Tod benachrichtigte. Und da das Eigentum der Novadi mit ihrem Tod in Frau Linnanes Besitz überging, bot ich ihr eine Summe dafür an. Ich verkaufe in meinem Krämergeschäft exotische Güter, wißt Ihr, und ich vermutete, daß sich möglicherweise in dem Gepäck einer echten Novadi solches finden ließe.« Damit beendete Rondriane ihren teils wahren, teils ergänzten Bericht. Schulterzuckend fügte sie wahrheitsgemäß hinzu: »Ich konnte ja nicht ahnen, daß sie eine Tempeldiebin ist.«

»Ihr hattet Glück«, lächelte Efferdan hintergründig.

»Daß Ihr den Schlüssel gefunden habt, meine ich. Ich selbst durfte durch aufwendiges Suchen herausfinden, wie schrecklich viele Gasthäuser mit Übernachtung es hier in Havena gibt.«

Daran hatte Rondriane nicht gedacht – er mußte von ihrer Suche ebenfalls gehört haben, wenn er in denselben Häusern gefragt hatte wie sie. Schon hörte sie den Prinzen sagen: »Und bei meiner Suche machte man mich darauf aufmerksam, daß ich nicht der einzige sei, der nach der Novadi gefragt habe.« Dumm war er also nicht, stellte die Schmugglerin kühl fest.

»Nun, ich war mir nicht so ganz sicher, wo der Schlüssel hingehörte«, log sie.

»Versteht sich. Wer kennt schon die Schlüsselformen der unterschiedlichen Herbergen Havenas, geschweige denn die Tatsache, ob die Häuser überhaupt abschließbare Zimmer haben.«

Eine kleine Weile schwiegen die beiden und brachten das Erfahrene jeweils in Einklang mit dem, was sie vorher bereits gewußt hatten. Schließlich fragte Efferdan: »Habt Ihr in dem Gepäck Hinweise darauf gefunden, daß Frau saba Farisha eine Diebin ist – ich meine, war?«

Rondriane nickte – soweit sie es absehen konnte, schadete ihr die Preisgabe dieser Information nicht, und wenn es um ein efferdheiliges Artefakt ging, wollte sie, soweit es eben ging, nicht lügen. »Tatsächlich hat mich das sehr verwundert. Dietriche vielerlei Größen und Formen fand ich, ein Brecheisen…« Sie beschloß, von der Beute nichts zu sagen – denn davon, daß der Perlschmuck als solches zu bezeichnen war, mußte sie nun ja ausgehen.

»Ich weiß, daß diese Frage eigentlich überflüssig ist, stellen muß ich sie der Sicherheit halber aber doch: Eben jene gesuchte Perle, die ja sehr auffällig ist, habt Ihr in dem Gepäck nicht gefunden?«

Stirnrunzelnd verneinte Rondriane seufzend. »Ich bin seit Jahren eine ehrliche Bürgerin, Prinzliche Hoheit. Nur weil ich in meiner Jugend eine Dummheit gemacht habe, heißt das noch lange nicht, daß ich für jedes Verbrechen in meiner Stadt zuständig bin.« Die Lüge ging ihr leicht und schnell von den Lippen, sie hatte schon lange darauf gewartet, das einem Bennain erzählen zu können.

»Da habt Ihr sicherlich recht, Frau Kevendoch. Ich verdächtige Euch dieser Tat keineswegs, wie ich ja hoffentlich deutlich machen konnte. Ich danke Euch zumindest erst einmal für Eure Hilfe. Immerhin weiß ich so, daß ich auf der richtigen Fährte bin.« Er lächelte Rondriane offen an. »Wenn Euch noch etwas einfallen sollte, was für die Geweihten des Efferd in dieser Beziehung von Nutzen sein könnte, wäre es sehr aufmerksam von Euch, wenn Ihr es beim Tempel melden könntet – oder bei mir, das bleibt sich gleich. Ihro Gnaden Ilarea und ich arbeiten in dieser Sache zusammen.« Dann erhob sich der Prinz und lächelte freundlich. Irgendwie benahm sich dieses Mitglied der Familie Bennain so völlig anders, als sie es sich in den letzten zehn, zwölf Jahren ausgemalt hatte. Zögernd erwiderte sie das Lächeln. »Ach, und Frau Kevendoch, wie ich bereits sagte, sollte das Wissen um diesen Diebstahl eine Angelegenheit unseres Vertrauens bleiben, ja?« Damit drückte er noch kurz ihre Hand und drängte sich durch die Menge aus dem Gasthaus hinaus.

Kaum schloß sich die Tür hinter ihm, hastete Thalionmel mit einem Tablett voll Bier zu ihr herüber. »Sag schon, Rondriane, was wollte der? War das wirklich der Prinz? Er sieht gar nicht aus wie ein Bruder von Ruadh.« Der jüngste Sohn König Cuanus war als Schwerenöter auch hier im Gasthaus *Esche und Kork* gut bekannt.

»Das ist er auch nicht, Thalionmel. Er ist sein

Onkel«, berichtigte die Anführerin die Elfe nachdenklich. Der Prinz hatte von Vertrauen gesprochen. Entweder war er doch dümmer, als sie gedacht hatte, daß er ihr die ganze Geschichte so geglaubt hatte – oder er vertraute ihr tatsächlich. Immerhin hätte sie auch mit der Diebin unter einer Decke stecken können, aber davon schien er nicht einen Lidschlag lang ausgegangen zu sein.

Verwirrt schüttelte die Schmugglerin den Kopf und erwehrte sich Thalionmels, die sie mit ihren Fragen nur so bestürmte.

Auf dem Platz vor dem Palast hielt Efferdan inne und wandte sich gen Praios, wo er einen weiten Blick auf den bereits herbstlichen Halplatz mit dem großen Efferdtempel genoß, der am anderen Ende dem Fürstenpalast genau gegenüber lag. Er meinte, etwas gehört zu haben, doch als er aufmerksamer lauschte, vernahm er nichts als die üblichen Laute des nächtlichen Havena – das Huschen einer Katze auf den Steineichen, die den Halplatz säumten, das Rascheln von Efferds Odem in den Kronen, manchmal Schritte, Husten, Gesang.

Gesang? Efferdan lächelte freudig. Leise und zart hatte sich der ihm so bekannte Singsang durch ein Hintertürchen in seinen Geist geschlichen, ohne daß er es bemerkt hatte, und schon eilte er über den Halplatz, am Rondratempel vorbei auf die gewundene Brückstraße. Das Madamal stand gar nicht hoch am Himmel, stellte er verwundert fest. Dieser Ruf, den allein er hörte, wirkte so ganz anders als Latas stoischer Geist, er klang munter, voller Freude und Liebe. Glücklicherweise blieb die Zollbrücke am Hafeneingang auch nachts gesenkt, so daß er dem Wächter zuwinkte und mit hohl klingendem Schritt hinüberging.

In Südhafen angelangt, folgte er der Hafenstraße zum Bennaindamm. Die Büsche raschelten, als er die

Böschung hinabstolperte und unten im feuchten Gras zu hocken kam.

»Leiella?« fragte er flüsternd.

Sie wartete im Wasser. Selbst bei dem wenigen Mondlicht leuchtete ihre Haut weiß-bläulich in der Nacht, doch das von Silbersträhnen durchzogene Haar, das sonst in allen Blautönen schimmerte, ließ sich nur erahnen. Ihr zierliches herzförmiges Gesicht lachte aus der Dunkelheit zu ihm empor, während ihn ein geistig übermittelter Kuß magisch einhüllte. Ein wohliges Zittern durchlief seinen Körper und festigte sich in seinen Knien.

»Leiella! Was tust du hier?« Efferdan wußte, daß sie nicht nur den Sinn seiner Worte, sondern auch die Besorgnis in seiner Stimme verstehen würde. Er streckte die Hand nach ihr aus, und seine Finger begegneten den ihren. Die Schwimmhäute ihrer Hände schimmerten zart.

Die Neckerfrau antwortete in dem Singsang ihres Volkes, dessen Inhalt sich ihm durch ihre Magie mitteilte. Die Gedankenbilder zeigten ihn und sie nackt durch das Meer der Sieben Winde schwimmen, einander Necken und Haschen und schließlich an einem lauschigen Plätzchen der Küste im Rahjaspiel versinken.

Mit einem tiefen Blick in Leiellas kristallblaue Augen erwiderte der Prinz: »Ich liebe dich.« Über die fremdartigen vollen Lippen drang ein freudiger Seufzer, und die Meerfrau zog sich an seiner Hand heran und schmiegte sich naß in seine Arme. Offensichtlich hatte sie auch das in seiner Antwort mitschwingende ›Nein‹ gespürt, das er nicht auszusprechen brauchte – schließlich lagen seine Gefühle wie ein offenes Buch vor ihr.

»Du solltest nicht herkommen, wenn Mada so schwach ist«, flüsterte er zärtlich und hielt ihren kühlen

Körper eng an sich gedrückt. Wie Efferds Gezeiten richtete sich die Magie der Necker nach der Hesindentochter, und wenn sie wie jetzt, wenige Tage vor der Toten Mada, durch die Unterstadt schwamm, hatte sie nur geringe Kräfte, sich gegen die Schrecknisse dieses Ortes zur Wehr zu setzen.

Die Antwort bestand wieder aus jener Übermittlung ihrer Gefühle, Leiellas Art, ihm zu sagen, daß sie ihn liebte. Ihr silberblaues Haar trocknete schnell und roch nach Tang und Meer. Er sog den Duft tief und genüßlich ein – um wieviel herrlicher er ihn fand als alle liebfeldischen Duftwässerchen oder -puder! Nach all den Jahren, die sie einander kannten, erinnerte ihn bereits der Odem und das Rauschen des Meeres an seine Geliebte, die für ihn immer ein Teil davon gewesen war.

Noch einmal drückte er sie fest an sich, so daß sie spaßeshalber einen klagenden Laut von sich gab, als zerquetsche er sie, und dankte Efferd für die Einsicht seines Bruders, denn der König hatte vor einigen Jahren endlich auf ihn gehört und den Neckerfang und -handel genauso wie die Sklaverei zum Verbrechen erklärt. Nach langem Gerede und hitzigen Diskussionen hatte Efferdan Cuanu davon überzeugt, indem er ihn seiner vor Efferd angetrauten Gemahlin vorzustellen vorgab. Zwar hatte kein Priester jemals seinen Segen über ihre Bindung gesprochen, doch fühlte Efferdan, daß das Auge des Gottes mit Wohlgefallen auf ihnen ruhte. Leiella hatte es vermocht, Cuanu zu beweisen, daß auch in dem Meervolk Gefühle und Gedanken steckten, denn immerhin liebten sie einander nun schon seit mehr als zwanzig Jahren.

Doch nun mußte er die Gelegenheit ergreifen und ihr berichten, was geschehen war. Er nahm ihren Kopf zwischen die Hände, ein Zeichen dafür, daß sie seine Gedanken lesen solle. In schneller Folge dachte er nun zurück an die Efferdperle, dann an eine dunkelhaarige

Menschenfrau, die sie von dem Samtkissen nahm und aus dem Tempel trug – Leiella erschrak bei diesem Bild und hätte fast die geistige Verbindung unterbrochen –, dann das Bild der Geweihten Graustein und Ilarea, die die Neckerin gut kannte. Schließlich das Bild Latas, wie er ihr unten in der Kaverne gegenüberstand. Ehrfurcht und Besorgnis standen Leiella ins Gesicht geschrieben, als sie hastig und schnell in der singenden Sprache der Necker zu plappern begann, Bilder überfluteten nun seinerseits Efferdans Geist und vermischten sich mit seinen Erinnerungen und Träumen, so daß er immer mehr das Bewußtsein dafür verlor, wer und wo er eigentlich war, was geschah…

»Leiella!« rief er schließlich verzweifelt und hielt sich den Kopf, und die Bilderflut brach jäh ab. Doch das letzte, was sie ihm übermittelt hatte, war eine gigantisch hohe Flutwelle, die auf ihn zurollte. Nun strich die Neckerin sanft über sein Haar und zirpte dabei entschuldigend.

Langsam ebbte der Schmerz im Kopf ein wenig ab, und Efferdan vermochte wieder, seine Gedanken und Erinnerungen in Ordnung zu bringen. Dann meinte er leise: »Das glaube ich nicht. Nicht wegen dieser Perle. Oder?«

Leiella zuckte in einer so menschlichen Geste, die sie von ihm abgeschaut hatte, mit den Schultern, daß der Prinz lachen mußte.

»Ich glaube nicht. Nicht wegen der Perle.« Und er küßte sie zärtlich. Nach wenigen Augenblicken löste sie sich zappelnd wieder von ihm und griff sich an den Hals, wo zwei Silberkettchen hingen. An der einen hing der Lapislazuli, den jeder Necker trug, an der anderen eine tränenförmige helle Perle. Diese nahm sie ab und legte sie Efferdan um den Hals. Die weichen und durchschimmernden Fingernägel mühten sich mit dem Verschluß ab, doch schließlich saß die Kette. Leiella berichtete ihm in Bildern, daß sie sie in der Unterstadt gefunden hatte.

Ihre vollen Lippen streiften die seinen, dann wandte sie sich um und schritt ins Wasser, bis der helle Fleck ihres Körpers und das Silberglitzern ihres Haares alles war, was der Prinz in der Dunkelheit noch ausmachen konnte.

*Kapitel 5*

# Ymra

Ingramosch, Sohn des Irgabrosch, stapfte in dem Zimmer des Gasthauses *Südwacht* auf und ab. Angrosch war's gelobt hatte die Wirtsfrau noch einen erdebenen Raum zur Verfügung gehabt, denn keine zehn noch so großen und starken Pferde hätten den Zwerg höher hinauf gebracht. Ingramosch rückte den rituellen Schmiedehammer an seiner Seite zurecht und schüttelte unwillig den Kopf. »Welcher Wahnsinn brachte die Menschen dazu, ihre Kammern *über* dem Erdboden zu stapeln? Unseren Tempel werden wir in Mutter Sumus Leib *hinein* bauen und setzen ihn nicht unsicher *darauf*. Ein einziger Hammerschlag Angroschs genügt doch, um die ganze Stadt zu zertrümmern!«

Errax, Sohn des Ergasch, wackelte nachdenklich mit dem Kopf. »Die Menschen hier kennen Angroschs Hammer noch nicht, Väterchen. Vielleicht schaut der Vater hier nicht so häufig her wie nach Xorlosch, weil hier keine Essen und Minen sind und niemand Sein Werk preist.«

Grimmig strich sich Ingramosch, der Hohepriester des Ingerimm, den die Zwerge Angrosch nannten, über den langen zotteligen Bart. »Das wird sich nun aber gehörig ändern! Hier in der Stadt leben gewißlich fünfzig-, ach, sechzigtausend Menschen beisammen. Und nicht ein Tempel des Angrosch steht hier, dabei ist Er älter als alle anderen Götter zusammen! Zwar wußte ich, daß Väterchen Angrosch von Wahnsinn geblendet war, als er die Menschen schuf, aber – Feuerschlund und Schlacke! – *wie* sehr, das begreife ich erst heute. Sie legen ihre Siedlungen praktisch *auf* das Wasser und befahren das Meer mit unsicheren Wannen aus Holz. Sie bauen nicht *in* den Boden, sondern *auf* ihm, was bei diesem sumpfigen Land ja auch kein Wunder ist, wer mag denn hier schon graben! Nicht einmal Erze oder edle Steine kann man hier ernten, nur Weizen und *Fisch*!« Das letzte Wort spieh Ingramosch aus wie einen Fluch. »Wenn mir noch einmal jemand Fisch zum Abendessen bietet, bekommt er meinen Hammer zu spüren!« Dabei klopfte sich der stattliche Zwerg auf die Ritualwaffe an seinem Gürtel.

Angewidert nickte Errax, schmunzelte dann jedoch. »Aber gutes Bier brauen sie hier, fast so gut wie zu Hause. Trotzdem, Ihr sagt es selbst, Väterchen: Einen Tempel kann man hier nicht gut bauen, es gibt nirgends festes Gestein in der Erde. Überall ist Wasser und Fisch, niemand verehrt Angrosch so, wie wir es tun. Und um einen Tempel zu gründen, braucht man Gold, mehr Gold, als ich das letzte Mal in unseren Säckeln gezählt habe. Väterchen Angrosch hat uns da wahrlich eine schwere Aufgabe gestellt!«

Ingramosch lachte laut. »Mach dir um das Gold keine Sorgen, Errax, ich habe bereits ein erkleckliches Sümmchen bereit. Und ich denke, wir bekommen noch mehr davon... Verdammtes Licht«, grummelte er, »man kann sich gar nicht auf die Zeit besinnen... Doch der Bursche müßte doch schon längst hier sein?« Schritte auf dem Gang kündeten an, daß sich der Priester nicht getäuscht hatte: Der Zeitpunkt der Verabredung war gekommen, und es klopfte an der Tür.

»Ja! Wir warten schon!« bellte Ingramosch und hakte die Daumen hinter die Riemen seines Lederwamses. Der Hohepriester war ein stattlicher Zwerg besten Alters, also zwischen drei- und vierhundert Jahre zählend. Der lange rote Bart bauschte sich ebenso wie sein fülliges Haupthaar, was ihm ein keckes Aussehen verlieh. Flinke dunkle Augen verstanden es, ihr Gegenüber genauestens zu mustern und keine Kleinigkeit zu übersehen, weshalb er auch die Gesichter der Menschen gut zu unterscheiden vermochte, während sie für die meisten Zwerge eines wie das andere aussahen.

Herein trat ein junger Mann in der Tracht der Zimmerleute, der seinen Hut abnahm und den beiden Zwergen zunickte. »Efferd zum Gruße, ich bin…«

»Angrosch zum Gruße, meinst du wohl!« raunzte der Zwergenpriester bärbeißig. »Ich habe genug von deinem Efferd! Fisch, Fisch, immer nur Fisch!«

Der Mann mit dem wohlgestutzten braunen Bart zuckte sichtlich zusammen, als die Faust des Zwergen den Tisch kraftvoll zum Erbeben brachte.

»Nun, Herr, zumindest habe ich hier einen Schrieb, der für Eu…« Flink hatte der Priester dem Zimmermann den dargebotenen Brief aus den Fingern gerissen und machte sich daran, das schlichte weiße Siegel zu brechen. Sein Begleiter Errax rutschte derweil mühsam von dem viel zu hohen Stuhl und schob den Menschen nicht langsamer, aber doch freundlicher zur Tür. »Wenn Ihr wohl draußen warten wollt, das Väterchen wird Euch sicher noch eine Antwort mitgeben.«

Als sich die Tür hinter dem Mann schloß, stampfte Ingramosch auch schon zornig mit dem Fuß auf, so daß die Bohlen erbebten. »Eins muß man den Praioten lassen – wenn es um's Gold geht, sind sie fast ebenso hart zu knacken wie wir. Bartloses Bubenpack, allesamt! Sind kaum in einem Alter, daß sie die Feuertaufe hinter sich haben könnten, und meinen, *mich* herumschupsen zu können!«

»Immerhin haben sie den Fürsten so weit gebracht, uns anzuhören, das ist schon mehr, als wir in den letzten siebzig Jahren vollbracht haben, Väterchen.« Der jüngere Zwerg strich sich über den blonden Bart. »Ich frage mich, wie das so plötzlich kommt.«

Immer noch über den Brief gebeugte, schmunzelte der Hohepriester. »Siebzig Jahre sind für die Menschen nicht *plötzlich*, Errax. Während sich bei unsereins nach einer solchen Zeitspanne erst die Herrschaft eines jungen Königs gefestigt hat, ist es bei den Menschen schon der zweite...«, er rechnete kurz nach, »...oder sogar dritte Herrscher, der auf dem Thron sitzt. Kein Wunder also, daß ihre Politik so sprunghaft wechselt.« Mit einem wulstigen Finger, der dicke Hornhaut vom Schmieden aufwies, deutete er auf die Zeilen des Schriebes. »Soviel Gold, wie versprochen, bekommen wir nicht. Aber wertvolle Hinweise – Hochwürden Ardan behauptet, daß die Kirche des Efferd vermutlich alles zu tun gedenkt, um unseren Tempelbau zu verhindern, weshalb wir angeblich möglicherweise noch ein bißchen nachhelfen müssen.«

»Wie stellt er sich das denn vor? Sollen wir ihren Tempel abbrennen?« Ingramosch lachte schallend und schlug sich auf die ledernen Beinkleider. »Nein, ist aber ein guter Gedanke, das. Kommt Zeit, kommt Rat. Ardan meint, daß man die Arroganz dieses Wasserkriechers mal ein wenig zurechtstutzen müßte. Er hat einen Plan, der aber noch ein wenig reifen muß, wie er sagt. Aber wir haben nun schon siebzig und mehr Jahre gewartet, Errax, da kommt es auf ein bißchen länger auch nicht an. Schließlich haben wir Zeit.«

Fürst Toras hatte die Zwerge empfangen – Efferdhilf der Blaue las das Schreiben bereits zum heiligen dritten Mal, doch der Inhalt änderte sich keinen Deut. In kalter Wut knüllte er das Pergament zusammen und ließ es zu Boden fallen. Dieser junge Popanz hatte also seiner Hexenbuhle gehorcht und die Ingerimmpriester empfangen – ein Schlag ins Gesicht war das, und zwar in seines, das Gesicht Efferdhilfs des Blauen, des obersten Gesandten Efferds in Albernia! Mit geballten Fäusten und knirschenden Zähnen empfand Efferdhilf einen Zorn, der ihn ahnen ließ, warum der Herr der Gezeiten bisweilen solche Stürme und Springfluten entfesselte – er selbst verspürte derzeit große Lust dazu!

Doch der Hohepriester zwang sich zur Ruhe und trat ans Fenster. Vor ihm lag der nächtliche Hafen, der Quell des Reichtums des ganzen Landes. Rechts und links des Beckens breitete sich Havena aus, entlang des Großen Flusses, der dahinter einige hundert Schritt durch sein breites Bett floß. Trotz der Dunkelheit leuchtete in vielen Häusern helles Licht, und einige Schlote qualmten, obwohl es doch gerade Sommer wurde. Das Feuer bildete einen ebensolchen Bestandteil des alltäglichen Lebens wie das Wasser, gestand sich Efferdhilf ohnmächtig ein und ballte wieder die Fäuste. Zudem verfügte die Stadt über eine breite Handwerkerschicht, die nicht direkt etwas mit der Schiffahrt zu tun hatte, und all diese Leute würden vielleicht bald in einem Tempel des Ingerimm beten, anstatt in dem des Efferd. Falls der Fürst der Petition der Zwerge zustimmte und ihnen erlaubte, ihren ketzerischen Tempel in Havena zu errichten. Oh, wie Efferd ihnen zürnen würde, diesen Ahnungslosen!

Doch das durfte nicht geschehen. Aber konnte er denn etwas tun? Waren ihm nicht die Hände gefesselt? Der Blaue haßte Ohnmacht und beschloß deshalb, etwas zu unternehmen, so daß diese erschreckende Vision niemals Wirklichkeit werden sollte.

Der Hohepriester ahnte, wer hinter diesem plötzlichen Gesuch der Ingerimmpriester stand – Ardan, der alte Praiosgeier, sah sicherlich eine Gelegenheit, die Rivalin Efferdkirche auszustechen oder doch zumindest durch einen Gegner zu schwächen. Das würde er nicht zulassen, schwor sich Efferdhilf, Havena gehörte Efferd allein und niemand anderem! Er sollte dieses Schreiben an Fürst Toras wahrlich bald verfassen, in dem er Efferd als höchsten aller Götter ausrief und Praios seines unrechtmäßigen Platzes beraubte. Das würde Ardan das Genick brechen, wenn er, Efferdhilf der Blaue, seinen Gott absetzte! Hah! Er mußte dringend etwas unternehmen!

Draußen auf dem Platz zwischen Efferdtempel und Hafen marschierte eine Garde des Fürsten vorbei, eine Weibelin und vier Gardisten. Die Anführerin ging voran, in der Linken eine lichterloh brennende Fackel, die sie schwenkte, als sie ihre Gruppe aufteilte und zwei Leute in die eine Gasse sandte, die andere mit in eine andere Richtung nahm.

Der brennende Lichtschweif vor seinen Augen sandte Efferdhilf dem Blauen eine wahrhafte glänzende Idee, wie er das Problem mit den Ingerimmpriestern vielleicht mit einem Schlag lösen konnte. Behaglich lächelnd setzte sich der Hohepriester an sein Pult, langte nach dem Griffel und benetzte die Feder mit dem dunklen Sud des Tintenfisches, der in einem Krüglein aus feinstem güldenländischem Glas aufbewahrt wurde. Im Schein eines kleinen Leuchtsteines kratzte der Gänsekiel über das feine Pergament. Nach dem ersten längeren verfaßte der Priester noch einen zweiten kürzeren Brief, klingelte nach dem Burschen Efferdwin und sandte ihn los, sie zu verschicken.

Mit leisem Gähnen schlüpfte Efferdwin in seine Robe und zog den grauen Mantel darüber, wie der Hohepriester es befohlen hatte. Zwei Nachrichten zu so nachtschlafener Stunde verhießen allerdings nichts Gutes. Die Worte des alten Oisin klangen ihm im Ohr. *Meine alten Augen erspähen düstere Wolken am Horizont*, hatte er vor einigen Tagen gesagt, und Efferdwin wußte, daß auf Oisins Gespür Verlaß war, sei dies nun in bezug auf das Wetter, den Fischfang oder andere göttliche Weisungen.

Hastig tappte der Novize die Stufen zum unteren Tempelbereich hinab, verbeugte sich artig vor den beiden Geweihten Belaín und Isora, die die Flutmesse vorbereiteten, ging vorbei an der Hauptküche und dem Novizenschlafsaal, um am hinteren Ausgang in die Stiefel zu schlüpfen. Gerade öffnete er die Tür, als er die jüngere Novizin Branwen um die Ecke lugen sah. Sie grinste ihn an, streckte die Zunge heraus und deutete dabei auf ihr weit aufgerissenes Auge, wie um zu sagen: ›Ich sehe dich!‹ Wie die meisten anderen Novizen war Branwen eifersüchtig auf Efferdwins Position beim Hohenpriester; um so mehr wurmte es sie, da sie die jüngste Tochter eines reichen Güldenlandhändlers war, Efferdwin dagegen nur ein Waisenkind. Der Novize zuckte in ihre Richtung betont mit den Schultern, streckte dabei die Arme in der typischen Ich-kann-auch-nichts-dafür-Geste aus und wandte sich wieder um. Natürlich war sie eifersüchtig, denn eigentlich galt für die Novizen bereits seit einigen Stunden Bettzeit.

Sobald Efferdwin die Tür hinter sich geschlossen hatte, streifte er sich die Kapuze des unauffälligen Mantels über den Kopf und wanderte die Straße entlang, über das kunstfertig eingelegte Delphinmosaik, daß das Pflaster rund um den gesamten Efferdtempel bildete und diesem Platz seinen Namen gegeben hatte – Delphinplatz.

Lächelnd erinnerte Efferdwin sich an früher. Damals, als das Mosaik fertiggestellt worden war, hatte er sich aus lauter Ehrfurcht vor dem Gott und Stolz, in Seinem Tempel dienen zu dürfen, angewöhnt, nur auf den Steinen zwischen den Fischleibern zu gehen, um das heilige Tier nicht mit Füßen zu treten. Manchmal ertappte er sich auch heute noch dabei, wußte jedoch nicht, ob es eher Gewohnheit oder Ehrfurcht war, die ihn dazu bewegte.

Hinter dem Tempel wandte sich der Novize ostwärts. Dort hatte sich in den letzten Jahren Haus um Haus eine kleine Fischersiedlung rund um den Alten Tempel gebildet, meist im als armselig geltenden Fachwerkbau und nicht in dem festen Steinbaustil, in dem die meisten Gebäude rund um den Neuen Tempel, der natürlich auch aus prächtigstem Marmor bestand, errichtet worden waren. Der neue Efferdtempel lag somit mitten im Herzen der Stadt, direkt am Hafen und nicht, wie sich der Hohepriester manchmal ausließ, an einem ›unbedeutenden Seitenarm des Flusses‹ im äußeren Osten, wie der alte.

Dabei hatte Oisin Efferdwin einmal eine alte Sage erzählt, wonach der Alte Tempel an dem Ort gebaut worden war, den Efferd seinen Dienern gewiesen hatte. Der alte Geweihte sah deshalb allein den Bau eines neuen Tempels als Frevel an. Der Alte kam Efferdwin manchmal zu unerbittlich vor. Immerhin hatte Efferd seinen Hohenpriester in dieses Amt gesetzt und bis jetzt dort belassen. Doch dieses Argument ließ Oisin nicht gelten. Er behauptete, daß Efferdhilf es schon so zu drehen verstand, die wichtigsten Ämter zu bekommen. Efferdwin verstand von solchen Dingen nicht genug, um sie zu beurteilen, abgesehen davon, daß ihm das als Novizen sicherlich nicht zustand.

Mit Fischerort und Krakeninsel betrat er Stadtteile, die schon vor langer Zeit aus der natürlichen Begrenzung des Seitenarmes des Großen Flusses herausgewachsen waren. Die Flußfischer hatten hier Zugang zum Fischerhafen, während die Krakeninseler sich ganz absichtlich auf ihre Insel zurückgezogen hatten und behaupteten, noch von den ersten Siedlerfamilien abzustammen. Dementsprechend traditionsbewußt gaben sich die Bewohner auch, Frechheit und Frivolität sah man hier nicht gerne, und allenthalben hielt man Efferds und Travias Lehren in hohen Ehren.

Efferdwin erreichte das ärmste Viertel, das Orkendorf, dessen Name noch immer von dem Zeltlager der Schwarzpelze bei der Belagerung vor mehr als Tausend Jahren herrührte. Böse Zungen behaupteten, es sei nach den Bewohnern benannt, die dort den Orken gleich hausten und noch nicht einmal ein Fischerboot ihr eigen nannten. Tagelöhner – oder Tagediebe, wie Efferdhilf sie bisweilen nannte –, entflohene Leibeigene und anderes Gesindel wohnten hier, so daß Efferdwin sich fragte, was der Hohepriester mit jemandem in dieser Gegend mitten in der Nacht zu schaffen haben mochte.

Schließlich bog der Novize in einen Hinterhof ein, vor dem rotgefärbte Laternen brannten – das Zeichen des Rahjagewerbes. Quer über den Hof hing Wäsche an aufgespannten Leinen, die Ecken waren gefüllt von Dreckhaufen, zerbrochenen Bierhumpen und stinkenden Abfällen, in denen ein Hund kramte. Das mehrstöckige Haus hatte wohl schon einmal bessere Tage gesehen, denn es war aus solidem Stein gebaut und wies jene hölzerne Balkonfassade auf, die aus dem südlichen Lieblichen Feld stammte. Der Balkon lief in allen Geschossen rund um den Innenhof und diente unter anderem ebenfalls dem Wäschetrocknen. Aus vielen Fenstern und offenen Türen drang Licht heraus. Gelächter, Gesang und wohliges Seufzen deuteten unmißverständlich darauf hin, welche Art von Gewerbe man hier antraf…

Unsicher suchte Efferdwin sich seinen Weg, bis ihn eine der Damen ansprach: »He, mein Liebling, suchst du mich?« Aus ihrem ausgewaschenen Kleid lugten am Ausschnitt und Saum weite Teile ihres schmuddeligen Untergewandes hervor, während das Dekolleté so knapp war, daß ihre Brüste kaum als bedeckt bezeichnet werden konnten. »Eh, nein, Verzeihung, ich glaube nicht. Ich suche Ceorvina.« Errötend bemerkte er, daß es kaum eine Stelle am Körper der Dirne gab, deren Betrachtung unverfänglich war.

»Ach, zu Ceorvina willst du? Das hätte ich nicht gedacht. Na gut, sei's drum. Geh dort drüben die Treppe hoch in den ersten Stock und auf dem Balkon rechts. Die zweite Tür! Aber falls du's dir anders überlegst, kleiner Mann, frag nach Taíra« Damit wandte sie sich lässig um und kehrte zurück zu ihrem Gespräch mit dem jungen Lustbuben, der in ebenso dünne Gewänder gehüllt an einem der Holzpfeiler lehnend auf einem Stück Süßholz knabberte. Dankbar pries der Novize Efferd, daß ihm selbst ein ähnliches Schicksal erspart geblieben war.

Nachdem er den Anweisungen gefolgt war, stand er vor einer Holztür und klopfte vorsichtig. Eine Weile lang tat sich nichts, bis schließlich eine Frauenstimme fragte: »Wer da?«

»Ein Bote, Frau Ceorvina. Ich habe eine Nachricht für Euch.« Wie es ihm der Hohepriester eingeschärft hatte, nannte der Novize weder seinen eigenen Namen noch den seines Auftraggebers.

»Gut«, erklang die Antwort. »Zähl bis zehn, und komm herein!« Der Schlüssel drehte sich im Schloß, doch erst bei zehn drückte Efferdwin die Tür nach innen auf.

Ihm gegenüber, als Schattenriß vor dem Fenster, stand eine Gestalt mit einem sperrigen Gegenstand in der Hand. »Das ist eine Armbrust«, hörte Efferdwin die Stimme ruhig verkünden. »Du solltest also besser vorsichtig mit dem sein, was du so tust!«

Der Novize schluckte seine Furcht hinunter und erwiderte beschwichtigend: »Aber ich bringe doch nur eine Botschaft für Euch. Ich soll sie nur Euch persönlich übergeben!« Eine merkwürdige Stimme hatte die Frau, besonders für eine solche Gegend wie diese, fand er. Sie war gar nicht rauh und grob, wie sie in dieses Etablissement gepaßt hätte. Der Satz klang fast wie die gesungene Strophe eines Liedes.

»Leg sie dorthin!« Im schwachen Licht des Madamals erkannte der junge Mann einen kleinen Tisch. Vorsichtig trat er vor und legte den einen Brief dort nieder. »Nun geh rückwärts zurück zur Tür und warte draußen!« Efferdwin gehorchte und zog schließlich aufatmend die Türe hinter sich ins Schloß, die auch sofort abgeschlossen wurde. Einige Augenblicke später drang Licht unter der Tür hindurch, und Efferdwin vernahm, wie die Frau laut fluchte.

Eine ganze Weile harrte der Novize geduldig aus, ging hinüber zum Geländer des Balkons und blickte in den Hof hinab – vorsichtig, um nicht unfreiwilliger Zeuge einer intimen Vereinigung zu werden. Efeu rankte hier das Holz hinauf, dicht und üppig und fast schon blühend.

Geraschel von der Tür ließ ihn herumschrecken. Unter der Tür hindurch ragte ein zusammengefaltetes Pergament von wesentlich gröberer Machart als jenes, das er hergetragen hatte, heraus und die Stimme wies ihn an: »Das ist meine Antwort. Verschwinde.« Trotz der rauhen Worte klang auch diese Anweisung wieder melodiös und geschliffen, eher wie bei einer Sängerin als… ja, als bei wem? War die Frau eine Hure? Eine Diebin? Doch da ihn das kaum zu interessieren hatte, antwortete er schlicht: »Ich werde den Brief überbringen. Efferd zum Gruße!« Gleich darauf biß er sich auf die Lippe, denn das hatte er eigentlich auch nicht sagen wollen. Vermutlich machte das aber nichts aus, denn so grüßten viele Havener.

Aus dem Zimmer erhielt er keine Antwort, und so machte er sich auf den Weg zu seinem zweiten Botengang.

Dieses Mal führte ihn sein Auftrag in eine bessere Gegend – Lhamín, das Handwerkerviertel. Weit weniger beunruhigt und heimlich schlug er den grauen Mantel zurück, damit man seine Novizenrobe sehen konnte, und klopfte an der Vordertür von Ginfaír, dem Hauptmann der Efferdwache. Der kräftige Mann Mitte Dreißig tat ihm selbst die Tür auf, in der Hand einen gezogenen Säbel. »Ja?«

»Verzeiht, Herr Ginfaír, daß ich zu so später Stunde noch störe, doch ich habe eine Nachricht für Euch. Sie kommt vom Hohenpriester Efferdhilf persönlich, und er bittet Euch, dem Inhalt dieser Botschaft unbedingt Aufmerksamkeit zu zollen, da ihr Gehalt aus göttlicher Quelle selbst stamme.« Auch hier befolgte Efferdwin genau die Anweisungen des Hochgeweihten.

»Oh! Das ist doch selbstverständlich, junger Mann. Willst du einen Augenblick hereinkommen?« Doch hier sollte Efferdwin nicht auf Antwort warten, und so lehnte er dankend ab und machte sich auf den Heimweg, da es schon sehr spät war.

Beim Tempel angekommen, überbrachte er Efferdhilf die Antwort Ceorvinas persönlich. Als der Hochgeweihte die Botschaft las, wurde Efferdwin mulmig zumute bei dem schlecht verborgenen Ausdruck des Triumphes, der sich auf den Zügen Efferdhilfs ausbreitete. »Hervorragend«, murmelte der Hochgeweihte und faltete das Stück Pergament wieder fein säuberlich zusammen. »Efferdwin, du hast dir ein Lob und eine Belohnung redlich verdient. Was hältst du davon, wenn du am morgigen Tag die Sendung zum Leuchtturm übernimmst?«

Efferdwin nickte eifrig – um diese Aufgabe balgten sich die Novizen regelmäßig, denn den Lebensmittelkorb zu Schwester Danu hinauszubringen, versprach einen angenehmen Tag ohne harte Arbeit. »Sehr gerne, Hochwürden, wirklich, das tue ich sehr gern.«

Kurze Zeit später ließ sich Efferdwin auf sein Lager fallen und ahnte nicht, daß ihm die Frucht seiner Botengänge keine Freude bereiten würde.

Die Glocken der Efferdwache hämmerten die Geweihten und Novizen aus dem Schlaf und sandten sie erschreckt und neugierig zugleich an die Fenster. Efferdwin sprang ebenfalls auf und öffnete den Fensterladen des Flures im oberen Stock des Tempels, um zu schauen, was dort draußen los war.

Schauder liefen ihm den Rücken hinab, als er den Grund des Aufruhrs erspähte: Hohe Flammen schlugen im Norden in den Himmel und beleuchteten Lhamín fast taghell.

Ungläubig betrachtete der Novize das entsetzliche Feuer, das just in dem Handwerkerviertel zu wüten schien, in das er selbst noch vor wenigen Stunden die Botschaft für die Feuerwache getragen hatte. Efferd sei Dank für die Vision, die er dem Hohenpriester gesandt hatte, so daß es diesem möglich gewesen war, die Efferdwache zu alarmieren!

Leise drang das Klingeln der Glocke Efferdhilfs an sein Ohr, mit dem der Hochgeweihte ihn zum Dienst rief, und so klopfte er kurz an der Tür des Schlafgemaches und trat ein.

Wieder klingelte die Glocke, versehentlich vom Schlafgewand Efferdhilfs geschlagen, der sich ebenso aus dem Fenster lehnte wie Efferdwin zuvor auch. Der helle Schein der zuckenden Flammen tanzte selbst auf diese Entfernung noch auf seinem lächelnden Gesicht. »Der Tanz beginnt, Ardan!« hörte er ihn murmeln.

Verlegen räusperte sich der Novize, um sich bemerkbar zu machen. »Ah, Efferdwin! Komm nur her!« Der Priester winkte ihn herbei, und der Novize gehorchte. Brüderlich legte der Hochgeweihte den Arm um Efferdwins Schulter und deutete auf den Widerschein des

Feuers. »Das, Sohn, ist einmal mehr der Sieg Efferds über Ingerimm.« Dabei lächelte er so innig und zufrieden, daß dem jungen Mann ganz mulmig zumute wurde.

»Aber… Hochwürden, dort sind vielleicht Menschen in Gefahr…« Dieser Gedanke schien dem Geweihten noch nicht gekommen zu sein. »Wirf dir deinen Mantel über, und sieh einmal nach. Du kannst mir dann ja berichten, wie die Löscharbeiten vorangehen. Aber sei vorsichtig!«

Efferdwin gehorchte und ging zur Tür. Feuer, speziell solch loderndes, bereitete ihm Furcht, da er seit seiner Kindheit kaum in die Nähe von Flammen gekommen war. Trotzdem enthielt dieses Element des Ingerimm eine große Faszination – züngelnd, gefräßig, gierig alles verschlingend… Die Macht der Zerstörung, dachte Efferdwin, als er sich den Mantel überwarf, ist Feuer. Anders als das Wasser, das die Macht des Lebens ist und Tsas und Peraines Samen zum Sprießen und Blühen bringt.

Unten auf der Straße lief er fast denselben Weg wie den, den er in der Nacht zuvor zurück zum Tempel genommen hatte. Je näher er dem Ort des Geschehens kam, um so mehr Menschen schubsten und drängelten sich näher an den Brandherd. Als Efferdwin schließlich an dem Platz ankam, auf dem das brennende Gebäude stand, rief er erstaunt aus: »Die Handwerksgilde!« Das große, prachtvolle Gebäude stand allein auf dem Platz und brannte von innen heraus lichterloh. Gefräßige Flammen züngelten aus den Fenstern, deren Läden sie schon längst verschlungen hatten. Einige Bedienstete und Bewohner des Gebäudes standen in Nachtgewändern und in Decken gehüllt vor dem brennenden Inferno.

Efferdwin starrte in die Flammen. Fast meinte er, ein ständig wandelndes Gesicht zu sehen, dessen Rachen das Gebäude gierig verschlang. Er erschauderte. Welch Hitze da herrschte, welch elementare Gewalt! Der flammende Gigant tobte durch das Erdgeschoß des Gebäudes, doch einige der hohen Brandherde hatte die Efferdwache mit Hilfe der Gilde bereits erstickt.

Unermüdlich wurden die Eimer von den unterschiedlich hohen Pferdewagen einer nach dem anderen in das brennende Haus geleert. Viele Behälter voll Wasser standen bereits vorbereitet auf den Wagen und brauchten nur gegriffen zu werden – Efferdwin vermutete, daß dies der Eingebung Efferdhilfs zu verdanken war, der den Hauptmann der Efferdwache gewarnt hatte. Ein Wunder des Gottes, der die Stadt beschützte! Efferdwin war erfüllt von Stolz.

Der Flammenriese wurde von Efferds steter, geduldiger Macht langsam, aber sicher und zornig prasselnd in die Knie gezwungen, ein Schauspiel, das der Novize nicht hätte missen mögen. Noch nie zuvor hatte er so nahe am Feuer gestanden, das den Efferdgeweihten und ihren Novizen ja verboten war... Unwillkürlich raffte er den grauen Mantel enger um die Robe und setzte die Kapuze auf, um sich vor dem fremden Element zu schützen.

»Ein Wunderwerk des Efferd, in der Tat«, hörte der Novize nun eine melodische Stimme sagen, deren vollen Klang er vor nicht allzulanger Zeit bereits vernommen hatte. Efferdwin drehte sich um und sah eine Frau im Gespräch mit einem Seemann, auf dessen Bemerkung sie diese Worte geantwortet haben mußte.

Diese Stimme hätte Efferdwin unter Tausenden wiedererkannt, denn es war die der Frau in dem Bordell im Fischerdorf, der er die Nachricht des Hohenpriesters gegeben hatte und die nicht gewollt hatte, daß er sie sah.

Nun sah er sie, und er war überrascht. Zwar lag das Gesicht im Schatten eines breitkrempigen, zerbeulten

Hutes, gehörte jedoch zu einer schönen und noch jungen Frau, die sicherlich kaum Ende Zwanzig sein mochte. Die feinen Züge wiesen gerade Linien auf, die sie außerordentlich zierten, Efferdwin jedoch einen androgynen Eindruck vermittelten – ein weibliches Gesicht mit männlichem Charakter, genausogut hätte sie in entsprechender Verkleidung aber auch als Mann mit femininen Zügen durchgehen können. Doch jetzt hing langes, üppiges schwarzes Haar leicht gekräuselt den Rücken herab, und das Ledermieder mit der weißen Bluse darunter gewährte eindeutige Einblicke.

»Ein Wunderwerk des Efferd«, wiederholte sie nun, doch ihre schöne Stimme hallte spöttisch durch die Nacht.

»Komm, Ceo, laß uns hier abhauen«, sagte ihr Begleiter grob und packte sie am Arm. Schneller, als der unauffällig beobachtende Efferdwin wahrnehmen konnte, brachte die Frau einen Dolch zum Vorschein und drückte ihn dem Seemann mit dem zernarbten Gesicht in die Seite. »Faß mich nicht an, und nenn mich nicht Ceo. Ich mag das nicht.« Nun glich ihre Stimme noch mehr dem gedämpften Tonfall von gestern, fand Efferdwin.

»He, habe ich dir gerade geholfen, alte Schulden zu begleichen, oder nicht? Du tust doch immer so fein, also benimm dich gefälligst!« grollte der kräftige Mann und schüttelte sie ab, um sich dann grob durch die Menge zu drängen. Auf dem bloßen Oberarm erkannte Efferdwin zitternd eine tätowierte Seeschlange mit spitzem Gebiß und hervorgestreckter gespaltener Zunge – welch unheiliges Bild!

Die Frau steckte ihren Dolch unauffällig weg und bemerkte Efferdwins Blick, als sie sich umwandte, um ebenfalls zu gehen. Sie hielt inne und sah den Novizen herausfordernd an. Als Efferdwin jedoch die Augen niederschlug, sich abwandte und die Kapuze tiefer ins

Gesicht schob, beachtete sie ihn nicht weiter und drängte ihn beiseite. Natürlich konnte sie ihn in dem verdunkelten Zimmer ebensowenig erkannt haben wie er sie, dachte der Novize erleichtert. Der intensive Geruch von Petroleum drang ihm in die Nase, verflog jedoch bald wieder. Doch die Anrede des Seemannes hatte ihm bestätigt, daß es sich in der Tat um dieselbe Frau wie gestern nacht handelte – Ceo war sicherlich die Abkürzung für Ceorvina.

Efferdwin erstarrte mit einemmal, als ihm ein schrecklicher Verdacht dämmerte. Konnte es sein… Ja, war es denn möglich…? Doch er schüttelte entsetzt den Kopf und wandte sich wieder dem langsam erstickenden Feuer zu. Wenn er all die Ereignisse nüchtern betrachtete, konnte man tatsächlich auf den Gedanken kommen, daß der Hohepriester die Frau namens Ceorvina… damit beauftragt hatte, das Haus anzuzünden, denn der Geruch von Petroleum, den er eben gerochen hatte, war von ihr ausgegangen. Ach, wie dumm von mir! dachte der Novize dann – schließlich war Efferdhilf ein langjähriger Diener des Efferd, der doch niemals freiwillig Feuer an Häuser legen ließe! Efferdwin schalt sich erneut einen Dummkopf und lenkte seine Schritte wieder zurück zum Tempel. Das ergab alles keinen Sinn, denn der Priester hatte die Warnung vor dem Feuer der Efferdwache selbst zustellen lassen. Wieso hätte er das tun sollen, wenn er das Gebäude der Handwerksgilde selbst hätte verbrennen lassen wollen? Doch das merkwürdige Lächeln auf den Lippen des Hohenpriesters, das er vorhin am Fenster gezeigt hatte, drängte sich in seine Erinnerung.

Gemessen schritt Efferdhilf der Blaue in vollem Ornat im geschmückten Tempel zum Altar. Die sicherlich dreihundert Gläubigen, die dieser Betsaal faßte, verharrten in Schweigen, als er die Hände in der mit efferdgeweihtem Wasser gefüllten Schale benetzte und sich die Stirn damit befeuchtete. Dann wandte er sich um und blickte die eine Hälfte der Anwesenden an, jene, in deren Zentrum, dem Altar am nächsten, der Fürst mit seiner Gemahlin saß. In dem quadratischen Raum stand der Altar in der Mitte, die Sitzreihen waren auf beiden Seiten so verteilt, daß dazwischen ein Gang in Form einer sich um den Altar herum verdickenden Welle freiblieb. So sprach man zwar immer nur eine Hälfte der Anwesenden an, doch Efferdhilf konnte bei seiner Predigt wenigstens frei im Kreis schreiten und bei entsprechenden Abschnitten eben auch die angesprochenen Leute anreden.

Natürlich hatte man die Bankreihen eingeteilt nach Rang und Namen. Die Mitglieder der fürstlichen Familie und ihr Hofstaat saßen zu beiden Seiten des Altars im Kern des runden Raumes. Darum herum, weiter außen, hatten die adligen Familien ihre Plätze, danach kamen die altehrwürdigen Familien und die Gildenoberhäupter, Seeoffiziere oder reiche Kaufleute. Mit dem ganz außen liegenden Ring der Handwerker war der Saal auch schon gefüllt, was gut so war, denn schließlich mußte man hier in der heiligen Halle des Efferd keine ungewaschenen Bettler dulden. Wozu besaß Havena denn noch den zweiten, alten Tempel? Vater Oisin sang diesem Abschaum sicherlich gerne die Hymnen.

Der Altar im Mittelpunkt des Saales stellte ein richtiges Prachtstück dar, wie Efferdhilf fand, von den begabtesten Künstlern Albernias angefertigt. Über dem Becken mit dem geweihten Wasser erhob sich, von drei steinernen Beinen gestützt, ein schmuckvoller Efferd mit Delphinschwanz, der natürlich zur Fürstenreihe hinschaute. Der Unterleib des Gottes war bedeckt von rundgeschliffenen Aquamarinen aller blauen Farbschattierungen, ebenso die Zeichnungen an den Armen und am Rücken. Das Gesicht wies in der Tat eine leichte Familienähnlichkeit mit Fürst Toras aus der ersten Reihe auf, da der Künstler die Statue grob nach dem Stifter geformt hatte – Fürst Thorn ui Bennain, der Albernia dreißig Götterläufe lang von Havena aus regiert hatte – bis zu seinem unglücklichen Tod vor einigen Jahren (der Fürst war nach einem Jagdunfall tragisch verstorben, so hieß es). Wie dem jedoch auch immer in Wahrheit gewesen sein mochte, das Heiligtum des neuen Efferdtempels trug nun sein Gesicht.

»Efferd sandte seine göttlichen Scharen aus, um ein Land zu schaffen, das ganz Seinem Ruf gehorchen sollte und von Seinen Elementen beherrscht würde – dem Wasser und dem Wind. Er rief die Wale, um Landmassen zu finden und daraus einen Landstrich zu bilden, ganz nach Seinen herrlichen Wünschen. Und Er rief den Flußvater herbei, um einen Strom zu schaffen, größer und prächtiger als jeder zuvor dagewesene, damit das Land von seinen süßen Fluten würde leben können. Und Er rief die Zwölf Winde herbei, geführt von dem stürmischen Belemann, um die Segel zu blähen und die Schiffe zu leiten.

Und Sein Werk geriet gut. Die Scharen seiner Delphine riefen die unterschiedlichsten Fische herbei und hießen sie, die Gründe vor der Küste dieses neuen Landes zu beziehen, um die Netze der Fischer dort prall zu füllen. Schließlich jedoch hieß Er eine Gruppe Menschen an diesen Großen Fluß ziehen und dort ihre Siedlungen zu bauen, denn es waren jene, die die Seefahrt und das Meer liebten und die auszogen, um von den Früchten des Herrn Efferd zu leben, die er ihnen schenkte.

Denn dieses Land, Albhernia geheißen, das Land des Efferd, ist Sein Land und steht unter Seinem allweisen Schutz.«

Efferdhilf hielt kurz inne, um die Worte wirken zu lassen. Efferdwin schob sich, von seinem Frühstücksdienst kommend, in die hintere Sitzreihe der Geweihten am Rande der Halle. Folgsam lauschte er dem Hohenpriester, der in salbungsvollem Tonfall fortfuhr: »Und so danken wir dem Herrn der Gezeiten für Sein Geschenk, Seinen Schutz, Seine Zeichen. Am heutigen Tage ließ uns der alte Gott wieder spüren, wie groß Seine Macht ist und wie klein Seine Feinde sind. Trotz des leichtfertigen Umgangs mit jenem Element, das Efferd am meisten verachtet und verabscheut, dem Feuer nämlich, das heute nacht das Haus der Handwerksgilde in Schutt und Asche zu legen drohte, sandte der Launenhafte Seine Diener, die mit dem brennenden Inferno das taten, was ein jedes Feuer in Havena verdiente – sie vernichteten es mit Seinem Element, dem Wasser, sie verwandelten die Flammen in dreckige Schlacke, raubten ihnen Kraft und Macht und siegten schließlich triumphal.« Efferdwins Augen wurden größer und größer bei der Predigt des höchsten Efferdgeweihten.

»Und so warne ich einen jeden davor, dem hungrigen Schlund des Feuers neue Nahrung zu geben, ihn zu hofieren, diesen unzähmbaren Dämon in sein Haus zu holen und dort kultivieren zu wollen, denn ich, Efferdhilf, Hoherpriester des Herrn der Gezeiten, ich sage euch: Es ist gegen den Willen des Uralten, was ihr da tut!

Beugt eure Knie in Demut und tragt Wasser auf eure Stirn und flehet den Gott um Verzeihung an, denn sonst könnt ihr nie wissen, wann er euch seine Hilfe gegen die reißenden Flammen versagt.

So wie Myriaden einzelner Tropfen zusammen den Ozean bilden, so sollen die Kinder des Herren Efferd zusammen das ewige Meer des Glaubens sein. So wie ein Tropfen Wasser launisch und formbar wirkt, so sind alle Tropfen des Meeres zusammen die Ewigkeit. So wie ein jeder Tropfen der Ozeane einen Teil des Ozeans als Ganzen in sich trägt, so ist ein jeder von uns ein Teil des ewigen Herrn Efferd.

Preiset das Meer!«

Vor Efferdwins Augen schwankte der Saal. Dies war doch mehr als ein Zufall, dies war… ein Motiv, ein Grund, weshalb die Gedanken, die er heute früh noch gehegt hatte, vielleicht doch ein klitzekleines bißchen Sinn ergaben… Aber nein, nein, das konnte und *durfte* nicht sein, dies wäre der größte Frevel, den ein Priester begehen könnte… Seine Wunder selbst zu erschaffen…

Schwankend hielt sich der Novize an einer der hellblauen Säulen fest, die den Raum zierten. Es gab sicherlich eine völlig einleuchtende Erklärung für all diese Dinge, dessen war er gewiß, er würde sich jetzt erst einmal hinlegen und später dann hinaus zum Leuchtturm fahren. Vielleicht klärte der frische Wind ja seinen Geist…

Raunend verließen die Tempelbesucher an diesem Tag den Saal, einige schüttelten nachdenklich die Köpfe, viele andere nickten zustimmend. Efferdwin hatte in der gestrigen Nacht den ›Flammendämon‹ gesehen und empfand zwiespältige Gefühle. Schön und doch schrecklich anzusehen war sein Werk der Vernichtung. Das Element des Efferd, das Wasser, konnte genauso zerstörerisch wirken, war jedoch nicht dafür geschaffen wie das Feuer. Und doch ließ sich das Feuer ebenso zähmen und ins Haus holen wie das Wasser, oder nicht? Schließlich war es auch die göttliche Frau Travia, die das Herdfeuer im Heim segnete und unter ihren Schutz stellte, hatte der Hohepriester nicht ebenso dagegen wie gegen Ingerimms Wirken gewettert?

»Unglaublich! Wahrhaft unglaublich! Dafür sollte ihm Angrosch das Hirn verkohlen, wenn er das nicht schon längst getan hat!« Ingramosch stapfte zornig in dem Arbeitszimmer hin und her und schlug mit der Linken wieder und wieder auf den rituellen Schmiedehammer an seiner Seite.

Hohepriester Ardan schmunzelte und glättete seine goldene Robe. Der wütende Zwerg bot wirklich ein possierliches Bild, seit er ihm von der Perfidie des Efferdpriesters berichtet hatte, und sein Gesicht war sogar von noch dunklerem Rot als sein Bart.

»Und das schlimmste«, wetterte der Ingerimmpriester, »das allerschlimmste ist, daß sie das Feuer *gelöscht* haben! Ein Haus kann man sicher leicht wieder aufbauen, aber ein Feuer zu löschen ist strikt wider den Willen von Väterchen Angrosch, und wenn es die halbe Stadt vernichtet! Aber das weiß man hierzulande vermutlich gar nicht, dieses ungläubige, irregeleitete Volk…«

»Nanana«, unterbrach ihn Ardan. »Da geht Ihr nun wirklich zu weit, Ingramosch. Auch wenn Ihr zwergischen Priester dies vielleicht anders predigt, so müßt Ihr hier doch hinnehmen, daß Ingerimm in dieser Welt Teil eines zwölfgöttlichen Pantheons ist. Als solchen bin ich bereit, Ihn und damit Euch weiterhin zu unterstützen, da es eine Schande ist, wenn einem der Zwölf verwehrt wird, was ihm zusteht. Hier ist jedoch niemand irregeleitet oder ungläubig, wenn er Tsa oder Peraine anbetet…«

»Nein, natürlich nicht, aber wer Efferd anbetet, hat doch nur faulen Fisch im Schädel…«, unterbrach ihn der Zwerg. Doch dieses Mal schnitt Ardan ihm ebenfalls das Wort ab. »Nein, nicht einmal die Efferdgläubigen sind fehlgeleitet, aber seine Priester vielleicht bisweilen. Ich werde beim Fürsten eine strenge Untersuchung anordnen, vielleicht läßt sich aus den Aussagen der Angestellten auf Brandstiftung schließen.«

»Natürlich hat dort jemand gezündelt«, schnappte

Ingramosch mit noch immer zornesgeröteten Wangen. »Nicht einmal ein von Menschen gebautes Haus brennt einfach so ab!«

Interessiert zog Ardan eine Augenbraue hoch. »Wollt Ihr Euch den Brandort nicht einmal genauer angesehen? Ihr könntet vielleicht einen Bericht an den Fürsten verfassen, Hochwürden. Immerhin seid Ihr trotz allem ein Geweihter, auch wenn man Euch in dieser Angelegenheit vielleicht als befangen ansehen würde, seid Ihr beiden doch *die* Experten für Feuer, die Havena zur Zeit aufweisen kann.« Er nickte Ingramosch und Errax zu.

Immer noch ungehalten, grummelte der Zwergenpriester: »Kann Euer Fürst denn Angramrunen lesen?«

Ardan lächelte. »Nein, ich glaube nicht, aber ich bin sicher, daß sich hier im Tempel ein Schreiber finden läßt, der Eure Worte niederschreibt. Und die Wahrheit muß ans Licht gebracht werden, so befiehlt es Praios.«

»Berichte schreiben«, grollte Ingramosch drohend. »Dieser Fischpfaffe wird schon sehen, was er davon hat, mit dem Feuer zu spielen! Dafür brauche ich keine Berichte zu schreiben, er wird zu spüren bekommen, was es heißt, Angrosch zu spotten! Da wird ihm auch kein Efferd mehr helfen, das verspreche ich Euch!« Und so schnappte sich der Zwerg seine geweihte Laterne, in der immer ein Feuer glomm, und stapfte aus dem Raum.

Wie günstig, wenn man seine Garadanfiguren noch nicht einmal ermutigen mußte, dachte Ardan zufrieden. Allein der Fehler an solch zürnenden Gehilfen blieb meist, daß ihr Übereifer das Spiel aus dem Ruder hob.

*Kapitel 6*

# Ymra

Meister Ghundir fiel fast auf die Knie vor Demut, als der Hohepriester der Zwerge anfragte, ob er für einige Wochen die Schmiede zur Verfügung haben könnte. Rhÿs freute sich zwar auf die Weihezeremonie, die seine Mutter als Gläubige auch einmal im Götterlauf durchgeführt hatte, doch auf der anderen Seite hatte er Angst, daß Meister Ghundir keine Verwendung mehr für seine Dienste hatte.

Die heilige Zeremonie, in der die rituellen Schmiedehammer der Zwerge und auch der Meister Ghundirs durch die Flammen gezogen wurden und die beiden Angroschim viele Anrufungen in der brummeligen Zwergensprache mit den vielen x- und sch-Lauten vortrugen, berührte den Tagelöhner tief im Innern – zu Hause in Abilacht hatte er zwar bisweilen an Traviadiensten teilgenommen, doch seit er hier in Havena war, war dies nun nach dem Efferddienst die zweite heilige Zeremonie, der er beiwohnte.

Glücklicherweise schien das Ritual auch Meister Ghundir entflammt zu haben, weshalb er während der Zeit, da die Zwerge seine Schmiede bewohnten, sein Handwerk nicht einstellte, sondern mit Rhÿs in den Wagenstand umzog, wo es auch Amboß und Esse gab, an denen der Meister bisweilen seine Lehrlinge arbeiten ließ.

Zunächst mußte Rhÿs also zusammen mit Meister Ghundir dem Unterstand eine vierte Wand geben, in die ein Tor eingepaßt wurde, durch das der Einspänner mit der großen Ladefläche leicht hindurchfahren konnte. Auf diesem Wagen (vor den sich durch eine zusätzliche Deichsel auch zwei Pferde spannen ließen) erblickte Rhÿs zum wiederholten Mal die hervorragenden Schmiedearbeiten von Meister Ghundir. Natürlich hatte er auch die Fenstergitter an seinem Haus, die von ausgesprochen guter Qualität waren, selbst gefertigt, doch die schmiedeeisernen der Sitzbank des Gefährtes waren zudem von erlesener Kunstfertigkeit. Vögel und Blüten wechselten sich ab und waren so fein ineinander verwoben, daß man schon bei flüchtigem Hinsehen ein Muster erkannte und bei genauerer Inspektion die kleinen Motive ausmachen konnte, die ein wahres Meisterwerk darstellten. Blütenkelche und Vogelschnäbel schienen geradezu lebendig, die kleinsten Details der Triebe waren nachgebildet, selbst die Federn hoben sich eine über der anderen sorgfältig hervor.

»Habt Ihr das gemacht, Meister Ghundir?« fragte Rhÿs andächtig, während er noch neben dem Wagen stand und ihn bestaunte. Lachend nickte der ältere Mann, der nach Art der Schmiede immer eine Lederschürze trug und dem die Haare bis auf einen feinen Kranz schon fast alle ausgegangen waren. »Das war mein Verlöbnisgeschenk an Righe. Mit der Kutsche sind wir zu einem Ausflug vor die Stadt auf die Wiesen gefahren, wo ich sie gebeten habe, mir vor Travia den Eid zu schwören. Das ist schon eine ganze Weile her, aber ich habe das gute Stück immer gut gepflegt. Ist mir gut gelungen, wie?«

»Es ist ganz wunderbar«, nickte Rhÿs beeindruckt.

»Hast du die Lehre abgebrochen, Junge? Oder warum verstehst du dich aufs Schmieden?«

Rhÿs zuckte mit den Schultern. »Meine Mutter war Schmiedin daheim in Abilacht. Aber sie starb an der Blauen Keuche, und da wurde ich Schnitter. Der Mann, der die Schmiede dann übernahm, hatte schon einen Lehrling.«

Mit einer kraftvollen Hand schlug ihm Ghundir freundschaftlich auf die Schulter. »Na ja, wenn du dich geschickt anstellst, bleibt vielleicht noch ein bißchen Zeit nebenbei, daß du dir ein paar Kniffe abschauen kannst! Nun aber Marsch zurück an die Arbeit!« Rhÿs nickte eifrig und half Meister Ghundir, aus Holzbohlen die Wand zu errichten und ein Tor einzusetzen. Dann feuerte er die Esse an und richtete die neue Werkstatt so ein, wie der Meister es gewohnt war. Wenn er die Arbeit zügig beendete, könnte er sich vielleicht irgendwann noch mit dem Efferdnovizen treffen und ein wenig plaudern.

Efferdwin lief mit der Flut aus. Sein kleines Segelboot machte gute Fahrt auf dem Großen Fluß. Der frische Frühlingswind vom Meer ließ das helle Haar und die graublaue Novizenrobe flattern, doch der junge Mann ertrug die Kälte geduldsam. In den Häusern des Efferd herrschte selten Wärme, da kein offenes Feuer oder auch nur glimmende Kohlebecken geduldet waren. Noch hielt der junge Mann sein Boot am Rande des prachtvollen Stromes, dessen Delta am Meer der Sieben Winde sich gewaltig weit erstreckte. Schwere Schiffe wurden aus dem Hafen geschleppt: Eine riesige liebfeldische Karracke mit vier stolzen Masten folgte einem bornländischen Holken, dessen Schleppkähne das Schiff zügig in die Strömung des Flusses und weiter gen Mündung zogen. Die Ruderer der Boote an der Karracke *Siebenwind* legten sich mächtig ins Zeug, da das gewaltige Schiff jeden kräftigen Arm gebrauchen konnte.

Zügig schoß Efferdwins Einmaster den Fluß hinunter. Er sehnte sich schon nach jenem Augenblick, wenn die Segel emporschnellten und knatternd von den Winden gefüllt wurden, um ihn wieder zurückzutragen, den Fluß hinauf gegen die Strömung. Fast zu einfach erschien dem Novizen das Warten auf die steigende Tide, denn wenn die Flut kam, drängte sie viele Meilen landeinwärts in den Großen Fluß und gestattete es so kleinen und großen Schiffen, mühelos stromaufwärts zu fahren. Oisin erzählte manchmal sogar, daß man das Salzwasser des Meeres noch bis hinauf nach Kyndoch, einem Städtchen weit oben in Windhag, schmecken könnte.

Efferdwin löste sich langsam vom Ufer, um sein Boot in die Mitte des großen Stromes zu leiten, während die großen Hochseeschiffe von den Schleppkähnen an ihm vorbeigezogen wurden. Er winkte den Ruderern zu, die sein efferdsblaues Segel mit dem Delphin erkannt hatten und ihm Grüße zuriefen, und auch die Reisenden an Bord der großen Schiffe winkten zurück. Mit einem prüfenden Blick zum Himmel erkannte der Novize, daß sich einige Wolken zusammenzogen.

Auf der Böschung standen Trauerweiden und hohe Birken dicht an dicht, kleine gelbe Glöckchenteppiche zierten das saftige Gras hier und dort, und die Blauamseln sangen. An den Ufern schwammen Enten und Schwäne und genossen die frühmorgendliche Sonne ebenso wie der junge Segler.

Der Wind frischte auf, die Wolken zogen schnell über den Himmel. Der Novize blickte stirnrunzelnd hinauf – eigentlich hatten die Wetterprophezeiungen der Priester von einem wolkenlosen Frühlingshimmel gesprochen. Doch selbst die ältesten und erfahrensten unter ihnen taten sich schwer, alle von Efferds Launen zu deuten und vorherzusagen, denn der Gott konnte sich jederzeit wieder anders entscheiden und die Voraussagen Lügen strafen.

Dieser Wind jedoch entsprach so gar nicht den gängigen Lehren, denn er wandte sich langsam um, bis er nicht mehr vom Meer her, sondern aus dem Landesinneren kam, eine für die albernische Küste sehr seltene Richtung. Doch Efferdwin scherte sich nicht um diese Absonderlichkeit, denn schließlich konnte Efferd mit seinen Winden tun und lassen, was ihm beliebte, nicht wahr? Jauchzend entließ er das kleine Segel knatternd in den Wind und zurrte es fest, und als teilte der Einmastsegler die Freude seines Fahrers, machte er einen weiten Satz nach vorne und schoß delphingleich über die Wellen.

Schnell würden die zwei Meilen vom Neuen Tempel im Herzen Havenas zum Leuchtturm am Mündungsdelta des Großen Flusses hinter ihm liegen und sich das hohe Gebäude mit dem besonders hell strahlenden Gwen-Petryl, dessen Licht mit teuren Spiegelvorrichtungen aufs Meer hinausgeworfen wurde, vor dem Novizen auf den Felsen der Landzunge erheben.

Das kleine Boot machte gute Fahrt. So mußte sich der Delphin fühlen, wenn er über die Wellen glitt! Eine herrliche Frühlingslandschaft zog an Efferdwin zur Rechten vorbei, das linke Ufer des breiten Mündungsarmes war etwa zwei Meilen entfernt.

Doch inzwischen brauten sich düstere Wolken über dem Fluß zusammen und verdunkelten allmählich den Morgen. Noch vor kurzer Zeit war der Strom ruhig und glatt dahingeflossen, nun schlugen harte Wellen gegen die Holzwände und machten Efferdwin unmißverständlich klar, daß mit den Launen des Herren Efferd nicht zu spaßen war.

Bedauernd machte er sich hastig daran, den Knoten des Seiles zu lösen, das den Segelbaum straff an der Bootswand befestigte, um den Nachen zum Ufer zurückzusteuern. So gerne er hinausgefahren wäre, Efferd auf hoher See zu grüßen, für den Moment wäre es sicherer, anzulegen und das Boot ans Ufer zu ziehen, da er schließlich die Sendung für Schwester Danu zu überbringen hatte. Novizen war es zudem verboten, allein auf das Meer hinauszufahren, gerade bei einem solchen Wetter.

Die dunklen Wolken türmten sich alveranshoch über ihm und verfinsterten die Sicht, und Efferdan ließ das Segel, wo es war, und setzte sich zunächst ans Ruder, um näher ans Ufer zu steuern. Zur Not könnte er das Seil immer noch kappen und dadurch innerhalb eines Augenblickes das Segel einholen, denn der Wind blies stärker und stärker.

Die ersten Tropfen trafen den Segler wenige Herzschläge später, dann öffnete der Himmel seine Schleusen. Prasselnd wehte Efferdwin der Regen ins Gesicht und stach wie tausend Nadeln; eine kräftige Bö ergriff das Segel und brachte das Boot auf Kurs gen Strommitte. Sprunghaft mochte der Meeresgott sein, launisch und unvorhersehbar, doch dieser Wetterumschwung übertraf alles, was Efferdwin je erlebt hatte.

Betend klammerte sich der Novize an sein Ruder und mühte sich, es fest gen Ufer zu richten, hatte jedoch mit einem unerwarteten Widerstand zu kämpfen, als stemmten sich die Wellen selbst gegen das Stück Holz. Vor Anstrengung mit den Zähnen knirschend, hielt Efferdwin dagegen, stolperte jedoch völlig aus dem Gleichgewicht, als das Ruder mit einem dumpfen Knacken brach.

Steuerlos tanzte das Segelboot nun auf den Wellen und schoß vom Wind gejagt dahin, als der Novize verzweifelt am nutzlosen Ruderstock rüttelte. Der peitschende Regen strömte so dicht, daß nicht einmal das nahe rechte Ufer mehr zu sehen war, Efferdwin vermutete es nur wenige hundert Schritt gen Steuerbord, doch bei dem Sturm ohne Ruder allein mit dem Segel zu manövrieren, war nahezu unmöglich.

Erst einmal mußte er die Segel reffen, um das Boot vom Wind zu nehmen, bevor er vollends aufs Meer hinausgetrieben würde, doch der inzwischen nasse Knoten entzog sich immer wieder seinen Fingern, obwohl er so geschlungen war, daß er sich auf einfachen Zug hin hätte öffnen sollen! Vermutlich hatte er in der Hast am falschen Ende gezogen, fluchte der Novize, taumelte dann jedoch zurück und fiel hart gegen die niedrige Bordwand, als ein Brecher das Boot von der Seite traf, ergriff und emporhob. Mit einer Hand bekam Efferdwin den Mast zu fassen, bevor das Boot wieder auf die Wellen aufschlug. Verzweifelt klammerte er sich fest, als das Wasser über ihm zusammenschlug und über ihn hinwegspülte.

Fast wäre es ihm so ergangen wie Schwester Danus Efferdsfrüchten, die mitsamt Korb über Bord gegangen waren. Noch immer mit Armen und Beinen an den Mast geklammert, ertrug Efferdwin die heftigen Stöße der Wellen und das Peitschen von Wind und Regen, tastete jedoch verzweifelt nach seinem Klappmesser, ohne das ein guter Seemann niemals hinausfuhr.

»Efferd!«, brüllte er in den Sturm, als er hastig die Klinge ausklappte, »Hörst du mich?« Allein das Tosen des Sturmes antwortete, und ein weiterer Brecher traf die Nußschale hart, ergiff sie und schleuderte sie achtlos beiseite. »Efferd! Mein Leben liegt in deiner Hand!« schrie der Jüngling hinaus und tastete an dem Mast empor, um das Seil zu finden. »Aber kampflos kriegst du mich nicht! Wir werden ja sehen!«

Stechender Schmerz fuhr ihm durch die Hand, als die nächste Welle am Bootsrumpf brach und es zurückwarf; das Messer hatte den Novizen durch den Ruck in die Hand geschnitten. »Verflucht!« schrie er, zornig über seine eigene Ungeschicklichkeit. Über sich vernahm er einen häßlichen reißenden Laut – das Segel. Das Schiff sackte in ein Wellental. Machtvolle Fluten zerrten an Robe und Leib, griffen nach Händen und Beinen, um sie vom Mast zu lösen. Das Messer ließ Efferdan fahren, nun war es sowieso nutzlos, und er bedurfte jeden Fingers, um sich festzuklammern.

»Nein!« schrie der Jüngling in den Sturm, doch das Wort drang nicht einmal an seine eigenen Ohren, so schnell wurde es von einer Bö fortgetragen. Plötzlich sah er kurz blitzend ein Licht in der Dunkelheit des Unwetters, bläulich schimmernd und klitzeklein in der Ferne. »Nein«, wiederholte der Novize stammelnd, denn was er dort gesehen hatte, war das Licht des Leuchtturmes auf der äußersten Spitze der Landzunge. Der Sturm hatte das Boot weit hinaus aufs Meer getrieben! Regen- und Salzwasser vermischten sich auf den Wangen des jungen Novizen, das Haar klebte ihm im Gesicht. Die Hand mußte noch immer bluten, doch Efferdwin spürte den Schmerz nicht mehr, so kalt waren seine Gliedmaßen.

Endlich wußte er, was es bedeutete, völlig in Efferds Hand zu sein. Diese Ohnmacht traf ihn hart und schmerzhaft, und zu dem Wasser aus Himmel und Meer fügten sich Tränen auf den Wangen. In sich fühlte er Angst, Todesangst, denn das Holz des Schiffchens keuchte und ächzte inzwischen unter jeder Welle, die an der Wand brach und es weiter mit Wasser füllte.

»Warum fürchte ich mich nur, Herr Efferd? Ich habe Angst! Noch niemals sah ich dieses Gesicht an Dir. Warum zeigst Du es nun ausgerechnet mir?« Mit dem Gott zu reden, besänftigte Efferdwins wild klopfendes Herz ein wenig. »Ich sollte keine Angst vor dem Tod haben, denn wenn es Dein Wunsch ist, daß ich hier sterbe, so sollte ich mich willig fügen. Ich dachte nur...« Wieder brach ein Wellenkamm über ihn herein, und er hörte den Mast splittern. Das Wasser wusch über ihn hinweg und riß ihn fast mit sich, denn die Arme waren müde und erlahmten zusehends unter der Anstrengung.

»Ich dachte nur, daß ich Dir dienen könnte, bevor Du

mich rufst!« beendete er seinen Satz schreiend. »Aber jetzt habe ich keine Angst mehr! Hörst Du? Ich habe keine Angst mehr!« Und während er die Worte hinausschrie, spürte er, wie seine Furcht ihn verließ. Efferd war bei ihm, wie konnte er da weinen wie ein kleines Kind? Dies alles, Sturm, Ozean, tödliche Wellen, war Teil der Wesenheit des Gottes. Als habe er die Augen erst jetzt geöffnet, spürte er Efferd überall um sich herum, in der geballten Gewalt des Sturmes und des aufgepeitschten Meeres.

»Ich habe Dein Gesicht gesehen, und ich danke Dir! Ich werde *nie wieder Angst haben*!« Deshalb also war die Fahrt hinaus auf das Meer Teil der Weiheriten im Efferdkult! Nur wer in Efferds Hand gewesen war, konnte ihm wahrhaft dienen.

Der Regen ließ nach, doch das Meer tobte unabläßlich. Der Wind sandte das Boot hoch auf die Wellenberge, nur um es schließlich wieder hinunterzuschwemmen, und inzwischen war es ein kleines Wunder, daß das Schiffchen nicht längst gekentert oder zersplittert war.

Die dunklen Wolken rissen auf, und Wasser sprühte empor, als schleuderten Wale es senkrecht aus ihren Spritzlöchern himmelwärts. Nun, da Efferdwin die turmhohen Wellenberge rund herum im Hellen besah, das glitzernde Licht sich wie Gold auf die tosende See goß, ergriff eine merkwürdige Freude das Herz des Novizen. Schwalben rasten durch den Sturm, und als der Jüngling eine der Wellen näher betrachtete, da schien sie aus Abertausenden kleiner Fischchen zu bestehen, die wie ein einziger Körper zum Takt des Sturmes einen herrlichen Tanz aufführten. Ruhe ergriff den Jungen, als er die Göttlichkeit dieses Augenblicks erspürte.

Wind und Wellen verdichteten sich, und aus dem hellen Gemisch aus Wasser und Sturm schälte sich langsam ein Gesicht hervor, das Efferdwin sehr vertraut war: der dichte Bart, die großen, in Unmut zusammengeschobenen Brauen über stechend scharfen Augen – jedes Detail glich der Statue im Heiligtum des Alten Efferdtempels so haargenau, als hätte man dem toten Marmor Leben eingehaucht.

Doch der Novize fühlte keine Furcht, er wußte, wenn er dies lebend überstand, würde ihn nichts mehr schrecken können. Aber angesichts der tobenden See empfand er die Winzigkeit des Menschen gegenüber den Göttern. Gegen wen sich dieser wütende Gigant Meer aufbäumte, der war verloren, das sah Efferdwin in diesem Augenblick kristallklar. Fast schien es vermessen, diese wundervollen Massen gegen einen Winzling wie ihn aufzupeitschen.

Als das Gesicht in den Wellen die Stimme hob, klang sie wie Meeresrauschen und Delphingesang. Der Mund formte keine Worte, und doch verstand der junge Novize den Sinn der Rede genau.

*Drei ist die Zahl, und drei der Warnungen werden über euch kommen. Allein, wenn dreimal gemahnt wurde, wird das Land des Efferd untergehen. Fleht um Gnade, und der Gott mag euch vergeben. Fahrt fort, und ihr werdet sterben. So spricht der Herr der Gezeiten.*

Das Wüten aus Sturm und Wassermassen brach schlagartig in sich zusammen, mit ihm versank das zürnende Gesicht in der bewegten See. Efferdwin rang nach Luft und fand sich im Boot auf den Rücken geworfen; den Schmerz der geprellten Schultern spürte er kaum. Auch die dahinjagenden Wolken am Himmel beruhigten sich langsam wieder, und als der Novize das rasende Herz und den keuchenden Atem gezügelt hatte, lag auch das Meer der Sieben Winde nur noch leicht gekräuselt vor ihm.

Schließlich begriff Efferdwins Verstand das eben

Geschehene, und erneut liefen ihm Tränenströme die Wange herab. »Efferd, wieso? Was – was haben wir denn getan? Was kann so schlimm sein, daß du uns zürnst?«

Ein Gedanke jagte den anderen, bis er schließlich in schneller Abfolge Bilder sah, die sich zusammenfügten. Efferdhilfs Gesicht, wie er am Fenster stand, das Gellen der Feuerglocke, der Feuergigant, die Brandstifterin, ein Zwergengesicht und immer, immer wieder Feuer und Wasser.

»Bei den Zwölfen«, murmelte der Novize tonlos. »Was muß in diesem Land vor sich gehen, daß der Herr der Gezeiten es vernichten will…« Langsam versuchte er sich aufzurichten und spürte den Schmerz der zerschmetterten Glieder.

»Warum ich? Wieso hast du mich gewählt? Warum nicht den Hohenpriester oder Schwester Danu…?« Dem schrillen Klang seiner Stimme entnahm er selbst den Grad seiner Verzweiflung, und wieder schossen ihm Tränen in die Augen. »Ich bin doch noch nicht einmal geweiht!« schluchzte er und barg den Kopf in den Händen, während das Boot, das mehr schlecht als recht noch in einem Stück war, auf dem ruhigen Wasser dahintrieb.

*Kapitel 7*

# Fatas

Die Drohflut stand hoch im Hafenbecken Havenas. Anständige Seeleute fuhren zu dieser Zeit – der Nacht der Toten Mada – niemals hinaus auf den Fluß oder das Meer. Sie glaubten, daß Efferd sie mit dieser Flut, die manchmal bis knapp unter die Kaimauern anstieg, an das Seebeben vor dreihundert Jahren gemahnen wollte. So stark prägte dieser Glaube die efferdgläubigen Bewohner der Stadt, daß der Hafen den ganzen Tag über brachlag, und das nächtliche Hochwasser nutzten nur die eher phexisch gesonnenen Schiffer. Gedenkgottesdienste zum höchsten Stand der Flut zur morgendlichen Efferdstunde im Alten Tempel hielten allmonatlich den Hochmut jener in Erinnerung, die mit ihren Taten so sehr Efferds Zorn erregt hatten, daß er die Stadt in den Untergang gestürzt hatte. Während dieser Nacht wirkten die Straßen der Viertel am Hafen, selbst im Orkendorf, wie ausgestorben.

Die Efferdstunde in dieser mondlosen Nacht des 23. Efferd 29 Hal diente auch Rondrianes *Nebelgeistern* für ihre Schmuggelfahrt in die Stadt. Ganz ungefährlich stellte sich das nicht dar, denn die Häscher des Königs waren aufmerksam. Diese Zollgardisten hatten Rondriane schon so manches Geschäft vermasselt, weshalb sie nun außerordentliche Vorsicht walten ließ.

Über dem Hafenbecken hing, wie so oft in Havena, dichter Nebel. Ob dies nun Phexens Schutzmantel war oder Borons Schleier des Vergessens, spielte für Rondriane und ihre Leute keine große Rolle, Hauptsache, er war da und verdeckte sie vor den Augen Neugieriger. Die hellen Schwaden wälzten sich über den Bennaindamm hinein in den Hafen, erhoben sich gespenstisch von der Wasseroberfläche und quollen in die Kanäle und Gassen der Stadt.

»Kommt!« befahl Rondriane gedämpft. Das Boot lag am nördlichen Teil des Damms, vollgepackt mit den Waren, die Seola, Lyn, Cian und Ghun aus dem Versteck in der Unterstadt geholt hatten. Ghun besaß hier ein kleines Haus, das man von der Unterstadt aus gut erreichen konnte, da das Wasser hier bis weit nach Fischerort hineinreichte. Zwar war man so gezwungen, durch die alte Fürstenresidenz zu fahren, und kam auch fast auf Blickweite an den Tsatempel heran, doch schützten die Nebel und die dunkle Nacht die Schmuggler gut.

Lyn zog gerade eben noch den Strick an, der die Last sicher befestigte, damit die Fäßchen und Ballen nicht aus Versehen wegrutschten. An ihrem Tabackröllchen vorbei nuschelte sie Rondriane zu: »So, das sollte nun auch halten. Wir können.«

Die blinde Seola saß ganz vorn im Bug, um in der Stadt die Rolle zu übernehmen, die Thalionmel noch kürzlich in der Unterstadt gespielt hatte: Sie lauschte nach Gefahr. Durch ihre Blindheit hatte sie von Geburt an ein so feines Gehör entwickelt, daß sie selbst die magischen Sinne der Elfe bisweilen schlug. Ghun und Rondriane setzten sich auf die Ruderbank, während Lyn im Heck auf einigen gut verpackten Stoffballen Platz nahm. Cian schob das Boot mit einem kräftigen Stoß ins Wasser; er würde sie nicht begleiten, da es sonst zu voll würde – andererseits sollte man aber mindestens drei Kämpfer mitnehmen, falls unverhofft die Garde auftauchte.

Rondriane ergriff ihr Ruder. Im Gleichtakt mit Ghun

tauchte sie es vorsichtig ein und zog es durch, ganz sachte. Das Boot schob sich langsam durch die Nacht. Phex war mit ihnen, erkannte Rondriane. Der Nebel war so dicht, daß sie Lyn kaum erkannte, obwohl diese nur eineinhalb Schritt weit vor ihr saß. Die drahtige Streunerin, die nur wenig größer als Rondriane selbst war, hatte so die fast unmögliche Aufgabe, die Ruderer in die richtige Richtung zu dirigieren.

»Vorsicht«, flüsterte Seola vom Bug hinter Rondrianes Rücken. »Ihr seid zu nahe am Ufer! Ich höre die Wellen aufschlagen.«

Die Anführerin, die an Steuerbord saß, verhielt ihr Ruder, während Ghun sie mit ein paar kräftigen Schlägen wieder auf den richtigen Kurs brachte.

»Scharf Backbord«, flüsterte Lyn dann, und das Boot bog in den Kanal zwischen den Frachtinseln und dem ›Festland‹, das in diesem Teil Fischerorts nicht mehr als eine Landzunge gewesen war, bevor man den Bennaindamm aufgeschüttet hatte. Doch Lyn, die den Weg vorgeben sollte und doch selbst kaum die Hand vor Augen sah, hatte sich verschätzt. Zwar fuhren sie in den Kanal hinein, doch nicht mittig, so daß sie die Bordwand des dort liegenden Schiffes streiften. Gerade noch gelang es Rondriane, ihr Ruder einzuholen, so daß es nicht zwischen den Rümpfen zersplitterte, doch versetzte sie Ghun damit einen schmerzhaften Stoß vor das Brustbein.

»Verdammt«, fluchte der große, dunkelhaarige Mann. »Paß doch auf!« Im selben Moment zischte Seola leise: »Schritte am Ufer!«

Sofort verstummte die Bande und verharrte in der letzten Bewegung, während ihr Boot weiter dahindümpelte und erschreckend laut gegen das Holz des viel größeren Schiffes an Steuerbord stieß.

»Ist da jemand?« hörten sie fern und hohl eine männliche Stimme. In diesem Moment spielte der Gott der

Diebe ihnen einen schelmischen Streich, den ein sanfter Windstoß lüftete die Schleier für einen Herzschlag, so daß sie den alten Mann auf der Straße sehen konnten – und er sie sicher auch. Das zerknitterte alte Gesicht, die tiefliegenden Augen, der fehlende Arm – Lyn flüsterte gedämpft: »Der alte Ordhan – der Schatzsucher! Der ist sowieso immer besoffen!« Und tatsächlich stierte der Mann zu ihnen herüber, als sähe er Nebelgeister. Dann verhüllten die Schwaden das Boot wieder, und die beiden Ruderer bewegten es langsam und leise vorwärts.

So steuerte Lyn sie denn zwischen der Boroninsel und einem dem Stadtteil Krakeninsel vorgelagerten Inselchen hindurch auf die Zugbrücke zu, die die Meerstraße ins Orkendorf führte. Bis jetzt war die Fahrt ein Kinderspiel gewesen, nun aber führte ihr Weg die Nebelgeister durch recht bewohntes Gebiet. Aus diesem Grund war es unabdingbar, für diese Fahrten nebelverhangene dunkle Nächte zu wählen.

Vor sich machte Lyn die einhellig im Gleichtakt rudernden Rivalen, Rondriane und Ghun, aus, die das Boot stumm vorantrieben. Im Hafenbecken gluckste es, und Luftblasen zerplatzten neben dem Bootsrumpf. Nervös kaute die Streunerin auf ihrem längst vom Nebel erstickten Tabakröllchen und betrachtete die Oberfläche mißmutig. Während der Drohflut bedeuteten selbst der Hafen und die Kanäle keine Sicherheit vor den Kreaturen der Unterstadt, da das Wasser so hoch war, daß so manches Ungeheuer einfach hineingeschwemmt wurde oder über den Bennaindamm krauchte. Ob dies nun die giftige Stockotter war, oder ob die unheimlichen Necker mit dem Wasser kamen, ob sich gar Springegel, Krakenmolche oder Muränen ins Hafenbecken verirrten und vielleicht den nächsten Fischer oder Seemann in die Fluten zogen, der das Pech hatte, ihnen in die Quere zu geraten…

Grimmig lächelnd dachte Lyn an den Vinsalter

Gecken, der vor einigen Jahren versucht hatte, in seiner neuen Fechtschule den heimatlichen Brauch einzuführen, die entlassenen Zöglinge aus lauter Jux ins Hafenbecken zu stoßen. An das, was geschehen war, nachdem einer der Jungen von einer Muräne angefallen worden war, dachte selbst die abgebrühte Lyn ungern, die doch schon so einiges gesehen hatte. Die Fechtschule wurde dann von der Schwester des Liebfelders weitergeführt – ohne das Bad im Hafenbecken.

Als sie aufblickte, erkannte die Gaunerin erschreckt, daß sie sich schon fast unter der Brücke befanden. Wie gebannt blickte sie hinauf zum Geländer, wo eine Gestalt stand – im Dunkel war außer der Shilouette der langen Haare nichts zu erkennen. Lyn zischte hastig: »Leise jetzt!« Dann trug der Schwung des Bootes sie mit nun verharrenden Rudern unter dem Steg hinweg. Für einige lange Momente verstärkte sich das Plätschern des Wassers am Rumpf und hallte laut von den Brückenpfeilern wider. Der dumpfe Schall von Schritten über ihnen ließ die Schmuggler den Atem anhalten, dann glitten sie auf der anderen Seite der Brücke wieder hinaus.

Irgend etwas traf Lyn hart am Kopf, so daß sie fast laut aufgeschrien hätte, und fiel klimpernd in das Boot. Als sie hinter sich griff, brachte sie eine schmuckvolle kleine Kette mit einem ovalen Anhänger zum Vorschein, der sich öffnen ließ und eine schwarze Haarlocke enthielt. Lyn lachte heiser und flüsterte: »Ein enttäuschter Liebhaber, der nicht schlafen kann!« Die Kette steckte sie ein.

Geisterhaft glitt das Boot durch den Arm des Großen Flusses, der nördlich aus dem Hafenbecken herausführte. Rechter Hand bogen sie in den Arm ein, der aus dem Osten heranfloß. Rondriane und Ghun hatten hier jedoch ebenso leichte Arbeit mit dem Rudern wie zuvor, da die Flut noch immer leicht gegen den Strom anging. Die Gärten der Marschener Grundstücke lagen fast vollständig unter Wasser, so daß Lyn achtgeben mußte, nicht zu sehr aus der Fahrtrinne zu geraten und aus Versehen auf einem überschwemmten Busch oder Hügel zu landen. Unter drei Brücken mußten sie noch hindurch, die aber allesamt verwaist dalagen, wenn man von Thalionmel absah, die auf der dritten Schmiere stand und zu ihnen herabwinkte – das Zeichen, daß alles frei war.

Rondrianes Haus lag direkt hinter dieser Brücke am südlichen Ufer. Lang, wie es war, reichte es hinab bis zum Wasser, wo ein Busch den Abschluß bildete. Hier gab es ein kleines doppelflügeliges Tor (das unter Wasser in ein Gitter überging), durch das man direkt mit dem Boot in den Keller hineinfahren konnte.

In der heutigen Nacht mußten sich die Schmuggler arg ducken, da das Wasser besonders hoch stand. Cian war zu Fuß hierhergelaufen und erwartete sie bereits, um später mit ihnen zurückzufahren. Als sich die Tore hinter ihnen schlossen, atmete Lyn auf und wartete, bis die anderen aus dem Boot gestiegen waren, dann folgte auch sie und half, die Ladung zu löschen.

Zitternd lehnte Thalionmel an der Brüstung der Brücke. Ihr sonst so glänzendes schwarzes Haar hing stumpf und feucht herab, ihre Kleider waren durchnäßt bis auf die Haut. Das Schmierestehen behagte ihr überhaupt nicht, besonders da Cian in der Stadt war und das genausogut hätte übernehmen können. Müde blinzelte sie kurz hinab zu dem Busch, der den Eingang in Rondrianes Keller verdeckte, und drehte sich dann wieder um.

O Mist, sie mußte noch Praiodan Bescheid geben, daß das Boot da war! Also schlenderte sie bibbernd auf den kleinen Platz vor der Brücke und wandte sich dann nach links. Der südliche Teil von Marschen war alt. Einige der Häuser stammten noch aus der Zeit vor dem Beben und befanden sich auch in dementsprechend schlechtem Zustand. Für den Uneingeweihten mochte sich noch nicht einmal unterscheiden lassen, wo das verrufene Orkendorf aufhörte und wo Marschen begann, denn hüben wie drüben gab es verfallene Häuser, Ruinen und baufällige Fachwerkgebäude, die sich verzweifelt auf die Stützbalken lehnten, die ihre Bewohner aufgestellt hatten. Durch manch eine schmale Gasse konnten aus diesem Grund nicht einmal mehr Fuhrwerke fahren.

Als Thalionmel den Platz betrat, sah sie sich nervös um. Zwischen den Schulterblättern juckte es unangenehm, als starre ihr jemand Löcher in den Rücken. Tatsächlich schälte sich aus dem Nebel auf der Brücke, wo sie selbst eben noch gestanden hatte, eine dunkle Gestalt heraus. Sie konnte sie trotz ihrer Elfenaugen kaum erkennen, doch irgendwie jagte ihr dieser Mensch – wenn es denn einer war – kalte Schauder den Rücken hinab. Da Thalionmel nicht weiterging, hielt auch die Gestalt inne, nun wieder halb verhüllt von den Schwaden, die aus dem Flußarm emporstiegen.

»Verflucht«, zischte die Elfe. Genau dort, wo der Kerl stand, *mußte* er es hören, falls unten aus dem Keller zu laute Geräusche drangen! Flink schlüpfte sie links in die Straße hinein, wo Praiodan irgendwo stecken mußte. Zwei Häuser zu ihrer Rechten sahen mehr oder weniger gut erhalten aus, dann folgte eine verwaiste Ruine, in deren Hauseingang Thalionmel verschwand. Sie mußte wissen, ob diese Gestalt ihr folgte oder ob dieser Mensch zufällig hier war. In der Gasse war es noch dunkler, so daß die Schmugglerin ihre Elfensinne anstrengte, um besser sehen zu können. Einige lange Augenblicke lehnte sie dort an der Wand, doch niemand kam in ihr Sichtfeld.

Beruhigt löste sie sich wieder aus dem Eingang des

alten Hauses und schritt die Straße weiter hinunter, in die Richtung, in der sie Praiodan vermutete – weit konnte er nicht mehr sein, denn der zweite Posten lag direkt in der Nähe der Ruine bei einem Hofeingang.

Achtlos ging Thalionmel an der Hausecke vorbei, sich nun wieder ihrer fröstelnden Gliedmaßen bewußt. Auf die Gestalt vor ihr traf sie völlig überrascht. Der Mann trug einen dunklen Umhang mit weiter Kapuze, die er über den kahlen Schädel gezogen hatte. Thalionmel stieß einen erschreckten Schrei aus und ballte die Faust zum Zauber, als sie die bläulichen Fischschuppen sah, die dem Mann anstatt der Haare auf der Glatze wuchsen, ebenso dort, wo üblicherweise die Augenbrauen saßen. Und wo die Arme unter dem Umhang herausragten, bewegte sich noch etwas, daß dort ganz gewiß nicht hingehörte.

»*Fial minniza dao'k*...« Ihr Schrei wurde brutal erstickt, als die beiden Tentakel unter dem Umhang vorschossen. Einer legte sich ihr einmal über den Mund und um den Kopf, der andere wand sich um Thalionmels zum *Fulminictus* vorgereckte Faust und zwang sie herab. Mit großen Augen starrte die Elfe auf die Fangarme, die dem Mann unter den Achseln hervorwuchsen, bis sie versuchte zu schreien. Doch der widerlich ölig schmeckende Tentakel, der ihr über dem Mund lag, knebelte sie gut, und verzweifelt spürte Thalionmel, wie ihr von dem Geschmack auf ihrer Zunge schwindelig wurde. Sie schwankte, und schließlich wurde ihr schwarz vor Augen.

Als letztes hörte sie die wehmütigen Töne einer wundervollen Flötenmelodie, die ihr wie aus weiter Ferne ans Ohr drangen. Traurig und doch wild klangen sie ihr in der Seele und erinnerten sie an ihre Schwester Aldare, die ausgezogen war, wieder eine echte Elfe zu werden.

Entsetzt beobachtete Praiodan aus der matschigen Hofeinfahrt, wie der Umhang des Fremden zurückgeschlagen wurde und darunter zwei dunkle lange Tentakelarme hervorschossen. Wie bei Liara damals, mußte er unwillkürlich denken, die von einem Krakenmolch in die Tiefen der Unterstadt hinabgezogen worden war.

Praiodans Körper schlotterte unbeherrscht vor Angst. Widernatürlich und ekelerregend sah der Kerl aus, so abartig, daß sich Rondrianes Bruder fast der Magen umdrehte. Und trotzdem bewegten sich seine Füße leise Schritt für Schritt vorwärts in die Richtung von Thalionmels qualvollem Kampf gegen diese... diese Kreatur! Praiodan fand keine Worte dafür. Den Säbel hatte er längst gezogen, als er die Schritte gehört hatte, und nun hob er ihn und pirschte sich von hinten an. Einen Warnruf bekäme die Kreatur nicht, entschied er, zu einfach hatte sie die Elfe überwältigt, und die konnte immerhin noch zaubern!

Als er nahe genug war, schnellte er auf die dunkle Gestalt zu, und schon wollte er zuschlagen, als sein Fuß jedoch auf einem Schlammklumpen ausrutschte. Im Laufen strauchelte er, fing sich jedoch wieder und stürmte weiter vor, auf die unheimliche Gestalt zu. Seine Augen verengten sich, als er sah, wie Thalionmel in sich zusammensackte, dann spürte er einen harten Schlag am Kopf, wo ihn der nun freie zweite Tentakel traf. Sich überschlagend stürzte er auf das schmutzige Steinpflaster, stieß sich den Kopf und verlor kurz das Bewußtsein. Als er die Augen aufschlug, blickte er in das kahle Gesicht eines Mannes ohne Augenbrauen, der auf ihn herabschaute. Von seinen Augen ging ein dunkelblaues Licht aus, das immer stärker pulsierte und Praiodans Magen zum Revoltieren brachte. Die Panik eines Ertrinkenden ergriff ihn, quetschte ihm Herz und Lunge zusammen und benebelte seinen Verstand. Der Tentakel schwang zu ihm, dann spürte er einen Schmerz in der Brust und verlor schreiend das Bewußtsein.

»Gut«, sagte Rondriane schließlich, als alle Waren ausgeladen und verstaut waren. Sie gab jedem der Schmuggler einen Beutel mit Gold und meinte dann: »Ihr könnt abhauen. Seht aber trotzdem zu, daß man euch auf dem Rückweg nicht erwischt.«

Ghun spähte im Schein der schwachen Laterne mißtrauisch in seinen Beutel. »Das ist zuwenig«, murrte er. Rondriane blickte ihn kühl an und erwiderte: »Das ist die ausgemachte Summe.«

Drohend kam Ghun einen Schritt näher auf sie zu. Er maß sicherlich neuneinhalb Spann, was ihn fast zwei Spann größer machte als die zierliche Rondriane. »Und ich sage: Es ist nicht genug. Wir haben die Fracht ohne dich aus dem Versteck hierhergebracht.«

Rondriane seufzte. »Ghun, dafür habe ich sie *zum* Versteck gebracht, was bei weitem der längere Weg durch die Unterstadt ist, also reg dich ab. Aal, ist das die vereinbarte Summe, oder etwa nicht?«

Lyn zählte ihr Gold ab. »Ist sie«, nuschelte sie an der neuen Tabakrolle vorbei, die ihr im Mundwinkel klemmte und den Kellerraum mit dem scharfen Rauchkrautgeruch erfüllte.

Zufrieden verschränkte Rondriane die Arme vor der Brust. »Also verzieh dich, Ghun! Nimm dich nur nicht zu wichtig. Und *denke* nicht einmal daran.« Der Gesichtsausdruck des kräftigen Mannes hatte nur zu deutlich verraten, daß er angestrengt darüber nachgedacht hatte, wie er sie in die Pfanne hauen könnte. Rondriane spielte natürlich auf den Verrat an, den Ghun am ehemaligen Anführer der *Nebelgeister* begangen hatte. Ihr würde das nicht passieren, schwor sich die Rothaarige. Sie mußte etwas unternehmen.

»Macht, daß ihr wegkommt!« befahl sie, und Seola

und Cian stiegen gehorsam ins Boot zurück. Ghun ragte turmhoch über der zierlichen Rondriane auf und wirkte so viel kräftiger als sie, ja, als könne er sie mit einer seiner großen Hände zerquetschen. Doch der Schein trog, und das wußte auch Ghun. Die Anführerin hatte sich bereits einmal kräftiger als vermutet herausgestellt, als sie Cian verprügelt hatte, der Praiodan ans Leder gewollt hatte.

Ärgerlich schnürte der Mann sein Goldsäckel zu und murmelte drohend: »Wirst schon sehen, was du davon hast, Kleine.«

Dann wandte er sich um und stieg ins Boot, während Lyn und Rondriane auf dem steinernen Steg zurückblieben. Seola löste geschickt das Schloß und zog das Boot durch die leicht geöffneten Torflügel hinaus. Ghun und Cian stießen sich mit den Rudern an den Wänden ab, als die Blinde Bescheid gab, daß draußen nichts zu hören war – wiewohl sie ungewöhnlich lange dort verharrte. Gab Thalionmel ihr Zeichen nicht? Der Blick, den Ghun ihr zuwarf, bevor sich das niedrige Tor schloß, behielt Rondriane in Erinnerung. Denn der Ausdruck seiner Augen verhieß gar nichts Gutes.

Auch Lyn murmelte, nachdem sie das Tor verriegelt hatten: »Der macht Ärger.«

Langsam nickte die Anführerin. »Wir sollten ihn im Auge behalten.«

»Meinste, das reicht?« Lyn nahm ihr Tabakröllchen aus dem Mund und betrachtete es nachdenklich. »Meinste nicht, es wär besser, wenn man ihn am Damm findet?«

»Du meinst mit aufgeschlitzter Kehle, vermute ich?« fragte Rondriane vorsichtshalber nach. Mit was für Halsabschneidern sie zu tun hatte! schmunzelte sie innerlich. Merkwürdig nur, daß sie diese Halsabschneider wesentlich lieber mochte als die sogenannten ehrlichen Leute.

»Jau. Sonst finden sie *dich* da irgendwann, das geb ich dir schriftlich.« Natürlich konnte die Streunerin gar nicht schreiben, die Warnung an sich nahm Rondriane allerdings jedoch sehr ernst.

»Ich weiß. Aber einfach so umbringen – nein, das geht nicht. Das kann ich nicht – und, nein«, kam sie der Streunerin zuvor, die etwas erwidern wollte, »wenn du das machst, klebt das Blut trotzdem an meinen Händen. Aber danke für das Angebot.« Schulterzuckend nickte Lyn. »Kannst jederzeit drauf zurückkommen. Ich geh jetzt besser.«

Ebenfalls müde begleitete Rondriane die Freundin nach oben und ließ sie zur Tür heraus. Scherzhaft meinte sie noch: »Und – Aal – gib das Gold nicht alles auf einmal aus. Nicht, daß ich dir nicht was pumpen würde, aber nachher merkt das noch jemand…«

Grinsend erwiderte Lyn: »Nich da, wo ich es ausgebe. Die Kneipen kennt so ein ›ehrenwertes‹ Fischlein wie du gar nich!« Lachend verabschiedete die Anführerin sie und schloß die Tür.

Praiodan käme sicher auch bald, vermutete sie, und so ging sie noch in die Küche und schnitt sich eine dicke Scheibe des köstlichen Arivorer Räucherschinkens ab, den sie aus dem Warenbestand für sich beiseite gelegt hatte, dazu goß sie ein Gläschen Bosparanjer ein. Schließlich legte sie, genüßlich auf dem harten Fleisch kauend, die Beine auf den Küchentisch und lehnte sich zurück.

Welch einträgliches Geschäft! Der König kassierte hohe Steuern auf Luxusgüter aus dem Süden, die zu umgehen sich wirklich lohnte. Morgen früh käme eine Lieferung mit weniger wertvollen Waren per Wagen, dazu die Papiere vom Zoll, die belegten, daß Rondrianes Einkäufe alle legal getätigt und verzollt waren. Die Entlohnung des Sekretärs stellte für ihn ein kleines Vermögen dar, für Rondriane allerdings nur einen geringen Teil des Umsatzes. Auf diese Art waren alle glücklich. Außer Ghun, wie sie säuerlich feststellte. Aber um den würde sie sich auch noch kümmern.

An der Tür pochte es hastig. Inzwischen dämmerte bereits fast der Morgen, denn das Ausladen dauerte immer seine Zeit. Praiodan hatte eigentlich einen Schlüssel, doch Rondriane ging trotzdem zur Tür – mit gelockertem Dolch, falls es sich um ungebetenen Besuch handeln sollte. Sie schloß auf und sah Lyn mit einem Sack über den Schultern herantaumeln.

»Lyn«, flüsterte sie erstaunt. »Was gibt's denn noch?« Keuchend stapfte die Streunerin näher, so daß Rondriane schließlich erkannte, welche Art Gewicht sie trug: ihren Bruder.

»Heiliger Fuchs!« entfuhr es ihr. Sie öffnete die Tür weit und ließ die beiden ein. »Was ist passiert? Ist er überfallen worden?«

In der Stube ließ Lyn ihre Fracht auf den Teppich hinab und zuckte schließlich mit den Schultern, wohl auch, um die verspannten Muskeln zu lockern. »Keine Ahnung, Rotschopf. Er lag halt einfach so da auf der Straße. Hat ne ganz schöne Beule an der Stirn und blutet hinten am Kopf. Is bestimmt aufs Pflaster geknallt. Und guck mal hier!« Die Streunerin schlug das zerrissene Wams auf und entblößte Praiodans Brust.

»Heilige Lata!« stieß Rondriane beim Anblick der blutigen runden Flecken auf dem Oberkörper ihres Bruders aus. »Das… das sieht aus, als hätte ihn ein Dekapus oder ein Krakenmolch erwischt!« An ihrem Tabakstummel lutschend nickte Lyn. »Kenn mich mit dem Viechkrams nich so gut aus«, murmelte sie schließlich. »Komisch is nur, daß ich ihn nich im Kanal gefunden hab, sondern vorn bei der Ruine schräg über die Straße. Und naß isser ja auch nich.«

Besorgt fühlte Rondriane den Puls des Verletzten, der

zwar schwach, aber stetig schlug. »Ich kann doch keinen Medicus holen«, seufzte sie. »Dem kann ich doch niemals erklären, wie sich Praio morgens zur Hesindenstunde draußen auf der Straße *so* was einfängt! Hast du die Elfe nicht gesehen? Die könnte doch helfen.« Lyn nickte. »Ich geh zur *Esche*, sie holen. Sieh zu, daß du ihn warm kriegst.« Und während die besorgte Schwester sich daranmachte, ihren Bruder in Decken zu packen und ihn vor den Ofen zu ziehen, den sie noch befeuern mußte, verschwand die Streunerin auf die Straße.

»Komm schon, Praio, mach die Augen auf!« befahl Rondriane dem Jüngeren zum wohl hundertsten Male und strich ihm sanft über das rotblonde Haar. Das solche Dinge immer ihm passieren mußten und nicht ihr! dachte sie zornig.

Wie damals, als Fürst Cuanu ihr die Möglichkeit geboten hatte, Praio aus der Moorburg freizukaufen, empfand sie tiefe Zärtlichkeit für den ›kleinen‹ Bruder. Andererseits haßte sie den Herrscher dafür, daß er Praio die ganzen zwei Jahre, die sie Zeit bekommen hatte, die Nebelgeister zu finden, in der Moorburg gelassen hatte, ohne jemals auf ihre Bitten einzugehen, ihn doch vielleicht ins Stadtgefängnis zu verlegen. War er vorher noch ein munterer, frecher und waghalsiger Bursche gewesen, war er mit achtzehn freigekommen und hatte uralt ausgesehen. Diesen Anblick würde Rondriane nie vergessen.

Mit einem schmerzerfüllten Stöhnen flatterten Praiodans Augenlider. Erleichtert blickte Rondriane auf ihn hinab, als ihr Bruder auch schon die Lippen bewegte.

»Ich versteh dich nicht, Praio, du mußt ein bißchen lauter sprechen. Oder laß es am besten ganz!«

Schwach schüttelte er den Kopf und flüsterte wieder, diesmal etwas lauter: »Ta-i-ome!«

»Thalionmel? Was ist mit Thalionmel? Die kommt gleich und wird dich verarzten, wirst schon sehen.«

Ihr Bruder schüttelte wieder den Kopf und wiederholte den Namen der Elfe mehrmals. »Die kommt schon noch, Kleiner, wirst sehen. Das wird alles wieder gut…« Wieder und wieder strich sie ihm über das Haar und murmelte beruhigende Worte. Schließlich klopfte es wieder wild an der Tür, und Lyn kam herein, gefolgt von einer Fremden mit einem kleinen Beutel.

»Wer ist das?« fragte Rondriane mißtrauisch, doch Lyn beruhigte sie. »Das ist Dhanara, eine alte Bekannte von mir. Sie ist eine gute Heilerin und hält auch zuverlässig das Maul, kannst mir glauben.«

Verzweifelt nickte Rondriane. »Ich habe ja auch kaum eine Wahl, nicht? Aber wo ist Thal?«

Lyn zuckte mit den Schultern. »War nich zu Hause.«

Dhanara war eine junge Medica Mitte Dreißig mit kinnlangem braunem Haar und engstehenden dunklen Augen. Sie beugte sich nun ohne ein weiteres Wort über den Verletzten und betastete seinen Kopf. Mit ein wenig Alkohol und ein paar Bandagen war der versorgt, so daß sie sich schließlich die Brust ansah. Als sie die Decken beiseite schlug, sah sie erstaunt zu Rondriane auf, sagte jedoch kein Wort, sondern untersuchte die Wunde stumm.

»Das sieht ganz so aus, als hätte das Tier Blut durch seine Haut herausgesaugt«, meinte sie dann schließlich. »Solche Wunden bekomme ich kaum zu sehen – im Gegensatz zu Dolchstichen an allen nur erdenklichen Körperteilen –, aber es sieht mir doch sehr merkwürdig aus.«

»Könnt Ihr ihn verbinden?« fragte Rondriane, und die Ärztin nickte. »Sicherlich kann ich das. Ich fürchte jedoch, daß diese merkwürdige Substanz hier, die Ihr mit den Decken fast abgewischt habt«, sie schabte eine zähflüssige ölige Masse mit einem Holzstäbchen von

Praiodans Haut, »möglicherweise auf irgendeine Art giftig sein könnte. Wenn Ihr wollt, kann ich mich bemühen, das zu untersuchen. Aber das kostet.«

»Spielt keine Rolle«, murmelte Rondriane besorgt und sah der Medica dabei zu, wie sie die Wunde wusch und verband, nachdem sie die Substanz in ein kleines Tiegelchen gestrichen hatte.

»Gut«, nickte Dhanara schließlich. »Ich melde mich dann demnächst bei Euch. Ich beeile mich. Aber zunächst macht das bereits zwei Goldstücke.« Das war ein stolzer Preis, doch die Schmugglerin zahlte ihn bereitwillig, da das Schweigen der Ärztin vermutlich bereits inbegriffen war. »Vielen Dank, und bis bald.«

Rondriane begleitete die Heilerin aus dem Haus und kehrte zu Lyn und Praiodan zurück. »Wird sie schweigen? Ich meine, wenn sie herumerzählt, daß wir beide uns kennen...«

Lyn kaute auf ihrem Tabakröllchen und nickte beschwichtigend. »Dhanara redet nich. Die wohnt im Orkendorf und is teuer, aber gut. Die wär schon längst tot, wenn se nich dichthalten könnte.«

Die Rothaarige nickte und beugte sich zu ihrem Bruder hinunter, der nach einer weiteren Bewußtlosigkeit langsam wieder zu Sinnen kam. Die Kräuter schienen also bereits zu wirken. »So, Praio, und jetzt erzähle mal ganz langsam, was passiert ist.«

*Kapitel 8*

# Fatas

Nach einer langen Erzählung schloß Prinz Efferdan seinen Bericht über die Geschehnisse im Efferdtempel mit den Worten ab: »Graustein sah daraufhin ein, daß das Verschwinden der Perle nichts mit deiner bevorstehenden Krönung zu tun hat, Invher. Sie wurde schlicht gestohlen, wiewohl das an sich ja bereits ein Frevel sondergleichen ist. Doch glaube nicht, daß Efferd deine Krönung nicht wünscht.«

Die Kronprinzessin nickte, noch immer bestürzt über all die Erlebnisse, von denen ihr Onkel berichtet hatte. »Ich vertraue auf dein und Grausteins Urteil, Onkel. Wir haben die Krönung nun bereits einmal verschoben, wegen Emer und der Kinder. Es gibt auch keinen anderen Weg! Du hast Vater doch gesehen.« Sie strich ihr langes dunkelbraunes Haar zurück und blickte seufzend gen Decke ihres schönen Salons, der seit dem Einzug ihres Gemahls in den Palast an spielerischen und schmückenden Details zugenommen hatte – Prinz Romin von Kuslik hielt die ›albernische Schlichtheit‹, wie er sich ausdrückte, kaum aus.

»Seid wir Raidri begraben haben, hat Vater kaum mehr ein Wort gesprochen! Geschweige denn irgendeine Amtshandlung vorgenommen. Er wollte sogar nicht einmal bei der Krönung dabei sein, aber daß das nicht geht, konnte Mutter ihm glücklicherweise klarmachen. Es ist, als müsse er das Lachen neu lernen.« Betrübt zählte Invher stoisch die Kerzenhalter des

Kronleuchters wieder und wieder, bis ihr auffiel, daß sie jedesmal auf eine andere Zahl kam. Sie blickte Efferdan an. »Er muß an der Trollpforte Schreckliches erlebt haben. Die Berichte des Aventurischen Boten enthielten ja bereits Gräßlichkeiten ohnegleichen, und die Erzählungen der Überlebenden…« Sie beendete den Satz nicht. »Yppolita, Raidri, Waldemar, Rohezal, Brin – alle tot, und Haffax ein Verräter…«, sie schüttelte betrübt den Kopf. »Wie sehr dieser Krieg die Welt verändert hat.«

Efferdan nickte ebenso traurig. »Er hat nicht nur die Welt verändert, Invher – er hat die Menschen darin noch viel mehr gewandelt, als man es ihnen äußerlich ansehen kann. Ich denke, Cuanu trauert mit den Toten auch um die Zeiten, die niemals wiederkehren werden. Die Tage des unschuldigen Heldentums, der alten Freunde sind längst vergangen. Sie alle sind tot.«

»Im Moment fühle ich mich, als wolle ich das Boronsschwarz nie wieder ablegen, Efferdan.« Seufzend erhob sich die Kronprinzessin Albernias und strich das schwarze Seidenwams und die Beinkleider glatt.

»Das wirst du aber müssen, Nichte«, lächelte Efferdan verzerrt. »Du willst bei der Krönung doch nicht auf die prachtvollen blauen Gewänder verzichten, die Meisterin Raidrighe dir fertigt? Graustein wäre sicherlich empört, wenn du sie nicht trügest und in den Farben eines anderen Gottes seinen Tempel beträtest…«

»Ich habe schon immer gewußt, daß die Krönung ein trauriger Anlaß sein würde, aber da dachte ich noch, sie würde nach Vaters Tod stattfinden. Nun, da es soweit ist, lebt Vater, gelobt seien die Götter, noch, aber mir scheint fast, als hätte er es lieber anders gehabt…«

Energisch schüttelte Efferdan das Haupt, sein Gesicht

drückte Ernst und Mitgefühl aus. »Du darfst jetzt nicht an deinen Vater denken, Invher. Er hat dich in der Vergangenheit bereits viele der Geschäfte Albernias erledigen lassen und sich immer mehr zurückgezogen. Du bist jetzt wie alt? Dreiunddreißig? Du mußt jetzt an Albernia denken, das du vermutlich in Zukunft weiterregieren wirst, wie du es in der Vergangenheit bereits getan hast. Um Cuanu wird sich Idra ausreichend kümmern, glaub mir, da können wir kaum etwas tun. Reiß dich zusammen und…«, es klopfte an der Tür, so daß der Prinz im Satz innehielt.

»Herein«, bat Invher, und die Pagin Talann trat in den Raum. »Verzeiht, prinzliche Hoheiten, es ist Besuch für Prinz Efferdan am Tor. Eine gewisse Frau Kevendoch.«

Erstaunt stand Efferdan auf und fragte: »Rondriane Kevendoch?«

»Kevendoch, Kevendoch… der Name kommt mir doch irgendwie bekannt vor?« murmelte Invher vor sich hin, doch wollte ihr nicht einfallen, wo sie ihm schon begegnet sein mochte.

»Bitte bringe sie herauf, Talann«, bat Efferdan, doch die Pagin schüttelte entschuldigend den Kopf. »Die Dame meinte, Ihr würdet wohl lieber herunterkommen.«

Invher sah ihn fragend an. »Was möchte die Frau von dir?« Doch der Prinz wich ihrer Frage aus. »Oh, ich habe mich kürzlich mit ihr verabredet und es nun vergessen… du entschuldigst mich, Invher?«

»Natürlich«, meinte diese und sah Efferdan hinterher. Ob sie aus ihrem eigenen Onkel noch einmal schlau werden würde? Sie bezweifelte es. Seufzend machte sie sich daran, die Feierlichkeiten zu ihrer Krönung zu planen – auch wenn ihr nach Feiern überhaupt nicht zumute war.

»Frau Kevendoch, was gibt es?« Efferdan eilte aus dem Tor hinaus auf die zierliche rothaarige Frau zu, die ihn eilig beim Arm ergriff und mit sich zog.

»Verzeiht, daß ich Euch nicht dort drinnen treffen mochte«, begann sie und wies mit dem Kopf auf den Palast, doch Efferdan unterbrach sie. »Nein, nein, ich kann das verstehen. Was führt Euch hierher?«

Sichtlich erleichtert, doch immer noch angespannt, atmete Rondriane auf und begann, während sie ihn am Ellbogen die menschenreiche Fürstenallee hinunter zog: »Mein Bruder ist heute morgen überfallen worden, Hoheit, und was er berichtet, ist außerordentlich merkwürdig. Ich empfehle, daß Ihr Euch das einmal anhört, denn wenn mein Verdacht richtig ist, mag es vielleicht etwas mit der gestohlenen Efferdperle zu tun haben.«

»Mit der Perle?« Efferdan blieb mitten auf der Straße stehen und starrte die Schmugglerin an. »So erzählt doch!«

Rondriane seufzte und ergriff wieder seinen Arm, um weiterzugehen. »Es ist eine wirklich verrückte Geschichte, wißt Ihr? Nun, also. Mein Bruder trifft bisweilen die Elfe Thalionmel aus dem Gasthaus *Esche und Kork*, ich weiß nicht, ob Euch der Name etwa sagt?« Der Prinz runzelte die Stirn und nickte kurz. »Die Ziehtochter des Wirtes, nicht wahr?«

»Das ist richtig, doch dazu empfängt sie bisweilen Männer gegen Geld, nun, sie ist sehr hübsch, und mein Bruder…«, Efferdan unterbrach sie. »Ihr müßt mir wahrlich nicht erzählen, warum Euer Bruder zu dieser Dame geht, Frau Kevendoch, ihr hübsches Äußeres sagt darüber genug.«

»Nun ja, da mögt Ihr recht haben. Also, sie machten früh noch einen Spaziergang, da die Dame wohl auch an ihm ein wenig hängt.« Die Lüge ging Rondriane leicht von den Lippen, doch innerlich mußte sie trotz ihrer Besorgnis fast schmunzeln: Thalionmel hätte sicherlich Mordgelüste, wenn sie das gehört hätte… »Bis sie jemand unweit von meinem Haus überfiel! Thalionmel verschwand dabei, während mein Bruder schwerverletzt zurückblieb.«

»Hat sie ihn in eine Falle geführt? Das wäre dann eher ein Fall für die Garde…«

»Typisch!« Nun war es Rondriane, die zornig stehenblieb und den Prinzen regelrecht anfauchte. »Bornierte Adlige! Eine Hure ist gleich auch eine Raubmörderin. Einmal dem Schatten eines Verdachtes unterlegen, ist der Ruf nicht mehr reinzuwaschen. Warum rede ich mit Euch überhaupt?«

Sie wandte sich ab und stapfte weiter die Straße entlang. Überrascht sah Efferdan ihr hinterher, folgte jedoch schließlich schnell. Nun war er es, der sie am Arm zurückhielt. »Ich bitte um Verzeihung. Wenn ich den Mund halte und zuhöre, werdet Ihr dann weitererzählen?«

Mit einem vernichtenden Blick funkelte die kleine Person den Prinzen an. »Na gut. Also.« Sie nahm ihren hastigen Schritt wieder auf, so daß der viel längere Efferdan fast Mühe hatte, ihr zu folgen.

»Praiodan erzählte, daß eine Gestalt Thalionmel ergriffen und verschleppt hätte. Als er versuchte, der Elfe mit dem Säbel beizustehen, wurde er angegriffen – und jetzt haltet den Atem an!« Wieder blieb sie stehen und sah Efferdan direkt ins Gesicht. »Von einem Tentakel, der dem Mann direkt aus der Schulter wuchs!«

Vor dem Gasthaus *Esche und Kork* stehend starrte Efferdan sie an, um zu prüfen, ob sie das ernst meinte. »Ich vermute einmal, die Frage, ob Euer Bruder zuviel Premer Feuer oder Rauschkraut zu sich genommen hatte, erübrigt sich?«

»Allerdings«, funkelte ihn Rondriane an.

»Gut. Dann bleibt mir wohl nur, Eure Erzählung ernstzunehmen. Wenn dieser Gestalt tatsächlich ein

Tentakel aus der Schulter wuchs…« Er verstummte und wurde sehr blaß. »Und aus der anderen noch ein zweiter…«, half Rondriane ihm mit sichtlicher Genugtuung weiter.

Der Prinz packte sie mit beiden Händen erstaunlich fest an den Schultern. »Ihr redet hier von einem Paktierer?«

Unwillig nickend zischte Rondriane: »Laßt mich los!« Efferdan ließ sie los und starrte sie wortlos an.

»Folgt mir, und schaut Euch Praiodans Verwundungen an, und ihr werdet mir mit Sicherheit glauben.«

»Ja, bitte, das möchte ich schon. Ich kann es nicht glauben! Hier in Havena?«

Mit einem ironischen Seitenblick antwortete die Schmugglerin: »Ihr wärt überrascht, was es hier in Havena noch so alles gibt…«

Mit leicht zitternden Händen schlug der Prinz den Stoff des Hemdes wieder über die entsetzliche Wunde auf der Brust des Mannes. »Und Ihr sagt, daß seine Brauen und die Kopfhaut von Fischschuppen bewachsen waren?«

»Ganz recht, prinzliche Hoheit«, antwortete Praiodan schwach. »Frau Kevendoch, habt Ihr wohl ein Schnäpschen für mich?«

Wortlos schenkte Rondriane drei Krüglein mit Schnaps aus. Efferdan stürzte den seinen schnell hinunter. »Das ist entsetzlich! Ihr könnt glücklich sein, das überlebt zu haben, Herr Kevendoch.« Praiodan antwortete nicht, da er nicht recht wußte, wie er mit dem königlichen Gast umgehen sollte.

»Ich muß mit Graustein reden!« Efferdan sprang auf und stürmte zur Tür. Doch Rondriane ergriff ihre Jacke und folgte ihm. »Nicht ohne mich! Ich bin bald wieder da, Praio!«

»Ein Paktierer...«, murmelte der alte Priester, während Ilarea Efferdtreu noch immer mit großen, erschreckten Augen dasaß und die Überbringer dieser Schreckensbotschaft anstarrte. »Das würde in der Tat erklären, weshalb jemand auf den Gedanken kommen konnte, einen Tempel zu bestehlen! Und nach Euren Schilderungen muß es sich ja um einen Diener der... der Herzogin der Nachtblauen Tiefen handeln.« Ilarea schluckte schwer, so daß sich Efferdan genötigt sah, sich an ihre Seite zu setzen und ihr begütigend den Arm um die Schultern zu legen. Graustein fuhr fluchend fort: »Und das kurz vor der Krönung! Wie soll ich ihrer Erhabenheit Larona beibringen, daß das Geschenk Efferds in den Händen von Unheiligen liegt?«

»Frau Kevendoch und ich kamen her, um Euren Rat zu erbitten, Hochwürden. Es besteht für uns Laien immer noch die Möglichkeit, daß es sich hierbei nicht um einen Paktierer, sondern möglicherweise um ein Efferdwesen ähnlich einem Necker han...«

»Nein!« fuhr Graustein ihn an. »Nein, das halte ich für ganz und gar ausgeschlossen! *Ihr* solltet doch besser wissen, was ihr da sagt! Wenn der Verletzte in seiner Erzählung nicht übertrieben hat, war deine Vermutung, meine Tochter, völlig richtig!« Er nickte Rondriane zu. Die sah sich mit einem mulmigen Gefühl im Nebenraum des Tempels um, in dem sie sich zusammengesetzt hatten. Noch niemals hatte sie in das Heiligtum geblickt, geschweige denn es betreten; vorhin, als man sie hindurchgeführt hatte, war dies zum ersten Mal geschehen.

»Was wollte diese Kreatur dann von meinem Bruder, Hochwürden?« fragte sie besorgt. Graustein warf die Hände in die Luft und zuckte schließlich mit den Schultern. »Es scheint fast, als sei er ihr nur in die Quere gekommen. Sie wollte diese Elfe. Vielleicht wollen sie sie rekrutieren oder sie in einer unheiligen Zeremonie opfern… wer weiß das schon? Ich kenne mich mit diesen Dämonen nicht gut aus.«

Ungeduldig stand die Schmugglerin auf. »Dann muß ich eben jemanden finden, der sich damit auskennt.« Efferdan nickte. »Ich werde Euch begleiten. Habt Dank für Eure Hilfe, Hochwürden. Vielleicht ist es noch nicht zu spät. Sowohl für Eure Perle als auch für die Freundin Eures Bruders, Rondriane.«

Als sie den Tempel verließen, schnaubte die kleine Frau in kalter Wut. »Wie nett, daß auch Ihr Euch inzwischen Sorgen um sie macht, *prinzliche Hoheit*!«

»Ihr müßt Euren Zorn über meinen Bruder nicht an mir auslassen, Rondriane.« Efferdan versuchte, nicht rügend oder vorwurfsvoll zu klingen, als er das sagte.

»Oh, an wem dann – an Eurem Bruder? Und dafür dann für den Rest meines Lebens in die Moorburg gehen?« Inzwischen stapfte sie bereits vom Efferdplatz auf den Damm, der Fischerort mit der Krakeninsel verband.

Auf dem Damm hielt Efferdan sie am Arm fest und bat: »So lauft doch nicht immer vor mir davon, ich…« Jäh blieb die Händlerin stehen und zischte ihn an: »Ich laufe nicht vor Euch weg, nicht vor *Euch*!«

»Gut«, nickte Efferdan und sah sich kurz um, ob jemand ihnen Aufmerksamkeit schenkte. »Ich frage mich seit einer Weile, warum Ihr solch unerbittlichen Haß auf meinen Bruder und offensichtlich ja auch seine Anverwandten hegt. Wenn ich das richtig verstanden habe, entließ er Euch und Euren Bruder damals aus der Moorburg, in der Ihr eigentlich eine lange Strafe abzusitzen hattet. Wäre es Euch lieber gewesen, er hätte Euch dort sitzen lassen, anstatt den bewußten Handel abzuschließen? Euer Lebtag?«

In stummem Zorn funkelten Rondrianes Augen ihn an. »Er hat mich erpreßt. Und er hat Praiodan in diesem Loch verrotten lassen! Ihr wißt nicht, was dieses

Gefängnis aus ihm gemacht hat! Er war früher ein sehr draufgängerischer und fröhlicher Junge. Als er aus der Moorburg kam, war er ein alter Mann! Er hat heute noch Alpträume davon!«

Unverständig schüttelte Efferdan den Kopf. »Ohne Cuanu säße er dort vielleicht heute noch, Frau Kevendoch. Und Ihr mit ihm. Mir scheint es viel mehr der Fall zu sein, daß Euer Zorn auf den König Euch nur davor schützt, zornig auf Euch selbst zu sein. Und zwar darüber, daß Ihr Euren Bruder erst durch Eure Schmuggelei in die Moorburg brachtet und dann fast zwei Jahre gebraucht habt, um ihn da rauszuholen, und daß Ihr eigentlich Euch die Schuld gebt, daß Ihr zugelassen habt, daß er dort verkommt. Daß Ihr nicht schneller gewesen seid. In den Berichten von damals stand, daß Ihr Euren ersten Gefangenen die Wahl gabt, bis zum Bennaindamm zu schwimmen oder zu reden. Alle sprangen, und keiner erreichte den Damm. Wart Ihr zu ungeduldig, zu eifrig, die Sache zu beenden?«

Nicht einmal hatte Rondriane den Prinzen unterbrochen, während ihr langsam die Farbe aus dem Gesicht gewichen war. Nun drehte sie sich um und blickte zum Hafenbecken. »Er war doch kaum sechzehn«, stammelte sie fast unhörbar. »Noch ein Kind. Wie kann man einem Kind so etwas antun?« Efferdan antwortete nicht, denn er wußte, daß er vielleicht den einzigen wunden Punkt dieser starken kleinen Frau gefunden hatte, und den Grund, warum sie ihm als Bennain nicht ins Gesicht schauen konnte.

»Ich hätte ihn da niemals mit hineinziehen dürfen.« Ihre Stimme zitterte leicht. »Aber wir hatten nichts und hätten sonst gehungert. Mutter und Vater sind auf See gestorben. Wir haben kein Waisengeld bekommen, obwohl Mutter in der Flotte Eures Bruders diente – bloß weil sie aus Nostria kommend nicht im Dienst war, sondern nur Passagier. Ist das gerecht? Ich wollte mir das *dort* holen, wo es mir verwehrt worden war: beim Fürsten! Ich wollte doch nur, daß es dem kleinen Praio gut geht!«

»Da bin ich mir sicher. Aber Ihr habt getan, was Ihr für richtig hieltet; Euren Zorn nun auf andere abzuwälzen ist auch nicht gerecht, oder?«

Mit tränenfeuchten Wangen drehte sie sich wieder zu Efferdan um. »Nein, das ist es wohl nicht. Ich hatte mir inzwischen ein Bild gemacht, wie ihr Bennains wohl seid. ›Einfühlsam‹ und ›hilfsbereit‹ gehörten eigentlich nicht zu den Worten, die ich benutzt hätte.«

In gespielter Hilflosigkeit hob Efferdan die Arme. »Ich kann auch nicht aus meiner Haut. Aber ich habe mir sagen lassen, daß ich nicht sehr nach meinem Vater geraten bin...« Er lächelte freundlich zu ihr herab.

»Das mag sein, ich kannte ihn nicht«, scherzte sie und wischte sich die Wangen mit dem Blusenärmel ab. Schwach wehten Kinderstimmen aus der Efferdschule herüber, die einen einfachen Teil einer Hymne an das Wasser sangen. Ihr Lächeln verschwand langsam aus ihren Zügen, und Efferdan folgte ihrem Blick in die Unterstadt.

»Schwört Ihr mir bei Efferd, daß alles, was ich Euch sage, um Euch bei der Suche zu helfen, sich nicht gegen mich oder irgend jemand anderen von meinen Freunden wenden wird?« fragte sie mit plötzlicher Eindringlichkeit und erforschte Efferdans Gesicht.

Zögernd nickte der Prinz und bestätigte dann: »Wenn Ihr meint, ob ich meinem Bruder mitteile, daß Ihr Schwarzen Lotos in Eurem Hinterzimmer stehen habt... Nein, ich werde niemandem von Dingen berichten, die uns weiterhelfen können und die Ihr mir sonst nicht sagen würdet. Wenn Ihr etwas wißt, bei Efferd, dann sagt es bitte, denn ich weiß inzwischen auch nicht mehr, wo wir noch suchen könnten.«

»In der Unterstadt. Ich habe Euch belogen. Die Leiche der Novadi lag nicht am Bennaindamm, sondern in der Unterstadt.«

»Und was habt Ihr…« Efferdan verstummte und blickte diese kleine Person mit erstaunten Augen an. Sie erwiderte seinen Blick mit trotziger Herausforderung. »Ihr seid tatsächlich wieder im Geschäft?« Die Schmugglerin faltete die Arme vor der Brust und zuckte ausweichend mit den Schultern.

Schließlich nickte Efferdan bewundernd. »Kein Wunder, daß Ihr mich belogen habt. Vielen Dank für Euer Vertrauen. Ich werde darüber schweigen.«

»Es fiel mir ein, als ich die Hymne hörte.« Sie wies mit dem Kopf auf die Efferdschule gegenüber des Tempels. »Einer meiner Leute war verwundet – Riesenspringegel. Es ist dort nun mal nicht richtig sicher«, scherzte sie trocken. »Euer Bruder sollte sich etwas schämen! Nun ja, wir hielten an, damit…«, sie seufzte und verwarf ihre Zweifel, »damit Thalionmel ihn heilen konnte.«

»Sie war mit von der Partie?« Efferdan schüttelte ungläubig den Kopf.

»War sie. Als sie fertig war, hörten wir Gesänge und sahen eine Barke an uns vorbeistaken. Bei diesen Hymnen stellten sich mir die Haare auf – sie waren gräßlich, fast unerträglich. Sie paßten zu einem Paktierer.«

»Wir sollten diesem Ort einmal einen Besuch abstatten!« Efferdan nickte entschlossen. »Wo genau war das?«

»Ich weiß nicht mehr genau, es war damals eine furchtbare Aufregung. Zudem vermute ich, daß Ihr Euch besser in der Unterstadt auskennt als ich.«

»Aber ich finde den Ort nicht ohne Euch.«

»Und ich finde ihn nicht ohne Praiodan«, beendete Rondriane ihre Erzählung. »Er hatte die Lampe. Wir müssen noch ein paar Tage warten, bis er wieder auf den Beinen ist.«

»Gut.« Efferdan bot ihr den Arm und ging schließlich mit ihr weiter gen Meerstraße, nachdem sie sich eingehakt hatte. »Heute ist der fünfundzwanzigste. Am dreißigsten Efferd, zum Fischertag und Reinigungsfest, wird meine Nichte gekrönt – da kann ich leider nicht fehlen. Bis dahin geht es Eurem Bruder sicher wieder besser. Inzwischen sollten wir die Bibliotheken der Stadt durchstöbern und in Erfahrung bringen, was es über die Paktierer, die Perle und die Orte dort in der Unterstadt zu wissen gibt. Und dann werden wir den Schurken das Handwerk legen.«

»Und Thalionmel befreien.«

»Das selbstverständlich auch.«

Während Rondriane zu Hause auf die Heilerin Dhanara wartete, ordnete sie den Inhalt der Kisten und Kästen in ihrem Verkaufsraum in die Schränke ein. Pfeffer wurde abgewogen und in kleine Krüglein eingefüllt, die dann etikettiert und versiegelt werden mußten. Süßholz schnitt sie zurecht, bündelte es und schnürte es mit gekordelten Fäden zusammen. Duftwasser aus Al'Anfa füllte sie in kleine Glasfläschchen, die sie von Cuil Gheobair und seiner Tochter Mairra eigens zu diesem Zweck blasen ließ und die fast so wertvoll wie ihr Inhalt waren. Sogar mohische Tabakrollen verkaufte sie, wie man sie im Süden rauchte (Lyn war bei ihr auf den Geschmack gekommen), einzeln oder in kleine Kisten gepackt. Bosparanjer in Krügen oder Flaschen, Olivenöl und das seltene Mhyridaniumkraut, das selbst der Praiostempel bisweilen bei ihr erstand … Alles in allem konnte sie stolz sein auf ein solches Angebot. Ihr Vorgänger Mi Laghail hatte einen schweren Fehler gemacht: Er hatte sich mit mittelmäßigen Waren zufriedengegeben, die zwar nicht weiter auffielen, aber wenig Geld brachten. Ihre Waren brachten viel Geld ein und durften ruhig auffallen, da sie ja alle in den Zollblättern des Rates der Kapitäne wieder auftauchten…

Ungeduldig blickte die Schmugglerin wohl zum hundertsten Male aus dem Fenster. Wo blieb die Heilerin nur? Sie hatte Rondriane eine Botschaft geschickt, in der stand, daß sie am Nachmittag vermutlich mehr Informationen hätte.

Das Glöcklein an der Tür klingelte und kündigte eine Kundin an. Aus den Gedanken geschreckt, lächelte Rondriane sie an und hielt sich erschrocken an einem der Regale fest: War das nicht die Frau, die sie vor wenigen Tagen noch im Wasser der Unterstadt treibend gefunden hatten? Doch nein, die Erinnerung spielte ihr einen Streich. Zwar wirkte diese Kundin auch tulamidisch, doch selbst Algen und Schlamm täten ihrer Schönheit keinen Abbruch.

Einer traumhaften Prinzessin aus Rashdul oder Khunchom gleich, trug sie das seidig schwarze Haar lang und offen. Es mußte noch bis vor kurzem in winzig kleine, peitschenartige Zöpfchen geflochten gewesen sein, denn jede noch so zarte Strähne wellte sich ganz präzise und fein. Das schmale Gesicht mit der langen Nase und dem sinnlichen Mund drückte so viel majestätische Erhabenheit aus, daß die zukünftige Königin Invher neidisch werden könnte. Doch am beeindruckendsten empfand Rondriane die Augen der Fremden: Sie glichen tiefen schwarzen Seen, schillernd wie Öl.

Die Dame in dem tulamidischen Gewand übersah Rondrianes Stieren höflich und unterzog ihrerseits die Ladenausstattung einer genauen Prüfung.

Schließlich gewann Rondriane ihre Fassung wieder. »Ver… Verzeihung, Rondriane Kevendoch mein Name, ich bin hier die Besitzerin. Ich wollte Euch nicht anstarren, doch Kunden wie Euch sieht man hier nicht so häufig…« Vielleicht sagte sie erst einmal besser nichts mehr, bis sie ihre alte Redegewandtheit wiederfand...

»Es hängt ganz allein von Euch ab, ob Ihr mich hier noch einmal wiederseht«, war die kühle, aber höfliche Antwort der Dame.

»Und wovon genau, Frau...?« »Marteniel. Ich habe eine Bestellung seltener Substanzen bei Euch abgeben lassen, von der mir versichert wurde, daß sie heute abgeholt werden könnten. Doch schätze ich Diskretion und Ehrlichkeit noch weit höher als Pünktlichkeit.« Frau Marteniel wendete sich ganz zu Rondriane um und fing die Aufmerksamkeit der Schmugglerin leicht mit einem Blick. »Könnt Ihr mir diese Eigenschaften für unsere Geschäftsbeziehung garantieren?«

»Sicherlich, Frau Marteniel. Gerade die Diskretion zählt zu meinen vornehmsten Wesenszügen.« Der Blick, mit dem die Dame nun Rondriane geradezu auf den Grund der Seele zu schauen schien, ruhte unangenehm lange auf ihr. Die Schmugglerin hatte natürlich bereits von Frau Marteniel gehört, wie vermutlich jedermann im Stadtteil Marschen. Sie hatte die Prinzessin-Emer-Brücke mit Hilfe eines Erzgeistes wiederhergestellt, munkelte man, und zudem das schon lange verwaiste Grundstück der verbannten Pekkarins neben dem Rahjatempel gekauft, um das viele Jahre Unklarheit und Streit bestanden hatte. Kaum jemand hatte die Frau bis jetzt von Angesicht gesehen, man wußte nur, daß die Dame über magische Kräfte verfügte und mit der Rahjageweihten Broinnfind Necht befreundet war, die in der letzten Zeit, obwohl bereits über fünfzig Götterläufe alt, sehr verjüngt aussah.

Der Blick der Magierin wurde allmählich erträglicher, so daß Rondriane insgeheim aufatmete. »Gut. Das freut mich außerordentlich. Ich wünsche mir nichts mehr als gutgehende Geschäfte. Sind die Waren eingetroffen?«

»In der Tat, sie sind seit gestern da. Wenn Ihr mir bitte folgen wollt?« Rondriane führte die Dame in das Hinterzimmer, wo die gepackte Kiste mit den bestellten Gütern schon wartete. Nun führte sie der Kundin jede Ware vor, indem sie sie wieder auspackte und auf den Tisch legte.

»Ein Dutzend Alraunen. Schwarze Schlangenhaut, dreimal. Trockenes Ochsenblut, dazu Rinderfett von garantiert schwarzen Tieren.« Die Schmugglerin blickte bei diesen an Hexenzutaten gemahnenden Ingredienzen nicht auf. »Drei Schlangenzungen, zehn Unzen Süßholz. Zehn Unzen Mhyridanium. Fünf Skrupel Purpurner Lotos, bei dem ich Euch laut Vorschrift darauf hinweisen muß, daß dies eine Zutat ist, die, unvorsichtig verarbeitet, sehr giftig ist, und daß Purpurblitz auf dem Index Wehrheimium ausgeführt ist.« Sie zuckte entschuldigend mit den Schultern. »Vier Sandviperngiftzähne, ebenso viele Blüten vom Schwarzen Lotos. Vier Liter geharzter Wein aus den Nordmarken.« Rondriane verkniff sich jeglichen Kommentar zu der Seltsamkeit einer solchen Liste.

»Ich bin überrascht«, lächelte die Kundin nun. »Mir scheint, Ihr habt tatsächlich ganz außerordentliche Geschäftskontakte. Und daß Ihr den Lotos zu beschaffen in der Lage wart, ist eine beachtliche Leistung.«

Erfreut beantwortete Rondriane das Lächeln ihrerseits. »Eine so ungewöhnliche Bestellung hatte ich noch nie«, gab sie nun zu. »Doch ich liebe die Herausforderung.«

»Schön. Ich denke«, Frau Marteniel entleerte den Inhalt eines Beutelchens auf den Tisch, »daß dies ausreichen wird?« Diamanten, Saphire, Rubine, Smaragde, die kostbarsten Edelsteine kullerten da munter auf die Holzfläche. Ungläubig hob Rondriane einen der geschliffenen Brillanten empor und hielt ihn ins Licht. Schnell überschlug sie die Summe, die dieser Stein allein wert war. »Das ist weit mehr als gefordert.« Und das wollte etwas heißen, denn Mhyridanium und Purpurner Lotos waren nicht eben billig zu bekommen…

»Behaltet den Rest und betrachtet ihn als eine Investition in unsere guten Beziehungen«, erwiderte die Dame kühl und wandte sich wieder gen Geschäftsraum.

Schnell packte Rondriane die Kiste wieder voll und verschloß sie mit einem Holzdeckel und einigen Schnüren. Mit diesen Dingen wollte Frau Marteniel sicherlich nicht offen durch die Stadt spazieren. Mindestens die Hälfte war so ungewöhnlich, daß sie nur Teil einer alchimistischen Tinktur oder eines magischen Rituals sein konnten.

Bei dem Gedanken verharrte die Schmugglerin auf der Stelle. Wenn die Gerüchte wahr waren, daß Frau Marteniel eine machtvolle Magierin war, dann konnte sie ihr sicherlich auch Auskunft über die Kreatur geben, die Praiodan angefallen hatte, und darüber, ob die etwas mit den Gesängen zu tun hatte, die sie in der Unterstadt gehört hatten…

Nachdenklich stellte sie die Kiste auf den Tisch im Laden. »Frau Marteniel, Ihr spracht von guten Geschäftsbeziehungen.« Die Frau merkte auf und betrachtete Rondrianes Gesicht forschend. »Die Ingredienzen, die Ihr bei mir bestellt habt, lassen darauf schließen, daß Ihr Euch zumindest ein wenig in der Alchimie und eventuell sogar in der Magie auskennt.« Die Zunge klebte ihr fast am Gaumen, so trocken war ihr Mund.

Schwarze Augen durchbohrten sie fast. »Und wenn dem so wäre?« Erleichtert fuhr die Schmugglerin fort, »Wenn dem so wäre, was ich natürlich niemals unterstellen würde, dann benötigte ich Eure Hilfe in einer bestimmten Frage, die sich nicht so einfach erklären läßt…« War sie den wahnsinnig? Heuerte sie gerade die Dienste einer Magierin an? Praiodan hieße das sicherlich nicht gut. Die Türglocke bimmelte, noch während Frau Marteniel Rondriane so durchdringend anblickte. Unwissend, daß sie eine vertrauliche Diskussion störte, trat Dhanara mit ihrem Kräuterbeutel ein und grüßte freundlich mit einem »Peraine zum Gruße!«

»Rahja zum Gruße«, antwortete Frau Marteniel abwesend, und schließlich verwandelte sich der forschende Ausdruck ihrer Augen in einen ironischen. »Dann bleibt es also bei morgen abend, Frau Kevendoch? Ihr seid herzlich eingeladen, mich zu besuchen.«

Rondrianes Herz klopfte schneller. »Sehr gerne, meine Dame. Und vielen Dank. Beehrt mein Haus bald wieder.« Damit verließ die Tulamidin das Geschäft. Ein mohischer Diener trat herein und nahm die Kiste entgegen, dann blieben Rondriane und Dhanara allein zurück.

»Eine beeindruckende Person«, murmelte die Heilerin.

»Darauf könnt Ihr Gift nehmen«, erwiderte Rondriane.

»Das habe ich allerdings *nicht* vor«, gab Dhanara lächelnd zurück. Sie stellte ein kleines Holztiegelchen vor der Schmugglerin auf den Tisch. »Dieses ist nämlich welches.« Ölig schimmerte die dunkle Substanz in dem Tiegel, die ungefähr so zäh floß wie Honig. »Heilige Theria von Honingen. Ist es tödlich?« Schreckliche Angst um das Leben ihres Bruders ergriff die Händlerin.

»Nein, das nicht«, beschwichtigte Dhanara sie hastig. »Es wirkt lähmend und betäubend, Genaueres vermag ich Euch jedoch auch nicht zu sagen. Es mag auch teilweise an der Schläfrigkeit Eures Bruders schuld sein.«

»Da bin ich aber beruhigt. Das möchte ich gerne behalten«, sie wies auf den Tiegel. »Natürlich, das ist in den drei Dukaten inbegriffen.«

Wortlos kramte Rondriane einen der kleinen Edelsteine hervor, die ihr Frau Marteniel gerade überlassen hatte, und drückte ihn der Heilerin in die Hand. »Mit Dank für Eure eilige Hilfe.«

Überrascht blickte Dhanara auf den Stein, dessen Wert die geforderte Summe weit überstieg, dann zu der Schmugglerin. »Jederzeit wieder«, sagte sie schließlich schulterzuckend und verließ das Geschäft.

*Kapitel 9*

# Ymra

An Bord der *Wellenbrecher* fuhr Efferdwin zurück nach Havena. Die Thorwaler hatten den Bewußtlosen, Efferd sei Dank, draußen auf dem Meer in seinem lecken Kahn gefunden und aufgenommen. Thorgrild legte dem jungen Mann, der in geliehenen Kleidern an der Reling stand, die kräftige Hand auf die Schulter. »Swafnir noch eins, du bist aber ein Stiller. Hat der Sturm dir die Sprache verschlagen, Junge?« Freundlich feixend sah sie zu ihm herunter und drückte schließlich seine Schulter ein wenig. Sie wußte, was es hieß, Efferds Gewalten ausgeliefert zu sein, und dann noch in einer solchen Nußschale...

Mühsam schluckte Efferdwin den Kloß hinunter, der ihm im Hals saß. »Es werden schreckliche Dinge geschehen. Er hat es gesagt.« Thorgrild betrachtete ihn ernst. »Meinste? Wie schlimm?«

Mit einem Blick zurück gen Delta und Meer antwortete der Junge: »Sehr schlimm.« Klamme Furcht griff nach seinen Knochen, und er merkte, daß er sich geirrt hatte: Daß er niemals wieder Angst verspüren würde, war falsch. Vor Efferd würde er nie wieder Angst haben. Doch die Menschen und das, wozu sie imstande waren, das ließ ihn innerlich schlottern.

Thorgrild seufzte und nickte. »Wann?«

Schulterzuckend schätzte Efferdwin: »Bald.« Doch was war ›bald‹ für einen Gott? Morgen? In zehn Jahren? In hundert? »Ich weiß es nicht. Ich weiß nur, daß er zürnt.« Er spürte Feuchtigkeit auf seiner Wange. Doch er wischte sie nicht weg – jede Träne, die für dieses Land vergossen wurde, war ein Tropfen im unendlichen Meer. Er zupfte den Verband an seiner Hand zurecht, der die Wunde verbarg, die er sich im Sturm selbst zugefügt hatte.

Schweigend stopfte sich die Thorwalerin ihr Meerschaumpfeifchen und stapfte zum Ofen, um es sich mit einem glimmenden Span anzustecken. Schließlich stellte sie sich neben den Novizen und betrachtete das vorbeiziehende Ufer. Die Hetfrau trug die typische Tracht der thorwalschen Seeleute: Gestreifte Beinkleider, in ihrem Fall in den Farben Blau und Weiß, feste Stierlederstiefel, ein Lederwams mit weißer Stoffbluse ohne Ärmel darunter, ein an Piraten gemahnendes Stirnband und als Waffen Schneidzahn und Skraja. Ober- und Unterarme wurden geziert von Lederschienen, in die die spiral- und wellenförmigen Schmuckornamente der Thorwaler eingebrannt waren.

Efferdwin mochte die Hetfrau und ihre Leute und wünschte sich, sie würden diese verfluchte Stadt niemals betreten. Wenn der Gott seine Drohungen wahr machte, würden mit Sicherheit auch Unschuldige sterben. Was den Jüngling jedoch noch immer am meisten plagte, war die Frage nach dem Warum. Waren die Menschen in Havena derartig in Irrwege verrannt oder von Hochmut gezeichnet, daß Efferd die Geduld verlor? Wenn Priester ihre Wunder selbst herbeiführten – wer konnte dann noch daran glauben, daß ihre Eingebungen und Lehren von den Göttern kamen? Der alte Oisin mißachtete den Hohenpriester schon lange, erinnerte sich der Novize. Und die Menschen im Hafen und in den Straßen machten zwar bereitwillig Platz, wenn ein Priester oder eben ein Novize sich näherte, doch war dies eines der wenigen Zeichen für ihren Respekt.

Die Otta lief mit der Abendflut in den Hafen ein. Wie immer summte es dort vor Leben und Leuten, denn natürlich war die *Wellenbrecher* nicht das einzige Schiff, das Ladung löschen wollte. Thorgrild drückte Efferdwin noch fest die Hand und meinte: »Den Segen Swafnirs und Efferds auf dein Haupt. Wir bleiben hier nicht lange. Mach's gut!« »Habt Dank, für alles. Ich schulde Euch mein Leben!« Grimmig lächelnd erwiderte die Thorwalerin: »Vielleicht kannste das ja mal zurückzahlen, Junge.« »Vielleicht. Lebt wohl!«

Efferdwin kletterte zum Kai hinauf und drängte sich durch die Matrosen und Schauerleute, um die sich wiederum Kinder und Bettler drängten, entweder um dem Einlaufen der Schiffe beizuwohnen oder den einen oder anderen fremdländischen Heller zu verdienen.

Lautstark wurden Waren angepriesen und direkt vom Schiff weg verkauft, Händler heuerten Träger an, Angehörige begrüßten ihre Familienmitglieder lautstark, Hunde kläfften, Hühner in Körben gackerten, Kinder weinten.

Efferdwin nahm all diesen Lärm wie aus weiter Ferne wahr. Heute verstummten die Gespräche nicht, wenn er in die Nähe von plaudernden Grüppchen trat, niemand machte ihm Platz oder nickte ihm grüßend zu, denn seine Thowalerkleidung war eben keine Novizenrobe. Diese Verkleidung war ihm sehr von Nutzen, denn er suchte nach Zeichen, die ihm seine Frage beantworten konnten.

All die alltäglichen Handgriffe des Hafenlebens nahm Efferdwin jetzt zum ersten Mal seit langem wirklich wahr. Seilrollen surrten von den hölzernen Lastkränen und gaben Leine frei, um die schweren Kisten aus den Schiffsleibern zu heben. Schiffe wurden vertäut, an- oder abgeschleppt, und die Achsen von Kistenwagen knarrten unter dem Gewicht ihrer Ladung. Über all dem Leben thronte kühl und hell der neue Tempel in seinem Gewand aus blauem und weißem Marmor. Vielleicht machten es seine Kleider, doch Efferdwin war, als blicke er in eine andere Welt. Hörten die Menschen überhaupt noch auf die Reden der Geweihten? Drangen die Worte des Gottes noch an ihre Ohren wie umgekehrt die Wünsche und Bedürfnisse der Menschen an das Ohr des Gottes? In diesem prachtvollen neuen Tempel gab es nicht einmal Platz für die einfachen Leute, die dem Herrn der Meere doch eigentlich die liebsten sein müßten – die Fischer und Netzknüpfer, die Bootsbauer und Lotsen und all die vielen Helfer und Handwerker, die dem Gewerbe rund um Fluß und Meer zuarbeiteten.

Einem Fiebernden gleich wanderte Efferdwin zu den Fischständen, wo die Tiere von Kindern und Alten aus großen Bottichen gefischt, aufgeschlitzt, geköpft und ausgeweidet wurden und schließlich in einem zweiten Bottich mit Wasser landeten, über den ein Netz gespannt war, so daß man die gesäuberten Fische leicht wieder herausziehen konnte. Hunde und Katzen balgten sich mit Bettlerkindern um die Reste und stibitzten so manchen guten Fisch dazu. Offensichtlich hatte der Sturm, in dessen Zentrum Efferdwin sich befunden haben mußte, kaum Opfer unter den Fischern gefordert, denn die Reihen der Stände standen dicht wie eh und je.

Wo waren die Priester, um Efferd für diesen üppigen Fang zu danken? fragte sich der Novize verzweifelt. Wo jene, die Fischkutter mit dem Segen des Meergottes zu besprechen, damit die nächste Fahrt ebenso sicher und segensreich wie die vorherige verlief? Havena war von Efferd im Überfluß mit seinen Gaben beschenkt worden, doch es schien ihm, als nähmen die Priester genauso wie die Bürger diese Gunst als alltäglich hin, als geradezu selbstverständlich! Fluß- wie Seefisch gab es in Massen, nicht einmal schwer zu fangen, das Land war fruchtbar durch den Großen Fluß und seine Nebenströme. Zwar hielten die Priester nach wie vor täglich für die beiden Fluten Gottesdienste ab, doch mußte sich Efferdwin eingestehen, daß sie kaum mehr der Verehrung des Gottes dienten, sondern allein zum Füllen des Säckels seiner Kirche. Macht, Einfluß, Gier… waren dies die Ursachen für Efferds Strafe? Wenn ja, so ließ er sich vielleicht besänftigen, wenn die Havener bereuten. Er mußte mit dem Hohenpriester sprechen, sobald der Gottesdienst zu Ende war!

Wieder froheren Mutes, schritt Efferdan durch die Reihen der Fischstände am Rande des Hafens, wo der Verkauf bereits munter vonstatten ging. An der grauen Robe und den weißblonden Haaren erkannte er Branwen, die den heutigen Einkauf besorgte. Er trat näher heran, und bevor er die Novizin erreichte, hörte er ihren Ausruf: »Aber der Fisch ist doch faul! Wie kannst du es wagen, mir für den Efferdtempel alten Fisch aufzutischen, Mann?« Der Fischhändler bekam ein rotes Gesicht, zügelte jedoch seine Empörung und erwiderte höflich: »Aber nicht doch, gelehrtes Kind, dieser Fisch stammt ganz frisch aus den Netzen meiner Frau, die erst vor kurzem vom Fang zurückgekehrt ist. Ich versichere Euch, der ist ganz frisch!«

Doch auch Efferdwin roch den ekelerregenden Gestank von fauligem Fisch. Er betrachtete die Körbe neben ihm an den anderen Ständen und nahm auch da unverkennbar den fürchterlichen Gestank wahr. Von den glitschigen Leibern troff bereits der Schleim von Fäulnis, und der Gestank wurde unerträglich.

Empört wandte sich Branwen vom Stand des Mannes ab, nicht ohne ihm noch zuzuwerfen: »Glaubt ja nicht, daß Ihr mich für dumm verkaufen könnt! Ich kann frischen Fisch durchaus von faulem unterscheiden, du Täuscher!« Damit schritt sie erhobenen Hauptes von dannen.

»Eingebildetes Gör«, murmelte der betroffene Fischhändler. »Aber ich habe die Netze doch selbst gesehen, der Fisch war prächtig!« »Meiner ist auch faul!« rief ein anderer Händler und wies auf seine Körbe. »Vielleicht ist dies die Strafe der Priester dafür, daß ich die Fischereizölle nicht zahlen konnte.«

Mit geballten Fäusten lief Efferdwin los. Vorbei an den Reihen der Stände, deren Körbe gefüllt waren mit Sprotten, Bleichgründlern, Schellfischen, aber auch mit Elidamuscheln und Silberaustern. Sogar einige Riesenschalen hatten die Fischer fangen können. Efferdwin kippte die Körbe um, knackte die Muscheln und wendete die Tintlinge unter den Protesten der Fischersleute, doch allen Efferdsfrüchten gemein war der faulige Schleim, zerfallende Haut und der üble Gestank. Der gesamte Fang eines Tages von Dutzenden von Fischern war verdorben, noch bevor er den Hafen verlassen hatte.

»Erst dieser Sturm, dann das«, nuschelte neben Efferdwin ein alter Mann, der auf dem Stiel seiner Meerschaumpfeife herumkaute. »Das will Übles heißen.« »Ach, rede nicht, Alter«, keifte ihn eine Händlerin an, während sie den Inhalt ihres Korbes in das Hafenbecken kippte. »Frag lieber die Priester, warum unser Fang verdorben ist! Sag mal, Bursche«, sie deutete mit einem stinkenden Zeigefinger auf Efferdwin, »du bist doch einer von den Novizen aus dem Tempel! Warum vergammelt uns das Zeug unter den Fingern, heh?« Sie ergriff den Novizen am Schlafittchen und schüttelte ihn grob. »Sollen wir etwa noch mehr spenden, damit ihr unseren Fang segnet und er frisch aus den Netzen kommt? Das ist ja die Höhe! Das ist doch noch nie passiert!« Verzweifelt wand sich der Novize aus ihrem Griff, als sie Anstalten machte, ihn kopfüber in einen der Fischkörbe zu tunken. Auch andere waren auf ihn aufmerksam geworden und griffen zu den Knüppeln, mit denen sie üblicherweise die Fische töteten.

Schreiend und keifend drängten sich die wütenden Fischhändler um den Novizen. Efferdwin boxte und schubste sich hastig durch die Menge, wich manchem Knüppel dabei zu spät aus und glitschte auf einem faulen Fisch aus, rappelte sich erneut auf, bis er die Stufen des Tempels erreicht hatte.

Schwer atmend wandte er sich um und blickte zurück. Man hatte von ihm abgelassen, doch nur, weil es noch andere Ärgernisse gegeben hatte. Überall im Hafen und auf dem Fischmarkt herrschte Aufruhr und Chaos, Knüppel und Fäuste flogen, und so mancher Fischer oder Schauermann landete im Hafenbecken. Ungläubig schüttelte Efferdwin den Kopf. Warum öffneten die Leute nicht die Augen? Zwar mochte es die Schuld der Priester sein, was hier geschehen war, aber sie selbst waren doch nicht besser! Wer meinte, sich mit Gold von seinen religiösen Pflichten freikaufen zu können, und die Priester bat, mal eben ein Wunder zu sprechen, damit der Fang wieder in Ordnung war, anstatt zu sehen, was hier vor sich ging…

Traurig, doch entschlossen betrat er den Tempel durch die Hafentür. Er mußte mit dem Hohenpriester sprechen. Die erste Warnung hatte Efferd bereits ausgesprochen.

Schwarz und verkohlt, rochen die Wände des Gildenhauses noch immer nach Rauch und Feuer. Das Mobiliar, Vorhänge, Wandtäfelungen, Teppiche, alles war verbrannt oder doch zumindest stark beschädigt. Die Aufräumarbeiten hatten noch nicht begonnen, zu bestürzt und ermüdet war man noch von der letzten Nacht.

Gemeinsam mit dem Hohenpriester Ardan trafen die ingerimmgeweihten Zwerge ein, um die Brandstellen zu untersuchen, selbst Kronprinzessin Marhada hatte sich auf Bitten der Praioskirche hin eingefunden. Errax,

Sohn des Ergasch, der jüngere der beiden Geweihten, hatte von Kindesbeinen an die Öfen von Xorlosch mit befeuert und von seinem Vater die Kunst des Feuerlesens gelernt. In einem Volk, das das Feuer so verehrte wie die Zwerge, besaßen Brände eine immense Bedeutung. Wenn es an einem Ort brannte, mußte später festgestellt werden, warum es gebrannt hatte, ob etwa Zwergenhand im Spiel gewesen war, ob es auf einen Fehler oder Unfall zurückzuführen war oder auf Angroschs Wirken selbst. Deshalb oblag das Feuerlesen auch einigen wenigen Angroschgeweihten, denn diese Kunst galt als Gabe des Gottes.

Vornübergebeugt, die Hände hinter dem Rücken verschränkt und in tiefe Konzentration versunken, wanderte der blonde Zwerg durch die ausgebrannten Räume. Hier und da strich er sich murmelnd den Bart, berührte ein Stück Kohle oder roch an einem Haufen Asche, einem elfischen Spurenleser gleich, der sich im Wald orientert. Auch außen und in den höheren Stockwerken sah er sich um, immer mißtrauisch beäugt von den Schaulustigen, die den Ingerimmpriestern nach wie vor die Schuld an dem Brand gaben – schließlich hatte sich die Katastrophe ereignet, nachdem sie wenige Tage zuvor bei Fürst Toras um Erlaubnis für einen Ingerimmtempel nachgesucht hatten. Abgesehen davon, daß ein Tempel des Feuers in Efferds Stadt praktisch einem Sakrileg gleichkam, befürchteten viele der Zuschauer nun, daß solche Brände häufiger vorkämen, sobald die Zwerge ihrem Gott erst einmal einen festen Tempel gebaut hatten.

Schließlich kehrte Errax zu den Hohenpriestern Ardan und Ingramosch und Kronprinzessin Marhada zurück und erstattete Bericht. »Ich bezweifele, daß dieses Feuer allein Angroschs Willen gefolgt ist. Es hat außen zu brennen begonnen, und zwar rund um das Gebäude. Dort hat es auch am heißesten gebrannt. Die

Asche riecht nach billigem Lampenöl, das erst hoch und lodernd verbrennt, dann jedoch schnell aufgebraucht ist. Besonders an den Fenstern roch es danach. Von dort ist es auch von außen ins Innere gekrochen und hat dort alles verschlungen, was ihm geschmeckt hat.« Errax Augen leuchteten. »Das muß ein Feuerchen gewesen sein! Ich wünschte, ich wäre dabeigewesen!« Unter dem strafenden Blick Väterchen Ingramoschs kehrte der Geweihte wieder zum Thema zurück.

»Wer auch immer das Öl entzündet hat, kannte sich mit Angroschs Wirken gut aus. Mir scheint, es sollte brennen, aber nicht zu hoch, nicht zu heiß, nicht zu schnell. Drachenodem hätte das Haus leicht binnen weniger Hammerschläge in Asche verwandelt, dieses Feuer war nicht so heiß. Dann« – nun kroch tiefe Verachtung in Errax' Stimme – »hat man es gelöscht. Betet, daß Angroschs Hammerschlag Eure Stadt für dieses Vergehen nicht vernichten wird! Wer auch immer das Feuer entzündet, löschen darf es nur Väterchen Angrosch selbst!«

Ingramosch nickte beipflichtend. Der jüngere Zwerg hatte seine Sache gut gemacht. Der Alte selbst hatte ihm noch vor einigen Stunden eingeschärft, daß man auf alle Fälle etwas finden müsse, das beweist, daß dem Feuer nicht Angroschs Wirken zugrunde lag und schon gar nicht ihr eigenes. Der Hohepriester fragte sich, inwieweit der Feuerleser nun fabuliert hatte oder ob es wirklich so abgelaufen war...

Die Warnung des Praiospriesters zumindest war eindeutig gewesen: Ließe sich die Schuld auf die Zwerge abwälzen, wäre es nicht nur mit ihrem Tempelbau, sondern auch mit ihnen selbst ein für alle Male aus, denn die Havener liebten Freveltaten gegen Efferd nicht.

Hochwürden Ardan nickte würdig, den Kopf dabei zu der dunkelhaarigen Marhada neigend, als wolle er sagen: ›Seht Ihr?‹

Die Tochter des Fürsten machte selbst einige Schritte durch den ausgebrannten Raum. Die Handwerkergilde besaß starken Einfluß in Havena, ihre Gildenmeisterin saß sogar im Ältestenrat der Stadt, den der Fürst wieder eingesetzt hatte, um die volle Unterstützung der Bevölkerung für die Unabhängigkeit des Landes zu gewinnen. Man würde also die volle Aufklärung dieses merkwürdigen Brandfalles fordern, und man würde einen Schuldigen sehen wollen. Schmunzelnd schüttelte sie den Kopf. Sie ahnte, was bei den Bemühungen der Ingerimmpriester hinter den Kulissen abging, doch war das leider keine Lösung. Weder der eine noch der andere Kult konnte beschuldigt werden, selbst wenn es Beweise gäbe. Wenn man alles auf den Efferdkult schöbe, gäbe es vermutlich einen Volksaufstand – zu tief verwurzelt war er in dem alltäglichen Leben. Bezichtigte man den Ingerimmkult, hätte ihr Vater mit den Zwergen auch den Zorn der Praioskirche gegen sich, etwas, was man nicht riskieren sollte. Sie mußte sich etwas einfallen lassen!

»Habt Dank für Eure Unterstützung. Ich werde die Details an meinen Vater weitergeben.« Sie haßte Zwerge. Stets brachten sie nur Ärger.

Hochwürden Ardan ging nickend nach draußen und steuerte auf die Gildenmeisterin Aische Mankor zu, eine hagere fünfzigjährige Frau, die nun draußen mit ihrer Familie und unzähligen Helfern der Gilde darauf wartete, mit den Aufräumarbeiten beginnen zu dürfen. Das Grüppchen neigte Köpfe und Rücken vor den Geweihten und Adligen, die auf sie zuschritten. Der Praiospriester nickte ihnen huldvoll zu und sprach: »Meisterin Mankor, Wir sprechen Unser Beileid zu der Unbill aus, die Euch widerfahren. Die Kirche des Herren Praios gedenkt, Euren Verlust zu mindern und beim Wiederaufbau zu helfen. Erwartet zur Mittagszeit einen Boten des Tempels.« Fast sah es so aus, als wolle die Gildenmeisterin Widerworte geben, doch galt das Wort eines Praiosgeweihten als Gesetz. So neigte sie nur noch einmal das Haupt und sprach artige Worte des Dankes.

So ein Aas! dachte derweilen Ingramosch, Sohn des Irgabrosch. Dieser Halunke von einem Praiosgeweihten wußte doch aus allem noch einen Vorteil zu ziehen, denn nun ging Ardan als strahlender Sieger aus diesem Tauziehen hervor. Allen war klar – oder zumindest ihm und Ardan –, daß die Efferdkirche irgendwie mit dem Brand zu tun hatte, und nun nutzte dieser Schurke den Zug der Gegenseite für sich…

Langsam, aber sicher gewann Ingramosch tatsächlich Hochachtung vor diesen kurzlebigen Pfaffen, die in einem Zehntel der Lebensspanne eines Zwergen so geschickt zu taktieren wußten. Doch all diese Intrigen hatte der Ingerimmpriester gründlich satt. Er hatte den dumpfen Eindruck, daß auch er und Errax nur Spielsteine in einer dieser Partien waren, die die Menschen so gerne spielten… Garadan hieß es wohl und hatte mit Kamelen zu tun. Dieser verschlagene Schnickschnack war nichts für ehrliche Zwerge, Fintieren und Spintisieren gefiel ihm ganz und gar nicht. Was Angrosch gefiel, war das Schmieden, nicht das unnütze Grübeln darüber. Groll flammte in ihm auf – diese verfluchten Menschenpriester würden schon sehen, was sie davon hatten, zu glauben, man könne Angrosch und seine Diener einfach so herumschubsen. Ganz besonders die Efferdkirche würde noch zu spüren bekommen, was es hieß, sich mit Angrosch anzulegen, mit seinem Element zu spielen und leichtsinnig Feuer zu entzünden, nur um sie dann wieder zu löschen. Eine irrwitzige Tat von einem Geweihten, beide Götter dergestalt herauszufordern!

Efferdhilf der Blaue fand, daß die Anwesenheit der

Angroschpriester bereits ein Sakrileg darstellte? Der Zwerg schmunzelte vergnügt und rieb sich die Hände. Dem würde er schon zeigen, was ein Sakrileg war!

»Hochwürden, Efferd zürnt uns. Nicht nur uns Geweihten, nein, ganz Havena, ja ganz Albernia. Das erste Zeichen ist da, im Hafen, doch die Leute sehen es einfach nicht. Ein ganzer Fang, der einfach unter den Händen der Fischer verdirbt! Ich komme gerade vom Meer, wo der Herr Efferd mir eine Botschaft gesandt hat. Schreckliches wird geschehen, wenn wir nicht einlenken und Seinen Lehren wieder aufmerksam folgen! Die Leute im Hafen denken inzwischen, daß sie Efferds Segen einfach so kaufen könnten! Sie nehmen den täglichen Fang als selbstverständlich hin, doch wer ist denn dafür verantwortlich? Wir lassen die Fischer ja nicht einmal in den Tempel hinein! Wir müssen dage…«

»Wir *müssen* was, Efferdwin?« Unterbrach Efferdhilf der Blaue die hervorsprudelnde Rede des Novizen. »Wir *müssen*? Und du bist derjenige, der das befiehlt?« Zwar klang die Stimme des Hohenpriesters kühl und freundlich, doch unterschwellig vernahm der Novize kalten Zorn. »Ich glaube nicht, daß *du* derjenige bist, der weiß, was hier getan werden muß und was nicht. Ich habe von dem Ereignis im Hafen gehört und werde Konsequenzen daraus ziehen, doch was du da für Anschuldigungen hervorspeihst, ist vermessen und frech! Was glaubst du eigentlich, wer du bist, daß Efferd *dir* ein Zeichen sendet? Du bist noch nicht einmal geweiht, geschweige denn bist *du* der Hohepriester!« Funkelnd starrte Efferdhilf den Novizen an. »Es hat einen Sturm gegeben, in den du geraten bist. Ich kann verstehen, daß dich das durcheinandergebracht hat. Doch nicht jede Windhose, mein Junge, ist auch gleich ein göttliches Zeichen. Nicht jeder vergammelte Fisch ist eine Warnung. Und wenn der Gott der Meere etwas zu sagen hätte, meinst du tatsächlich, er würde dann zu einem verträumten Novizen sprechen?« Bedrohlich erhob sich Efferdhilf aus seinem Sessel und beugte sich schwer über den Tisch. »Jeder von uns sehnt sich nach dem Angesicht des Herrn, Efferdwin, doch ich bin sicher, daß auch dein Tag irgendwann kommt.«

Mit zitternder Stimme fragte Efferdwin: »Ihr glaubt, ich lüge?«

Seufzend plumpste der Priester in seinen Sessel zurück und faltete die Hände vor dem Mund. »Wenn man um sein Leben fürchtet, spielt einem der Verstand seltsame Streiche. Doch ich hätte gedacht, daß du das bereits von einer Gottesvision unterscheiden könntest.« Er zuckte mit den Schultern. »Ich habe mich wohl getäuscht.«

Wie vom Donner gerührt starrte Efferdwin den Hohenpriester an. Schließlich stammelte er: »Ihr… Ihr *müßt* mir glauben! Ich will mich nicht wichtig tun, noch mache ich mir etwas vor! Ich habe Sein Antlitz gesehen, und es sprach zu mir, und Er sagte, daß Er drei Warnungen aussprechen würde, wenn nicht…«

»Efferdwin, das reicht!« Die Stimme des älteren Mannes klang hart wie ein Peitschenhieb. »Ich dulde so etwas nicht, das befiehlt mir mein Gewissen als höchster Diener Efferds in dieser Stadt, ja in diesem Land. Ich dachte, du wärest ein anständiger Junge, wahrhaft vom Gott gesegnet. Doch anscheinend habe ich mich geirrt. Du bist nicht besser, nein, du bist schlechter als die anderen Novizen, denn du weißt nicht, wo dein Platz ist! Ich habe dich zu mir genommen und dir Privilegien eingeräumt, doch dein Stolz beweist mir, daß du ihrer nicht wert bist. Ich wünsche, daß du zurück in den Schlafsaal der Novizen ziehst. Und jetzt hinaus mit dir, ich will dich nicht mehr sehen.«

»Aber Hochwürden, Ihr könnt – Ihr dürft mich nicht einfach wegschicken, etwas Schreckliches…«

»Etwas Schreckliches wird geschehen, wenn du nicht sofort diesen Raum verläßt!« Die Drohung in der Stimme des Hohenpriesters war unüberhörbar.

Verzweifelt stammelte Efferdwin: »Ich bitte um Verzeihung, falls ich Euch…« »Raus!« Der Zeigefinger des Mannes wies unmißverständlich zur Tür.

Efferdwin ging. Unfähig, irgend etwas zu denken oder zu fühlen, packte er seine Sachen aus dem Bereitschaftszimmer zusammen und trug sie hinab in den Novizenschlafsaal, stellte sie in eine Ecke und verließ den Tempel. Ziellos wanderte er durch die Stadt, vorbei am Fürstenpalast, vor dessen prachtvollem Tor bewaffnete Gardisten gerade eine Karosse herausließen. Schließlich überquerte er die Brücke über den schmalen Seitenarm des Großen Flusses, dort, wo der Alte Efferdtempel stand, dessen heller Stein sich ehrwürdig über dem Wasser erhob. Sollte er mit Vater Oisin darüber reden? Er würde mit Sicherheit nicht so reagieren wie der Hohepriester. Doch was half das? Konnte der alte Geweihte ihm helfen? Und wobei sollte er ihm helfen? Den Hohenpriester brachte auch Oisin nicht zur Vernunft. *Ich dulde so etwas nicht*, hatte Efferdhilf der Blaue gesagt, und nun wußte Efferdwin, worin der höchste Frevel des Geweihten bestand: Efferd selbst paßte dem Hohenpriester nicht mehr in die Pläne.

Doch Efferdwin mußte sich jemandem mitteilen, und zwar einem Menschen, der ihn nicht auslachen oder beneiden würde. Wenn es so jemanden gab, dann war das Vater Oisin. Zügig, fast hastig ging Efferdwin auf den Alten Tempel zu, schritt die Stufen hinauf und zwischen den neun Säulen hindurch, deren Zahl Efferds heiliger Drei genau dreimal entsprach, und durch die Bethalle in das Heiligtum.

»Efferdwin, mein Junge! Gibt es wieder einen Schrieb des Hohenpriesters?« fragte Oisin mit seiner zitternden Stimme scherzhaft. »Nein, Vater Oisin«, antwortete der

Novize sanft. Schon immer hatte er sich das Antlitz Efferds so vorgestellt, wie es die strafend dreinblickende Statue hier zeigte, und doch vermochte der Marmor nicht, den Ausdruck des Gesichtes auch nur annähernd wiederzugeben, das er draußen auf dem Meer gesehen hatte. Sicher spiegelte der Stein die Züge wider, die ganz eindeutig dieselben waren wie die, derer Efferdwin auf dem Meer ansichtig geworden war. Doch die Essenz dessen, was ihm in dem Sturm erschienen war, die fehlte in diesem Bildnis; die vermochte vermutlich kein derischer Bildhauer oder sein Material wiederzugeben.

»Keine Verordnungen? Keine Vorschriften?« Der alte Mann hob erstaunt die buschigen weißen Brauen. »Wie kommt das? Hat unser aller Hoherpriester das Schwimmen gelernt?« Immer noch nachdenklich und verwirrt schüttelte Efferdwin den Kopf.

»Vater Oisin, ich habe eine dringende Frage an Euch. Können wir...?« Er deutete auf den Wohnraum des Priesters rechter Hand des Heiligtums. »Sicher!« nickte der Alte, und die beiden schritten hinüber, der Jüngere immer an der Seite des Älteren, dem das Gehen inzwischen nicht mehr ganz leichtfiel. In der Stube angekommen, setzte sich Oisin auf die Kante seines Bettes, und Efferdwin zog sich einen Stuhl heran.

»Vater Oisin, Ihr achtet den Hohenpriester gering. Ihr müßt mir bitte sagen, warum, denn Ihr seid viel älter als ich und habt schon mehr von der Welt gesehen. Bitte berichtet mir davon, es ist sehr wichtig!«

Mißtrauisch strich sich Oisin über den Bart und musterte den Jungen. »Das willst du wissen? Nun ja, warum eigentlich nicht? Ich bin schon so ein alter Mann, daß ich reden kann, was ich will, und wenn es den Leuten nicht gefällt, dann sagen sie, ich sei vom Alter schwachsinnig.«

Grübelnd starrte er aus dem in viele verschiedene

Blautöne gefärbten Mosaikfenster. »Weißt du, mein Junge, du bist jung. Ich wandle schon über achtzig Götterläufe auf Dere, und all diese Zeit habe ich in Havena verbracht. Damals, als ich ein Knabe war, noch kleiner und dümmer als du, da hat man die Priesterschaft hier in Albernia noch geehrt. Kein Schiff konnte auslaufen, ohne daß ein Priester es segnete, und selbst die Fischer unterließen es nie, vor der Fahrt in den Tempel zu kommen und zu beten. Jeder Kapitän, der eine Reise plante, suchte um die Wetterprophezeiungen der Alten nach, einerseits um nicht in den Sturm zu segeln, aber auch um die Launen Efferds zu kennen. Sicherlich spendeten jene, die um solche Dienste nachsuchten, dem Herrn der Gezeiten für seine Gnade. Doch damals gab es noch keine Gebühren für Schiffsegnungen, für Gedenkdienste der Ertrunkenen, für Wettergebete, für geweihtes Wasser…« Seufzend winkte der alte Mann abfällig. »Zu jenen Zeiten gab es den neuen Tempel noch nicht, und man mußte auch nicht darauf achten, daß die einfachen Fischer und Bootsbauer mit ihren dreckigen Stiefeln nicht den schönen neuen Marmor zerkratzten… Doch etwa zu jener Zeit, als ich die Weihe empfing, wurde Efferdlieb Flußsängerin Hohepriesterin. Sie begann, die Kirche unseres Gottes in die Politik der Stadt und des Landes einzubringen. Mehr und mehr Priester stammten aus den einflußreichen Familien und dem Adel, während Kinder wie du und ich, die nicht mal einen Namen hatten, an die Travia- und Perainetempel weitergegeben wurden. Prunk und Reichtum wuchsen, allerdings auch die Rivalität zur Praioskirche. Es gab auch alle paar Jahrzehnte wieder einige Zwerge, die einen Ingerimmtempel in der Stadt errichten wollten, doch Efferdlieb und ihr Nachfolger Efferdhilf vermochten immer, ihren gewachsenen Einfluß auf die Fürstinnen und Fürsten auszuüben, um diesen Frevel, wie sie sagten, zu verhindern.« Oisin verstummte traurig, das zerfurchte Gesicht grau und alt. »Das war auch die Zeit, zu der die Priester immer seltener von Efferd erhört wurden. Ich erinnere mich noch« – und da begannen Oisins Augen vor Freude zu leuchten – »an die alte Larinu, die einen riesigen Krakenmolch zähmte, der in das Hafenbecken geschwemmt worden war. Schließlich schwamm sie mit ihm hinaus aufs Meer, wo er keinen Schaden anrichten konnte. Der Arme hat sich hier sicherlich ebenso gefürchtet wie die Leute ihn!«

Schwester Raikes Stimme ertönte am Vorhang: »Vater Oisin? Ich habe Euch hier Euer Mittag bereitet.« Die junge Geweihte trat herein und lächelte Efferdwin an. »Ich habe mir erlaubt, auch unserem jungen Freund eine Portion mitzubringen. Leider ist es von gestern, denn heute gab es nichts Frisches. Mit Efferds Segen!« Sie stellte ein Tablett mit einigen kleinen Holzschüsseln auf den Tisch und schob ihn mit Efferdwins Hilfe näher zum Bett heran. Dann ging sie wieder, und die beiden Männer griffen zu den Früchten des Meeres. Feine Lachsstückchen gab es da, rosige Krabben und helle Muscheln, natürlich alles ungegart.

Efferdwin spürte plötzlich seinen Hunger und pulte sich eine Krabbe, um sie schließlich in die Kräutersoße zu tunken und zu verspeisen.

»Wollt Ihr nicht weitererzählen?« fragte er schließlich den Geweihten, der sorgfältig auf einem Stück Lachs herumkaute und seinen Gedanken nachzuhängen schien.

Aufschreckend murmelte der alte Mann: »Erzählen? Da gibt es nicht mehr viel zu erzählen. Du siehst, was heute daraus geworden ist – die Priester scheren sich nicht mehr um ihren Gott, und die Leute scheren sich nicht mehr um die Priester. Die meisten zumindest. Der Hohepriester kümmert sich nur noch um die Spendengelder und darum, was er sich davon kaufen kann. Das sind Zustände wie in Selem und Zhammorra, und die sind nicht ohne Grund von den Göttern gestraft worden...« Wieder schüttelte Oisin traurig den Kopf und starrte zu dem matten Mosaik hoch.

Auch Efferdwin blickte hoch zu den bunten Butzenglasscheiben, die in ihrer Gesamtheit einen Delphin bildeten. »Ihr seid wahrhaft weise, Meister Oisin«, sagte er leise. »Meint Ihr, man könnte den Zorn Efferds noch abwenden?« Überrascht über den ernsten Ton des Novizen, sah Oisin ihm in die Augen. »Du bist noch viel zu jung für solche Dinge«, raunzte er unfreundlich, doch besorgt. »Gib nicht soviel auf das Geschwätz eines alten Mannes...«

Doch Efferdwin schüttelte den Kopf. »Ich war draußen, direkt im Sturm. Wind und Wellen trugen mich vom Fluß aufs offene Meer hinaus. Fast wäre das Boot unter mir zerschellt, doch Efferd bewahrte es davor. Er sprach zu mir, daß es drei Warnungen gebe, bevor er dieses Land vernichten würde. Die vergammelnden Fische im Hafen war die erste, dessen bin ich mir gewiß. Ihr spürt selbst, daß Schreckliches heraufzieht! Ihr müßt doch wissen, ob wir etwas tun können!« Der Novize flehte den Alten förmlich an. Eine erstaunlich kräftige Hand griff ihn bei der Schulter, und Oisin sah ihm direkt ins Angesicht. »Er hat zu dir gesprochen?« Efferdwin nickte zaghaft, zweifelnd, ob man ihm diesmal glauben würde.

»Wie sah er aus?« hauchte der Alte entzückt, vor Bewegtheit zitternd.

»Sein Antlitz war das der Statue im Heiligtum, und doch wieder nicht. Seine Augen blickten machtvoll, und seine Präsenz wirkte so gewaltig, daß ein Stück Stein das niemals ausdrücken könnte. Wißt Ihr – die Annalen stellen Efferd bisweilen als rücksichtslos und kindhaft naiv dar, wenn es darum geht, seine Launen auszuleben, die gleichzeitig Menschenleben kosten. Aber ich glaube, daß das gar nicht zutrifft. Sicher ist er launenhaft, aber gleichzeitig sehr barmherzig und gütig. Er warnt uns doch! Und vielleicht wurde schon vor Jahrzehnten bereits eine Warnung ausgesprochen, wer weiß das schon? Und wenn Ihr sagt, daß die Geweihten ihm nicht mehr so nahe sind, dann mag das auch bereits ein Zeichen von ihm sein! Hier hört einem ja keiner zu…«, schloß er verzweifelt. »Der Hohepriester hat mir nicht geglaubt, Vater Oisin.«

Buschige Augenbrauen ruckten empor, während die faltigen Mundwinkel herabrutschten. »Das sieht ihm ähnlich, diesem Jungspund, Phexensknecht, Tunichtgut! Wenn ich den in die Finger kriege…« Vater Oisin mühte sich auf die Füße, griff seinen knorrigen Stock und humpelte langsam aus dem Raum, stützte sich dabei auf den Stock und fluchte vor sich hin. »Was habt Ihr vor, Vater Oisin, wohin geht Ihr?«

»Diesem Lümmel den Hintern versohlen, was schon lange einmal jemand hätte tun sollen!«

Vor ihm zog jemand den Vorhang auf und blickte herein. »Vater Oisin, ich habe hier ein Schreiben des Hohenpriesters…« Branwen stand in dem Durchgang und hielt dem alten Priester das Dokument hin. Sie schielte an ihm vorbei zu Efferdwin und steckte ihm die Zunge heraus. Dann war nun also sie die Lieblingsschülerin des Hohenpriesters, seufzte Efferdwin innerlich. Ihn ärgerte nicht, daß er des Postens verlustig gegangen war, sondern mehr, daß es eine Zeit gegeben hatte, zu der er so stolz darauf gewesen war.

»Ja, und den stopfe ich ihm dabei in sein vorlautes Maul!« grollte Oisin bedrohlich, schnappte ihr das Pergament aus der Hand und setzte seinen Weg durch den Tempel fort. »Was glaubt der eigentlich, wer er ist?«

Schnell sprang Efferdwin auf und ergriff den Arm des Mannes. »So regt Euch doch nicht so auf! Meint Ihr denn, er wird auf Euch hören? Ihr sagtet doch selbst, daß…«

»Verblendeter, begriffsstutziger, nichtsahnender Wurm!« grollte Vater Oisin und ging an den betroffenen Gläubigen vorbei, die sich in der Bethalle angesammelt hatten. Und gefolgt von den beiden Novizen, der eine auf den alten Mann einredend, die andere verblüfft hinterhereilend, bahnten sie sich ihren Weg zum Neuen Tempel.

*Kapitel 10*

# Ymra

Sausend fuhr der Schmiedehammer auf den Stahl nieder, den eine Zange rotglühend auf dem Amboß hielt. Während seine Lippen unablässig den Weltenschöpfer priesen, dessen Werk er hier, wie jeder Schmied tagein, tagaus in seiner Werkstatt, im Kleinen wiederholte, gaben Ingramoschs Hände dem Metall Gestalt. Immer wieder faltete er den Stahl, trug ihn zurück in die lodernden Flammen, die gierig am Metall entlangzüngelten und es wieder zum Glühen brachten. Die kleinen flinken Augen des Hochgeweihten folgten jedem Auflodern, jedem Flackern der Flammen, suchten in dem rätselhaften Wirrwarr von Gold, Rot und Schwarz Zeichen des Herrn. Errax pumpte unermüdlich am großen Blasebalg, den sie in die gemietete Schmiede geschafft hatten, nachdem sie sie vorläufig dem Herrn des Feuers geweiht hatten. Wie lange sie gebraucht hatten, um in dieser verfluchten Stadt eine Schmiede zu finden, deren Werkbänke nicht viel zu groß und völlig ungeeignet waren! In einer Nische hinter dem Amboß hatte die kleine Statue des Angrosch ihren Platz gefunden; sie sollte ihnen hier als Heiligtum dienen, bis ein endgültiges, angemesseneres Bildnis für den Tempel angefertigt werden konnte. Die geweihte Figur zeigte den zwergenleibigen Angrosch mit einer Flamme in der Linken und dem Hammer in der Rechten.

Ingramosch, der Sohn des Irgabrosch, hob das glühende Stück Stahl wieder aus den Flammen und legte es auf den Amboß, um es erneut auszuschlagen – zu schmieden, solange das Eisen noch heiß war, wie das Sprichwort so sagte. Schweiß stand dem Geweihten auf der Stirn und lief ihm am ganzen Körper herab, als der Hammer wieder und wieder kraftvoll herniederfuhr.

Was für ein Stück er heute schmiedete, überließ Ingramosch ganz dem Herrn über Feuer und Erz. Mit dem vollen Klang des Hammers auf dem Amboß schuf der Zwerg einen Rhythmus, zu dem er seine eintönigen Hymnen im alten Rogolan brummelte, hoffend, daß ihn durch Anstrengung und heilige Gesänge eine Vision des Gottes erreichen würde. Die Muskeln seines Schmiedearmes zuckten, näherten sich der Grenze des für sie Erträglichen und gingen darüber hinaus, vom Verstand gezwungen, in ewigem Gleichtakt zu arbeiten. Die Hitze der lodernden Flammen nagte an Ingramoschs ledriger Haut; ein Schmerz, den er willkommen hieß.

Als sich der Zwergenpriester wieder zum Feuer wandte, um das Stück Stahl erneut aufzuglühen, züngelten die Flammen wild empor und schossen ihm entgegen. Grelles Licht und unerträgliche Hitze blendeten seine Augen und stachen ihm mit einem ziehenden Schmerz ins Hirn. Der Arm mit dem Hammer, den er zum Schutz emporriß, kam zu spät. Mit einem schrecklichen Schrei brachte Ingramosch den Stahl zurück auf den Amboß und hämmerte wie besessen auf ihn ein, blind, doch er spürte das Metall unter dem Hammer. Immer langsamer fühlten sich seine Bewegungen an, immer weiter schien er auszuholen, immer kraftvoller fuhr sein geweihter Hammer auf den Stahl nieder.

Vor Ingramoschs innerem Auge tanzten Flammen, verbrannten ihm Hirn und Verstand und füllten ihn, von den Augen durch den ganzen Körper schießend, gänzlich aus. Der singende Klang von Stahl auf Stahl, das Fauchen des Blasebalgs, das Rauschen der Flammen verschmolzen zu einem Inferno aus Schmerz und Empfindung, trugen ihn empor wie die drängenden Flammen ein Ascheteilchen, bis das Rot des Feuers in ihm vom Schwarz der Umnachtung abgelöst wurde. Dies würde sein Meisterstück werden, brummte es irgendwo in Ingramosch zufrieden. Der Gott war mit ihm.

»Väterchen Ingramosch? Väterchen, so ist es gut, Ihr müßt Euch schonen!« vernahm Ingramosch eine Stimme, dann, gedämpfter: »Das wurde aber auch Zeit, daß er aufwacht, schon Stunden liegt er so!«

Als der Hohepriester nun langsam die Augen öffnete, schob sich ein dunkler Schemen in sein Gesichtsfeld, der weder Farben noch Konturen aufwies. Mühsam versuchte er, mehr zu erkennen, doch wollten seine Augen ihm nicht so recht gehorchen, so sehr er sich auch mühte.

»Was...«, murmelte der Verletzte nun mit rauher, brüchiger Stimme. »Augenblick, Väterchen.« Eine Hand hob seinen Kopf an, eine andere setzte ihm den Holzrand eines Kruges an die Lippen und flößte ihm, Schluck für Schluck, Bier ein. Der Hohepriester trank gierig und schloß wieder die Augen, die ihm im Moment sowieso nicht von großem Nutzen waren. »Was...«, begann er wieder, doch Errax, Sohn des Ergasch, unterbrach ihn flink. »Ah, Ihr möchtet wissen, was passiert ist? Nun, Ihr wart gerade so tief ins Schmieden versunken, als eine riesige Flamme aus dem Feuer emporwuchs und Euch einhüllte. Ich dachte, es wäre vorbei mit Euch, und ließ den Blasebalg fahren, doch das Feuer hielt nicht inne. Fast schien es mir, als hätte es Gestalt, doch ich mag mich auch irren. Ihr zumindest schlugt noch einige Male auf den Amboß, schrecktet zurück und fielt rückwärtig darnieder wie tot, Bart und Brauen völlig versengt. Ich rief die Heilerin, und die machte Euch nasse Umschläge und trug Salben auf, meinte aber, daß sie nicht wüßte, ob Eure Augen wieder heilen würden, und Ihr solltet nicht so nahe ans Feuer gehen…« Der jüngere Zwerg brummte teils vergnügt, teils entrüstet über diesen Vorschlag.

Verzweifelt setzte der Hohepriester erneut zum Sprechen an, denn er hatte nicht die Kraft, seine Stimme gegen die des jüngeren Zwerges durchzusetzen. »Was… habe ich… vollbracht…?« Wort für Wort drang mühsam über seine Lippen.

Schweigen antwortete seiner Frage, dann raschelnde Bewegung und stampfende Schritte. Im Geiste sah Ingramosch bereits eine stählerne Flamme von erlesener Echtheit, oder vielleicht Hammer und Amboß für das Tor zum Tempel… Eine Klinge, um den Kampf gegen die Efferddiener aufzunehmen? Ein Schild mit Angroschs Emblem, das über dem Altar hängen konnte…?

Als sich die Fußtritte wieder näherten, rückte sich Holz auf Holz, eine schwielige Zwergenhand ergriff die seine. Das Metall war noch warm. Seine Augen nahmen nur einen dunklen Fleck vor hellem Licht wahr, und so huschten seine Finger tastend über das kantige Eisen. Halbwegs rund und verdreht wie ein Schneckenhaus, mit spitzen Sporen und Kanten, konnte sich Ingramosch nun wahrlich nicht vorstellen, was er da in Händen hielt.

»Was ist es…?« fragte er begierig. Es mußte ein sehr kompliziertes Artefakt geworden sein, wenn er es nicht einordnen konnte, fast fühlte es sich an wie die Kugel eines Morgensterns… Errax räusperte sich unbehaglich, dann meinte er leise: »Ein Klumpen Stahl, Väterchen. Nichts als ein Klumpen Stahl.«

Der Brand im Gildenhaus zeigte Wirkung: Der Fürst wollte von dem Ingerimmtempel in Havena zunächst einmal nichts mehr wissen. Zwar lehnte er den Bau auch nicht ausdrücklich ab, doch immerhin stimmte er ihm auch nicht zu, so daß der Fall allmählich in Vergessenheit geriet.

Efferdwin hatte inzwischen mehr über die Hintergründe all der Geschehnisse erfahren, nachdem ihn Efferdhilf der Blaue aus dem Neuen Tempel geworfen hatte. Was für ein schreckliches Geschrei die beiden älteren Geweihten bei der Konfrontation vollführt hatten! Branwen und er hatten draußen vor der Tür warten müssen und nicht jedes Wort verstanden. Vater Oisin hatte dem Hohenpriester vorgeworfen, seine Augen vor Efferd zu verschließen, nur seinen eigenen Visionen zu glauben und nicht denen anderer, dabei empfange Efferdhilf doch gar keine göttlichen Bilder mehr, da ihn Efferd ohnehin längst verstoßen hätte.

Harsche Worte, bei denen die junge Branwen kugelrunde große Augen machte. Der Hohepriester warf Oisin lautstark Sakrileg, Frevel und Ungehorsam in einem vor, beschuldigte ihn, schon immer ein Querulant bester Güteklasse gewesen zu sein, der nur darauf warte, daß sich eine Gelegenheit böte, ihm, Efferdhilf, völlig ungerechtfertigt Unfähigkeit vorwerfen zu können.

Noch während der schäumende Oisin dem Hohenpriester kreischend all die Vergehen der letzten dreißig, ach, siebzig Jahre vorgehalten hatte, so daß der Novize schon befürchtete, der Alte würde jeden Augenblick vom Schlagfluß dahingerafft, wußte Efferdwin, daß ihr Weg falsch gewesen war. Sie hätten nicht herkommen und all die Vorwürfe über Hochwürden Efferdhilfs Haupt entladen dürfen. Selbstverständlich drängte das den Hohenpriester nur noch mehr in seine Position hinein, die er sowieso nicht aufgegeben hätte. So wie Efferds steter Tropfen den Stein auf die Dauer auch höhlt, hätten sie sich in Geduld üben müssen, um ihr Anliegen Efferdhilf zu einem späteren Zeitpunkt noch einmal vorzutragen, mit Sinn und Verstand, nicht mit Schreien und Anschuldigungen.

Als Oisin geschrien hatte, daß Efferdwin Efferds Antlitz gesehen habe und der Hohepriester das einfach mißachte und als Träumerei abtue, da hatte sich Branwen, die während des Wortduells hinter der verschlossenen Tür sehr still geworden war, neben den Novizen auf den Boden gesetzt, wo er inzwischen seine Beine umschlungen hielt und den Kopf auf die Knie gesenkt hatte, und mit leisem Stimmchen gefragt: »Du hast Efferds Antlitz gesehen?« Er hatte erstaunt aufgesehen, denn so nahe und vertraulich hatte er sie noch nie erlebt. Doch als er genickt hatte, da war sie zu seinem Entsetzen in Tränen ausgebrochen und hatte zitternd gefragt: »Wie sieht er denn aus?«

Wieder versuchte Efferdwin das Unmögliche, das Unbeschreibliche zu beschreiben. Schließlich endete er mit den Worten: »Sein Gesicht war nicht das jungenhafte der Springbrunnenstatue, auch nicht das eitle im Neuen Tempel. Es war der strafende Efferd aus dem Alten Tempel mit so viel Macht dahinter, daß man jeden Wassertropfen der Welt erzittern spürte.« So albern, wie ihm dann diese Darlegung vorkam, Branwen schien sie erstaunlicherweise verstanden zu haben.

»Ich wünschte, ich könnte ihn ebenfalls sehen…«, schluchzte sie, nicht in kindlichem Verlangen, sondern dem einer Priesterin, die sich nach ihrem Gott sehnt. Efferdwin hatte dann die wenige Jahre jüngere Novizin in den Arm genommen und mit den Worten getröstet: »Aber das wirst du noch! Er ist groß und schrecklich, und doch sanft und schön. Nicht vor ihm mußt du dich fürchten, sondern vor denen, die ihn erzürnen. Mein Leben lag in seiner Hand, und ich werde mich vor ihm nie mehr fürchten.« »Ist er nicht grausam? Es muß für dich schrecklich gewesen sein, so allein auf dem Meer in dieser Nußschale…« Verlegen hatte sie sich wieder aufgerichtet und sich die Tränen aus den Augen gewischt. Darauf hatte Efferdwin nur lächelnd antworten können: »Aber ich war doch nicht allein!« Da hatte Branwen ganz merkwürdig zu ihm hergesehen und gemeint, daß er schon rede wie ein Geweihter. Dabei war ihre kühle Hand in die seine geschlüpft und hatte sie fest gedrückt, während sie sich mit der anderen das weißblonde Haar aus dem Gesicht strich.

Dieser denkwürdige Tag mit den verkommenen Fischen, dem Zank zwischen den Priestern und Branwens freundlichen Worten lag nun bereits Wochen zurück. Tatsächlich war es schlimmer gekommen, als Efferdwin geahnt hatte: Zwar hatte man ihn nicht aus der Kirche, doch zumindest aus dem Neuen Tempel geworfen, so daß er nun mit Oisin und Raike im Alten Tempel wohnte und dort seine Pflichten lernte. Da Branwen nun sein Amt als Leibnovizin des Hohenpriesters versah, mußte sie auch bisweilen Botendienste tun, die sie immer wieder am Alten Tempel vorbeiführten. Als sie Efferdwin dabei auch einmal einen kleinen Zettel zusteckte, las der ihn erstaunt:

*E. schickt häufig Schreiben zum Fürsten. Tobt fast immer bei schlechten Rückantworten, meist jedoch kehre ich mit leeren Händen zurück, was ihn noch mehr aufregt. Folgendes steckte mir im Palast eine verhüllte Dame zu, adressiert an Dich.*

*Gruß, B.*
*PS: Bitte vernichte diesen Brief!*

Das Stück Papier, das in Branwens Pergament eingeschlagen war, stammte augenscheinlich aus offiziellen Mappen des Fürstenhofes, denn es war gesiegelt von einem Hofschreiber.

*Antrag auf Bau eines Tempels des Ingerimm in Havena*

*Am heutigen Tage, dem 7. Phex des Jahres 1 der Albernischen Unabhängigkeit, lege ich, Thuradir, zweiter Schreiber seiner durchlauchtigsten Majestät, des Fürsten Toras Bennain, nieder und zu Papier, daß Hochwürden Ingramosch, Sohn des Irgabrosch, und Seine Gnaden Errax, Sohn des Ergasch, beides Priester des Ingerimm, um die Genehmigung nachsuchen, ihrem Gott einen Tempel in unserer schönen Stadt Havena errichten zu dürfen.*

*Kosten entstehen, laut Ingramosch, Sohn des Irgabrosch, für die fürstliche Kasse keine. Hochwürden Ardan, Hochgeweihter des Praios, befürwortet den Antrag der Zwerge.*

*Entscheid des Fürsten wird erwartet.*

*Thuradir, zweiter Schreiber*
*am Hofe Toras Bennains.*

Efferdwin drehte und wendete die beiden Blätter hilflos. Daß Branwen ihm nun half, erfüllte ihn mit Freude, denn in der vergangenen Zeit hatte er festgestellt, daß sie eigentlich ganz nett sein konnte, wenn sie wollte. Doch wer am Fürstenhof besaß ein Interesse daran, ihm Informationen zuzuspielen? Wer am Hof wußte *überhaupt* von ihm?

Nun, zumindest paßte alles zusammen. Warum Efferdhilf der Blaue – durch ihn! – den Brand initiiert und gleichzeitig die Efferdwache hatte alarmieren lassen, und warum er dann am nächsten Tag diese feurige Rede gegen den Ingerimmkult gehalten hatte. Zudem befehdete sich der Hohepriester schon lange mit dem des Praios, Ardan, ein Grund mehr für Efferdhilf, nicht klein beizugeben.

Stirnrunzelnd betrachtete der Novize das Stück Papier erneut und grübelte. Wenn ihm jemand dies in die Hände spielte, dann vermutete dieser jemand sicherlich auch, daß er in einer bestimmten Art und Weise darauf reagieren würde. Sonst hätte man es ihm nicht geschickt. Schulterzuckend verwarf er den Gedanken. Er konnte nicht wissen, wer diese Frau war und was sie damit bezweckte. Er ließ sich ungern zum Werkzeug höfischer Politik machen, doch würde er tun, was ihm sein Gewissen vorschrieb, gleichgültig, ob das dem Willen jener unbekannten Dame entsprach oder nicht.

Doch *was* sollte er tun? Er glaubte nicht, daß ihm jemand mehr Glauben schenken würde als dem Hohenpriester Efferdhilf, der ihm nach dem Streit mit Oisin zudem noch verboten hatte, seine ›Lügen‹ zu verbreiten. Mit Sicherheit flöge er dann aus der Kirche, darüber gab sich Efferdwin keinen Illusionen hin. Doch von der Weihe ausgeschlossen zu werden, beinhaltete die einzig wirksame Drohung, die man gegen ihn ins Feld führen konnte. Das zu verlieren, konnte er nicht aufs Spiel setzen, ebenso wie Vater Oisin zwar sein Leben lang protestiert hatte, aber nie den Kirchenausschluß riskiert hatte.

Möglich war natürlich auch, daß Efferdwin sich tatsächlich geirrt oder Efferd seinen Plan längst geändert hatte, denn seit dem Fischverderben im frühen Phex hatte es keine weiteren Warnungen gegeben, und das war nun schon fast einen Mond her. Nun, Anfang Peraine, standen die Feierlichkeiten des Saatfestes bevor, bei denen auch die Efferdpriester eine große Rolle spielten, um den sanften Frühlingsregen zu erbitten. Vielleicht würde sich dann zeigen, ob alles vergebens war.

Seit Rigannas Vision waren Wochen vergangen, ohne daß sie ein weiteres Zeichen der Göttin erhalten hätte. Jede Nacht tanzte sie vor der Statue, mal vor Gläubigen, mal vor ihren Mitgeweihten, mal allein. Stets fühlte sie eine so tiefe Verbundenheit zur Göttin wie selten zuvor in ihrem Leben, und das allein beglückte sie schon. Gleichzeitig empfand sie auch tiefe Bedrükkung, denn die Göttin hatte geweint.

Ohne die Perle um ihren Hals wäre Riganna längst davon überzeugt, daß sie nur geträumt hatte. Dieses Kleinod erinnerte sie in ihren Zweifeln immer wieder an die Tränen der Göttin und erweckte die Frage nach dem Grund dieser Trauer. Doch was wußte sie schon über die Gefühle Rahjas?

Sie kämmte die Strähne ihres Haars sorgfältig zu Ende und begann mit der nächsten, bis ihre wilden roten Locken schließlich glänzten.

Nachdenklich blickte sie in den Kristallspiegel auf das Gesicht, das ihr dort entgegensah. Schön, ernst, sinnlich. Sie wußte um ihre Vorzüge, denn die Schöne Göttin berief nur die schönsten Männer und Frauen in ihre Dienste. Vorsichtig tauchte sie die Fellquaste in das Schälchen mit dem Wangenrot und tupfte es sich auf die Haut. Als sie zufrieden war, griff sie zu dem Pinsel und öffnete das Tiegelchen mit dem Lippenrot, das ebenso wie das Wangenrot eigentlich mehr ein violettstichiges Rosa war. Strich für Strich malte sie sich die Lippen aus und setzte dann noch ein paar Akzente mit der Farbe auf die oberen Augenlider. Da ihr der schwarze Kohlestift nicht stand, mit dem die Tulamiden sich üblicherweise die Augen umrahmten, hatte sie den Apothekarius Bhuair gebeten, ihr einen Kreidestift in Moosgrün herzustellen, der Farbe ihrer Augen, der Dank eines Öles, das er hineinmischte, auch recht gut hielt. Nachdem sie sich die Farbe auf die oberen und unteren Augenränder aufgetragen hatte, glühten ihre Augen in jenem mystischen Grün, von dem sie wußte, daß es die Besucher des Tempels besonders verzauberte. Obschon man mit dem Wort ›verzaubern‹ natürlich vorsichtig sein mußte, dachte sie dann nüchterner, denn es wäre nicht das erste Mal, daß man sie ob ihrer roten Haare und grünen Augen als Hexe verschrie.

Zauberei war in Havena nicht wohlgelitten, sogar verboten, und noch immer wurzelte die Furcht der Städter vor Schwarzmagie tief, die der Krieg der Magier hier in Havena erweckt hatte. Auf dem Lande kannte man die Hexen und Druiden.

Besonders von den Hexen wußte Riganna, daß sie eine Leidenschaft in sich hegten, die der Rahjas gar nicht so fremd war. Ihre Mutter hatte sie erzogen, um ihr ihre Zauberkräfte weiterzugeben. Doch als Riganna älter wurde und sich die Gabe bei ihr bis zu ihrem zehnten Lebensjahr noch immer nicht gezeigt hatte, da wußte die Mutter, daß ihre Tochter kein Kind Satuarias war. Natürlich hatte das kleine Mädchen die Enttäuschung ihrer Mutter gespürt, vor allem da es nicht nach Art der Hexen war, Wut und Trauer, Freude und Liebe zu zügeln. Auf ihre Weise hatte auch die Mutter Rahja gedient, nicht als Geweihte, sondern als Frau.

Diese Frau in ihrer Mutter war es auch gewesen, die ihr Kind damals versteckte, als der Priester des Praios sie und ihre Hexenkräfte in Havena entdeckt hatte, und die diesem Priester die schrecklichsten Flüche entgegenschrie, derer sie kundig war. Man hatte sie verbrannt. Riganna stand auf und schloß das Fenster, denn der Essensduft, der in den Tempel zog, erinnerte sie gar zu sehr an das kohlende Fleisch. Seit damals haßte sie gegartes Fleisch und den Geruch davon, doch das hielt die anderen Geweihten und Bediensteten natürlich nicht davon ab, es zuzubereiten und zu essen. Unten auf dem Hof sah sie, wie die Dienerschaft hinüber zum Speisesaal ging, es war also schon Essenszeit.

Langsam trat sie zurück vor den Spiegel und betrachtete ihren nackten Körper. Wenn sie schon nicht die Gabe der Hexen besaß, so stammte ihr Aussehen doch sehr wohl von den Töchtern Satuarias. Ihr Körper war groß und schlank und alles in allem atemberaubend. Sanft strich sie sich über die geschmeidigen und festen Brüste hinab zum Bauch und auf die wohlgeformten Oberschenkel. Der Duft des Bades und des Rosenöles würde noch einige Stunden an ihrer Haut haften, denn den Rahjapriestern war ihr heiliges Bad sicherlich ebenso wichtig wie den Efferdgeweihten das ihre.

Gewandt und verführerisch bog sie die Hände wie zum tulamidischen Schellentanz empor, drehte und wand sie wie Schlangenleiber. Das Tanzen hatte sie auch in den Rahjatempel gebracht.

Kaum älter als elf und mit soeben erblühender Weiblichkeit hatte sie auf den Märkten ihre Tanzkünste vorgeführt, um sich den einen oder anderen Kreuzer für ein Stück Brot zu verdienen. Eines der wenigen Erbstücke ihrer Mutter waren die tulamidischen Zimbeln gewesen, die kleinen Fingerschellen, die sie einmal gegen Heilkräuter eingetauscht hatte.

Zum Klang der Zimbeln und des Schellenkranzes am Fußgelenk hatte sie vor den Städtern getanzt, keine ordentlichen Tänze, sondern wilde, ausgelassene Hexentänze, die sie in Nächten der vollen Mada mit ihrer Mutter nackt auf der Wiese getanzt hatte und die den Havenern gut gefallen hatten. Ihr Gezappel schenkte ihr die Aufmerksamkeit der damaligen Hohegeweihten Rahjade, die das dreckige Straßenkind erst einmal in ein Bad gesteckt hatte – das erste warme Bad ihres Lebens.

Als die kühle Seide über Rigannas Haut glitt, stellten sich ihre Brustwarzen in wohligem Schauder auf. Der Stich der Erregung, der ihr dabei in den Schoß fuhr, erinnerte sie so deutlich an den ersten Kuß der Göttin, als sei es nicht fünfzehn Götterläufe, sondern fünfzehn Herzschläge her. Frisch gebadet und gepflegt, wie es für sie heute täglich üblich war, hatte Rahjade sie nackt in die Halle vor die Statue der Göttin geführt und gebeten, für die Schöne zu tanzen.

Noch heute, wenn sie sich der Göttin darbot und den kalten Marmor unter den bloßen Füßen spürte, dachte sie zurück an die Nacht ihrer Erleuchtung, in der sie zum Klang ihrer Schellen immer mehr der Leidenschaft verfallen war, die aus der Einheit ihres Körpers mit Rahjas Hauch herrührte, der sie eingehüllt hatte wie ein Seidengewand, gewärmt wie ein Pelzmantel und seitdem nie wieder von ihr abgefallen war, bis zum heutigen Tag.

Dieses Prickeln unter der Haut, als der Geist der Göttin in sie eingedrungen war, die unendliche Leichtigkeit, das Gefühl, daß die Zeit mit einemmal zum Stillstand gekommen sei, und die Erregung, die jede einzelne Biegung ihres schlanken Leibes hervorgerufen hatte… Heute wie damals küßte sie die Göttin, wenn sie tanzte, doch dieses eine, erste Mal war ihr tief in Erinnerung geblieben.

Nun hatte sie es zu ihrer heiligen Pflicht gemacht, die Ekstase Rahjas an die Menschen weiterzugeben, sei es durch Tanz, Gesang oder die Vereinigung ihrer Körper. Und täglich dankte sie der Göttin dafür, daß sie diesen Weg hatte beschreiten dürfen, anstatt eine billige Hafenhure zu werden, ein Schicksal, das sie damals ohne den Segen Rahjas ganz sicher über kurz oder lang ereilt hätte.

Aber nun genug der Träumerei! befahl sich die Geweihte munter und legte schnell noch das goldene Ohrgeschmeide und den Oberarmreif mit den ziselierten Weinblättern an, schlüpfte in die goldenen Sandaletten und zupfte das kurze und fast gänzlich durchsichtige Seidengewand zurecht, das ihren Körper umschmeichelte. Zum Schluß folgte das Goldkettchen mit der tränenförmigen Perle daran, die nun schlicht zwischen den Brüsten hing und matt im Mittagslicht schimmerte.

Federnden Schrittes stieg sie die Treppe hinab ins Erdgeschoß, wo Niando bereits eigenhändig die duftenden Rosenkerzen entzündete und einen großen Kelch Tharf vor dem hölzernen Standbild der Rahja niedersetzte. Als Riganna sich näherte, richtete er sich jedoch auf und begrüßte sie mit einem innigen Kuß. »Geliebte«, sprach er freundlich, was sie mit »Geliebter« erwiderte und ihm eine dunkle Strähne aus der Stirn wischte.

»Du hast gestern wundervoll getanzt.« In seiner Stimme klang ehrfürchtige Bewunderung mit. Sie nickte. »Die Göttin war in mir.«

Munter lachte er. »Das ist sie seit deiner Vision ständig, nicht wahr? Man sieht es.« Wieder nickte sie freundlich. Es hatte ihr sehr geholfen, sich mit den anderen Geweihten über das Erlebte zu besprechen, so daß sie alle inzwischen gemeinsam auf die Offenbarung der Göttin warteten, zu welchem Dienst sie Riganna erwählt hatte. »Sie ist in uns allen, Geliebter«, lächelte sie und zwinkerte ihm verführerisch zu. »Aber in dir am meisten, so scheint es mir zumindest«, erwiderte er schlagkräftig und kein bißchen neidisch. Sie lachten herzlich.

»Verzeih, ich wollte noch in die Stadt gehen. Auf dem Jahrmarkt ist ein Stoffhändler eingetroffen, der golddurchwirkte Seide haben soll. Ich dachte, das wäre schön für einige neue Gewänder.« Mit einem weiteren zarten Kuß verabschiedete Niando sie und meinte: »Geh nur, und laß dir Zeit. Derzeit kommen sowieso nicht so viele Gläubige zu den Zeremonien. Muß wohl am Saatfest liegen.«

»Sicher, die Feiertage. Man weiß ja schon, wann im Jahreslauf die Gläubigen in unser Haus strömen. So besuchen von Praios bis Travia weniger Menschen unseren Tempel als sonst. Im Praios haben sie ein schlechtes Gewissen, sich jeglicher Ekstase hinzugeben, im Rondra beten sie inbrünstig, im Efferd gehen sie zu den vielen Zeremonien des Meeresgottes, und im Travia kümmern sie sich um ihre Gatten. Als wäre etwas dabei!« Lachend schritt sie zum Ausgang und winkte Niando zu, der ihr noch ein scherzhaft-besorgtes »Sei vorsichtig!« hinterherrief.

Draußen stand bereits die rote Karosse bereit, die bei diesem Wetter bereits offen gefahren wurde – einige wärmende Strahlen sandte Praios Auge ja schon im Perainemond herab. Der Kutscher spornte die vier weißen Stuten an und ließ sie munter die gepflasterte Straße hinuntertraben, fort vom Tempel im edlen Viertel im Nordwesten Havenas. Die Kutschpferde des Rahjatempels stammten aus den gleichen Gestüten wie seine heiligen Stuten, verfügten nur vielleicht nicht über den makellosen Bau und das leidenschaftliche Gemüt, das eine Rahjastute besitzen mußte. Hengste in einem Gespann zu fahren war allerdings fast unmöglich, und die Beschneidung von Hengsten galt in der Kirche der Leidenschaft als eines der größten Sakrilege, die man an den Tieren begehen konnte. So dienten eben die schönen, aber nicht perfekten Stuten aus Rahjas Herde im Gespann, die zudem ein ruhigeres Gemüt besaßen als die heiligen Stuten.

Goldene Strahlen der Mittagssonne wärmten Riganna die Haut, während ab und an ein sanfter Windhauch ihr Haar oder Gewand bewegte. Wo der Kutscher Myan die Stuten auch hinlenkte, überall genoß die Geweihte den Vortritt und die ungeteilte Aufmerksamkeit der Passanten. Lächelnd begrüßte sie hin und wieder ein bekanntes Gesicht mit einem Nicken, zollte ehrfürchtigen Verbeugungen mit einem sanften »Rahja zum Gruße, ehrwürdige Frau« Dank und ließ sich schließlich am Markt von Myan aus dem Wagen helfen.

Fachmännisch begutachtete sie den kostbaren Stoff, den der südländische Händler feilbot – rote alanfanische Seide mit eingewirkten Goldfäden von vollendeter Machart –, und schenkte dem Mann ein Lächeln, als er zu ihr herübersah. Sofort ließ er seine Kunden stehen und eilte zu ihr. »Euer Gnaden, welch Ehre, eine Geweihte der Schönen Göttin an meinem bescheidenen Verkaufstisch zu sehen! Rinayo Alpanaz steht Euch voll und ganz zur Verfügung. Seid versichert, daß alles, was Ihr hier an meinem Stand seht, Eure Ansprüche gewiß mehr als ausreichend erfüllt.« Er legte eine kleine Pause ein und warf einen Blick auf den Stoff, über den Rigannas wohlgepflegte Hand strich. »Ich sehe, Euer Auge fällt mit Wohlgefallen auf meine Ware?«

»Das tut es«, antwortete die Geweihte mit melodischer Stimme, bei deren Klang sie Rinayos Herz förmlich dahinschmelzen sah. Wohl nicht nur aus reiner Ehrfurcht heiser, erwiderte der Händler ergriffen: »Das ist mir eine große Ehre«, und schluckte dabei schwer. Dem Verkauf seiner Waren tat ihr Interesse an den Stoffen ausgesprochen gut, denn inzwischen hatte sich die Aufmerksamkeit der Marktgänger der Geweihten an Alpanaz' Stand zugewandt, was sicherlich dafür sorgen würde, daß er bis heute abend den letzten Stoffetzen los wäre.

»Wie viele Spann habt ihr von diesem Gewirk, Meister Alpanaz?« Riganna betrachtete den glänzenden Stoff vertäumt und stellte sich eine zarte Robe daraus vor...

»Fünfundvierzig leider nur, Euer Gnaden, hätte ich gewußt, daß es Eurem Auge so wohl gefällt...« Doch mit einem Zwinkern unterbrach ihn Riganna neckisch: »Aber Meister Alpanaz, fünfundvierzig sind mehr als genug für *zehn* Roben, dafür braucht man doch nicht viel Stoff!« Damit deutete sie zu ihrem knappen, durchsichtigen Gewand und schmunzelte. Während der Händler ihrem Blick folgte und dabei unweigerlich errötete, fuhr sie fort: »Ich nehme die fünfundvierzig Spann. Was sollen sie kosten?«

»Hu... Hundert, Euer Gnaden«, meinte der Südländer und riß den Blick von dem durch ihr Gewand schimmernden dunklen Dreieck ihres Schoßes los. »Hundert Dukaten? Das ist ein großzügiges Angebot, Meister Alpanaz. Mein Kutscher wird Euch die Summe überlassen – wenn Ihr Euren Gehilfen bitten wollt, ihm beim Einladen zu helfen?« Mit einem köstlichen Augenaufschlag dankte sie Rinayo Alpanaz und bot ihm die zarte Hand, die er hingebungsvoll küßte.

An einem der weiteren Stände erstand Riganna noch einen goldenen Fächer mit den Motiven der Göttin darauf – Weintrauben und -blätter – und ließ sich schließlich von Myan noch ein wenig durch die Straßen fahren. Die Luft hing inzwischen warm zwischen den Häusern, so daß die Geweihte für den Fächer dankbar war. Gemütlich klapperten die beschlagenen Hufe der Stuten auf dem Pflaster und sandten Rigannas Gedanken auf Wanderschaft.

Dann ging alles sehr schnell. Riganna sah eine Gestalt auf die Straße vor das Gespann laufen, das daraufhin erschreckt ausbrach. Das Gefährt wackelte und ruckte, so daß ihr der neue Fächer aus der Hand fiel, kam dann jedoch schnell zum Stehen. Die Gegend, in der sie sich befanden, wirkte ärmlich und verfallen. Myan hatte sie also am Fluß entlang durch die Neustadt gefahren, was er bisweilen tat, doch üblicherweise brachte man ihr die Ehrerbietung entgegen, die einer Geweihten anstand.

Die Gestalten, die sich nun zu den beiden am Zaum der Pferde gesellten, wirkten allerdings keineswegs freundlich. Riganna setzte sich auf dem Polster wieder zurecht und musterte die Männer und Frauen, die allesamt abgerissen und dreckig und teilweise mit Bögen und Säbeln bewaffnet waren. Der Anführer – ein kräftiger Seemann mit kurzem Haar und einer Seeschlangentätowierung auf dem linken Oberarm – trat hervor und musterte ihren kaum verhüllten Körper gierig. Auf den Gesichtern der anderen Gauner allerdings erkannte Riganna beruhigenderweise Zweifel an der Richtigkeit ihres Tuns – immerhin überfielen sie hier gerade eine zwölfgöttliche Geweihte! Sie mußte nur die Zweifel schüren und den Bullen dort vorn bloßstellen.

»Gold oder Leben, Euer Gnaden!« brummte dieser gerade herausfordernd. »Und glaubt ja nicht, daß wir Euch sanfter anfassen, nur weil Ihr eine göttliche Hure seid!« Doch das brachte bereits die dickliche Frau neben ihm auf. »Laß das, Callan, du erzürnst sie sonst noch!« Doch der Mann lachte nur abfällig. »Was meinst du, was wir hier gerade tun, Dummkopf – sie zu einem Tänzchen einladen? Wir rauben sie aus, verdammt! Wir brauchen das Gold! Und die Rahjapriester fahren doch immer mehr davon spazieren, als die schlanken Ärmchen tragen könnten!«

Doch Riganna hatte genug gehört. Langsam und betont elegant stand sie in der offenen Kutsche auf und sah jedem von den Räubern in die Augen. Was sie sah, war Hunger, Verzweiflung und Furcht, Furcht vor den möglichen Folgen, die diese Tat nach sich ziehen könnte. Kaum einer hielt dabei dem prüfenden Blick stand – außer Callan, der bullengleich kräftige Anführer, der sie trotzig ansah. Was mochte seinen Glauben in die Zwölf derart erschüttert haben?

Kurz schloß sie die Augen und ließ sich in jenen See aus Leidenschaft und Vertrauen in sich fallen, in dem die Göttin in ihr wohnte und ihr beistand. Wärme und Wogen der Leidenschaft erwarteten sie dort in den Armen der Geliebten. ›Schenke mir deinen Glanz, Göttliche‹ bat sie innerlich. ›Leihe mir dein Gesicht. Laß mich diesen Menschen zeigen, daß das, was sie hier tun, falsch ist.‹

Dann schüttelte sie sanft den Kopf, so daß ihr rotes Haar im Licht der Nachmittagssonne glänzte. Noch während sich ihre Locken wieder ordneten, ging eine erstaunliche Veränderung mit ihr vor. Ihre bereits wundervollen Züge vertieften sich und offenbarten mit jedem Herzschlag mehr die wahre Schönheit Rahjas. War sie eben noch eine Frau gewesen, glich sie nun einer Göttin. Jeder Blick ihrer Augen entzündete Flammenlohen der Leidenschaft, jedes Zucken ihrer Lippen freudige Hingabe. Die Göttlichkeit der Herrin, der sie diente, erleuchtete ihr Antlitz und ließ es in alveranischem Glanz erstrahlen.

»Was ihr tut, ist falsch«, hallte ihre Stimme wohltönend in den Ohren der Anwesenden. Die dickliche Frau fiel als erste auf die Knie, ihr Säbel glitt dabei unbeachtet aus ihrer Hand. Ein junger Mann folgte, dann sein Vater und schließlich einer nach dem anderen, bis nur noch Callan stand und Riganna mit aufgerissenen Augen und offenstehendem Mund anglotzte, die Hose prall gefüllt. Verzweifelt versuchte er, Herr seiner nur zu männlichen Erregung zu werden, versuchte, Widerworte zu finden, doch sein Kopf war wie leergeblasen. »Geht«, sprach die Göttin, »geht und achtet die Zwölf, wie sie Euch mit göttlicher Hand schützen.« Hastig zogen sich die ersten Männer und Frauen zurück, rückwärts gehend, um die Herrliche ja nicht aus dem Blick zu verlieren, doch irgendwann drehten sie sich um und rannten mit tränenden Augen und dem Gefühl davon, daß gerade die Sonne für sie vergangen war und niemals wieder strahlen würde.

Mit zitternden Knien erhob sich nun auch Rhÿs, der in der hier mündenden Seitengasse eine Besorgung für Meister Ghundir gemacht hatte. Welch Frevel, eine Geweihte zu bedrohen, welch gräßlicher, schrecklicher Frevel! Wie im Traum beobachtete er die wunderschöne Frau, aus deren Körper nun langsam das helle Strahlen und die überirdische Schönheit wich, von der sie eben noch für die stundenlangen Herzschläge erfüllt gewesen war. Freude und Zuversicht pochten mit dem Blut seines Herzens in dem jungen Mann, der noch kaum begriff, wessen er da ansichtig geworden war: Ein Wunder, ein echtes, ein heiliges Wunder! Er mußte Rahja für die Hilfe danken, die sie ihrer Dienerin hatte zuteil werden lassen, denn er selbst hatte schon verzweifelt überlegt, wie er wohl ein ganzes halbes Dutzend der Gauner überwältigen könnte.

Mit einem leisen Seufzen fiel die Geweihte nun zurück auf das Polster der Kutschbank, und Rhÿs lief los, ohne groß nachzudenken. »Herrin, Euer Gnaden, geht es Euch gut?« fragte er furchtsam, getraute sich jedoch nicht, ihre Kutsche zu betreten. »Tritt zurück!« befahl der Kutscher, der mit dem Rücken zu der Frau gesessen hatte und nun sorgenvoll die Zügel am Bock festband und herabsprang, um die Geweihte zu betrachten – auch er wagte nicht, sie zu berühren. Gehorsam machte Rhÿs einige kleine Schritte zurück und wäre dabei fast auf den Fächer der Geweihten getreten, der, mit kostbarem Goldstoff bespannt, achtlos im Straßenstaub lag. Rhÿs hob ihn vorsichtig auf und säuberte ihn ein wenig an seiner Hose. »Es wird ihr doch wieder gutgehen?« fragte der Tagelöhner leise, doch da flatterten auch schon die sorgfältig geschminkten Augenlider, und die Dame stieß einen zarten Seufzer aus.

»Myan?« fragte sie leise, und schnell antwortete der Kutscher: »Ja, Euer Gnaden?«

»Sind sie fort?«

»O ja, Euer Gnaden.« Ein stolzes Schmunzeln spielte um die Lippen des grauhaarigen Mannes.

»Rahja sei Dank«, hauchte die Priesterin und setzte sich auf.

»Rahja sei Dank«, wiederholten auch Myan und Rhÿs ehrfürchtig. Überrascht über das doppelte Echo wandte sich die Geweihte zu dem jungen Tagelöhner um, der spürte, wie er unter ihrem Blick errötete. Sein

Glied war in der Hose immer noch nicht gänzlich wieder abgeschwollen, doch nun regte es sich erneut stärker.

»Wer bist du?« Die Stimme der Priesterin half nicht, sich zu sammeln, fand der Tagelöhner, der aber artig herausbrachte: »Man nennt mich Rhÿs, den Schnitter, Euer Gnaden.«

Noch immer schien sie ein wenig geschwächt zu sein, deshalb zog sie nur eine Augenbraue hoch und nickte. »Und was machst du mit meinem neuen Fächer, Rhÿs?« Sein Name perlte geradezu von ihren Lippen, noch niemals hatte ihn jemand wundervoller ausgesprochen…

»Ich, eh… Ich habe ihn vom Boden. Aufgehoben. Ich meine, für Euch. Aufgehoben.«

»Warum gibst du ihn mir dann nicht?« lächelte die Geweihte, und trotz des Nachmittages stieg für Rhÿs die Sonne gerade wieder in den Zenit.

»Gewiß«, lächelte er verzückt, machte jedoch keine Anstalten, sich zu bewegen. Mit einem tiefen Blick lachte sie und zwinkerte ihm zu. »Ich verstehe. Du möchtest ihn als Andenken bewahren, nicht? So behalte ihn nur. Mein Name ist Riganna, mein treuer Freund.«

»Gewiß.« Rhÿs lächelte noch immer, als Riganna ihrem Kutscher bereits das Zeichen zum Anfahren gegeben hatte und die Kutsche um die Ecke der Straße verschwand. Der goldene Fächer in seiner Hand fühlte sich kühl an, ganz im Gegensatz zu dem glühenden Kohlestab in seinen Beinkleidern. Zuerst machte er ein paar unbequeme Schritte, dann rannte er los zum Seitenarm des Großen Flußes. Was er jetzt brauchte, war ein verdammt kaltes Bad.

*Kapitel 11*

# Fatas

Getragene Flötentöne schwangen klar durch die frische Morgenluft, trillerten hier vogelgleich und ahmten dort den Ruf der Füchsin nach, die ihr Junges sucht. Der Klang der Flöte entsprach so gar nicht dem warmen Singen der albernischen Holzflöte oder dem windigen Pfeifen der Levthansflöte. Jeder Ton trug in sich das Klirren der Eiszapfen aus dem hohen Norden, wo das Eis fast ewig die Ebenen bedeckt. Hart und kalt erzählte die Flöte von den eisigen Weiten des Winters und der unerbittlichen Schärfe des Windes.

Ganz anders die Melodie, die die Musikantin dem kristallenen Instrument entlockte. In ihr raunten die Wipfel der dichten Wälder, blies der sanfte Wind in stetem Wispern. Wie einen kostbaren Schatz schwang darin das Lachen des Baches in zartem Stimmchen und das zufriedene Fließen des trägen Flusses in volltönendem Gesang. Dem Zwitschern des Streifenmeisters gleich, der seine Gefährtin über den grünen Klee preist, jubilierte das Lied und verkündete Tier und Pflanze: Es ist Frühling!

In stetem Wandel schwang die Melodie um. Als wolle das Lied die Schößlinge und Hälmchen mit jedem einzelnen Ton aus dem fruchtbaren Erdreich ziehen, verlegte es sich aufs Locken, Schmeicheln, Flehen: Frau Peraine sagt, es ist Zeit zu wachsen!

Vor Fröhlichkeit geradezu berstend, flötete die schwarzhaarige Elfe, als gälte es, dem ganzen Dererund ihr Innerstes zu offenbaren und jedem, der ihr Lied hörte, sei dies eine muffelige Dächsin oder ein zorniger Hofhund, das letzte bißchen schlechter Laune zu vertreiben.

Sicher schritt Aldare zwischen den Bäumen hindurch, ohne das kostbare Instrument von den Lippen zu nehmen. Die Augen halb geschlossen, sog sie die Laute von Tier und Pflanze in sich auf und speiste sie in ihre Melodie, denn sie war glücklich. Nach drei ach so kurzen Jahren, die der Seemöwe gleich pfeilschnell dahingeflogen waren, kehrte sie zurück in die Heimat! Die Flöte stieß einen jubilierenden Triller aus und erschreckte damit die auf den Ästen zeternden Vogeleltern fast zu Tode.

Die schöne Elfe blieb kurz stehen und blies eine sanftere Tonfolge, um die kreischenden Amseln wieder zu besänftigen, die sich daraufhin noch immer meckernd zurückzogen, der Fremden jedoch die Störung verziehen.

Lange hatte sie in der Stadt am Großen Fluß gelebt, und nun wußte Aldare, daß ihre wahre Heimat hier war, zwischen Blütenkelchen und Biberdämmen. Nach all den Jahren des Menschseins hatte sie zu der Elfe in sich zurückgefunden, die die ganze Zeit sehnlich in ihrem tiefsten Inneren geschlummert hatte, nur darauf wartend, daß ihr gestattet wurde, sich einer Sonnenblume gleich zu entfalten. Dieses unvergleichliche Geschenk verdankte sie Elodiron Kristallglanz, die ihr auch die Flöte überlassen hatte und mit der sie die letzten Jahre durch das Land gestreift war. Blind war sie gewesen, taub und dumm, bis ihr die Firnelfe Augen und Ohren geöffnet und den Schleier von ihren Gedanken weggezogen hatte, damit sie endlich, endlich! sehen, hören und denken konnte.

Natürlich hatte es sie ihre ganze Kraft gekostet, damals von ihrer Schwester Thalionmel und ihrem Ziehvater Sulpiz fortzugehen, die sie innig liebten und die sie auch so sehr liebte, doch hatte sie die Bierlachen und krustigen Eintopfschalen gerne hinter sich gelassen und gegen Flöte und Bogen eingetauscht.

Thalionmel, ich komme! sandte Aldare mit ihrer Flöte eine Botschaft voraus, denn obwohl sich in den letzten Jahren erst dieser wehmütige Spalt in ihr geschlossen hatte, den sie in Havena immer empfunden hatte, war ihre Sehnsucht zu ihrer Zwillingsschwester doch mehr und mehr gewachsen. Bei jedem *Salasanya*, das sie mit Elodiron und der Flußträumer-Sippe gefeiert hatte, war Trauer darüber mitgeschwungen, daß ihre Schwester nicht bei ihr war.

Bei der Auelfensippe am Quill hatten sie fast ein ganzes Jahr verbracht, denn dort hatte Elodirons Kind das Derenlicht erblickt. Ganz im Gegensatz zu den schwangeren Menschenfrauen war Elodiron nicht plump und schwer, sondern im Gegenteil rahjasgleich und schön geworden. Das schlanke Elfenkind hatte nicht viel Platz in ihrem Leib eingenommen und war schließlich völlig still und unauffällig zur Welt gekommen. Anders als bei den Menschenkindern, die Aldare bis dahin gesehen hatte, schrie es auch kaum und konnte bereits nach kaum einem halben Jahr laufen, alles Dinge, die sie sehr überrascht hatten.

Damals hatte Elodiron Aldare auch erzählt, wie selten Zwillingsgeburten bei Elfen waren und daß sie und Thalionmel zueinander gehörten. »Alara'wê«, hatte sie gesagt, denn so nannte die Firnelfe sie. Da Aldare ein Menschenname war, hatte die Firnelfe sie in das ähnlich klingende Isdira für ›Friedliches Wölflein am Wasser‹ umbenannt.

»Alara'wê, ihr beiden teilt euch ein einziges Licht. Ihr werdet wissen, wann der andere leidet, Schmerzen hat oder stirbt. Ihr seid in Traum und Sein verbunden, bis eine von euch vergeht. Ob die andere ihr dann folgt oder ob in ihr das geteilte Licht weiterlebt, vermag ich nicht zu sagen. Doch trennen werdet ihr euch nie.«

So tröstlich dieser Gedanke die vergangenen drei Jahre lang auch gewesen war, nun mußte sie zurück, um zu schauen, was aus der Zwillingsschwester geworden war. Traurig nur, daß die Heimkehr auch wieder eine Trennung bedeutet hatte, den Elodiron zog mit dem Kind weiter. Auf die Frage, warum sie nicht mehr zurück nach Havena gegangen sei, um ihrem toten Geliebten ihre Kristallpfeile zu senden, hatte die Firnelfe gelächelt und gesagt, »Lange hielt er mein Herz in den dunklen Fluten des großen Flusses. Nun aber ist es frei wie ein Vogel und kann singen und fliegen. Der letzte Pfeil war mein Abschiedsgruß.« Aldare hatte sich nicht von Elodiron verabschiedet, denn sie wußte, sie würde sie wiedersehen.

Das kleine Wäldchen war schnell durchquert, und schließlich mußte die Elfe dem Knüppeldamm folgen, der über die Flußauen nach Havena führte. Menschen begegneteten ihr viele, denn die Efferdfeierlichkeiten fanden bald statt. Wenn sie sich nicht irrte, war Morgen gar der dreißigste des Efferdmondes, der Tag des Fischerfestes – der zweithöchste Feiertag in Havena nach dem heiligen Tag des Wassers.

Zur Morgenflut würde es einen großen Gottesdienst im Tempel geben, während die Priester zur Abendflut mit einer kleinen Flotte Fischerbooten gemcinsam hinaus auf das Meer fuhren, um die Nähe ihres Gottes zu suchen. Sicher würde Sulpiz sie schelten, wenn sie nicht mit zum Gebet käme, doch sie wußte nun, daß man sich vor den Göttern nicht in den Staub werfen mußte. Die Götter waren, die Menschen waren und die Elfen waren, doch auch das Silberne-Schneeglöckchen-das-zur-Schneeschmelze-blüht war. Und das betete sie ja schließlich auch nicht an.

Die Stadt wuchs mit jedem Schritt in die Höhe.

Aldare überholte Heukarren, in denen Menschen aus den umliegenden Dörfern saßen und sich von ihren Ochsen nach Havena ziehen ließen. Lächelnd betrachtete sie die einfachen Leute, was ihr an manchem Karren wildes Handgeklapper oder Gejohle einhandelte. Inzwischen war ihr völlig unverständlich geworden, wie sich manche Menschen von ihren ›Herrschaften‹ so einsperren lassen konnten und nicht einfach weggingen, wenn sie leiden mußten. Vielleicht hörten die Menschen keine Lieder, denen sie folgen konnten? Den Menschen bedeutete die Musik ja ohnehin nicht so viel…

Als sie Havena durch das Tor betrat, sprang sie der Gestank wie ein hungriger Luchs an. Überall ungewaschene Menschen, Abfälle, Fäkalien… Noch nie zuvor war ihr aufgefallen, daß die Stadt so entsetzlich stank! Wo es nicht nach Menschen roch, übertraf der Fischgestank alles andere, so daß sich die Elfe schließlich die Nase zuhielt und sich keine fünfzig Schritt hinter der Stadtmauer bereits wieder nach dem Duft von taufeuchten Tannennadeln sehnte…

Schnell stellte Aldare fest, daß drei Jahre ausgereicht hatten, um Havena zu verändern. Viele Menschen trugen nicht die Züge und Gewänder der Albernier, sondern fremder Gegenden. Vermutlich handelte es sich um Kriegsflüchtlinge aus dem Osten, die viele hundert Meilen geflohen waren, um den Schrecken der Dämonen zu entgehen. Geschäftiges Treiben auf dem Halplatz wies darauf hin, daß sich alles auf das Fischerfest vorbereitete, das dieses Jahr offensichtlich größer gefeiert wurde als noch vor drei Jahren. Bühnen wurden aufgebaut, Lampions aufgehängt, alles sauber gefegt – sogar die Tribüne für die königliche Familie sowie die Gestelle für mindestens drei Bratochsen stellte man auf.

Einige Geschäfte und Marktstände auf der Fürstenallee, bei denen sie früher eingekauft hatte, waren aufgeblüht, von anderen war nichts mehr zu sehen, wie der Lauf der Dinge nun mal war. Trotz alledem war es *ihr* Havena, in dem sie so lange gelebt hatte – und in dem sie trotzdem, so wußte sie nun, nicht lange bleiben würde. Doch was machte sie sich schon wieder für Gedanken! Erst einmal wollte sie endlich Thalionmel wieder in die Arme schließen und Sulpiz und die kleine Sula begrüßen… Ein drängendes Gefühl befiel die Elfe, nun, da sie nur noch wenige hundert Schritt von der Schwester trennten. Wie sehnte sie sich, sie wiederzusehen!

Endlich stand sie vor dem Gasthaus *Esche und Kork* und wollte schon die Tür aufstoßen, als sie ein Holzschild an der Tür sah, auf dem sie las: *Geschlossen*. Merkwürdig kam ihr das schon vor, denn die Feierlichkeiten der nächsten Tage verhießen ein gutes Geschäft für die Taverne. Auch die Fensterläden waren zu, so daß Aldare schließlich mit ihrem Rucksack um das Haus herum in die Seitengasse ging und dort über den Zaun in den Innenhof kletterte. Der Brunnen rief alte Erinnerungen in ihr wach – Thalionmel mit dem kleinen toten Mi im Arm –, die ihr verdeutlichten, daß auch diese Ereignisse damals Grund zum Fortgehen gewesen waren. Alles sah noch genau wie früher aus, fand sie, außer daß es enger und kleiner war, als sie gedacht hatte. Vielleicht weil sie nun wußte, wie groß Dere wirklich war.

Sie klopfte an der hinteren Türe zur Küche und lauschte gespannt. Nach einigen Augenblicken hörte sie tatsächlich Sulas kleine Füße, dann wurde die Tür entriegelt, und ein blasses Gesicht lugte durch den Spalt. »Herr Sulpiz!« schrie das kleine Mädchen laut auf, als sie Aldares ansichtig wurde. »Thalionmel ist wieder da! Thalionmel ist wieder da!« Aldare wollte widersprechen, doch das Mädchen riß die Tür auf und zog sie unter Freudengeschrei in die Küche.

Am Küchentisch hatte der dicke alte Ziehvater Sulpiz Agilfried sich bei den Rufen des Küchenmädchens bereits erhoben und lächelte ihr entgegen. Traurig sah er aus, fand Aldare, und so *alt*! Fast hatte sie vergessen, wie kurz die Menschen nur lebten. An den geröteten Wangen sah sie, daß der Wirt geweint hatte, der Geruch nach Bier wies allerdings darauf hin, daß auch das Getränk ein wenig geholfen hatte, ihm die Farbe ins Gesicht zu treiben.

Das Lächeln auf dem Gesicht erstarb jedoch und machte Erstaunen und Unglauben Platz. »Aldare…!« brachte er schließlich heraus. »Das ist nicht Thalionmel, das ist Aldare!« Jetzt merkte auch Sula an der elfischen Lederkleidung den Unterschied. Angetrunken wie er war, plumpste er zurück auf die Küchenbank und murmelte verletzt: »Na, biste die Elfen satt geworden, daß de zum alten Sulpiz zurückkommst?« Aldare rührte sich nicht und sah ihn an – er hatte in der Tat recht, sehr groß waren die Unterschiede zwischen den selbständigen Elfen und den Menschen, die um sich schlugen, wenn man sie verletzt hatte. Doch sie würde sich auf das Spiel nicht einlassen, sie würde sich nicht rechtfertigen – sie hatte nichts Falsches getan!

Unter dem Blick ihrer großen, schönen Elfenaugen begann Sulpiz wieder zu weinen. »Aldare weg, Thalionmel weg, alle weg! Wer soll da noch wissen, was vor sich geht? Alle gehen sie weg und lassen den alten Sulpiz im Stich!« Unbarmherzig sah Aldare fragend auf ihn hinab, mit jener Distanz, die die meisten Elfen so an sich hatten. Noch immer war sie sein kleines Elfentöchterchen, wirkte jedoch nach all den Jahren so anders als damals, bevor sie weggegangen war… Ihre Augen schienen zu sagen: Hast du dich endlich beruhigt, Mensch? Wirst du nun aufhören, dich zu bemitleiden? *Seine* Aldare hätte ihn in den Arm genommen und getröstet!

Doch schließlich riß er sich zusammen, wie es Aldares Blick forderte. »Setz dich!« meinte er und wischte sich mit dem Ärmel Augen und Nase trocken. In alter Manier schlüpfte sie auf die Bank an der Wand und ließ ihren Rucksack vorsichtig zu Boden gleiten. Schön war sie geworden – noch schöner als früher, dachte Sulpiz. Irgendwie… freier, wilder, doch das mochte er sich kaum eingestehen. Hätte er sie damals nicht adoptieren sollen, als ihr verantwortungsloser elfischer Vater sie im Stich gelassen hatte und die beiden herzerweichend süßen Elfenmädchen tagelang auf den Unterflurer Wiesen gelagert hatten, in dem Glauben, ihr Erzeuger kehre zurück? Hätte er versuchen sollen, sie an die durchreisenden Elfen zu vermitteln, die bisweilen nach Havena gekommen waren? Sogar ihre Namen hatte er ihnen genommen, da er ihre eigentlichen nicht über die Lippen bekommen hatte.

Nun saß Aldare wieder dort auf der Bank, wo sie früher immer gesessen hatte, und erschien ihm doch wie eine Fremde. Das nach Kräutern duftende schwarze Haar trug sie länger und hatte feine blaue Bänder in die Strähnen an den Schläfen geflochten. Sie trug keine normalen Stoffkleider, sondern ein ledernes Wams, das mit Stickereien übersät war: weiße Schneekristalle neben grünen Ranken und blauen Wassertropfen. Die grüne Hose bestand aus dem kostbaren Bausch der Elfen, der gegen viel Gold gehandelt wurde, da er noch richtig wasserdicht war, im Gegensatz zu dem von Menschenhand gewobenen… Kniehohe Stiefel mit blütenkelchartig auslaufenden Stulpen und ein Gürtel, an dem neben Jagdmesser und Pfeilköcher noch unzählige kleine Ahlen und Bändchen befestigt waren, vervollständigten das Bild. Seine kleine Aldare war eine richtige Elfe geworden.

»Schön, daß du wieder da bist«, sagte Sulpiz schließlich in die offensichtlich nur ihm ungemütliche Stille und lächelte ein wenig. Endlich verzogen sich auch ihre Lippen zu einer Antwort, und sie fragte mit singender Stimme im Tonfall der Elfen: »Wo ist Thalionmel, Sulpiz? Ist sie fortgegangen?«

Der dicke Wirt mit der Halbglatze seufzte erneut und stierte in seinen Bierhumpen. Dann zuckte er mit den Schultern. »Eines Morgens klopft es wild an der Tür, und so ein zweifelhaftes Weibsbild fragt nach ihr, ob sie ganz schnell kommen kann. Ich will sie holen, doch im Bett ist sie nicht, und auch nirgendwo im Haus. Das habe ich ihr gesagt, und die Frau meint dann, wenn sie käme, soll sie sofort zu Rondriane kommen. Und dann läuft sie weg, hatte es wohl sehr eilig! Das ist jetzt sechs Tage her.«

»In der Nacht der toten und wiedergeborenen Mada?« fragte die Elfe den Wirt, der jedoch nur mit den Schultern zuckte. »Mag sein. Hast recht, glaube ich.«

»Welche Rondriane ist das, zu der sie kommen sollte?« hakte Aldare nach, doch Vater Sulpiz zuckte wiederum nur mit der Schulter und strich sich die flekkige Schürze über dem dicken Bauch glatt. »Weiß ich nicht, der Name ist doch sehr geläufig.«

»Nicht hier in Havena. Hier heißen die Frauen Raidrighe, die man andernorts Rondriane nennt.«

»Richtig!« meinte Sulpiz, der selbst nicht aus Havena stammte. »Also, die Frau Rondriane Kevendoch kommt bisweilen hierher. Zierliches Persönchen, aber sehr geschäftstüchtig. Sie hat ein Geschäft in Marschen, glaub ich. Aber die kennt doch die Thalionmel nicht?«

»Du bist nicht bei ihr gewesen?« fragte Aldare ruhig, während sie versuchte, den Gestank aus Bier, Schweiß und Dreck zu ignorieren, der im Raume hing. Sulpiz schüttelte den Kopf.

»Was, wenn ihr was passiert ist?« fuhr Aldare fort. »Und du hast nicht mal nach ihr gesucht?« Wieder schüttelte der Wirt den Kopf, noch immer dumpf von etlichen Maß Bier. Schniefend verteidigte er sich schließlich: »Ich hab gedacht, sie ist auch weggegangen…«

Gewandt schlängelte sich Aldare aus der Sitzbank hinter dem Tisch hervor und griff sich ihren Rucksack. »Ich mache mich auf die Suche nach ihr!« meinte sie, schulterte den Beutel und ging zur Hintertür. Bevor sie diese hinter sich schloß, sagte sie zu Sula: »Gib ihm bitte kein Bier mehr.« Dann war sie fort.

»Gib mir ein Bier«, seufzte Sulpiz, und Sula füllte den Humpen am Bierfaß im Schankraum erneut auf.

Wie fremd ihr die Menschen geworden waren! Aldare hatte nicht einmal Mitleid mit ihrem Ziehvater empfinden können, der sich so hatte herunterkommen lassen. Fast schien es ihr nun, als trennten sie nicht knappe drei Götterläufe, sondern ein ganzes Leben von dieser Stadt. Dieser dumme, traurige Mensch! Um sich nicht weiter verletzen zu lassen, stellte er sich stur und brachte Thalionmel damit vielleicht in Gefahr! Das drängende Gefühl, daß sie bereits vorhin verspürt hatte, verstärkte sich nun. Sie schalt sich eine Närrin. Sie hatte gespürt, daß etwas nicht stimmte, doch kaum atmete sie wieder Stadtluft, vergaß sie, ihren Instinkten zu trauen.

Noch immer erinnerte sie sich gut an die Gassen und Häuser Havenas, auch wenn sich das Stadtbild leicht gewandelt hatte. Doch Marschen hatte sich sicherlich seit der Großen Flut nicht verändert und verfiel zusehends, Jahr um Jahr. *Kevendochs Exotische Krämerwaren* fand sie recht schnell, ein schmuckes Häuslein an einer Brücke über den nördlichen Seitenarm des Großen Flusses, die in den besseren Teil der Marschen führte, wo der alte Rahjatempel und viele Patrizierhäuser standen.

Vorsichtig trat sie unter der schellenden Glocke

durch die Tür in den menschenleeren Verkaufsraum. Sie kannte den Laden flüchtig von früher, doch damals hatte es hier nicht halb so sauber und ansehnlich ausgesehen, und man hatte auch noch keine exotischen Waren verkauft. Die Elfe sog den köstlichen Duft der Gewürze tief ein. Eine kraftlose Männerstimme klang aus einem Hinterzimmer herüber: »Ich bin gleich da!« Dann drang mühevolles Schnaufen und Rascheln an Aldares Ohr. Jemand, dem offenbar jede Bewegung schwerfiel, stand dort aus einem Sitz auf. Unregelmäßige Schritte, gepaart mit dem hölzernen ›Tock... Tock‹ eines Stockes ließen eigentlich auf einen Greis schließen, doch die Stimme hatte nicht so alt geklungen – ein Kranker?

»Thalionmel!« stammelte der blasse Mann mit den rotblonden Haaren. Aldare bemerkte mit scharfem Blick, daß er sich nicht wegen eines verletzten Beines auf den Stock stützte, sondern aus Schwäche.

»Du bist wieder da? Was ist passiert – was haben sie dir angetan?« Hastig kam er näher und legte ihr eine Hand auf den Arm, um sie dann schwach ins Hinterzimmer zu ziehen. Er roch nach Heilkräutern und Wundsalbe. Zittrig bedeutete ihr der Mann, die Tür zum Verkaufsraum zu schließen und sich zu setzen, er selbst ließ sich in dem Raum in einen der Sessel fallen.

»Rondriane ist noch nicht wieder da, sie versucht gerade, alles über diesen Kerl und die Efferdperle herauszufinden. Das hat wohl alles mit der toten Frau aus der Unterstadt zu tun, weißt du noch? Aber erzähl doch schon, was haben sie mit dir gemacht?« Die Besorgnis, die in seiner Stimme mitschwang, beunruhigte Aldare.

»Die Efferdperle?« hakte sie nach. Sollte er ihr ruhig erst einmal alles erzählen, während er sie noch für Thalionmel hielt – um so weniger würde er später lügen.

Nun nickte er eifrig. »Sie ist gestohlen worden, stell dir das mal vor, direkt aus dem Tempel! Rondriane und Prinz Efferdan sind nun überzeugt, daß das alles miteinander zu tun hat. Sie wollten morgen losfahren, um dich zu suchen, aber das brauchen sie ja jetzt gar nicht mehr! Wie konntest du dich befreien? Und wie bist du zu diesen Kleidern gekommen?«

Aldare wußte genug. »Hier nennt man mich Aldare, nicht Thalionmel. Ich bin ihre Zwillingsschwester. Ihr habt mir vieles von dem mitgeteilt, weshalb ich gekommen bin, jedoch nicht alles. Mögt Ihr die Lücken füllen, Herr... Kevendoch?«

Praiodan glotzte sie ungläubig an und musterte sie von oben bis unten.

Welch ausgemachter Trottel er doch war!

»...und so vermuten nun Prinz Efferdan und Rondriane, daß der Diebstahl des Efferdartefaktes und das Auftauchen dieses schrecklichen Paktierers miteinander in Zusammenhang stehen. Immerhin deuten ja die Tentakel darauf hin, daß da jemand ganz und gar nicht Efferdgefälliges am Werk ist...« Aldare verstand genug von den Zwölfen, um dem zustimmen zu können. »Aber wenn ihr die Leiche gefunden und diese Gesänge in der Unterstadt gehört habt, warum seid ihr dann noch nicht aufgebrochen, um Thalionmel zu suchen? Vielleicht hat dieser Mann sie nun längst getötet!«

Praiodan schüttelte heftig den Kopf. »Rondriane hat mit einer Magierin gesprochen, die in ihren Büchern über den Paktierer nachgelesen hat. Sie meinte, daß es am besten sei, sich ihm an einem heiligen Tag des Efferd zu stellen, da sei seine Kraft am kleinsten und die Efferds am größten. Der Prinz kann wegen der Krönung vor morgen nicht weg, aber er meinte, morgen abend ginge es wohl. Sie wollen nachts fahren, weil man sie dann am wenigsten sieht – und Rondriane und ich finden uns trotzdem zurecht.«

Der Elfe fuhr ein kalter Schauder den Rücken hinab. Nachts in die Unterstadt – das war ein Gedanke, der selbst den hartgesottensten Havener schreckte. »Morgen also. Ich werde mitfahren.«

Noch bevor Praiodan etwas erwidern konnte, schellte die Glocke des Verkaufsraumes, und Rondrianes Stimme drang herein: »Praiodan, bist du da?« Mit einem weiteren »Praiodan!« öffnete seine Schwester schließlich die Tür zum Hinterzimmer und erstarrte auf der Schwelle, als sie Aldares ansichtig wurde.

»Thalionmel? Du bist wieder da? Efferd sei Dank, du bist am Leben!« Hinter ihr folgte Prinz Efferdan mit gefaßter Miene. »Ist sie wieder da?«

»Nein!« widersprach Praiodan verzweifelt. »Das ist nicht Thalionmel, das ist Aldare, ihre Zwillingsschwester! Sie kam her, um sie zu suchen, und mir ging es nicht besser als dir, Rondriane. Natürlich bin ich mit einigen Sachen herausgeplatzt und habe ihr dann alles erzählen müssen…«

Nun musterte Rondriane Aldare mißtrauischer. »Schwester, hm? Ich dachte, die wäre vor ein paar Jahren mit einem Elfen davongelaufen.«

»Ist sie nicht«, schmunzelte Efferdan da. »Mit *einer* Elfe, und die hieß Elodiron Kristallglanz, wenn ich mich nicht irre. Wie geht es ihr und dem Kind?«

»Wie geht es dem Baum und der Eichel?« lächelte Aldare zurück, und der Prinz mußte lachen. »Mir scheint, Ihr seid Eurer Lehrmeisterin sehr ähnlich geworden.«

Die Elfe lächelte nur. »Prinz Ruadh hat Euch also alles berichtet?«

»Natürlich hat er das. Er war traurig, daß sie weggegangen ist.«

»Vielleicht kommt sie einmal wieder«, meinte Aldare,

doch Prinz Efferdan antwortete: »Solange sie daran denkt, das noch in unserem Leben zu tun… Doch genug davon. Hat Praiodan Euch alles berichtet?«

»Ich werde mit Euch fahren.«

»Das war dann wohl ein Ja, vermute ich«, schloß Rondriane ironisch. »Schön. Wir haben inzwischen die Bibliotheken der Hesinde und des Efferd in den Tempeln und im Palast durchgesehen, dazu noch die königliche Bibliothek.« Praiodan blickte seine Schwester erstaunt an. Sie in der Bibliothek des Königs? Seinen Blick ignorierend, fuhr Rondriane fort.

»Die Efferdperle ist ein Artefakt, das der Meeresgott persönlich seinen Gläubigen schickte. Hochwürden Graustein deutet die Schriften dahingehend, daß die Perle den Paktierern möglicherweise Macht über die Wesen der Unterstadt geben könnte; die Tempelchronik der ehemaligen Hohengeweihten ist da nicht ganz deutlich. Ich denke allerdings, daß wir tatsächlich morgen abend versuchen sollten, diese unheiligen Priester aufzuspüren und Thalionmel zu befreien. Beherrscht Ihr diesen Hör-Zauber auch?« fragte sie Aldare, die lächelnd nickte. »Und den Heilzauber auch?« Nicken. »Dann mögt Ihr uns von Nutzen sein.«

Nachdem Aldare mit einem freundlichen »Sanyasala!« das Haus verlassen hatte und Rondriane ging, ihrem Bruder die verdiente Bettruhe zu gönnen, sank Efferdan zurück in den Sessel des Hinterzimmers im Kevendochschen Haus und schloß müde die Augen. Bilder, Bilder, und überall Bilder… War es nicht schon schwer genug, die Perle des Efferd wiederzufinden, ohne daß ihm dabei immer wieder diese Bilder vor Augen standen? Gestern, als er im Efferdschrein des Palastes im Gebet versunken gewesen war, hatte Lata seinen Geist wieder in die Vergangenheit geschickt. Manchmal fiel es ihm sogar schwer, zwischen jetzt und damals zu unterscheiden; er hatte sich schon dabei ertappt, beunruhigt zum westlichen Horizont zu starren und auf das Rauschen der Wellen zu lauschen. Ein mulmiges Gefühl überkam ihn stets, wenn er darüber nachdachte, was für eine Verbindung wohl zwischen den vergangenen und den heutigen Ereignissen bestehen mochte.

Kurzentschlossen raffte er sich auf und begab sich auf den Weg zum Efferdtempel, schritt dann jedoch daran vorbei und hockte sich auf den herbstlich blühenden Bennaindamm mit Blick zur Unterstadt. Dort draußen, in dem verfluchten Gebiet, wirkten selbst die Strahlen des Praiosrades nicht so hell wie im restlichen Teil Havenas, ganz zu schweigen von den dunkleren Fluten, die vor ihm lagen. Die verkrüppelten Büsche und Bäume zwischen den Ruinen und der abgerutschte Hügel des ehemaligen Ferdokbogens versperrten die Sicht auf große Bereiche der versunkenen Stadt, in der Ruinen teils hoch aufragten und teils tief bis unter die Wasseroberfläche reichten. Stets hing dichter Nebel darüber und verwandelte die Seenlandschaft in ein schwer durchdringbares Labyrinth, in das sich nur wenige Menschen hineinwagten.

Allmählich ahnte Efferdan ui Bennain, warum ihm dort in der Unterstadt niemals etwas geschehen war, im Gegensatz zu den Schmugglern. Seine kurze Zeit im Tempel, seine Ablehnung, das Interesse, das er trotzdem allen Kreaturen der Wasserwelt entgegenbrachte, seine Fahrten in die Unterstadt und der geradezu wundersame Schutz, den er dort immer genossen hatte, das alles gipfelte nun in der Aufmerksamkeit, die Lata ihm schenkte, in den Offenbarungen, die er gerade erfuhr, in einem Aufleben der Vergangenheit, die auch im Heute noch eines Abschlusses harren mußte. Anders konnte er sich all dies nicht erklären. Doch fern stand ihm, Efferds Gaben zurückzuweisen oder Seine Entscheidungen anzuzweifeln – wenn es an der Zeit war, würde er wissen, warum dies alles geschah. Trotzdem wünschte er, der Gott hätte ihm damals gestattet, in seine Dienste einzutreten. Seine Verbundenheit mit dem Efferdkult und dem Meer wuchs stetig, doch ein richtiger Geweihter war er nicht.

Er sorgte sich um Leiella. Wie gerne hätte er sie nun hier bei sich gehabt, um sie vor dem zu beschützen, was die Zukunft bringen mochte! Wenn Hochwürden Graustein recht behielt und die Paktierer mit Hilfe der Perle Gewalt über die Efferdkreaturen der Unterstadt erlangen wollten, dann war auch seine Geliebte mit all ihren Artgenossen in höchster Gefahr! Er hoffte nur, daß sie keinen Fehler machten, indem sie bis zum morgigen Tag warteten.

Ein armlanger Bleichgründler mit großem Kopf und schmalem Schwanz zappelte in der Nähe des Ufers auf der Suche nach Insekten und Abfällen herum – eigentlich kam diese Art hauptsächlich vor Selem und Neersand vor, Orte, in denen es düstere Mahlströme gab, denen man einen dämonischen Ursprung nachsagte. Vielleicht zog ihn die merkwürdige Aura der Unterstadt an – wundern würde das Efferdan nicht. Der helle Fisch mit den blassen Streifen schwamm noch ein Weilchen in seinem Blickfeld umher, dann huschte er plötzlich davon.

»Ich dachte mir, daß ich Euch hier finde, Efferdan«, Rondriane trat heran und setzte sich neben ihn. Der Prinz sah lächelnd zu ihr auf und meinte: »Ein Elfenohr bin ich wohl nicht gerade, wie?«

»Ich fürchte nicht, Prinzliche Hoheit.«

»Eben habt Ihr mich Efferdan genannt. Das klang viel freundlicher.«

»Habe ich das? Nun ja, Efferdan, Ihr sitzt auf meinem Lieblingsplatz.«

»Ich war in Gedanken.«

»Das hat man gemerkt. Ich bin nämlich eigentlich auch kein Elfenfuß.«

»Kann man das ahnen? Ihr habt mir in den letzten Tagen wahrhaftig genug Überraschungen bereitet.« Doch er schmunzelte bei diesen Worten.

»Mir wäre es auch lieber gewesen, ich hätte einige Dinge davon für mich behalten können«, seufzte die zierliche Frau, ließ sich neben ihm nieder und pflückte eine Blüte aus einem Pfeilkrautgrüppchen, an das sie bequem mit dem Arm heranreichte. Dann musterte sie die drei weißen Blütenblätter mit dem roten Herzstück verlegen.

»Aber ich denke, ich werde mit dem Geschäft sowieso bald aufhören. Ich habe genug verdient, und das Risiko wird nicht geringer. Und zur Zeit können sich die Leute meine Waren ohnehin kaum leisten – Krieg ist nicht gut fürs Geschäft.«

»Für das Eure zumindest nicht, ich denke, die Waffenschmiede denken darüber ganz anders.«

»Dies ist ein schöner Ort, nicht wahr?« änderte Rondriane unvermittelt das Gesprächsthema. »So zwischen den Welten. Zwischen Land und Meer, hell und dunkel, schön und häßlich.«

»Ihr findet die Unterstadt häßlich?« fragte Efferdan erstaunt. »Der Gedanke kam mir noch nie. Ihr wohnt eine unvergleichliche Schönheit inne, nach der man zugegebenermaßen gut Ausschau halten muß. Doch es gibt keinen Ort in dieser Gegend, der einen solchen Reichtum an unterschiedlichen Efferdsfrüchten und Fischarten besitzt. Und keinen Ort, an dem Efferds Odem so alt weht.« Vor seinem inneren Auge stiegen die Bilder aus Latas Vision erneut aus den Fluten auf und überlagerten die wirkliche Welt. Er griff nach der Perle an dem Silberkettchen um seinen Hals. ›Und keinen Ort, wo du so nahe bist‹, fügte er stumm hinzu. In Gedanken war Leiella immer bei ihm.

»Es ist ein Ort des Todes, an dem ich nichts Schönes finden kann«, unterbrach die Schmugglerin ihn. »Und die Flußwelse und Muränen wohnen in den Nachttöpfen und Schädeln der Toten.«

Efferdan schwieg. Noch kannte er das Ende der tragischen Geschichte nicht, die sich hier vor dreihundert Jahren ereignet hatte. Das wenige Bekannte wußte er selbstverständlich: Drei Zwerge – die Priester? – waren verhaftet worden und wieder ausgebrochen, hatten eine Ingerimmstatue in den Efferdtempel geschmuggelt, der Hohepriester des Meeresgottes hatte sie entdeckt und zerschlagen. Schon immer hatte er sich über diese Darstellung amüsiert – weshalb hätten die Zwerge die Ingerimmstatue in den Efferdtempel schmuggeln sollen? Doch inzwischen war er nachdenklich geworden, denn auch die Erklärung, daß Efferd Havena wegen der Unabhängigkeitserklärung vernichtet haben sollte, stellte sich ja inzwischen als vielschichtiger dar, als man denken mochte. Ihn schauderte bei den Freveln, die der Hohepriester begangen hatte, und er wunderte sich nicht über Efferds Zorn. Nun wußte er zudem auch, warum so wenig über die Vorgänge überliefert war: Die Dokumente mußten mit dem Neuen Tempel untergegangen sein, den die Flutwelle von seinem Platz gefegt hatte. Hochmut und Stolz, bedauerte der Prinz, brachten den Menschen leicht zu Fall. Ein Gebet an den Herren Efferd murmelnd, beobachtete er, wie sich die Straßen und Gassen des alten Havena wieder mit Leben füllten und ein Schiff in den großen Hafen einlief.

Rondriane merkte, wie der Prinz neben ihr erschauderte. »Ist Euch nicht gut?« fragte sie besorgt, erhielt jedoch keine Antwort. Die grünblauen Augen des

Mannes huschten über die nebelverhüllten Gestade vor ihnen, dann bewegten sich seine Lippen. Vorsichtig rüttelte ihn die Schmugglerin an der Schulter, doch das raubte dem Sitzenden den Halt, so daß er hintüberfiel, die Augen gen Himmel gerichtet.

»Was seht Ihr?« fragte Rondriane leise und strich ihm zart über die Wange. Doch der Prinz antwortete nicht.

*Kapitel 12*

# Ymra

Staunend blickte Efferdwin auf das Schiff, das in den Hafen eingelaufen war: Die *Stolz von Gareth*, das neueste Schiff Kaiser Eslam II. Das Neue Reich schickte Abgesandte in das nun unabhängigen Fürstentum Albernia, um einen Friedensvertrag auszuhandeln, sagte man. Das Volk jubelte, denn die Garether Unterhändler bedeuteten praktisch, daß der Kaiser das unabhängige Königreich Albernia anerkannte.

Viele Menschen waren gekommen, um die Ankunft der Gesandten und ihres stolzen Schiffes zu bestaunen. Die prächtige Galeere kam direkt aus dem Perlenmeer, erzählte man sich, und barg kostbare Geschenke an Fürst Toras. Drei Reihen von Rudern konnte sie einsetzen und galt als das schnellste Schiff des Kaiserreiches. Mit Freude sah Efferdwin seinem ersten Jahr nach der Weihe entgegen, das er auf einem Schiff der albernischen Flotte zubringen würde. Wenn dieser Tag noch käme, dachte der Novize betrübt. Inzwischen war es zwar Ende Peraine, und der Tag der Prophezeiung lag eineinhalb Monde zurück, doch noch immer konnte er nicht glauben, daß er geträumt haben sollte – nein, das hatte er nicht.

Nach reiflichem Überlegen hatte er dem Hohenpriester einen Brief gesandt, in dem er sich untertänigst entschuldigt und ihm dann noch einmal alles erläutert hatte. Vielleicht hatte er ihn gelesen, Efferdwin wußte es nicht, doch wollte er keine Gelegenheit unversucht verstreichen lassen, die sich ihm bot.

Ein Raunen ging durch die Menge, als nun ein großer Wasserbehälter die Planken herabgetragen wurde; darin lag – Efferdwin traute seinen Augen kaum – ein weißer Delphin. Schwankend trugen die Träger das Tier und sein Gefängnis auf einen flachen Wagen.

»Ist das nicht efferdlästerlich?« fragte Rhÿs und trat neben ihn. Sie hatten sich verabredet, um dem Einlaufen des kaiserlichen Schiffes beizuwohnen, doch der Tagelöhner kam zu spät.

»Ich weiß nicht genau«, murmelte Efferdwin beschämt. Auch ihm war dieser Gedanke gekommen, doch er wußte es wirklich nicht. »Wenn du einen Delphin tötest, sicherlich. Aber einsperren? Vielleicht hat Efferd dem zugestimmt?«

»Ob sie ihn gefragt haben?« fügte Rhÿs hinzu. Doch die blaue Robe an Bord zeugte davon, daß es auf dem Schiff zumindest einen Efferdpriester gab.

Die beiden jungen Männer hatten sich in den vergangenen Wochen weiter angefreundet. Zwar hatte Rhÿs neben seiner Arbeit wenig Zeit, denn der Schmied verlangte viel für den Lohn, doch hatte sich hier und da ein Abend finden lassen, an dem die beiden sich an das Ufer gesetzt hatten, um sich zu unterhalten und kennenzulernen.

Der Tagelöhner und der Novize beobachteten noch ein Weilchen, wie die *Stolz von Gareth* entladen wurde, dann meinte Rhÿs: »Komm, das ist doch nicht mehr so schrecklich aufregend. Laß uns woanders hingehen.«

»Wieso hast du eigentlich frei? Braucht Meister Ghundir dich nicht, oder hat er dich wieder rausgeschmissen?«

»Nein, zur Feier des Tages sozusagen. Der Fürst hat nun wohl doch beschlossen, den Zwergen den Bau ihres Tempels zu gestatten.«

Efferdwin blieb stehen und starrte ihn an. »Was ist? Du bist ja ganz blaß um die Nase!«

»Das wird nicht gutgehen…«, stammelte der Novize und lief plötzlich die Straße hinunter. Doch der kräftigere Rhÿs holte ihn schnell ein. »Was ist? Hat dich der Namenlose gepackt? Wohin läufst du?«

»Zum Tempel!« keuchte der Novize im Laufen, doch offensichtlich meinte er nicht den neuen, sondern den alten Tempel, denn er ließ den Hafen hinter sich. Schnell hechteten sie die Siegesstraße entlang und über die Brücke, um nach Luft japsend auf den Tempelstufen zum Stehen zu kommen, denn hier fegte Raike gerade die Treppe.

»Das ist eigentlich deine Aufgabe, Efferdwin«, schimpfte sie freundlich und zwinkerte. Als hätte er sie gar nicht gehört, schritt Efferdwin an ihr vorbei und durch die Bethalle, wo er sich kurz Finger und Stirn benetzte und dann weiter in das Heiligtum ging, wo Vater Oisin betete. Entschuldigend mit der Schulter zuckend, folgte Rhÿs dem Freund, blieb aber, wie es sich gehörte, in der Bethalle.

Natürlich störte der junge Mann den alten Priester ungern im Gebet, doch ließen Besorgnis und Ungeduld keinen Aufschub zu. »Vater Oisin, verzeiht mir, aber ich habe große Sorgen!«

»Hm?« grunzte der Alte ungehalten, mühte sich jedoch mit Efferdwins Hilfe aus seiner knienden Haltung auf. »Was ist, Junge? Habe ich *dich* schon mal in deiner Zwiesprache mit dem Herrn gestört?«

»Nein, aber bitte, Ihr müßt mich anhören! Die Zwerge dürfen den Tempel bauen! Hört Ihr? Der Fürst hat zugestimmt!«

»Ich kann daran weiter nichts Schlimmes finden, Efferdwin. Sollen sie ihrem Gott doch ebenso ein Haus bauen, wie wir es unserem erbaut haben.«

»Aber versteht Ihr denn nicht?« flüsterte der Novize

gehetzt. »Der Hohepriester Efferdhilf wird etwas unternehmen, um das zu verhindern, genau wie beim ersten Mal! Ich hoffe nur, es ist nichts Schlimmes! Ihr müßt zu ihm gehen und ihn warnen. Auf mich wird er nicht hören!«

»Ach«, brummelte der Priester, »und du meinst, er hört auf mich? Ich glaube, daß er mich nicht einmal in den Neuen Tempel lassen wird!«

»Ihr müßt es versuchen, Vater Oisin. Versucht doch einmal, ruhig mit ihm zu reden, vielleicht hört er dann auf Euch!«

»Ich kann nicht ruhig mit ihm reden, wenn ich sein fettes Antlitz sehe«, knurrte der Geweihte ungehalten und belehrte den Novizen mit erhobenem Zeigefinger: »So wenig wie der Launenhafte seine Empfindungen zügelt, soll sein Priester seine Launen unterdrücken und seine Gefühle verbergen. Hat dir das niemand beigebracht?«

»Doch, sicherlich.« Efferdwin trat von einem Fuß auf den anderen. »Aber ich bin sicher, daß er Euch dieses eine Mal verzeihen würde, meint Ihr nicht?« Mißmutig brummte Oisin vor sich hin.

»Nun gut. Ich gehe hin. Ich will versuchen, freundlich mit ihm zu reden. Aber du bleibst hier, verstanden, Sohn?«

Gefügig nickte der Novize, innerlich erleichtert über seinen Erfolg. »Vielen Dank, Vater Oisin. Wirklich, vielen, vielen Dank!«

»Ach!« machte der Priester halb gerührt, halb ungehalten und griff sich den Stock, auf den er sich beim Gehen stützte, fuhr Efferdwin väterlich über das Haar und machte sich auf seinen schweren Weg.

Ceorvina betrat ihr Zimmer wie üblich durch das Fenster. Zu viel war in ihrem Leben bereits passiert, als sie durch Türen gegangen war, angefangen von angeblich neckischen Kinderscherzen bis hin zu ihrer fast geglückten Gefangennahme durch die fürstlichen Büttel. Die Sache hatte nur aus dem Grund nicht zu lebenslangem Torfstechen in der Moorburg geführt, da ihr im Efferdtempel Asyl geboten worden war. Mit trockenem Humor stellte Ceorvina fest, daß Efferdhilf der Blaue ein untrügliches Gespür für Situationen hatte, aus denen er sich für zukünftige Vorhaben Profit erhoffen konnte.

Der Weg über den Nachbarbalkon hatte sich zumindest in den letzten Monaten als ratsam erwiesen, und heute abend stellte sich einmal mehr heraus, wie weise diese Maßnahme doch war, denn immerhin wollte Ceorvina nicht, daß jedermann gleich auch ihr Gesicht kannte. Einmal, bei dem Boten aus dem Efferdtempel, hatte sie Pech gehabt – er hatte sie vermutlich an der Stimme erkannt, die manchmal Fluch und Segen zugleich war. Doch was hätte sie tun sollen? Ihn dafür mit einem Spann Stahl zwischen den Rippen in den Großen Fluß werfen? Sie vergriff sich nicht an Priestern, schon gar nicht an Novizen. Den schlechten Ruf, den man sich damit erwarb, sowohl auf Dere als auch in Alveran, wurde man nie wieder los.

Kaum hatte Ceorvina die Vorhänge zugezogen und eine Lampe entzündet, da klopfte es auch schon an der Tür – wer auch immer da draußen stand, mußte gewartet haben. Wieder der Bote des Priesters? »Wer da?« fragte sie leise und löschte gleichzeitig das Licht. »Eine Botschaft für Frau Ceorvina«, verkündete eine junge Frauenstimme. Wie es ihre Gewohnheit war, machte die Gaunerin die Armbrust bereit, entriegelte die Tür und gab dann die Anweisung: »Zähle bis zehn, und komm herein.«

Einige Augenblicke verstrichen, dann tat das Mädchen wie befohlen. Dadurch daß ihr Gegenüber von draußen hereinkam, wo es selbst jetzt am Abend noch ein wenig hell war, erkannte Ceorvina die Novizenrobe und die Jugendlichkeit des Mädchens. Trotzdem fuhr sie fort: »Hier ist eine Armbrust auf dich gerichtet, also sei besser vorsichtig, was du tust!« Man konnte ja nie wissen.

Das hübsche Mädchen mit dem weißblonden Haar stotterte ängstlich: »Ei-eine Botschaft für Euch, mehr nicht!«

»Gut. Leg sie auf den Tisch dort, und dann geh langsam wieder raus. Ich schiebe die Antwort unter der Tür durch.« Auch hier befolgte die Novizin die Anweisungen genau, und schließlich schloß die Frau den Riegel an der Tür wieder und entzündete die Lampe erneut. Sie fluchte. Verdammt! Hatte das denn nie ein Ende? Wie lange behandelte dieser Priester sie noch als seine persönliche Sklavin? Sie erbrach das Siegel und las.

*Meine Liebe,*
*selbstverständlich bin ich untröstlich, Deine Dienste bereits wieder beanspruchen zu müssen. Doch leider gestattet diese Angelegenheit keinen Aufschub, das Heil der Stadt, ja des Landes mag davon abhängen.*

Bis hierher, schnaubte Ceorvina innerlich, die übliche Aufgeblasenheit. Dann jedoch machte selbst sie große Augen:

*Ich möchte, daß Du in das Orkendorf im Osten der Stadt gehst und bei einem Schmiedemeister namens Ghundir einbrichst. Dort wohnen zwei Zwerge, denen Du einen Schmiedehammer entwenden wirst. Vermutlich trägt er rituelle Flammensymbole, und die Zwerge halten sich in seiner Nähe auf. Mit diesem Werkzeug tötest Du die Bewohner des alten Efferdtempels – zumindest aber den alten Priester und den jungen Novizen. Laß möglichst viel Blut fließen und die*

*Waffe am Tatort zurück. Daß diese Tat selbstverständlich nicht im Tempel selbst stattfinden kann, ist klar.*

*Danach gilt unsere Schuld als beglichen.*

*Dein Schirmherr*

Unmöglich! dachte Ceorvina und ließ sich auf ihr Lager fallen. Das war doch unmöglich! Der alte Haifisch ließ seine eigenen Priester beiseite schaffen? Na, an deiner Stelle möchte ich Efferd lieber nicht ins Antlitz schauen müssen... In Gedanken packte sie bereits ihre Sachen. Havena war lange Zeit ihre Heimat gewesen, sie hatte hier Freunde gewonnen und sich durch den Schmuggel ein kleines finanzielles Pölsterchen geschaffen, doch nun war die Zeit des Abschieds gekommen.

Langsam griff sie zu einem Stück Pergament, tauchte ihre Feder in das Tintenfäßchen, strich sie sorgsam ab und setzte sie auf. Die vier Buchstaben kamen einem Todesurteil gleich – leider ihrem eigenen: *Nein*.

Dann faltete sie den Schrieb zusammen, hielt das Siegelwachs in die Flamme der Lampe und ließ es auf den Bruch tropfen. Schließlich blies sie noch sanft darüber, damit es gut kühlte, und schob es dann unter der Tür durch. Ihre Sachen wären schnell gepackt, und sie befände sich schon auf der Straße, bevor diese Botschaft den Efferdtempel erreicht hätte.

Sie vergriff sich nicht an Priestern. Das brachte einem in Alveran einfach einen zu schlechten Ruf ein.

»Weißt du, ich habe mich entschlossen. Ich glaube, ich möchte mich auch im Tempel vorstellen und fragen, ob ich Novize werden kann«, meinte Rhÿs feierlich. »Damit ich dann später Priester werden kann. Ich weiß nicht genau, ob ich berufen bin, aber ich möchte mich nicht später fragen müssen, ob ich nicht doch hätte Efferd dienen können.«

Sein Freund Efferdwin antwortete zunächst nicht, sondern sah hinaus auf den silberbeschienenen Großen Fluß, der den Glanz des Madamals auf vielen Wellen widerspiegelte. Wie schön, daß es noch immer so ehrliche Seelen wie Rhÿs gab, die noch nicht hinter den Schein blickten.

»Vater Oisin hat mir berichtet, daß er ganz fest wußte, daß er zum Priester bestimmt war. Es hätte für ihn einfach keinen anderen Weg gegeben. Vielleicht mußt du tatsächlich Efferd selbst befragen, was du tun sollst.«

»Efferd selbst?« Ehrfürchtig richtete sich der Tagelöhner aus seiner halb liegenden Position auf. »Wie soll ich das tun? Dort hinausschwimmen und dem Fluß zuschreien? Und du meinst, ich bekomme eine Antwort?«

Lächelnd schüttelte Efferwin den Kopf. »Aber nein. Du gehst in den Tempel und betest dort. Manchmal dauert es die ganze Nacht, manchmal sogar mehrere Tage, bis man eine Antwort bekommt. Und vermutlich wird er dir auch nicht sagen, was du tun sollst, zumindest nicht so, wie ich jetzt zu dir rede. Aber vielleicht weißt du nachher besser, wohin dein Weg dich führt.«

Verlegen nahm Rhÿs einen Stein vom Ufer auf und wollte ihn schon über die Wasseroberfläche hüpfen lassen, doch der Novize hielt ihm die Hand fest. »Versuche einmal, dir vorzustellen, daß das, was du dort siehst, kein Fluß ist, sondern ein Gefäß für den Gott der Meere – sein Bett, wenn du so willst. Die Lebensader dieses Landes, der Große Fluß, *ist* Efferd. Möchtest du den Stein noch immer werfen?«

»Das ist alles so unbegreiflich.« Rhÿs rutschte ein wenig näher zum Ufer, dorthin, wo es steil zu den träge dahinfließenden Fluten abfiel. Dann sah er den flachen Stein noch einmal kurz an und warf ihn schließlich weit hinaus gen Flußmitte. »Es macht einen Unterschied, ob man es einfach so gedankenlos tut oder darüber nachdenkt, nicht wahr?« Efferdwin nickte mit einem kleinen Lächeln.

»Meinst du, Efferd will so einen kleinen Schnitter wie mich?« fragte Rhÿs dann kleinlaut, doch der Novize zuckte nur mit den Schultern. »Er wollte ja auch so einen kleinen Waisenjungen wie mich. Warum sollte er dich nicht wollen?«

»Ich weiß nicht. Ich bin so unsicher. Ich spüre eine solche ursprüngliche Kraft in mir, die irgendwie mit diesem Fluß zu vergleichen ist. Nur ist sie nicht so... träge.«

»Jeder Priester des Efferd ist anders, weißt du? Mancher mag dem Sturm gleichen, ein anderer einem jungen Gebirgsbach oder dem ruhigen Ozean, der doch hin und wieder zu hohen Flutwellen aufgepeitscht wird. Und alle Priester und Gläubigen sind wie das Meer – jeder ein einzelner Tropfen, und doch alle miteinander verbunden. Kannst du schwimmen?«

Diese unvermittelte und scheinbar so gängige Frage brachte Rhÿs aus dem Konzept. »Schwimmen? Nicht richtig. Zu Hause in Abilacht gibt es nur einen klitzekleinen Weiher, in dem ich mich immer gewaschen habe, nach der Mahd... Und einen Efferdtempel gibt es dort auch nicht, nur einen der Travia. Ist das schlimm?«

»Nein, natürlich nicht.« Doch Efferdwin bezweifelte, daß Rhÿs tatsächlich berufen war. Zumindest nicht für Efferds Dienste.

»Ich denke, ich würde es gerne versuchen«, sagte der Schnitter nun. »Was versuchen?« Diesmal war Efferdwin verwirrt. »Zu beten – im Tempel.«

Da nickte der Novize und stand auf. »Gut. Es ist zwar schon schrecklich spät und Vater Oisin liegt hoffentlich noch nicht im Bett, damit ich ihn fragen kann, ob du in das Heiligtum darfst. Aber das klappt schon, er hat einen leichten Schlaf. Komm!«

Von ihrem Platz am Ufer von Südhafen bis hin zum Alten Tempel brauchten sie nicht lange. Der größere Teil Havenas erstreckte sich hauptsächlich westlich des Tempels, nördlich davon lag allein die Krakeninsel mit den kleinen Fischerhäuschen, und südlich von Marschen noch das Orkendorf, ein ärmliches Handwerkerviertel, an dessen besserem Rand auch Meister Ghundir wohnte, und Nalleshof.

So spät in der Nacht gab es kaum noch Havener, die hier in der Nähe des Fürstenpalastes unterwegs waren. Rhÿs wäre von der Garde auch sicherlich freundlich gebeten worden, diesen Stadtteil zu verlassen, wenn nicht Efferdwin in seiner Novizenrobe bei ihm gewesen wäre.

Der Tempel lag still da. Efferdwin ließ Rhÿs im Vorraum zurück, schritt nach dem Begrüßungsritus in die heilige Halle und ging dann nach rechts zur Kammer der Geweihten. Doch zu seinem Erstaunen fand er das Schlafgemach, in das er leise hineinschlich, leer. Tatsächlich ging Vater Oisin selten früh zu Bett, doch inzwischen mußte es um die Mittnacht sein, da schlief er doch meist schon.

Vielleicht wußte Raike, wo der Alte war, und so ging Efferdwin hinüber zu der anderen Kammer. Doch die war auch leer. Verwirrt warf der Novize noch einen Blick in den Kellerraum, in dem die Ritualgegenstände aufbewahrt wurden, doch auch dort war natürlich niemand.

Wo mochten die beiden sein? Raike hatte mit Oisin das Unkraut in seinem kleinen Garten hinter dem Tempel jäten wollen, doch daß sie dort noch arbeiteten, war eigentlich unmöglich. Trotzdem kehrte Efferdwin zurück in die Bethalle, wo Rhÿs nachdenklich vor dem jugendlichen Efferd mit der wasserspeienden Muschel in der Hand stand. »Ich glaube, ich werde ihn mir immer genau so vorstellen«, meinte der Tagelöhner versonnen und drehte sich zu Efferdwin um. »Kommt Vater Oisin nicht?«

Zögernd zuckte der Novize mit den Schultern. »Er ist nicht da, und Raike auch nicht. Ich dachte, ich schaue mal ums Haus, bevor wir zum Neuen Tempel gehen, vielleicht ist er dort.«

»Ich warte hier, ja?« Efferdwin nickte und schritt durch das Portal und die Treppe hinab auf den Efferdplatz. Von hier ging er um das Gebäude herum zu dem durch eine niedrige Mauer abgeschirmten Gemüsegarten, in den eine Holztür führte. Als er die Klinke griff, um sie zu öffnen, drang ein Krächzen an sein Ohr, und ein Rabe flatterte auf die Mauer und sah ihn an. Ein Schauder fuhr Efferdwin den Rücken herab, und er blickte zu Boden. Hieß es nicht, die Sendboten des Herren Boron verkünden deinen nahen Tod? Er wollte seinen Tod nicht in den Augen dieses Vogels sehen, selbst wenn es so wäre.

Schnell öffnete er die Gartentür und trat ein, aus den Augenwinkeln nach dem Todesboten suchend, der just in dem Moment mit den Flügeln schlug und krächzend aufflatterte.

Erleichtert schloß der Novize die Tür und drehte sich um.

Noch in der Bewegung verharrte er vor Entsetzen über den Anblick, der sich ihm bot. Es war Nacht, doch das Madamal schien einigermaßen hell. Zwei Körper lagen dahingestreckt auf den Beeten, der eine über den anderen gefallen. Beide Köpfe der Gestalten, die Efferdwin mit tränendem Auge an ihren Roben als Vater Oisin und Schwester Raike ausmachte, waren von schwerem Gerät geradezu zermalmt worden.

Entsetzen brandete in Efferdwin auf, und er hörte sich selbst aus vollem Hals schreien: »Rhÿs!« Dann sagte er leiser, fast flüsternd: »Vater Oisin?« Wie gelähmt machte er einige stocksteife Schritte in Richtung der beiden Toten, fand sich jedoch außerstande, näher als zwei, drei Schritt an sie heranzutreten. Fast war ihm, als sei dies nicht sein Körper, sondern der eines anderen, in dem er nur stiller Beobachter war und nicht selbst zu handeln vermochte. Leider konnte er auch nicht den Blick abwenden von der blutigen Masse, die einmal Vater Oisins Kopf gewesen war, und darüberliegend, als wolle sie den alten Mann noch im Tod beschützen, Schwester Raike.

Rhÿs hörte er nicht kommen, doch er stand plötzlich neben ihm, gestikulierte und redete wild auf ihn ein, doch Efferdwin hörte nicht einmal die Stimme, nur das Blut rauschte ihm in den Ohren. Dann machte der Tagelöhner einige Schritte auf die Leichen zu und deutete auf etwas, das der Novize nicht recht erkennen konnte. Schließlich zog Rhÿs den einen Körper mit einem Ruck beiseite, so daß der Novize die Szenerie aus einem neuen, gräßlichen Winkel betrachten mußte. Nun sah er, worauf Rhÿs' ausgestreckter Finger wies: Ein Hammer lag zwischen den Leichen, blutbesudelt und runenbedeckt.

Plötzlich nahm Efferdwin die Welt um sich herum wieder mit den Ohren wahr. »...der Hammer von Hochwürden Ingramosch!« drang Rhÿs' erschrockene Stimme zu ihm durch. Dann wallte eine betäubende Übelkeit in Efferdwin auf, die Ursache dafür war, daß er sich auf Vater Oisins Erbsen übergab.

Als das flaue Gefühl in seinem Magen abklang und auch der Kopfschmerz nachließ, führte Rhÿs den Novizen hinaus aus dem Garten und in den Tempel. »Ruh dich ein wenig aus«, befahl er bedrückt. »Ich hole die Garde.«

Die fürstlichen Gardisten hatten die beiden Zwerge mit sechs Mann verhaftet und waren dabei auf heftigen Widerstand gestoßen. Hochwürden Ardan hatte den Befehl zur Festnahme gegeben, denn Kirchenamt stand immer noch vor Staatsgewalt. Nur Priester durften über Priester richten, auch wenn dem Hohenpriester des Praios diese Wendung überhaupt nicht gefiel. Im fürstlichen Stadtgefängnis hielt man die Verbrecher in sicherem Gewahrsam, ebenso wie die beschlagnahmten Habseligkeiten der Zwerge. Erst der Brand, dann die erschlagenen Efferdpriester – das Volk schrie nach Blut und Rache, und ebenso die Efferdkirche. Vielleicht würde er die Ingerimmpriester als Ketzer und Verbrecher aus der Stadt weisen müssen. Glücklicherweise regelte die Lex Zwergia den Umgang mit dem Kleinen Volk recht genau und verbat die eigenständige Aburteilung von Verbrechern aus den Reihen der Angroschim: Sie waren den zwergischen Bergkönigen zu übergeben.

Der Hohepriester knirschte ungehalten mit den Zähnen. Nachdem seine wochenlangen Bemühungen, Fürst Toras zu überzeugen, den Priestern des Ingerimm den Bau ihres Tempels zu gestatten, gefruchtet hatten, machte dieser Mord all seine Pläne zunichte. Der Fürst hatte die Genehmigung widerrufen und seinerseits bereits die Verbannung der Zwerge gutgeheißen. Doch Ardan ließ noch Untersuchungen anstellen, um eventuell die wahren Schuldigen belasten zu können. Efferdhilf der Blaue war zu weit gegangen. Aber Ardan mußte gestehen, daß er die Entschlossenheit des Efferdpriesters unterschätzt hatte. Eine Spur gab es jedoch noch: Dem jungen Gehilfen des Schmiedes, bei dem die Zwerge die Esse gemietet hatten, war am vergangenen Tag ein Schurke aufgefallen, den er schon bei einem versuchten Überfall auf eine der Rahjapriesterinnen gesehen hatte. Wiedererkannt hatte der Bursche den Mann an einer Seeschlangentätowierung auf dem Oberarm, vermutlich handelte es sich also um einen ehemaligen Seemann.

Ardan stand von seinem Schreibtisch auf und kniete

sich vor die Statue des Götterfürsten. Die Hände zum Gebet gefaltet, versprach er seinem Herrn die lückenlose Aufklärung dieses gräßlichen, frevelhaften Mordes.

Das war seine Schuld, allein seine Schuld! Efferdwin schluchzte verzweifelt. Hätte er nicht darauf bestanden, daß Vater Oisin noch einmal zu dem Hohenpriester ging... Aber das war doch einfach nicht möglich! Er weigerte sich zu glauben, daß der höchste Priester des Efferdkultes etwas damit zu tun hatte – das war Mord, noch dazu an Geweihten! Es handelte sich sicherlich um einen gräßlichen Zufall, daß der Mörder ausgerechnet heute zuschlug...

Die beiden Freunde saßen in der Gebetshalle des Tempels am Boden beisammen und bliesen Trübsal.

»Das ist meine Schuld, alles meine Schuld...«, murmelte Efferdwin. Doch der Freund schüttelte den Kopf. »Ach was, das hat doch nichts mit dir zu tun. Die Priester des Ingerimm- und Efferdkults sind doch noch nie gut miteinander ausgekommen.«

Bei diesen Worten krallte sich die Hand des Novizen regelrecht in Rhÿs' Hemdärmel und hielt ihn fest. »Ingerimmpriester? Was haben die damit zu tun?«

»Die Zwerge leben doch in Meister Ghundirs Haus. Es ist der rituelle Schmiedehammer von Hohepriester Ingramosch, der da bei Vater Oisin liegt. Hast du mir nicht zugehört? Was ist, was starrst du mich so an?«

»Die Zwerge... aber warum sollten die...?«

»Ich weiß auch nicht«, murmelte Rhÿs nun und senkte bedrückt das Haupt. »Vielleicht war es auch dieser Schurke von damals...«, sann er dann vor sich hin.

Auf Efferdwins fragenden Blick hin erklärte er: »Ich habe dir doch von der Rahjapriesterin berichtet, nicht? Natürlich. Der Kerl, der die Bande anführte, der trug so eine Seeschlange auf dem Arm. Oben, unter der Schulter. Den habe ich gestern um die Schmiede schleichen sehen. Ich wollte schon Meister Ghundir Bescheid geben, daß er die Garde holt, doch dann ist der Bursche verschwunden.«

»Eine Seeschlange? Bist du sicher?« Efferdwin deutete auf seinen Oberarm. »Ungefähr dort?« Rhÿs nickte bestätigend.

»Den kenne ich!« rief der Novize aufgeregt. »Der war mit am Brand des Gildenhauses schuld!«

»Das hat jemand angezündet?« fragte Rhÿs verwirrt. Eifrig nickend fuhr Efferdwin fort: »Hochwürden Efferdhilf der Blaue schickte mich zu dieser Frau, Ceorvina hieß sie, um ein Schreiben zu überbringen. Dann sandte er mich zur Efferdwache in Lhamìn. Wenige Stunden später brannte das Gildenhaus, und die Efferdwache löschte dank ihrer guten Vorbereitung den Brand. Ich sah die Frau und diesen Schurken mit dem Hautbild auch, und sie rochen nach Petroleum!«

Ungläubig starrte Rhÿs ihn an. »Willst du damit behaupten…« Der Schnitter schüttelte wütend den Kopf. »Du kannst doch nicht deinen Hohenpriester der Brandstiftung beschuldigen! Deshalb hat er dich also hinausgeworfen!«

Traurig nickte Efferdwin. »Rhÿs, verstehe doch: Die Ingerimmpriester wollen hier einen Tempel bauen. Hochwürden Efferdhilf will das nicht zulassen, weil er denkt, daß das seinen Einfluß in Havena schmälert. Und wenn das nicht aufhört, wird Efferds Zorn über uns kommen!« Wieder flossen dem Novizen die Tränen über die Wange. Er fühlte sich so machtlos! Dabei war er doch verantwortlich, schließlich hatte sich Efferd *ihm* mitgeteilt! Er hatte versagt.

»Nun male doch nicht gleich den Namenlosen an die Wand!« beruhigte Rhÿs seinen Freund. »Es gibt sicherlich für alles eine Erklärung!« Noch immer spiegelte sein Gesicht Verwirrung und Entrüstung wider.

»Wer soll es mir glauben, wenn nicht einmal du es

tust?« schniefte Efferdwin und wischte sich die Tränen mit dem Robenärmel von den Wangen. »Wer sollte mir überhaupt glauben?« Die Frage richtete sich weniger an Rhÿs als an Efferd selbst. Nachdenklich fuhr er fort: »Warum hat Er es mir gesagt, wenn doch klar war, daß mir niemand zuhören würde? Warum nicht Efferdhilf oder Oisin?«

»Nicht, daß ich verstünde, wovon du redest. Aber du mußt doch zugeben, daß es schon merkwürdig klingt, wenn du den höchsten Efferdgeweihten der Brandstiftung bezichtigst. Hast du denn Beweise?«

Bedrückt überlegte Efferdwin. »Nur die Adresse im Orkendorf, wo die Frau wohnt, diese Ceorvina. Ich glaube aber, daß sie sehr gefährlich ist. Und sehr vorsichtig. Sie hat mit einer Armbrust auf mich gezielt.«

Rhÿs sprang auf. »Laß uns zu ihr gehen.«

»Was? Bist du verrückt? Die bringt uns um!« Störrisch blieb der Novize sitzen. Doch sein Freund entließ ihn nicht so schnell aus der Pflicht. »Du hast etwas behauptet, und wir können es nachprüfen. Wenn du dich jetzt dagegen sträubst, dann beweist das nur, daß du gelogen hast. Möchtest du, daß ich dich für einen Lügner halte?«

»Nein, natürlich nicht, Rhÿs. Aber diese Frau ist wirklich sehr gefährlich. Wenn sie eine Brandstifterin und Verbrecherin ist, ist sie bestimmt auch eine Mörderin und...« Er hielt inne. »Vielleicht hat *sie* Vater Oisin umgebracht!« Da sprang er ebenfalls auf und eilte aus dem Tempel.

»Efferdwin, nun warte doch!« Rhÿs erwies sich als der schnellere von beiden. Als er den Novizen eingeholt hatte, redete er seinerseits auf ihn ein. »Was, wenn sie ihn wirklich umgebracht hat? Wenn sie schon zwei Priester getötet hat, dann wird sie auch nicht davor zurückschrecken, einen Novizen und einen Tagelöhner zu töten! Efferdwin!«

Doch der Angesprochene schritt unbeirrt weit aus. »Das sehen wir, wenn wir da sind. Überleg doch mal: Vielleicht hat ihr der Schurke mit der Seeschlange den Hammer besorgt, und sie hat es dann getan! Wenn die beiden schon beim Brand zusammengearbeitet haben, dann könnte es doch auch sein, daß das hier ihr gemeinsames Werk ist. Und dann wären die Ingerimmpriester unschuldig, verstehst du? Wenn man die beiden zu einem Geständnis brächte, dann beginge man nicht auch noch einen Frevel an Ingerimm dadurch, daß seine Priester unschuldig verurteilt würden.«

Da unterließ Rhÿs seine Versuche, Efferdwin von seinem Entschluß abzubringen. »Ich kann es mir sowieso nicht vorstellen, daß sie es gewesen sein sollen. Bei den Werken, die sie erschaffen! Seine Gnaden Errax hat mich seine heilige Lampe betrachten lassen – sie müssen doch immer eine Flamme mit sich herumtragen. Ich habe noch nie ein so kostbares Stück gesehen, mit Darstellungen ringsum, wie Ingerimm die Welt geformt hat, und das aus echtem Silber!«

»Aber Ingerimm hat die Welt nicht geformt. Das war Efferd! In seinem Meer schwimmt doch auch die tote Sumu!«

»Nun, aber die Zwerge glauben eben, daß es Ingerimm war. Ich sage ja nicht, daß es stimmt. Die Lampe zumindest ist ganz wunderbar. Du erkennst selbst Ingerimms Zwergenbart!«

Efferdwin blieb unvermittelt stehen. »Ingerimm soll ein Zwerg sein? Wer weiß schon, wie Ingerimm aussieht?«

Doch Rhÿs beruhigte ihn. »Wir Menschen stellen Efferd doch auch bisweilen als Menschen dar, und mit den übrigen Göttern machen wir es nicht anders. Warum also sollten die Zwerge Ingerimm nicht als Zwergen darstellen? Ich bin sicher, daß sie damals, als sie Bilder von ihm erschufen, noch gar keine Menschen kannten. Das ist nämlich, sagt Seine Gnaden Errax, gewiß achttausend Jahre her.«

»Achttausend? Vermutlich behauptet er auch, sie hätten das alles aufgeschrieben.«

»In Stein gemeißelt«, erwiderte Rhÿs. »Was ist mit dir los? Beleidigt dich, daß die Zwerge ihren Gott möglicherweise länger verehren?«

Efferdwin schwieg. Er wußte selbst nicht genau, was seinen Widerspruchsgeist derart erregte, daß er die Ehrwürdigkeit der Zwerge nicht akzeptieren konnte. Aber wie Rhÿs davon schwärmte, von allem, was sie taten, und daß alles, was sie behaupteten, besser und älter war... Er schüttelte den Kopf. So zu denken, war dumm und kindisch, natürlich hatten die Zwerge ältere Ansprüche, denn immerhin gab es ihr Volk bereits sehr viel länger als das der Menschen, so sagte man zumindest. Außerdem lebten sie viel länger und behielten deshalb ihre Vergangenheit besser im Gedächtnis. Seine Gedanken waren nicht nur albern, sondern auch gefährlich, erinnerten sie Efferdwin doch nur zu sehr an Hochwürden Efferdhilfs Haß auf das Kleine Volk.

»Du hast recht, entschuldige. Ich bin wirklich albern.« Efferdwins Bekenntnis überraschte den Tagelöhner sichtlich. »Schon gut. Ich bin nur so begeistert, weil ich noch nie einen Priester wirklich etwas erschaffen sah, weißt du? Schon gar nicht etwas so Wunderbares.«

Lächelnd antwortete der Novize: »Du mußt mir die Lampe einmal zeigen, wenn sie tatsächlich so schön ist. Aber wir sind fast da. Dort in dem Haus wohnt sie.«

Am hellen Tag sah das Orkendorf nicht halb so verrucht und düster aus wie bei Efferdwins letztem Besuch. Eher dreckig und armselig, genau wie seine Bewohner. Die beiden Freunde gingen zögernd in den Innenhof, wo eine Frau mit einem Kind auf den Rücken gebunden gerade einige verwaschene Wäscheteile auf die Leine hängte.

»Efferd zum Gruße«, sagte Efferdwin. Die Frau drehte sich um und musterte ihn kurz. »Kommt heut abend wieder. Ich brauch auch meine Ruhe.« Dann wandte sie sich wieder ihrer Arbeit zu.

Doch der Novize hatte sie erkannt. »Taíra, nicht? Ich war vor ein paar Wochen hier und habe nach Ceorvina gefragt.«

»Richtig. Und?« Taíra hielt nicht in ihrer Arbeit inne.

Endlich faßte sich auch Rhÿs ein Herz. »Habt Ihr sie vielleicht vor ein paar Tagen mit einem großen stämmigen Kerl gesehen, der eine Seeschlangentätowierung auf dem Oberarm trug, dort ungefähr?« Er deutete auf seinen Arm. »Er nennt sich Callan.«

Ungerührt hängte die Frau einen Unterrock über die Leine.

»Vielleicht.« Rhÿs hatte verstanden, Efferdwin noch nicht.

»Gib ihr einen Heller!« Als der ihn gehorsam hervorkramte und ihn der Frau entgegenstreckte, lächelte sie sogar ein bißchen. »Süß seid ihr beiden. Ihr meint vermutlich Callan. Ein roher Geselle, das könnt ihr mir glauben. Hat Maíre schon mal 'nen Zahn ausgeschlagen. Seitdem darf der hier nicht mehr her. Auch wenn er gestern da war, und das habe ich auch der Garde gesagt.«

»Der Garde?« fragten die beiden Freunde gleichzeitig.

»Das wißt ihr nicht? Kinders, die haben's nur mir zu verdanken, wenn die den Mörder fangen, sag ich euch!«

»Den Mörder von Vater Oisin?« hakte Efferdwin nach. Doch Taíra schüttelte den Kopf. »Kenn ich nich. Den von eurer Freundin.«

Die jungen Männer brauchten einen Moment, um das zu begreifen. »Ceorvina ist tot?«

»Kluges Kerlchen«, lobte sie Rhÿs. Doch Efferdwin mischte sich ein: »Wann denn, wann ist das passiert?«

»Gestern, Schätzchen, war Callan hier. Kurz nach dem Mädchen. Danach habe ich ihn nicht mehr gesehen. Die Ceorvina habe ich auch nie gesehen, die kam wohl immer durchs Fenster. Aber ihre Gäste, die gingen immer durch die Tür. Ganz schön albern, wenn ihr mich fragt. Aber vielleicht hing ihr ja jemand am Arsch.« Sie kicherte kurz. »Verzeihung, am Allerwertesten. Callan war bisweilen hier. Manchmal. Aber gestern, gestern war er auch hier. Und Ceorvina ist tot. Sie haben sie im Fluß gefunden.«

Benommen sahen sich die beiden Freunde an. »Dann kann sie es nicht gewesen sein«, meinte Efferdwin. »Nein«, stimmte ihm Rhÿs zu. »Aber er.«

*Kapitel 13*

# Ymra

Noch immer lockte die *Stolz von Gareth* neugierige Gaffer aus der ganzen Stadt in den Hafen, und auch Branwen betrachtete das prachtvolle Schiff gern. Es mußte ganz neu sein und war das Flaggschiff der Flotte Eslams II., womit Fürst Toras geehrt wurde.

Die junge Novizin strich sich das weißblonde Haar in der Frühsommersonne zurück und grübelte traurig vor sich hin. Hochwürden Efferdhilf hatte allen Novizen und Geweihten wegen der gräßlichen Geschehnisse im Alten Tempel zornig freigegeben, so daß sie genug Zeit hatte, hinterher auch noch bei Efferdwin vorbeizuschauen. Der Arme mußte sich gräßlich fühlen, immerhin war er dem Tod anscheinend nur um Haaresbreite entkommen. Wie er an dem alten Priester gehangen hatte! Vielleicht sollte sie besser gleich zu ihm gehen, vielleicht brauchte er jemanden, der ihn tröstete!

Zunächst trat sie jedoch näher an das Hafenbecken heran, um Efferd einen stummen Gruß zu senden. Die Lektion, die sie gelernt hatte, traf sie hart in ihrem Glauben: Als Priesterin des Meeresgottes würde sie nicht unverwundbar oder unsterblich sein, wie Oisin konnte sie jederzeit verletzt oder getötet werden. Dabei hatte sie bis jetzt immer angenommen, daß den Priestern niemand etwas anhaben könne, daß sie ganz unter dem Schutz des Gottes stünden. Doch dem war nicht so.

Die Wasserfläche schillerte im Sonnenlicht. Weshalb

ließ Efferd einen so scheußlichen Mord zu? Wollte Er, daß die Priester auf sich selbst achtgaben, oder interessierte es Ihn einfach nicht, ob ihm einer mehr oder weniger diente?

Ein Ruf ließ sie aus ihren Gedanken aufschrecken. »Delphine! Dort!« Einer der wachhabenden Seesoldaten von der *Stolz von Gareth* wies hinüber auf die Hafenmündung in den Fluß.

Aufgeregt lief Branwen auf dem Kai näher, um besser sehen zu können, doch es gab keinen Zweifel – was dort aus dem Wasser ragte, waren Delphinflossen, die auf die Hafeneinfahrt zuhielten! Unwillkürlich stimmte die Novizin einen efferdheiligen Gesang an, der von vielen Gläubigen, die ihr gefolgt waren, aufgenommen wurde. Sicherlich ein Dutzend der schönen Tiere schwamm dort draußen, doch merkwürdigerweise hielten sie nicht zügig auf den Hafen zu, sondern ließen sich von der Strömung tragen. Solch eine große Anzahl der heiligen Efferdtiere verhieß eine große Gnade, wenn sie der Stadt einen Besuch abstatteten! Was für ein Feiertag!

Wie gebannt beobachtete die Novizin mit Hunderten von Havenern, die sich auf den Kais eingefunden hatten, wie die Delphine von der wachsenden Flut hereingespült wurden, vom Meer her direkt in das Hafenbecken vor dem Efferdtempel. Nach einigen langen Augenblicken konnte das Mädchen das vorderste Tier erkennen und hielt entsetzt den Atem an: Nicht aus eigener Kraft schwamm die Efferdkreatur, sondern sie wurde vom steigenden Meereswasser hereingetragen, denn sie war tot.

Branwen erwachte aus der Schreckensstarre, die sie befallen hatte. Suchend blickte sie auf dem Wasser umher, doch ebenso wie der erste trieben alle Delphine tot in das Becken herein. Einer Welle des Grauens gleich spülte der gnadenlose Ozean die Kadaver der efferdheiligen Tiere auf die Menschenmenge zu, und mit jedem Spann, den sie näher kamen, erkannte man mehr und mehr, daß die Körper bereits zu zerfallen begonnen hatten.

Mit einem Schrei wandte sich Branwen um und rannte los. Achtlos schubste und drängelte sie sich durch die Menge hinter ihr, die ebenso betäubt dastand wie sie eben auch noch. Die Reaktion der Novizin jedoch sprang über, so daß der Hafen ein weiteres Mal einem brodelnden Hexenkessel glich, aus dem alles floh und flüchtete.

Keuchend ging ihr Atem, die Beine spürte sie kaum noch. Branwen hetzte durch die dicht bevölkerten mittäglichen Straßen Havenas, hinüber zum Alten Tempel. Endlich tauchten seine Marmormauern vor ihr auf der anderen Seite des Flußarmes auf; sie lief über die Brücke und auf den Efferdplatz. Stolpernd erklomm sie die breite Treppe zum Eingang hinauf, fiel, fing sich wieder und hastete weiter, durch die Bethalle ins Heiligtum und in das Schlafgemach zur Rechten.

Wie erwartet fand sie hier Efferdwin, der mit seinem Freund Rhÿs am Tisch saß und traurig vor sich hin brütete.

»Die – die Delphine!« keuchte Branwen atemlos und außer sich. »Die Delphine!« Dann mußte sie sich am Türrahmen festhalten, da ihre Beine zu versagen drohten.

Gleichzeitig sprangen die jungen Männer auf und stützten sie rechts und links, so daß sie sicher auf dem Bett zu sitzen kam.

»Die Delphine!« schluchzte sie zum dritten Mal und brach in Tränen aus; sie wunderte sich, wie sie das so lange hatte zurückhalten können.

»Welche Delphine, Branwen?« fragte Efferdwin verblüfft. »Du bist ja schreckensbleich! Ruh dich erst einmal aus.«

Doch die jüngere Novizin schüttelte so heftig den Kopf, daß Efferdwin erschrak. Was mochte geschehen sein? Eine düstere Vorahnung befiel ihn, und er setzte sich lieber wieder.

Nach einigen durch Schluchzer unterbrochenen Versuchen zu beschreiben, was geschehen war, berichtete Branwen zitternd und bebend: »Delphine... sie kamen in den Hafen getrieben, ein ganzes Dutzend.« Mit dem Ärmel der Robe wischte sie sich schniefend die Nase und lachte freudlos auf. »Und ich dachte, Efferd schenkt uns ein Zeichen seiner Gnade! Aber sie waren tot, alle tot!« Das letzte Wort zog sich zu einem Jaulen, denn wieder brach die Novizin in Tränen aus.

»Tot?« Sämtliche Farbe war aus Efferdwins Gesicht gewichen. Branwen nickte nur kläglich und schluchzte in Rhÿs' Hemd, der ihr seine Schulter zum Ausweinen angeboten hatte und sie im Arm hielt. »Alle tot!« schniefte sie wieder. »Fast schon verwest. Die Flu... die Flut trug sie ins Hafenbecken.«

»Heilige Elida von Salza!« entfuhr es Efferdwin. »Das ist die zweite Warnung...« Er barg das Gesicht in den Händen. »Glaubst du immer noch, daß ich den Namenlosen an die Wand male, Rhÿs?«

Der Schnitter wußte nicht recht, was er antworten sollte. »Was für eine Warnung?« fragte er dann verwirrt.

»Efferd sprach zu mir, doch Hochwürden Efferdhilf wollte es mir nicht glauben. Er sagte, Novizen hätten keine Visionen. Doch Efferd drohte, das ganze Land zu vernichten, wenn wir nicht innehielten. In unseren Freveln, vermute ich... Er erschien mir am Tag nach dem Brand im Gildenhaus. Und ich sage dir, Rhÿs, daß es Hochwürden Efferdhilf war, der zu dem Brand angestiftet hat! In seiner Rede am nächsten Tag im Tempel hat er dann dieses Ereignis als Zeichen des Efferd dargestellt. Und nun, direkt nachdem du mir den Brief gebracht hast, Branwen, daß der Fürst den Bau des Ingerimmtempels genehmigt hat, geschieht dieser Mord! Sie hätten mich bestimmt auch umgebracht, wenn ich im Tempel gewesen wäre. Ceorvina ist ebenfalls tot, vielleicht wollte sie sich nicht die Finger mit Blut beflecken. Vermutlich hast du ihr sogar den Mordauftrag zugetragen, Branwen.«

»Ich?« fragte das Mädchen zu Tode erschrocken. »Jetzt gehst du aber zu weit, Efferdwin!« fuhr Rhÿs ihn an. Doch der Novize ließ sich nicht beirren. »Hast du gestern einen Brief in das Hurenhaus zu Ceorvina getragen?«

Branwen nickte blaß. »Und da war sie noch am Leben?« Erneutes Nicken.

Erschöpft ließ Efferdwin die Schultern sinken. »Und dann hast du eine Antwort zu Efferdhilf getragen, und er war sehr zornig?«

»Ja, das stimmt«, meinte Branwen zaghaft. »Woher weißt du das?«

»Leider ist es nur logisch. Ich wünschte mir nichts sehnlicher, als daß ich unrecht hätte. Wie auch immer er diesen Callan benachrichtigt hat, er war der Mörder.«

»Die verdorbenen Fische!« Branwen ging ein Licht auf. »Das war die erste Warnung, nicht wahr?« Traurig nickte der junge Mann.

»Untergehen?« fragte Rhÿs mit schriller Stimme. Langsam schien er die Tragweite der Ereignisse zu begreifen. »Das ganze Land?«

»So waren seine Worte«, meinte Efferdan. »Doch vielleicht gibt es noch Hoffnung – immerhin war dies erst die zweite Warnung. Vielleicht können wir Hochwürden Efferdhilf ja noch zum Einlenken bringen. Vielleicht hat ihn dieses Ereignis umgestimmt!«

Doch Rhÿs schien ihn nicht zu hören. Langsam sikkerte die Erkenntnis in seinen Geist, und hohl fragte er weiter: »Und Efferd hat es dir gesagt? Warum nicht dem Hochwürden?«

»Das habe ich mich ja auch schon gefragt!« Efferdwin klang verzweifelt. »Ich weiß es doch nicht. Vielleicht hat er es bei Hochwürden schon versucht, aber der hat nicht gehört!«

Doch Branwen schüttelte den Kopf. »Vielleicht bist auch du derjenige mit dem stärksten Glauben hier. Oder – oder er wollte Hochwürden Efferdhilfs Stolz auf die Probe stellen – denk doch einmal, wie er reagiert hat! Ich habe das Geschrei mitbekommen – allein der Gedanke, daß du recht haben könntest, war ja unerträglich für ihn!«

»Und deshalb setzt er das Leben aller Albhernier aufs Spiel?« fragte Rhÿs leise. Seine Begeisterung für diesen Gott zerbrach, einer Schale aus güldenländischem Porzellan gleich, die auf Marmorboden fiel.

»Ich weiß doch nicht!« verteidigte Efferdwin seinen Herrn verzweifelt. »Wir wissen ja gar nicht, was hier alles vorgeht! Auch Vater Oisin war enttäuscht von Efferdhilf und den anderen Geweihten, ja, sogar von den Gläubigen! Er meinte, früher sei alles besser gewesen.«

»Das sagen alle alten Leute.« Rhÿs blickte zu Boden, als er dies sagte.

Daraufhin schwiegen die jungen Leute. Das Glucksen des Wassers im Flußarm direkt hinter dem Tempel drang herein, und auch das Rattern von Karren auf der hölzernen Brücke. Der Gong vom Praiostempel schlug zur nachmittäglichen Stunde des Efferd. »Ich gehe nicht zurück in den Neuen Tempel!« stieß Branwen aus und schmiegte sich enger an Rhÿs, der sie noch immer im Arm hielt.

»Das macht doch nun auch nichts mehr!« beruhigte Efferdwin sie. »Du kannst hierbleiben. Efferdhilf kann auf mich gar nicht zorniger werden, und wenn sich

Efferds Prophezeiung erfüllt, dann kann er dir auch nichts mehr tun. Efferdhilf der Blaue hat in dieser Stadt nichts mehr zu sagen. Jetzt gilt nur noch Efferds Wille.«

»Und man kann nicht einmal weglaufen.« Rhÿs stand auf, bettete Branwen auf Vater Oisins Bett und ging hinaus.

Die Zeremonie hatte begonnen. Ulfila schlug die Trommel rhythmisch, Glenna blies die Levthansflöte, Rahjalyn saß an der Harfe. Vor der dunklen Rahja, die sich auf ihrem hölzernen Sockel rekelte, lag Riganna nackt auf einem Bett von Rosen.

Die drei anderen Geweihten hatten sich mit der Hochgeweihten Eillyn um sie herum versammelt und trugen jeweils ein Gefäß. Die Priester Aedin und Cynwal trugen das Rosenöl und die Blütenblätter, die Hohepriesterin das Levthansband in Händen. Niando ordnete noch Rigannas Haar auf dem Rosenbett und rückte ihr dann einen zärtlichen Kuß auf die Lippen. Sie schenkte ihm ein Lächeln dafür, denn sie war sehr glücklich, daß sie mit ihm die Zeremonie vollführen würde.

Schmerzhaft bohrten sich einige Dornen in ihre zarte Haut an Rücken und Gesäß. Die Vorfreude sandte ihr eine reizvolle Gänsehaut über die Arme und verhärtete ihre Brustwarzen, denn welche Empfindungen auch immer sie bald verspüren würde, das Levthansband verhundertfachte sie. Das ließ sowohl Erregung als auch Schmerz an die Grenzen des Erträglichen steigern und brächte Riganna hoffentlich der Göttin so nahe, daß sie mehr über die Vision herausfände, die die Herrin ihr damals mit der Tränenperle gesandt hatte.

Harfenklang und Trommelschlag plätscherten durch die heiligen Hallen, und die drei anderen Geweihten ließen sich neben dem Rosenbett nieder. Aedin salbte

Riganna mit zärtlichen Bewegungen Lippen, Brustwarzen und Schamlippen, Cynwal streute ihr die wohlduftenden Rosenblätter über den Körper. Eillyn schließlich wand ihr mit heiligen Gesängen das Levthansband um die Handgelenke über dem Kopf und befestigte es mit einem Doppelknoten – damit sich das Band nicht aus Versehen löste und die Vision möglicherweise beendete.

Als die gefesselte Geweihte heftig aufstöhnte und ihr Leib zu beben begann, legte sich Niando zu ihr und fing an, sie zu berühren.

Für eine Ewigkeit unterdrückte der Schmerz, dem die Rosendornen ihrem Rücken zufügten, alle anderen Empfindungen, denn mit der Berührung des heiligen Bandes bohrten sich nicht mehr Dornen, sondern glühende Schwerter in ihre Haut. Geweihte der Rahja üben im alltäglichen Leben eiserne Herrschaft über ihre Gefühle und Regungen aus, damit sie in den heiligen Zeremonien die Leidenschaft um so köstlicher auszuleben vermögen. Also öffnete sich Riganna dem Schmerz, versuchte nicht, ihm zu widerstehen, sondern ihn in sich aufzunehmen und zu genießen.

Wollust und höchste Erregung sprangen an ihren Brüsten auf, als eine Hand fest darüberfuhr und sie liebkoste. Riganna spürte, wie sie nach Luft schnappte und um Fassung rang – durch das Levthansband wurden Schmerz und Leidenschaft gleichermaßen ins Unerträgliche gesteigert. Sie mußte sich beherrschen, sie durfte sich nicht verlieren, sonst wurde die Wirkung des Artefaktes zur Qual.

Unter Niandos Kuß entflammten ihre Lippen lichterloh, und während sie ihn erwiderte, spürte sie, wie verkrampft sie eigentlich gegen Rahjas heilige Ekstase ankämpfte, wie sie sich mit allen Kräften dagegen wehrte, statt sie willkommen zu heißen. Jede Selbstbeherrschung mußte irgendwann einmal aufgegeben werden, sonst verschloß man sich vor der Göttin.

Also öffnete Riganna sich und ließ den eisernen Griff um ihre Empfindungen fahren. Schmerz und Ekstase überschwemmten sie und trugen ihren Geist mit sich, und während sie noch spürte, wie Niandos Zunge ihre Brust entzündete, umfing sie der Hauch der Göttin.

Sie lag in einer Laube, umwuchert von Kletterrosen und Wein in allen Stadien der Reife. Ihre Gefährtin war nicht mehr Niando, sondern Rahja selbst, die dem Leib der Geweihten Entzücken aus Genuß und Leid gleichermaßen sandte, wie Riganna es noch nie zuvor empfunden hatte. Ob es nun das Geschlecht des sterblichen Priesters oder das der Göttin war, das in sie eindrang, es vermochte ihre Ekstase noch mit jeder Bewegung zu verdoppeln, immer wenn sie nicht mehr glauben konnte, daß mehr Entzücken möglich oder erträglich sei.

Einem göttlichen Pendel gleich schwangen Leib und Seele im Rhythmus ihrer körperlichen Vereinigung höher und höher, bis Riganna nicht mehr Geist, Gedanke und Erinnerung, sondern allein Fühlen, Lust und göttliche Ekstase geworden war. Auf dem Höhepunkt brachen sich Schmerz und Erregung gewaltige Bahn und erschütterten die Geweihte bis ins Innerste, ihr Leib ganz ein Altar der Göttin.

Und sie sah die Flutwelle.

*Kapitel 14*

# Fatas

Der 30. Efferd des Jahres 29 Hal, der Tag, an dem Kronprinzessin Invher zur Königin gekrönt werden sollte, begann bereits mit schlechten Neuigkeiten. Offensichtlich war der Baron Conaill Crumold von Crumold-Crumold bei einem äußerst zweifelhaften Turnier zu Tode gekommen, dessen Bedingungen eher einem durch den Reichsfrieden verbotenen Duell ähnelten als einem ›Turnier nach pervalschen Regeln‹, wie man es so schön benannt hatte. Und selbst wenn sich ignorieren ließe, daß das Turnier eigentlich keines gewesen war, der Tod des albernischen Barons aus alteingesessener Familie durch die Hand des darpatischen Truchsessen Ludeger von Rabenmund bot mehr als genug politische Brisanz für den ersten Tag ihrer offiziellen Herrschaft…

Invher seufzte, während Schneidermeisterin Raidrighe Elvenborg und ihre Zofen Laille und Ynlais ihr das traditionelle albernische Krönungsgewand zurechtzupften, letzte Perlen aufsetzten oder Stiche taten. Sorgsam und liebevoll strich die zukünftige Königin über das kostbare Material, das vor ihr schon so viele Bennains angelegt hatten. Das meerblaue Wams im Schnitt der traditionellen albernischen Trachten reichte ihr bis fast zum Knie und bestand aus perlenbesticktem Samt. Dagegen umflossen die blauen Ärmel aus Seide locker ihre Arme, ebenso die Schärpe aus demselben Material. Die weite blaue Hose plusterte sich unter dem Knie über dem Schaft von hellen Ziegenlederstiefeln, die ebenso wie Thin und Skraja Überbleibsel der thorwalschen Vorfahren der Bennains waren.

»Allerprinzlichste Hoheit, so haltet doch einmal still, mit Verlaub!« Meisterin Raidrighe paßte es gar nicht, wenn man ihre wohlgeschulten Handgriffe durch ihrer Meinung nach unangemessene Bewegungen störte. Gerade rückte sie der Kronprinzessin das blaue Stirnband mit dem Familienzeichen des thorwaler Drachenschiffkopfes und den drei silbernen Kronen des Königreiches auf der Stirn zurecht und ordnete das dunkelbraune Haar ringsum darüber. Laille und Ynlais rückten den Spiegel zurecht, und Meisterin Raidrighe trat zurück, damit sich die Prinzessin bewundern konnte.

Die Gewänder saßen tadellos, das Stirnband stand ihr gut, die Majestät in ihre Erscheinung war unverkennbar. Sie war eine Bennain, doch würde sie ihrem Volk auch eine gute Königin sein? Schon seit jenem Tag, an dem man ihr die Erbschaft des Thrones Albernias angetragen hatte, sorgte sie sich deswegen. Ihre ältere Schwester Emer, die damals durch ihre Heirat mit Prinz Brin auf diesen Thron verzichtet hatte, wäre eine gute Herrscherin gewesen, das bewies sie nun als Regentin an der Spitze des Kaiserreiches. Invher selbst jedoch hatte in Rondras Kirche eintreten und der Löwin dienen, aber nicht selbst herrschen wollen.

Als beschlossen war, daß Emer Albernia nicht von Gareth aus regieren sollte, hatte Invher eine Entscheidung treffen müssen. Leicht war es ihr nicht gefallen, zwischen ihrer Göttin und ihrem Land zu wählen, doch mit dem überstürzten Studium von Büchern über Landeskunde und Geschichte, über Staatskunst und Geographie hatte sie sich mehr und mehr in Efferds Land verliebt. War sie vorher bereits mit Leib und Seele Albernierin gewesen, so wuchsen nun Stolz und Liebe zu den Traditionen dieses alten Landstriches, die ihr mit jedem weiteren Tag deutlich machten, wie wichtig es war, daß in Havena eine Albernierin mit ganzem Herzen regierte. Auch wenn sie diese Bürde zu tragen hatte, dankte sie es ihren Eltern innerlich, daß Emer nicht Erbin geblieben war, denn sich um ein Kaiserreich *und* eine so stolze und unabhängige Provinz zu kümmern, überstieg selbst die Kräfte einer ›Heldenkaiserin‹, gerade wenn man Kriege und Wirrnisse der letzten Jahre bedachte.

Invher wußte, daß sie immer im Schatten ihrer großartigen Schwester stehen würde, doch das störte sie nicht. Wenn aus diesem Schatten herauszutreten hieß, das durchmachen zu müssen, was Emer erlebt hatte, wollte sie gerne darauf verzichten. Sie betete allein darum, daß sie die Erwartungen ihrer Eltern, ihrer Untertanen und ihrer königlichen Schwester, die zugleich Invhers Lehnsherrin würde, bis deren Tochter Rohaja auf den Kaiserthron stieg, erfüllte. Und daß sie vor allem den Herren Efferd nicht enttäuschte, das betete sie allnächtlich.

Anders als in den meisten anderen Provinzen galt in Havena nicht nur Praios' Stimme, wenn es um die Auswahl des neuen Herrschers ging, sondern auch Efferds, dessen Macht so innig mit dem Schicksal dieses Landes verquickt war und dem Albernia, so sagte man, schon immer der liebste Ort auf Dere gewesen war. Heute hatte sie sich zum Morgenhochwasser ins Zwiegespräch mit dem Meeresgott begeben. Eine Herrscherin hatte sich vor den Göttern zu prüfen, ganz besonders in Havena, das bereits einmal ein Strafgericht über sich hatte ergehen lassen müssen. So gern Invher ihre Provinz auch als starkes, unabhängiges Reich sehen würde, hatte sie dem Gott dennoch geschworen, nicht gegen Seinen Willen zu handeln. Zwar schenkte sie der offiziellen Version kaum glauben, daß Efferd Havena wegen der Unabhängigkeitserklärung vernichtet hatte, doch wer mochte das schon genau sagen. Sie zumindest würde ihre Stadt nicht ihrem Heimatstolz opfern.

Trotz des Diebstahles der Efferdperle hatte der Herr der Gezeiten ihre Krönung für gut befunden, und die Efferdpriester sagten sogar gutes Wetter voraus. Trotzdem machte sich die zukünftige Königin Albernias wegen des Verschwindens der Perle Sorgen. Was, wenn Onkel Efferdan das Kleinod nicht wiederfand? Was, wenn das Artefakt, das nach Meinung der Priester Efferds Vergebung für Havena symbolisierte, gar zerstört würde? Die Aussicht auf Efferds Zorn überschattete den Beginn ihrer Herrschaft. Ein schlechtes Omen?

Die Tür zu dem Ankleideraum öffnete sich, und ihre Schwester trat ein. Emer war wenige Fingerbreit kleiner als Invher, doch drückten Haltung und Züge ungleich mehr Größe und Majestät aus. Der goldene Schleier ihres Haares und die ernsten, gefaßten Züge, der rote Kirschmund und die rehbraunen Augen – die Reichsregentin war eine wunderschöne Frau, der ihr Amt gut stand. Invher könnte sich keine bessere für den Thron des Mittelreiches vorstellen – bis auf Emers Kinder, Rohaja und Yppolita, natürlich, deren helle Blondschöpfe hinter der Mutter glänzten.

Kniefall und Begrüßung hatte man bereits vor einigen Tagen hinter sich gebracht, denn die Schwester und die Nichten würden immer zunächst Lehnsherrinnen bleiben, dann Verwandte. Doch zum Zeichen dessen, daß die Reichsregentin und die Königin Garetiens mit ihrer Schwester als Albernier gekommen war, trugen sie heute zur Krönung Invhers ebenso die traditionelle blaue Tracht der Provinz wie der Rest der Familie. Mit leisem Lächeln hatte Emer auch Invhers Änderungen am Krönungszeremoniell zur Kenntnis genommen, als man die Zeremonie besprochen hatte, doch die zukünftige Königin Albernias wußte, daß ihre Schwester den

Plan, wenn auch nicht als Regentin des Kaiserreiches, so doch als Bennain guthieß.

Die Stimme Emers war ruhig und warm. »Komm, Schwester. Es ist Zeit.«

Müde von der letzten Vision hatte auch Efferdan die traditionelle albernische Tracht angelegt und sich in die vorderste Reihe der Bennains begeben. Tatsächlich befand er sich als letzter in der ersten Reihe, die von Emer, Rohaja und Yppolita angeführt wurde. Zwischen ihm und Yppolita befand sich sein Neffe Ruadh, der sich mit der magiebegabten Tochter der Reichsregentin in den letzten Tagen ausgesprochen gut verstanden hatte.

Efferdans älterer Bruder, König Cuanu, ging mit seiner Gemahlin an der Spitze des Zuges der Adligen Albernias, die Delphinkrone des Landes auf dem Haupt. Ihm folgten dichtauf Kronprinzessin Invher mit ihrem Gemahl Romin von Kuslik-Galahan.

Der Zug setzte sich in Bewegung – zu Fuß, wie es der Gang zum Tempel des Gottes vorschrieb. Demut und Ergebenheit gegenüber Alveran standen der zukünftigen Herrscherin ebenso gut an wie eine feste Hand bei der Regentschaft. Der Weg allerdings, den die Bennains einschlugen, führte nur in der ersten Etappe zum Praiostempel. Aus dem Palast heraus, begleitet von Geweihten der Zwölf, die heilige Gesänge inkantierten, bewegte man sich gemessenen Schrittes auf den Halplatz. So weit, so gut, hielt man doch vor dem Praiostempel inne, aber nicht um zur Salbung hineinzugehen, sondern um Hochwürden Praiosson Greiffas abzuholen, den Hochgeweihten Havenas. Mit seinen Priesterinnen und Priestern im Gefolge, schloß sich der hohe Mann dem Zug mit beherrschter Miene an.

Durch das Gedränge der Massen und unter den

albernischen Fahnen mit den drei Silberkronen auf blauem Grund entlang bewegte sich der Zug zurück auf die Fürstenallee, durch die halbe Stadt, gen Westen – zum Efferdtempel. Das Volk, das sich schnell von der Überraschung erholt hatte, strömte aufgeregt an die Seiten von Fürstenallee und Meerstraße und jubelte seiner neuen Königin zu, die ein so deutliches Bekenntnis zu Albernia, zu Efferd, zu ihrem eigenen Weg bereits am ersten Tag ihrer Herrschaft ablegte!

Nicht die Reichskirche des Praios würde ihr die Krone aufs Haupt setzen, sie zur Sklavin des Reiches machen, sondern Efferds Dienerschaft, für ein freies Albernia! Wie lange schlummerten diese Träume bereits in diesem Volk, das immer weit weg von den Hauptstädten gelegen hatte, sei dies Gareth oder Bosparan. Ob Orks, Thorwaler oder Seebeben – Albernia hatte schon immer allein mit seinen Sorgen zurechtkommen müssen und niemals um Hilfe gebeten – das einzige, was man hier immer gewollt hatte, war die Eigenständigkeit. Und so hörte man die Havener auch schon das alte, traurige Lied aus Fürst Halmans Zeiten singen, der Kaiser Reto erst bei der Eroberung Maraskans hatte beistehen müssen, dann jedoch seine Truppen gegen den Kaiser selbst geführt hatte:

In der Nebelnacht

Als am Fluß entlang nach Altenfaehr
Ich ritt zur Phexensstund
Von Kriegesvolk auf Rondras Straß
Taten feste Schritte kund.
Kein Pfeifenklang, kein Trommelschlag
Kein Horn, das froh gelacht –
Nur ein Eulenschrei vom Weidengrund
Drang durch die Nebelnacht.

Wie hoch hat Rondras Fahn geweht
Auf Havenas Türmen hehr
Besser sterben am Ufer des Großen Fluß'
Denn vor Tuzak am Perlenmeer.
Von Abagund und Seenland
Hatten Kämpfer sich aufgemacht
Derweil trieb Kaiser Reto Gareths Orks
voran durch die Nebelnacht.

Für Gareth zogen die Unseren aus
Nach fernen Küsten hin
Zu brechen manchem kleinen Volk
Den Mut und tapf'ren Sinn.
Ihr laget tot auf Maraskan
Fehltet uns bei Abilacht
Und bei dem Kampf um Altenfaehr
in jener Nebelnacht.

Die dort standen, trug Golgari fort
Auf Schwingen gnadenlos.
Des finsteren Reto Grausamkeit
Gab Albernia den Todesstoß.
Aber Deren schaut auf die tapf'ren Leut,
Die trotzten der Übermacht
Jeder Hoffnung bar, doch unverzagt
In jener Nebelnacht.

Wenn heut ich komm nach Altenfaehr,
Wird mein Sinn mir vor Trauer schwer.
Die Männer und Frau'n, die ich dort verlor
Die seh' ich nimmermehr.
Doch in meinen Träumen lebt ihr fort
Mit dem Herzen halt ich Wacht
Für Euch, die fanden kühn und frei
den Tod in der Nebelnacht.

Welche Brisanz, dies vor den Urenkeln Kaiser Retos zu singen, die dereinst den Garether Thron besteigen würden! Doch der Jubel des Volkes galt heute nicht nur seiner neuen Königin, sondern auch *seiner* ›Kaiserin‹ Emer und ihren Kindern, die, in das albernische Blau gehüllt, sich als echte Töchter der siebenwindigen Provinz zu erkennen gaben.

Efferdan schmunzelte. Er verstand nicht viel von Politik, doch allein mit diesen Kleidern hatte seine Nichte Emer es zuwege gebracht, daß auch die zukünftige Kaiserin Rohaja von den Alberniern als *ihre* Kaiserin angenommen wurde. Gleichzeitig den Unabhängigkeitsdrang des Volkes nähren und es näher an das Reich binden – die Reichsregentin wußte die zwiespältige Seele Albernias zu verstehen.

Das edle Gefolge der königlichen Familie setzte sich aus dem Adel der Provinz zusammen. Gräfin Franka Salva Galahan von Honingen, Gräfin Rianod Ni Llud von Bredenhag und fast alle albernischen Barone und Edlen folgten ihrer zukünftigen Königin.

Der Efferdplatz vor dem Tempel war voll von Menschen, die doch willig beiseitetraten, als der Zug der Edlen eintraf. War Invher bereits am heiligen ersten Efferd und am frühen Morgen dieses Tages noch vor den Altar des inneren Heiligtums getreten und sogar zu Lata hinunter in die Kaverne gestiegen, um sich von Efferd prüfen zu lassen, so schritt sie nun an der Seite ihres Vaters Cuanu in die Bethalle, vor das Standbild des jungen Efferd mit der wasserspendenden Muschel.

Hier versammelt, warteten die Abgesandten fremder Provinzen und Reiche, wie etwa Jast Gorsam vom Großen Fluß, der Herzog der Nachbarprovinz Nordmarken, der Truchseß Darpatiens, der trotz des Todesfalles Baron Conaills von Crumold erschienen war, Fürst Blasius von Eberstamm ä. H. zu Kosch, Kronverweser Dschijndar von Rabenmund zu Neuborn, denn immerhin krönte man hier die fürnehmste Herrin des Reiches gleich nach der Königin von Garetien. Auch aus Nostria und Andergast, den nördlichen Nachbarreichen, kamen Gesandte, aus dem Horasreich schickte Kaiserin Amene-Horas allerdings nur einen Stellvertreter des Prinzen Timor, aus naheliegenden Gründen.

Die Geweihtenschar, die sich auf den Stufen des Efferdtempels versammelte, stammte aus allen zwölf Kulten, barg jedoch zwei Besonderheiten: Daß Larona Seeträumerin in die Stadt zurückgekehrt war, besprach man schon seit Tagen, doch mit der Schwester der Gräfin von Honingen, Ailil Andara Galahan im zarten roten Spitzengewand der Geliebten der Göttin Rahja, wartete noch eine zweite Erhabene auf.

Oben auf den Stufen wartete Larona Seeträumerin, die Hüterin des Zirkels, Erhabene des Efferdkultes. Die uralte Havenerin verband eine tiefe Freundschaft mit König Cuanu, der nun gemeinsam mit seiner Tochter vor der Priesterin niederkniete. Die Erhabene strich sich das strähnige graue Haar zurück und hob die Arme in einer Geste, die bewies, daß sie mit ihren gewiß mehr als siebzig Jahren noch immer sehnig und kräftig war. Die Linke hielt dabei den beinernen Stab der Hüterin des Zirkels, der in einem springenden Delphin auslief. In die entstehende Stille hinein fragte sie mit klarer, durchdringender Stimme: »Wer ist es, der zum Herren Efferd kommt?«

König Cuanu erwiderte leiser: »Der König Albernias.«

»Und weshalb betrittst du das Haus des Herren der Gezeiten?«

»Um eine neue Königin zu krönen!« Selbstverständlich war es unüblich, daß ein König seine eigene Tochter zur Krönung geleitete, üblicherweise war der eine Herrscher tot, bevor der nächste berufen wurde. Doch an dieser Zeremonie sollte viel Ungewöhnliches in Erinnerung bleiben.

»In wessen Namen willst du dieses Reich regieren?« fragte die alte Erhabene Invher fordernd, die, noch immer kniend, erwiderte: »Im Namen des Herren Efferd und seiner elf göttlichen Geschwister.«

Nickend gab die Alte den Weg frei. Invher und Cuanu schritten voran in den Tempel, die engsten Familienangehörigen und hohen Würdenträger des Reiches und seiner Nachbarstaaten folgten.

Auch Efferdan ging an Larona Seeträumerin vorbei, nun nicht mehr die junge Hochgeweihte und der kleine Junge, der um Aufnahme in die Kirche des Efferd bat. Ihre Blicke trafen sich und blieben einige Herzschläge lang ineinander verwoben, während Efferdan Unbehagen und Erkenntnis in den Augen der Erhabenen reifen sah. Verwirrt blieb er stehen, doch die Geweihte trat schon an ihm vorbei durch die Gasse, die die hohen Damen und Herren gebildet hatten, damit die Barone und Edlen von draußen gute Sicht in den offenen Tempelraum hatten. So reihte Efferdan sich wieder ein, wobei er einen fragenden Blick seines Neffen Ruadh übersah, und beschloß, später darüber nachzugrübeln.

Graustein, der Hohepriester des Tempels, füllte eine Schale mit dem efferdheiligen Wasser aus dem Springbrunnen, während die Gräfin Franka Salva Galahan nun den Königsmantel bereithielt.

Unter heiligen Gesängen der Priesterschaft von Wind und Wogen kniete Invher ni Bennain vor der Erhabenen nieder, während die Priesterin die Finger mit Efferds geheiligtem Element aus der von Graustein bereitgehaltenen Schale benetzte. Damit segnete sie die Kronprinzessin an Stirn, Lippen und Brustbein und wandte sich schließlich König Cuanu zu, der sich die Delphinkrone vom Haupt nahm und ihr reichte. Dabei seufzte er leise auf, fast vor Erleichterung, fand Efferdan, der stumme Beobachter.

»Efferds Segen auf dein königliches Haupt«, begann die Alte und setzte Invher die Krone auf selbiges, nur kurz unterbrochen durch ein Räuspern des Praiosgeweihten Praiosson Greiffas, »und der Segen Praios' des Götterfürsten, Rondras der Leuin und Travias, der Bewahrerin der Eide und ihrer Zwölfgöttlichen Geschwister. In Ihrem Namen überreiche ich dir die Krone des Königreiches Albernia. Wie der kleine Gebirgsbach am Anbeginn des großen Stromes, so sollst du an der Spitze dieses Reiches stehen. Regiere gut und demütig, so daß deine Herrschaft das Land befruchte und erblühen lasse, wie der Große Fluß Albernia nährt.

Als Vertreter der zwölf Kirchen und in ihrem Namen rufe ich dich auf, den Zwölfen zu dienen und ihren Willen zu tun, deinem Volk eine gerechte und weise Herrscherin zu sein, ein Vorbild an Tugend und Edelmut.« Dann wandte sie sich zum Altar um, hob die Arme in flehentlicher Geste und betete: »Launischer Beherrscher der Meere, göttlicher Sturm, Herr der Gezeiten: Auf Deinen Wunsch erhält Invher ni Bennain die Krone Albernias. Schenke ihr Deine Gunst, auf daß sie immer zwischen Recht und Unrecht unterscheiden möge. Schenke ihr Gehör, wenn sie sich an Deine göttliche Weisheit wendet, gewähre ihr Deine Huld, wenn dieses Land Deiner bedarf.«

Nach einem Augenblick des Verharrens und der Totenstille drehte sich Larona wieder der wartenden Menge zu und reichte der Königin die Hand, um ihr beim Aufstehen behilflich zu sein. Dann streckte sie die Rechte zu Cuanu aus, der sie ergriff, und mit lauter, tragender Stimme bat sie: »Königin Invher ni Bennain, erhebt Euch und regiert lang und weise an der Seite Eures königlichen Vaters!«

Da brandete draußen Jubel auf und entflammte

schnell das ganze Volk, das auf den Straßen stand, und die Edlen und Adligen fielen vor König und Königin auf die Knie. König Cuanu und Königin Invher knieten vor der Reichsregentin und der Königin Garetiens kurz nieder, die Invher herzlich gratulierten, und schritten dann nach draußen auf die Treppe, gefolgt von den restlichen Vetretern von Adel und Kirchen.

König Cuanu trat vor und brachte die Menge, die einen ehrfürchtig weiten Halbkreis bildete, mit einigen Handbewegungen zum Schweigen. Mit viel zu leiser Stimme sprach er dann, er, der mit schlohweißem Haar und kummervollen Linien im Gesicht aus der Dritten Dämonenschlacht heimgekehrt war: »Havener! Albernier! Wir empfehlen euch Unsere Tochter als Königin an, die eure Sorgen und Nöte hören und bekämpfen wird. Dient ihr so treu und liebevoll, wie ihr Uns gedient habt, denn sie ist eine Bennain, und sie ist es wert.« Er machte eine kleine Pause und fuhr weit persönlicher fort: »Allein Borons scharfer Schnabel wird mich davon abhalten können, das zu sein, wozu ich geboren war: der König Albernias. Doch Wir sind alt.« Seine Stimme erzitterte leicht. »Und Wir haben zu viele von den Schrecken dieser Welt gesehen. Zu Unserer Zeit haben Wir gekämpft und gefochten und den Dämonen ins Gesicht gelacht. Doch das ist vorbei.« Efferdan sah die Träne aus seinem Auge rinnen und wünschte, er könnte seinem Bruder beistehen.

»Albernia braucht eine junge, kräftige Königin, die es durch diese schweren Zeiten führen kann. Wir haben genug gekämpft. Fast alle Recken Unserer Zeit sind gefallen. Wir haben Unseren Dienst an den Göttern geleistet.«

Eine Weile herrschte auf dem Efferdplatz betretene Stille, die plötzlich von einer Frauenstimme durchbrochen wurde. »So erweist einem dieser gefallenen Recken einen letzten Dienst, Majestät!« Erstaunt sah die

Menge die Frau, die das achtungsvolle Halbrund betreten hatte und nun in seinem Zentrum stand. Das dunkelblonde Haar kurz geschnitten, mit Lederrüstung und dunkelgrüner Kleidung angetan, trug sie auf dem Wappenrock die silbernen Klingen auf rotem Grund – das Wappen der Markgrafschaft Winhall, das Wappen des toten Schwertkönigs Raidri Conchobair!

Fast fand Cuanus Stimme wieder zu alter Festigkeit und Härte: »Wer seid Ihr, daß Ihr es wagt, so zu sprechen?«

Noch einen Augenblick lang stand die junge Frau stolz und aufrecht und hielt seinem Blick stand, dann kniete sie, noch immer erhobenen Hauptes, vor den Stufen des Tempels nieder.

»Mein Name ist Rhianna Conchobair, mein König.« Das Raunen der Menge fiel in eine gekonnte Künstlerpause. »Ich bin gekommen, das Erbe meines Vaters zu empfangen.«

In der folgenden atemlosen Stille wandten sich aller Augen zu König Cuanu, der sie entgeistert anstarrte. Ihre Züge trugen tatsächlich das Erbe Raidri Conchobairs. Das stolze Kinn, die herausfordernd blitzenden Augen, dazu die breiten Schultern...

Ächzend fand der König wieder zu sich und brachte hervor: »Mit welchem Recht beansprucht Ihr dies?«

»Weil ich die Tochter meines Vaters bin«, erwiderte sie schlagfertig. »Die Markgrafschaft Winhall steht mir vor den Göttern zu.«

Zu Cuanu und Invher gesellte sich nun Reichsregentin Emer mit gestrenger Miene. »Die Markgrafschaft Winhall existiert nicht mehr.« Auch vor der Reichsregentin beugte Rhianna das Haupt tief, dann jedoch antwortete sie: »Das ist mir bekannt, Kaiserliche Hoheit. Doch die *Grafschaft* Winhall wurde wieder Albernia zugesprochen, und sie befindet sich seit Urzeiten – meistens – im Besitz meiner Familie.« Sie hatte die Lacher auf ihrer Seite, denn es war bekannt, daß die Conchobairs ihr Lehen immer mal wieder verspielten.

Cuanu wechselte einen Blick mit Emer, doch die flüsterte: »Es ist Euer beider Lehen, Vater.« Damit überließ sie ihm und Invher die Entscheidung.

Die frischgekrönte Königin meldete sich auch gleich mahnend zu Wort. »Mein Vater«, flüsterte sie nun, ohne daß ihr Gesicht von ihren Gefühlen sprach, »wir kennen sie nicht einmal. Zudem hatte Raidri viele Kinder, und wie die anderen wird auch sie illegitim sein. Warum ausgerechnet sie?«

Ernst und leise erwiderte Cuanu: »Weil sie es fordert.« Dann wandte er sich kurz Invher zu und sah ihr tief in die Augen. »Du bist ebenso Königin, wie ich König bin. Doch ich bitte dich: Laß mir diese eine letzte Entscheidung. Es liegt mir am Herzen.«

»Du weißt, daß Raidri damit nicht wieder lebendig wird.« Besorgnis sprach aus ihren Augen.

»Das weiß ich. Doch was wäre Albernia ohne die Conchobairs?« Invher erwiderte sein Lächeln. Dann nickte sie und trat beiseite, um ihrem Vater das Feld zu überlassen.

Der sprach feierlich: »Rhianna Conchobair, Wir erkennen Eure Ansprüche an. Folgt Uns in den Palast, damit Wir und Unsere königliche Tochter Euren Lehnseid entgegennehmen können.«

Triumph hielt in Rhiannas Zügen Einzug, und das Volk jubelte. Der Schwertkönig war tot, doch was konnte die Zukunft Schlechtes bringen, wenn eine Conchobair in Winhall herrschte?

Artig erhob sich die zukünftige Gräfin von Winhall und verbeugte sich vor Reichsregentin, König und Königin und ließ den Zug schließlich passieren, um sich auf Höhe der albernischen Gräfinnen einzugliedern.

Efferdan betrachtete sie, als er an ihr vorbeiging, und fragte sich, wer wohl Rhiannas Mutter sein mochte, denn neben den bekannten Conchobairschen Zügen meinte er, darin noch etwas anderes Bekanntes zu erkennen. Die spitze Nase erinnerte ihn nämlich an Invhers Mutter... und deren Schwester, Isora von Elenvina, die Thronräuberin Albernias, die Verbannte. Wenn er recht hatte, gäbe das sicherlich noch einigen Ärger in Albernia.

Statt der hellen Gewänder legte Efferdan an diesem Abend braune Wollkleider an. Im Dunkeln würden sie nicht auffallen, und dazu wärmten sie gut. Auf leisen Sohlen ging er hinunter zum Efferdheiligtum des Palastes, dem die Hofgeweihte Niamh Flutseherin vorstand. Dem Prinzen kam sehr gelegen, daß auch sie sich im Moment auf den Feierlichkeiten befand, die zu Ehren seiner Nichte im Ballsaal stattfanden. Bei Invher hatte er sich abgemeldet, schließlich war er dafür bekannt, daß er selten an Geselligkeiten teilnahm. Wenn er ihr gesagt hätte, was er zu tun im Begriff war, hätte er ihr nur den Abend verdorben. Viel größere Sorgen bereitete ihm die Baronin von Fairnhain, Pádraigín, deren Augen und Ohren selten einmal etwas entging. Zuletzt schien sie jedoch auf dem Ball in ein freundschaftliches Gespräch mit der Baronin Yanis von Nordhain-Rabenmund vertieft gewesen zu sein, so daß er sich nach kurzem Gebet in dem Palasttempel ungesehen aus dem hinteren Tor der Residenz schleichen konnte.

Wieder wählte er den südlichen Weg zum Bennaindamm, die Brückstraße entlang durch Südhafen. Auch wenn es hier entlang länger dauerte, war es sicherer, schließlich zeugte es nicht gerade von Weisheit, des Nachts auf der Meerstraße am Orkendorf entlangzugehen...

Als er über die Zollbrücke schritt, schlüpfte seine Hand unter das Hemd, wo Leiellas Amulett hing. Die tropfenförmige Perle fühlte sich warm auf der Haut an und erinnerte ihn an die Geliebte, die er an just dem Ort getroffen hatte, an dem er sich mit Rondriane und ihren Nebelgeistern verabredet hatte. Herr Efferd, beschütze sie, die in Deinen Armen wohnt... betete er kurz. Schnellen Schrittes erreichte er sein Ziel, wohl darauf achtend, daß ihm niemand gefolgt war. Fast meinte er, noch immer den Duft Leiellas riechen zu können, doch das war sicher nur Einbildung.

Mada stand im Kelch über dem Meer der Sieben Winde und ließ die Nebelschwaden über der Unterstadt in geisterhaftem Weiß erglühen. Was mochte diese Nacht bringen? Der Tag selbst hatte schon Erstaunliches gebracht, von dem allein Satinav und seine Tochter Fatas wissen konnten, was daraus hervorgehen würde. Daß diese Nacht etwas Besonderes war, stand fest. Am 30. Efferd feierte man in Havena nicht nur das Fischerfest Efferds mit Opfern für den Herrn der Gezeiten, nein, auch die Hesindegeweihten und Magier feierten an diesem Tag ein Prüfungsfest, das direkt auf das Erleuchtungsfest am 30. Hesinde vorbereitete. Vom Wechsel der Stunde der Rahja zur frühmorgentlichen Praiosstunde des ersten Travia stand zudem der Tag der Heimkehr an, ein der Göttin der Herdfeuer gewidmetes heiliges Fest. Zwischen diesen drei Göttern also wollten sie ihren Dienst an Efferd tun, und er sprach leise ein neuerliches Gebet für den glücklichen Ausgang ihrer Mission.

»Efferdan?« Er hatte Rondriane wieder einmal nicht kommen hören. Neben ihr gingen eine zweite Frau um die Vierzig mit einem Tabakröllchen im Mundwinkel, die ganz der landläufigen Vorstellung von einer schmuddeligen Streunerin entsprach, und Praiodan Kevendoch, der Bruder der Anführerin der Schmuggler.

»Efferd zum Gruße!« sprach er. »Sind wir damit vollzählig?«

Doch die Rothaarige schüttelte den Kopf. »Aldare fehlt noch. Und wir treffen Ghun und Cian da vorne.« Sie wies auf ein einfaches Haus am Bennaindamm. »Sollen wir schon gehen?« Rondriane machte eine einladende Bewegung mit der Hand.

Der Prinz begrüßte Praiodan und ging bereits mit ihm vor, hörte jedoch den von der Streunerin leise vorgebrachten Protest: »Biste sicher, daß wir dem trauen können? Immerhin kenn wir den noch gar nich lang…« Rondrianes beruhigende Bemerkungen verstand er nicht mehr, doch wichtig war zu wissen, daß die Nebelgeister offensichtlich nicht wußten, mit wem sie bald in einem Boot sitzen würden. Efferdan beruhigte dieser Gedanke.

Als er den Mann sah, der die Tür öffnete, verstärkte sich diese Erleichterung noch. Sicherlich ebenso wie er selbst um die vierzig Götterläufe alt, bot der dunkelhaarige Ghun doch einen ungleich kräftigeren Anblick. Zunächst musterte ihn der Gauner mißtrauisch, bat ihn dann jedoch mit einem Nicken herein, ließ aber sein ›Efferd zum Gruße‹ unbeantwortet.

»Ghun, das ist Efferdan. Lyn, Cian, und Praio kennst du ja. Fehlt nur noch die Elfe. Aber Achtung, Leute, es ist nicht Thal, auch wenn sie genauso aussieht«, warnte Rondriane. Murmelnd warf Praiodan ein: »Aber sie redet ganz anders…«

Seine Schwester erhob wieder das Wort. »Das kann heute abend ziemlich schwierig werden. Wichtig ist, daß dabei nichts herausspringt. Und es kann gefährlich werden. Genaues wissen wir nicht. Wir wissen nur, daß wir Thalionmel befreien müssen, wenn sie noch am Leben ist. Wir…«

»Das ist sie«, unterbrach sie die melodiöse Stimme Aldares, die sich nun von dem Fenstersims schwang, auf dem sie gesessen hatte. »Unsere Lichter sind eins. Ich spüre, wenn ihr etwas zustößt.«

Ghun und Cian, die Aldare noch nicht gesehen hatten, gafften die Elfe in der Tat sehr verblüfft an. Efferdan hatte besorgt beobachtet, wie Ghun erschreckend schnell einen Dolch in der Hand gehabt hatte, als die Stimme Aldares erschallt war. Wenn seine Waffenkunde ihn nicht trog, handelte es sich dabei sogar um einen Mengbilar, einen Dolch mit Giftkanal im Innern. Ebenso schnell, wie sie gezogen worden war, verschwand die Waffe wieder im Ärmel, bevor sie jemand zu sehen bekäme – zu spät allerdings, um sie vor Efferdan zu verbergen.

»Aldare«, stellte die Anführerin das letzte Mitglied ihrer Expedition nun den anderen vor und wiederholte dabei alle Namen noch einmal.

»Nun sind wir ja vollzählig. Kann es losgehen?« Sie blickte sich fragend im Raum um und musterte die Männer und Frauen.

Ghun meldete sich zu Wort. »Was Aldare hier will, liegt auf der Hand. Aber was macht *der* hier?« Sein Finger wies unmißverständlich auf Efferdan.

Schon öffnete der Prinz den Mund, um selbst zu antworten, doch fiel ihm Rondriane ins Wort: »Er kennt sich auch aus. Außerdem kennt er viele der Gefahren, die dort auf uns lauern.« Efferdan schloß den Mund wieder. Anscheinend hatte Rondriane ihren Leuten nichts von der Efferdperle berichtet. Das mußte sie selbst am besten wissen, sie kannte die Schmuggler schließlich.

»Aha«, machte Ghun. Der Prinz las Mißtrauen und Unglauben in dem Gesicht des Mannes, der ihn ebenso aufmerksam musterte wie er ihn. Erkannte er ihn? Was hätte das zur Folge? Mit einem »Gut!« schloß Ghun die Sache ab, doch dem Prinzen gefiel es gar nicht, daß er dabei die Hand auf den Ärmel legte, in dem der Mengbilar verborgen war.

Durch die Ruinen des alten Fürstenpalastes hindurch bewegten sie sich sehr vorsichtig. Der Nebel war zwar nicht so dicht wie bei ihrer letzten Fahrt, der Nacht, in der Thalionmel verschwunden war, behinderte die Sicht jedoch beträchtlich. Aldare saß, wie es ihre Schwester so häufig getan hatte, im Bug des flachen Bootes, um mit ihren magischen Sinnen nach Hindernissen und Kreaturen zu suchen. Die sieben Leute füllten das Boot gut aus, so daß Ghun und Cian an den Rudern schwer zu arbeiten hatten.

»Weiter zur linken Hand!« hörten sie Aldares helle Stimme. Und Ghun antwortete zischend: »Backbord. Es heißt backbord!« Doch die Elfe lachte nur leise. »Ihr versteht mich doch, oder?« Sie ließ sich von ihrer Besorgnis kaum etwas anmerken.

Praiodan saß mit gesträubten Haaren unmittelbar hinter der Elfe, denn er sollte mithelfen, den Weg zu bestimmen. »Ein solcher Zauber ist schon ganz praktisch, wie?« fragte er unsicher. Er selbst sah nur Nebelsuppe, wo Aldare Ruinen zu erkennen glaubte.

»Wieso?« fragte die nun. »Ich zaubere doch noch gar nicht.«

»Nicht?« Praiodan war beruhigt. Aber wie sollte man das nur erkennen?

Efferdan und Rondriane saßen schweigend nebeneinander auf der zweiten Bank, ganz hinten hatte Lyn Platz genommen und bildete sozusagen die Nachhut.

»Ihr seid häufig hier, nicht wahr?« fragte Rondriane den Prinzen.

»Bisweilen«, antwortete dieser einsilbig.

»Warum? Und erzählt mir nicht, Ihr triebet hier Geschäfte.«

Efferdan schwieg für eine Weile, so daß die Schmugglerin schon dachte, daß er ihre Frage nicht beantworten wolle, dann jedoch meinte er: »Es ist Efferd, der mich hier herauszieht. Und seine Kreaturen. Und die Geschichte meiner Familie, die hier unter den Fluten begraben liegt.« Mit einem abwesenden Blick betrachtete er die Wasseroberfläche, als sähe er dort etwas gänzlich anderes. Gleichzeitig schien er in sich hineinzulauschen.

»Was ist Euch gestern am Bennaindamm widerfahren? Es sah fast so aus, als habe Euch eine Vision ereilt.« Sie hatte die Stimme nun gedämpft, damit das Gespräch unter ihnen blieb.

Ohne aufzuschauen, nickte der Prinz.

»Hatte sie etwas mit unserer Suche zu tun?« Rondriane ließ nicht locker, atmete jedoch auf, als sie Efferdans Kopfschütteln sah.

»Nein, ich glaube nicht«, meinte er abwesend. »Sie schickt meinen Geist in die Vergangenheit, nicht in die Zukunft.«

»Sie?«

»Lata.«

»Lata schickt Euch Visionen? Ja, seid Ihr denn ein Geweihter?«

Auch der Prinz schaute nun verwundert, als habe er noch niemals darüber nachgedacht, daß Lata sich sonst – wenn überhaupt – fast nur Priestern und zukünftigen Königen offenbarte.

»Nein.«

»Aber Ihr wollt einer werden«, hakte Rondriane nach, der das unbegreiflich war.

Ebenso erstaunt meinte Efferdan: »Ja.«

Beruhigt schloß die Schmugglerin: »Na, seht Ihr, dann paßt es ja wieder. Ich werde auch gar nicht fragen, *was* Ihr seht, Ihr würdet es mir ja sowieso nicht mitteilen.«

Tatsächlich erhielt sie keine Antwort darauf, denn Efferdan blickte weiterhin in die dunklen Fluten und schien seinen Gedanken nachzuhängen.

Praiodan und Rondriane versuchten nun die Stelle wiederzufinden, an der sie die Gesänge der Priester in jener Nacht vor zehn Tagen gehört hatten. Ghun und Cian befolgten alle Anweisungen der Geschwister aufs Wort und verhielten sich so stumm, daß der Anführerin geradezu unheimlich wurde. Notgedrungen hatte sie Ghun mitnehmen müssen, der gut mit den Entermessern unter ihrem Sitz umgehen konnte und einer der stärksten der Nebelgeister war. Mit Cian verstand er sich gut; fast zu gut, wie sie fand. Doch weder Efferdan noch sie selbst wußten, mit wie vielen Personen man dort rechnen mußte, wo auch immer *dort* sein mochte. Sie brauchten sicherlich jeden Schwertarm, der verfügbar war.

»Alwar'za!« gellte der Schrei der Elfe zu ihnen herüber, dann hörte man es plumpsen, und Aldare verschwand in den Fluten.

»Ein Krakenmolch!« schrie Praiodan entsetzt.

Rondriane sprang gleichzeitig mit Lyn und Efferdan auf, während sie Ghun und Praiodan beobachtete, als hätte Satinav die Zeit verlangsamt. Ghun zog einen Mengbilar aus dem Ärmel, griff gleichzeitig mit der anderen Hand nach Praiodans Kragen und zog ihn an sich. Als die Schwester vorwärtsschnellen wollte, lag auch schon der Dolch tödlich glitzernd an Praiodans Kehle, so daß sie in der Bewegung erstarrte.

»Zu tragisch, das mit der Elfe. Aber vielleicht frißt er sie ja nicht gleich, sondern bringt sie zu seinem Herrchen. Manchmal frage ich mich, wer von beiden mehr Tentakel hat.« Ghun lachte über seinen Scherz. Dann wies er mit dem Kopf auf die übrigen drei: »Cian, hol dir mal die Entermesser. Zwar werden sie nich zucken, das wissen wir alle, weil nämlich in diesem hübschen Dolch 'ne Portion Kukris steckt. Aber sicher ist sicher.«

Enttäuscht beobachtete Rondriane, wie Cian, den sie

persönlich aus der Moorburg geholt hatte, Ghuns Befehl befolgte. »Verräter!« zischte sie zornig, meinte jedoch beide gleichermaßen.

Während Cian sich nicht wohl in seiner Haut zu fühlen schien, zuckte Ghun nur achtlos mit der Schulter. »Das wußtest du doch schon, nich? Is doch nichts Neues! Du da! Prinz!«

Efferdan zuckte zusammen, denn er hatte sich darüber gefreut, daß Rondriane den anderen nicht seine wahre Identität mitgeteilt hatte, doch der Schurke hatte ihn offensichtlich doch erkannt. »Setz dich hierher und rudere!« Ghun zog sich mit Praiodan im Arm dorthin zurück, wo Aldare noch vor wenigen Augenblicken gehockt hatte, und überließ Efferdan und Cian die Ruder.

»Du hätt'st auf mich hör'n sollen!« kommentierte Lyn kalt den Stand der Dinge. »Am Bennaindamm läg er jetzt besser!« Die Anführerin antwortete nicht. Zwar gab sie Lyn insgeheim recht, machte sich jedoch nichts vor – einen Mordbefehl hätte sie nicht gegeben.

»Du arbeitest also mit ihnen zusammen, Ghun«, stellte Rondriane kühl fest. »Ich fasse es nicht – du bist tatsächlich noch dümmer, als ich gedacht habe.«

»So solltest du nicht sprechen, wenn du möchtest, daß dein Brüderchen weiterlebt!« drohte der seinerseits. »Ich hab mich noch nicht mal bei dir bedankt, nicht wahr? Für den dicken Fang da, meine ich.« Er boxte Efferdan das Knie in den Rücken, so daß dem Prinzen die Luft wegblieb und er nach vorn fiel. »Rudern sollst du, Prinzlein! Ich mein, soviel, wie der mir bringen wird, kannste dir gar nich erträumen! Bin sicher, daß die Bennains 'ne Menge Dukkern dafür springen lassen, daß er nich ersäuft, meinste nich auch?«

Praiodan stöhnte in Ghuns festem Griff, Efferdan raffte sich wieder auf und setzte sich ans Ruder. »Is doch nur nett von mir, oder? Daß ich euch gleich dahin bringe, wo ihr sowieso hinwolltet – zur Thalionmel, der kleinen Hure!« Er lächelte selbstgefällig und hieß die Männer rudern.

Zunächst hielt Efferdan gut mit Cians Ruderschlag mit, doch Rondriane beobachtete besorgt, daß er wieder diesen träumerischen Gesichtsausdruck bekam, den sie gestern am Bennaindamm bei ihm gesehen hatte. Da verlangsamte sich auch schon sein Schlag, bis er schließlich ganz innehielt. »Nu mach schon!« befahl Ghun und versetzte ihm wieder einen Tritt in den Rücken, doch wie die Schmugglerin erwartet hatte, sackte der Prinz vornüber und lag nun am Boden des Bootes. »Vermaledeit! Was is los mit ihm? Kann der nichts vertragen? Rondriane, weck ihn auf!«

»Das führt zu nichts«, meinte diese kühl. »Er ist krank und braucht einen Medicus. Sonst stirbt er.«

»Verwünscht! Wenn man das Elfenvolk einmal brauchen könnte!« fluchte Ghun. »Einerlei! Setz dich und rudere!«

Mit einem langen Blick auf die Klinge an Praiodans Hals gehorchte die Schmugglerin und verfluchte Efferdan und Lata, daß die Vision ausgerechnet jetzt hatte kommen müssen; nun war ihre Überzahl dahin.

Ghun ließ sie weiter durch den Nebel rudern, bis sie in der Ferne erneut die widerwärtigen Hymnen vernahmen, vor denen sie das letzte Mal erfolgreich geflohen waren.

Diesmal scheint Phex nicht mit uns zu sein, seufzte Rondriane im stillen und sandte ein Gebet für Aldare an den Herrn Efferd.

*Kapitel 15*

# Ymra

Ihr müßt gehen!« beschwor Riganna Niando und Eillyn. »Ich habe die Flut gesehen – niemand kann das überleben! Die Göttin hat mir diese Warnung doch nicht gesandt, damit ihre eigenen Diener trotzdem sterben! Ihr *müßt* gehen!«

Sämtliche Beherrschung, die sie jemals erlernt hatte, war dahin, sie selbst nur noch ein Spielball ihrer Empfindungen und Gefühle, seit sie aus der Vision zurückgekehrt war. Tränen der Verzweiflung liefen ihr in Strömen aus den Augen, und sie schluchzte, während sie die Finger eng um den Weinschößling in ihrer Hand klammerte. Niando strich ihr sanft über das Haar und legte ihr den Arm um die Schultern.

»Rahja hat dich auserwählt, damit du gehst, Riganna. Und – hat sie dir berichtet, wann das geschieht?« Die roten Locken tanzten, als Riganna den Kopf schüttelte. »Siehst du? Was sollen wir den Gläubigen sagen, wenn wir den Tempel schließen? Sollen wir sie im Stich lassen? Rahja lehrt uns, daß wir die Freuden, die wir genossen haben, über den Tod hinaus mitnehmen. Also haben wir noch viel zu tun, den Bürgern die göttliche Ekstase zu schenken.«

»A-aber ich will nicht, daß ihr sterbt!« Wie ein kleines Kind weinte die wunderschöne Geweihte in Niandos Armen und vermochte nicht, Herrin ihrer selbst zu werden.

»Schh…«, machte Eillyn und strich ihr über die

feuchten Wangen. Das Lächeln der Hohengeweihten barg Liebe und Bewunderung, dann küßte sie sie zärtlich. Riganna erschauerte – das Levthansband hatte seine Spuren an ihr hinterlassen, denn noch immer wirkten die Farben grell, und jeder Atemhauch glich einem Windstoß…

»Wir entscheiden nicht über den Zeitpunkt unseres Todes. Du mußt leben. Du mußt diesen Zweig Weinlaub und das Levthansband fortbringen, zu dem Ort, den die Göttin dir angibt. Weine nicht, Geliebte – ich wünschte, der Blick der Göttin wäre auf mich gefallen.«

Riganna wünschte das auch fast; aber das zu sagen, ja zu denken, wagte sie nicht. Sie war so verwirrt, so durcheinander! Zu keinem Zeitpunkt der Zwiesprache mit der Göttin hatte sie das Bewußtsein verloren, denn das hätte ja bedeutet, Empfindungen verschwenden. Sie war durch den Garten der Göttin gewandelt, hatte sich einen Zweig des Weines gebrochen und die schreckliche Flut gesehen, die über die Stadt kommen würde. Sich selbst hatte sie gesehen, wie sie mit dem heiligen Band in Händen fortgegangen war, in ein Land mit einem anderen großen Strom.

Noch einmal strich Eillyn ihr über das Haar und sagte: »Beruhige dich erst einmal, Geliebte. Vertraue der Göttin. Doch nun muß ich ein Fest vorbereiten.« Sie erhob sich und schritt von dannen.

Niandos Herzschlag dröhnte paukengleich rhythmisch an Rigannas Ohr, das auf seiner Brust lag. Mit tiefen Atemzügen versuchte sie sich zu beruhigen und schmiegte sich noch enger an ihn. Als er eine Melodie zu summen begann, brummte sein ganzer Brustkorb mit. »Ich liebe dich«, flüsterte sie mit erstickter Stimme und spürte wieder ihr eigenes Herz in wilden Sprüngen davongaloppieren.

»Ich liebe dich auch«, murmelte Niando und hielt sie

fest. Nach einem Augenblick fügte er hinzu: »Und deshalb muß ich hierbleiben.«

Die Zellentür quietschte auffällig laut, doch ringsum blieb alles still. Ingramosch, der Sohn des Irgabrosch, blickte von seiner heiligen Laterne auf, die man ihm nicht hatte nehmen können, und stieß Errax mit dem Fuß an. Ganz langsam schwang die Tür auf, verharrte jedoch, als Errax erwachend grunzte und sich kettenklirrend herumwarf, um zu überprüfen, was ihn geweckt hatte. Wieder traf ihn Ingramoschs Fußtritt, diesmal jedoch um ihn zum Schweigen zu bringen. Der jüngere Zwerg erstarrte und verstummte sofort, als er sah, weshalb ihn Ingramosch geweckt hatte.

Nach wenigen Augenblicken der Stille verbreiterte sich der Spalt wieder, bis schließlich im Schein der Laternen eine Gestalt leise in die Zelle trat: ein Zwerg, in die gleiche lederne Tracht der Ingerimmpriester gehüllt wie die Gefangenen, nur mit dunkelbraunem Bart und schmaleren Zügen, die beide sofort erkannten. »Arim!« erklang es erfreut und verblüfft aus zwei Kehlen zugleich. »Pscht!« machte Arim, Sohn des Argarim, und hielt verschmitzt einen Schlüsselbund in die Luft.

»Wie kommst du hier herein?« entfuhr es Errax. Doch er erntete nur einen dritten Tritt des Hohengeweihten und verstummte.

Flüsternd antwortete der Gefragte, während er sich an den Schlössern der Ketten zu schaffen machte. »Sie sind alle berauscht! Man feiert in der ganzen Stadt ein Unabhängigkeitsfest oder so etwas. Ein Praiosgeweihter hat mir einen Brief geschickt, als ich in der Stadt ankam. Angroschs Hammer, wie hat man Euch am Bart herumgeführt, Väterchen Ingramosch!«

Der Älteste brummelte unwirsch und hielt Arim das Schloß seiner Kette hin. »Die werden schon sehen, was sie davon haben! Mit Väterchen Angrosch kann man so etwas nicht machen, und mit mir auch nicht! Sie haben sogar unsere heilige Statue und die Schmiedehämmer beschlagnahmt!«

»Die nehmen wir wieder mit«, murmelte Arim, Sohn des Argarim. »Und dann nichts wie weg von hier! Diese Stadt hat einen Tempel des Angrosch gar nicht verdient!«

»Nichts da!« wetterte Ingramosch und reagierte kaum auf Versuche der beiden anderen Zwerge, ihn zu leiserem Sprechen zu bewegen. Die buschigen Augenbrauen des Hohenpriesters zuckten bedrohlich. »Ich werde nicht wie ein gemeiner Dieb fliehen! Diesen Efferdpfaffen werde ich schon zeigen, was es heißt, den Herrn der Flammen herauszufordern! Wenn sie uns keinen eigenen Tempel zugestehen wollen, dann müssen wir eben *ihren* nehmen!«

Zwergenaugen vermochten das wenige Licht, das aus ihren Lampen drang, bestens auszunutzen. Die drei kleinen Gestalten schlichen die breite Freitreppe zu den neun Säulen hinauf und darunter hindurch. Welch glückliche Fügung Angroschs, daß die ganze Stadt von den Feierlichkeiten zum ersten Jubiläum des Tages der Unabhängigkeit am 15. Ingerimm im Rausch lag!

Auch hier im Alten Tempel des Efferd war alles ruhig. Verschwenderisch, diese Menschen! fand Ingramosch, als er zunächst an der einen Statue des Efferd vorbeiging, die einen beständigen Strom Wasser spendete, und dann in der dahinterliegenden Halle noch eine zweite Statue fand: die des zürnenden alten Efferd. Ein merkwürdiges Gefühl überkam den Hohenpriester des Feuergottes, als er das Antlitz der Statue betrachtete. Andernorts, in Angbar, hatte er bereits menschliche Darstellungen des Angrosch gesehen, den man dort Ingerimm nannte. Irgendwie sah dieser Efferd ihm gar nicht so unähnlich.

Doch genug des Zauderns! »Errax, nimm die Schale herunter!« Der jüngere Priester gehorchte und nahm die Opferschale vom Altar. Er war ganz glücklich, daß die Statue *daneben* stand und nicht darauf, denn das geweihte Abbild eines Gottes zu entfernen, verhieß nichts Gutes. Und der leuchtende Stein in seiner Hand… Nichtbrennendes Feuer, wie unheilig mußte das sein!

Das Tappen von bloßen Füßen auf dem Marmorboden hörten die drei Zwerge Ingramosch, Errax und Arim zu spät. »Wer da?« fragte eine junge Stimme.

Efferdwin wußte nicht recht, ob er beim Anblick der Zwerge erschreckt, erstaunt oder erzürnt sein sollte – zumindest hatten sie in diesem Heiligtum sicherlich nichts zu suchen. Doch bevor er ein weiteres Wort sprechen konnte, sprang der rothaarige Zwerg erstaunlich flink und behende auf den jungen Novizen zu und rang ihn nieder, und bis er sich schließlich gefesselt und geknebelt neben Branwen wiederfand, vergingen, so schien es, nur wenige Augenblicke.

Verzweifelt strampelnd versuchte er sich aus seinen Fesseln zu befreien. Was hatten sie vor? Kamen sie, um das Werk des Grauens, das hinter dem Tempel geschehen war, nun an ihm fortzusetzen? Seine Protestschreie verschluckte ein fester Knebel; ein Seil schnitt ihm tief in die Handgelenke ein.

Ohnmächtig mußte Efferdwin dann mitansehen, wie der Hohepriester die zwergische Ingerimmstatue unter gebrummelten Hymnen an seinen Gott auf den Altar Efferds stellte, unmittelbar unter die Statue des zürnenden Herrn der Gezeiten, dessen Gesicht aus Wasser und Gischt dem Novizen noch immer gut im Gedächtnis geblieben war.

»So!« meinte der rothaarige Hohepriester schließlich und rieb sich nach vollendeter Zeremonie die Hände. »Er ist selbst schuld, der Efferdhilf! Wer Väterchen Angrosch verspottet, muß sehen, was er davon hat! Und nun gehen wir schlafen!«

Efferdwin wälzte sich in der Ecke liegend herum, so daß er Branwen einen verzweifelten Blick schenken konnte. Die junge Novizin erwiderte diesen Blick ebenso hilflos, und wie sie sich so anschauten, vernahmen sie entsetzt ein entferntes Grollen aus dem Westen, aus Richtung Efferd, wie der Seemann sagt, vom Meer der Sieben Winde.

Die ersten Gläubigen kamen früh zum Gebet, bald nachdem die Zwerge sich schlafen gelegt hatten. »Verdammte Fischfresser!« donnerte der zwergische Hohepriester und schwang seinen Schmiedehammer. »Wollt ihr euch wohl wegscheren? Dies ist ein Tempel des Herrn Angrosch!« Die Havener flüchteten erschreckt.

»Hm, diese Statue stört aber noch!« Damit packte Ingramosch das viel größere Standbild des jugendlichen Efferd und kippte es zur Seite; das Wasser, das vorher durch die Statue und die Muschel ins Becken geleitet worden war, schoß nun unmittelbar aus dem Rohr im Boden hoch empor.

»Bäh! Wasser!« Ingramosch sprang zurück und stapfte vorsichtig um die Fontäne herum, zurück in den hinteren Raum. »Arim, stell dich am Eingang auf, und scheuch die Leute weg! Sie sollen einen anderen Tempel aufsuchen. Von denen gibt's hier ja genug!«

Danach herrschte für eine Weile Ruhe, die nur unterbrochen wurde von Arims Flüchen und Drohungen, wenn Efferdgläubige wieder einmal die Stufen emporschritten.

Nach einer Weile vernahm Efferdwin aufgeregte Rufe und militärische Kommandos von draußen. Man hatte die fürstlichen Wachen verständigt! Erleichtert stieß er Branwen mit den gefesselten Füßen an, sah dann aber, daß sie ebenfalls bereits nach draußen lauschte. Sie hatten kein Auge zugetan, ganz im Gegensatz zu den Zwergen. Ihr lautes Schnarchen hatte bisweilen sogar das ferne Grollen übertönt, das inzwischen stetig lauter geworden war.

Während all der Stunden hatten Efferdwin und Branwen versucht, ihre Fesseln zu lösen, und inzwischen auch schon einige Erfolge erzielt, denn mit Knoten und Stricken lernt jeder Novize bereits im ersten Jahr umzugehen. Als es Branwen gelungen war, sich zu befreien, band sie auch Efferdwins Fesseln los, und sie konnten sich die Knebel abnehmen.

»Was ist das?« fragte Branwen ängstlich und lauschte auf das Grollen. »Ich weiß es nicht«, erwiderte Efferdan ausweichend, doch sie sahen einander nicht in die Augen, aus Angst, sich gegenseitig bei einer Lüge zu ertappen.

»Was tun wir jetzt?« fragte er zurück. »Wir müssen hier weg.«

»Und wenn wir einfach versuchen, an ihnen vorbei hinauszurennen?« schlug das Mädchen vor. Efferdwin nickte. »Laß es uns versuchen. Glücklicherweise rauscht das Wasser so laut, daß sie uns erst hören werden, wenn es zu spät ist. Komm!«

Sie nahmen einander bei den Händen und schlichen zum Durchgang in die Bethalle, dessen Vorhang die Zwerge inzwischen abgrissen hatten. Vorn, außerhalb des Bogens, in dem das Wasser spritzte, lag Arim an der Wand auf einer Decke und feilte an einem Speckstein.

»Schnell!« flüsterte Branwen und drückte Efferdans Hand, so daß sie gleichzeitig losliefen, unter der Fontäne hindurch.

»Hm?« grunzte da Arim, Sohn des Argarim, und schreckte hoch. »Halt!«

Efferdwin rannte schneller und versuchte Branwen mitzuziehen. Erschreckt spürte er, wie die nassen

Hände schlüpfrig wurden und ihm die Finger des Mädchens entglitten. Der Novize wandte sich im Laufen halb um und sah, wie Branwen im Wasser ausglitt und der Länge nach hinfiel. Da griff auch schon der dunkelhaarige Zwerg nach ihr, der sich plötzlich sogar unter den Wasserregen wagte.

»Verdammt!« schluchzte Efferdwin und rannte weiter, die Treppe hinab auf den Efferdplatz.

Als Rhÿs Efferdwin die Treppe herabstürzen sah, rannte er vor und half dem stolpernden Novizen, das Gleichgewicht zu bewahren. »Was ist denn nur los?« fragte er verwirrt. »Ich wollte euch besuchen, aber die Garde...«

»Branwen! Sie ist immer noch da drinnen!« Efferdwin sank mitten in der Menschenmenge, die bald einen kleinen Kreis um ihn bildete, zu Boden und barg das Gesicht in den Händen. Gemurmel und besorgte Blicke zum Himmel begleiteten das Grollen in der Ferne, das anhielt, obwohl sich nirgends ein Wölkchen zeigte und das warme, helle Lichte des Praiosrades den Sommeranfang verkündete.

Bald hatte sich der Hauptmann der fürstlichen Garde, ein Koscher namens Grome, zu Efferdwin und Rhÿs vorgearbeitet. »Junger Mann, du warst im Tempel?« Der Novize nickte und versuchte, seiner Angst und Bestürzung Herr zu werden. »Kommt einmal mit.« Er führte die beiden zur Brücke, ein wenig fort vom Tempel und der großen Menschenmenge, die sich versammelt hatte. »Was geht da vor?« fragte der Mann schließlich. »Uns sind ein paar Zwerge ausgebrochen, und man meldete der Garde, daß ein Zwerg auf den Tempelstufen die Gläubigen am Beten hindere.«

Rhÿs wandte sich um und beobachtete den Tempeleingang, den man auch von hier aus gut sehen konnte. Er entdeckte niemanden auf den Stufen, aber die

Zwerge konnten doch nicht so dreist sein... Nun ahnte er den Grund der Bestürzung Efferdwins: Er fürchtete, daß der Tumult bedrohliche Ausmaße annehmen könnte...

»Sie kamen früh am Morgen, eine Weile nach dem Gottesdienst zur Morgenflut«, stieß Efferdwin nun hervor. »Sie haben Branwen und mich gefesselt und geknebelt, dann haben sie vor unseren Augen ihre Ingerimmstatue auf den Altar gestellt und eine Zeremonie abgehalten. Sie haben Feuer in den Tempel getragen!« Was für Rhÿs eine Nebensächlichkeit gewesen wäre, schien den Novizen ehrlich zu erschüttern.

»Dann haben sie die Efferdstatue im Vorraum vom Sockel gezerrt und dabei die Wasserleitung beschädigt... Branwen konnte ihre Fesseln lösen, aber der eine Zwerg, der Arim, der fing sie ein, als wir hinausliefen. Sie ist auf dem Wasser ausgerutscht...« Stirnrunzelnd überlegte Rhÿs, warum es wohl in Efferds Sinn sein konnte, daß ausgerechnet die kleine Branwen in der Gefangenschaft der Zwerge bleiben mußte... Vielleicht waren die Götter doch nicht so gerecht, wie er immer gedacht hatte.

»Sind sie alle drei zusammen?« hakte Hauptmann Grome nach. Der Novize schüttelte den Kopf. »Arim sitzt weiter vorn in der Bethalle. Der Hohepriester und der Blonde schlafen in Vater Oisins Kammer. Aber nun sind sie sicher alle wach.«

»Ingramosch, Sohn des Irgabrosch, und Errax, Sohn des Ergasch«, ergänzte Rhÿs die fehlenden Namen bei.

Grome nickte nur und meinte: »Das ist Tempelfrevel. Wir müssen den Hohenpriester benachrichtigen.«

»Nein!« rief Efferdwin. »Das ist doch nicht nötig! Seit Vater Oisin tot ist, kümmere ich mich um den Tempel. Vielleicht sollten wir damit noch warten...« Der strenge Blick des Hauptmannes brachte ihn zum Schweigen.

»Da kann ich dir nicht helfen, Junge. Tut mir leid,

wenn du dafür den Hintern versohlt bekommst, aber du bist noch nicht einmal ein Geweihter. Der Hohepriester ist hierfür verantwortlich. Und ich habe dem Fürsten zudem versprochen, ihm seine Gefangenen binnen kurzer Zeit wieder zu überstellen.« Er nickte den beiden jungen Männern noch einmal zu und entfernte sich.

»Was tun wir jetzt?« fragte Rhÿs.

Efferdwin war blaß. »Beten.«

Riganna legte ihre Sandaletten an und schnürte sie sorgsam mit einer feinen Schleife fest. Den Fuß noch auf dem kleinen Hocker, richtete sie sich auf und blickte in den Spiegel. Wie immer ringelten sich ihre roten Locken wild um das Gesicht, das allerdings ein wenig blaß wirkte. Die letzten eineinhalb Wochen hatten sich als sehr anstrengend herausgestellt. Wie eine junge Novizin mußte sie die einfachsten Übungen erneut lernen, um ihre Selbstbeherrschung wenigstens zum Teil wiederzugewinnen. Sie nahm an den Göttinnendiensten teil, jedoch nur am Tanz, der ihr wie immer zu Trost und Ruhe verhalf.

Tatsächlich hatten die Geweihten der Rahja seit der Zeremonie mit dem Levthansband ein einziges großes Fest gefeiert. Manch ein Gläubiger hatte sich bereits gewundert, warum der Tempel plötzlich so festlich geschmückt war, als wären schon die Tage der Freude angebrochen; doch natürlich hatte sich niemand beschwert. Im Gegenteil – so viele Menschen wie nie strömten in den Rahjatempel und genossen die göttliche Ekstase in Liebe, Gesang, Tanz oder was immer die Göttin ihnen eingab. Riganna bewunderte Niando, Eillyn und die anderen. Sie selbst brach noch jedesmal nach ihrer Darbietung in Tränen aus, die Niando aber zärtlich zu trocknen wußte.

Am heutigen Tag ging es ihr besonders schlecht: Vom

Westen her grollte beständiger Donner, der seit dem frühen Morgen allmählich immer lauter geworden war. Daß dies ein böses Omen war, stand fest, doch Riganna befürchtete, die Göttin könne bald ihren Auftrag einfordern. Von Eillyn und Niando hatte sie sich überzeugen lassen, niemandem etwas von der bevorstehenden Katastrophe zu erzählen. Nach allem, was Rahja ihr in der Vision mitgeteilt hatte, konnte die Flut nur einen kleinen Teil Havenas, aber auch die ganze Stadt oder das Land vernichten, und dann war jegliche Flucht sinnlos. Und eine Panik unter den Bewohnern, die möglicherweise grundlos ausbrach, war ebenfalls eine lebensbedrohliche Gefahr.

Trotzdem hatte Riganna einer Freundin Bescheid gegeben, sofort ihre Kinder zu nehmen und zu fliehen, so weit wie möglich gen Osten. Warum, hatte sie ihr nicht verraten, doch sie hoffte, daß sie die Warnung trotzdem ernst nahm.

Jetzt, am Vormittag, lag der Rahjatempel fast gespenstisch still da. Aus einem der Zimmer klang trotz des Grollens Niandos weicher Tenor in Tonübungen herüber, während die anderen außer Haus waren.

Langsam schritt Riganna nun hinab in den Tempelraum, um zu überprüfen, ob die Dienerschaft alles gesäubert und aufgeräumt hatte. Kaum hatte sie die Feierhalle erreicht, pochte es so laut an der Tempeltür, daß die Geweihte regelrecht zusammenzuckte und sich erschreckt umwandte. Herein trat ein Praiospriester in goldener Robe, begleitet von einigen Priestern, die jedoch zurückblieben. Im Gegenlicht erkannte Riganna ihn erst, als er vor ihr stand und mit dem Kopf nickte: Es war Ardan, der Hohepriester.

»Praios zum Gruße!« donnerte er, viel zu laut für diesen Ort, an dem süßer Klang und heiteres Lachen herrschen sollten.

»Rahja zum Gruße«, erwiderte sie ein wenig atemlos – ihr Herz raste allein beim Klang seiner Stimme. In ihrem Geist hallte es noch wie vor vielen Jahren wider: ›*In Praios Namen…*‹

»Laßt nach Eillyn, der Hohengeweihten schicken!« befahl der Hohepriester nun in einem Ton, der keinen Widerspruch duldete.

»Eillyn ist beim Hafen. Wir erwarten eine Lieferung Tharf aus Belhanka.«

Mißbilligend, daß seinem Befehl nicht Folge geleistet wurde, hob Ardan eine Augenbraue. »Hält Euch das davon ab, nach ihr schicken zu lassen?« fragte er kühl.

»Nein. Natürlich nicht.« Riganna drehte sich um und klingelte nach einer Dienerin, die umgehend kam und mit der entsprechenden Bitte loslief. Zur Wand gedreht, atmete die Geweihte mehrmals durch, um sich zu beruhigen. Diese Stimme… der Befehlston… Natürlich hatte sie seit Jahren gewußt, wer er war, doch niemals hatte sie ihm so nahe gegenübergestanden, ihm niemals ins Gesicht gesehen.

Sie verfluchte ihren wankelmütigen Zustand, denn schon spürte sie den Haß in sich emporkriechen; aus den Tiefen der Seele drang er in ihren Geist. Sie hatte gedacht, daß sie alles überwunden habe. Doch die Leidenschaft, mit der der Haß nun aufflammte, sprach dieser Vorstellung Hohn. Fast verzweifelt beobachtete sie, wie Rachsucht und Zorn sie zu beherrschen begannen, und schwungvoll drehte sie sich wieder zu Ardan um, lodernden Zorn im Blick.

»Nun denn«, meinte der Praiospriester, »wir sind ihr schon weit genug hinterhergelaufen. Befehlt Eillyn zum Praiostempel.«

»Was gibt es denn so Dringliches, daß Ihr Euch selbst hierher bemüht, Hochwürden?« Es war weniger die Wirkung ihrer Worte, die Ardan veranlaßte, in der Bewegung innezuhalten, als der Klang ihrer Stimme. Triefend vor Verachtung und Zynismus fuhr Riganna fort, während sie furchtlos und langsam auf ihn zuging: »Gibt es einen Ketzer zu foltern? Einen Ungläubigen hinzurichten? Oder müßt Ihr eine Hexe verbrennen?«

»Was wagt Ihr…«

»Keine Hexe zu verbrennen? Das muß ein langweiliger Tag für dich sein, Ardan!«

Seiner Fassung beraubt, deutete Ardan zornig gen Efferd. »Hört Ihr das beunruhigende Grollen am Himmel denn nicht? Etwas geschieht hier, und wir wissen nicht, was!«

»Oh, du gibst zu, etwas nicht zu wissen? Schön, das ist ein Anfang. Jetzt möchte ich, daß du das Grollen vergißt und dich erinnerst, Ardan. Wann hast du deine letzte Hexe verbrannt?«

Mit funkensprühenden Augen und ehrfurchtgebietendem Gesicht stand Riganna nun ganz nahe vor dem Hochgeweihten und beobachtete die wachsende Furcht in seinen Augen.

»Was soll das? Ich bin niemandem außer dem Herrn…«

»Wann, Ardan?« Wie ein Peitschenhieb zuckten die Worte auf den Priester nieder.

Der tupfte sich mit einem Tuch die Schweißperlen von der Stirn. »Die Jahre waren ruhig. Es ist sicherlich schon zehn, zwölf Jahre her. Aber nun gibt es wahrlich Wichtigeres…«

Riganna staunte über sich selbst. Dieser anmaßende, eingebildete Hochgeweihte kroch tatsächlich vor ihr!

»Warum?« schnitt sie ihm das Wort ab.

»Sie war eine Hexe!« verteidigte sich Ardan. »Es war meine Pflicht, das…«

»Warum?«

»…das Volk zu schützen! Sie war böse!« Ardan gewann die Fassung zurück und rückte seine Robe gerade.

»Sie war meine Mutter!« donnerte Riganna und funkelte ihn so heftig an, daß er blaß wurde. »Wenn ich auch damals noch kein Dutzend Jahre zählte, so war ich dennoch klug genug, um zu begreifen, daß du, frisch im Amt, allen zeigen mußtest, daß du diese Würde verdientest! Man hielt dich nämlich für nicht fest genug im Glauben!« Sie schrie ihm ins Gesicht.

Riganna wünschte, sie trüge einen Dolch, denn plötzlich verspürte sie die unzähmbare Lust, Ardan eine Klinge in den Leib zu rammen, das Blut sprudeln und über den heiligen Boden dieses Tempels laufen zu sehen, dem Praiospfaffen den Tod der Mutter heimzuzahlen und ihm tödliche Flüche entgegenzuschleudern …

»Riganna?« Niandos schöne Gestalt erschien hinter Ardan in der Tür. »Ist alles in Ordnung?«

Die Geweihte sah auf. Die vielen Kristallspiegel hier im Heiligtum warfen ihre und Ardans Gestalt hundertfach hin und her, und überall sah sie ihr sonst so ebenmäßiges Gesicht von gräßlichem Haß verzerrt. Wie eine knurrende Hündin fletschte sie die Zähne und sah sich in den Spiegeln von rechts, links und von vorn. Haßerfüllt, haßverzerrt, häßlich.

Riganna entspannte sich und holte tief Luft. Wie sie es in ihrem Noviziat gelernt hatte, ging sie in sich und bemühte sich, Herrin ihrer Gedanken zu werden. Sie wendete sich von Ardan ab und tat einen Schritt auf die Statue der Göttin zu, neben der Rahjas Weinzweig lag. Sie straffte sich, richtete sich locker und entspannt auf und drehte sich um. Und sie wußte, daß sie mit dem Lächeln auf den Lippen, das sie Ardan nun schenkte, mehr gewann als in all den Jahren des unterdrückten Hasses.

»Ich werde Eillyn Euren Wunsch mitteilen, Hochwürden.« Ihre Stimme barg wieder Melodie und Timbre, sie strich sich die wilden Locken zurück und ging anmutigen Schrittes an Ardan vorbei zum Ausgang.

»Ich kann Euch allerdings nicht versprechen, daß sie ihm nachkommt.« Draußen warteten die beiden anderen Geweihten und sahen erstaunt auf, als sie die Tür aufhielt und Ardan freundlich hinausbat. In der Tür stehend, wandte sich der Praiospriester noch einmal zu ihr um, blickte in ihre schönen grünen Augen, die eben noch so haßerfüllt, nun aber so sanft schauten.

Die Rahjapriesterin fragte sich, ob er wußte, daß er bald sterben würde. Sie hätte es ihm sagen, hätte ihn warnen können. Was würde er tun? Fliehen? Doch in ihrem Innern wußte sie, daß das falsch wäre. Vielleicht galt diese Strafe auch ihm. Sie hatte den Haß in sich besiegt. Doch dem Mörder ihrer Mutter zu vergeben, stand auf einem anderen Blatt. »Rahja zum Gruße«, lächelte sie und nickte zum Abschied.

Als sich die Tür hinter ihm schloß, lehnte sich Riganna kraftlos von innen dagegen und kämpfte mit den Tränen. Schnell trat Niando herbei und schloß sie in die Arme. »Schsch. Das hast du gut gemacht. Sehr gut.«

»Ich hab ihn angeschrien«, murmelte Riganna mit belegter Stimme.

»Das soll er ruhig auch einmal erleben! Er nimmt sich viel zu wichtig.« Er strich ihr das Haar zurück und küßte sie. »Jetzt weiß ich, warum Rahja dich erwählt hat. Du bist die stärkste von uns allen.«

Riganna schüttelte den Kopf und ließ eine Träne frei herabrinnen. »Nein. Ihr seid viel stärker. Freilich, ich habe ihn gehen lassen, doch mein Herz flattert noch immer wie ein Küken. Wie soll ich Rahja dienen, wenn ich meine Gelassenheit nicht wiederfinde? Ich könnte gleichzeitig weinen und schreien, zetern und mit Dingen um mich werfen...« Ihre gepflegten Fingernägel bohrten sich in die Oberarme.

Niando sah sie an und lächelte. »Viele, die die Nähe

der Göttin mit dem Levthansband suchten, wurden wahnsinnig. Ich finde, du *bist* stark.«

Efferdhilf der Blaue deutete zornig auf den Eingang des Alten Tempels und befahl: »Ich wünsche, daß Ihr umgehend den Tempel stürmt, Hauptmann!«

»Hochwürden, der Fürst bat mich, soweit es möglich ist, ohne Gewalt vorzugehen, und immerhin...«

»Dieser Tempel ist entweiht worden, auch wenn der Bursche seine Anschuldigungen nicht wiederholen möchte.« Er blickte wütend zu Efferdwin und Rhÿs hinüber.

»Hauptmann – dort drinnen im Tempel steht eine Statue des Ingerimm auf dem Altar des Herrn der Meere. Was hat das Grollen in der Ferne, das den ganzen Tag schon anhält, Eurer Meinung nach zu bedeuten?« Drohend schoben sich seine Augenbrauen zusammen. »Ich bestehe darauf, daß Ihr die Frevler herausholt und dingfest macht!« Grome wurde blaß, nickte gehorsam und drehte sich um, um seine Anweisungen zu geben.

»Ihr findet doch immer eine Ausrede, nicht wahr, Hochwürden?« sagte Efferdwin müde. »Ihr müßtet es doch längst spüren. Die dritte Warnung Efferds steht bevor, und was dann geschieht, wissen nur die Götter. Es ist Eure Schuld.«

Wie eine Schlange fuhr der Hohepriester herum und starrte Efferdwin an. Viele Augenblicke lang beobachtete Rhÿs den Freund im Blickduell mit dem älteren Geweihten, dann hörte er Efferdhilf den Blauen sagen: »Du sprichst wirr. Der Tod von Oisin muß dir nahegegangen sein. Vielleicht solltest du einmal mit den Noioniten sprechen, um dich zu beruhigen.«

»Ihr wißt, daß ich nicht wahnsinnig bin«, hielt Efferdwin dagegen.

»Bursche«, zischte der Hohepriester, »auch du wirst

mir diesen Tag nicht verderben. Heute morgen fand Fürst Toras Bennain eine Anweisung des Meeresgottes persönlich auf seinem Schreibtisch, in der Er durch mich befiehlt, den Schutzgott des fernen Gareth nicht länger als Götterfürsten hinzunehmen. Wir haben uns vom Reich losgesagt, und nun müssen wir uns endgültig ganz und gar Efferd zuwenden – als oberstem, als erstem der Götter! Ich habe das Dokument heute nacht in einer Vision beendet. *Das* ist der Wunsch des Gottes.«

Erschöpft nickte Efferdwin. »*Ihr* seid es, der wahnsinnig ist. Ihr führt die Gläubigen fort von Efferd, anstatt sie zu ihm zu bringen. Ist es da ein Wunder, daß er zürnt?«

Das Grollen vom Horizont klang noch ein wenig lauter, fand Rhÿs, der dem Disput mit halbem Ohr zuhörte. Er bekam Angst. Was mochte die dritte Warnung Efferds sein? Wie würde sie aussehen?

Schreie und das Klirren gezogener Schwerter drangen zu ihnen herüber – die Garde stürmte den Tempel! Rhÿs klopfte dem Freund auf die Schulter. »Ich sehe nach Branwen! Laß nicht locker!« Er rannte hinüber zum Tempel, wo sich die Gardisten mit ihren Säbeln merkwürdige Gefechte mit den Zwergen lieferten, die mit ihren schweren Schmiedehämmern durchaus Knochen zu brechen und Schädel zu zerschlagen wußten.

Nicht locker lassen! Wie sollte er das schaffen? Efferdwin hatte jeglichen Mut verloren. Selbst dieser letzte große Frevel des Hohenpriesters vermochte ihn kaum noch zu erschüttern. Efferd als Götterfürst? Seit Äonen hatte Praios dieses Amt inne, und nur die ketzerischen Al'Anfaner machten es ihm streitig und wiesen es Boron zu. Beruhigt sah er Rhÿs hinterher, der zum Tempel rannte, um nach Branwen zu sehen. Hoffentlich ging es ihr gut. Erneutes, noch lauteres Grollen in der

Ferne schreckte die Menschen auf dem Efferdplatz auf und versetzte sie in Angst und Schrecken.

Efferdwin ergriff eine merkwürdige Ruhe. Wovor fürchtete er sich? Was Efferd befahl, würde geschehen. Vielleicht war es besser so.

Auch der Hohepriester blickte zum Horizont und zog sich auf die Brücke zurück, die im Nordwesten des Tempels über den Seitenarm des Großen Flusses führte. Hier hielt er sich am Geländer fest und begann, Gebete zu inkantieren, um den zürnenden Herrn zu besänftigen. Allerdings ließ er die Vorderseite des Efferdtempels nicht aus den Augen, um beobachten zu können, was dort geschah.

Wie hoch das Wasser in dem Seitenarm stand! stellte Efferdwin erschreckt fest. Die Fluten rauschten wild durch das Flußbett, doch zum Entsetzen des Novizen verkehrt herum – flußaufwärts! Efferdwins Blick folgte dem Verlauf des Wassers weiter gen Süden, wo sich der Hauptarm aus dem Blickfeld verlor. Eine Salzarele sprang aus dem brodelnden Wasser und tauchte wieder unter. Zwei Schritte brachten den Novizen näher an den Fluß, und er entdeckte einen mächtigen Thunfisch und einen langen Olporter Hering. Meeresfische! Das Meer drang in den Großen Fluß ein! Schicksalsergeben blickte er gen Westen.

»Hochwürden!« schrie Hauptmann Grome nun gegen das Grollen und Wasserrauschen an. »Hochwürden! Wir haben sie gefaßt! Hier! Sicherlich freut es Euch, daß dies hier nicht mehr den Altar Eures Gottes beschmutzt!« Triumphierend hielt er in der einen Hand den rituellen Schmiedehammer des Hohengeweihten, in der anderen die Ingerimmstatue.

»Herüber damit!« strahlte Efferdhilf. »Laßt uns Efferd besänftigen! Noch zürnt er den Frevlern!«

Lautes Grollen schien ihm zuzustimmen, so daß Hauptmann Grome Hammer und Statue in die Hände des Hohenpriesters legte. Die Zwerge im Gewahrsam der Garde schrien und wehrten sich, konnten jedoch nicht verhindern, daß man sie auf die Westseite der Brücke schaffte, zum Stadtgefängnis.

»Ihr Gläubigen!« schrie Efferdhilf der Blaue. »Sterbliche im Anblick des Unsterblichen, höret her!« Viele der Schaulustigen waren den Priestern schon aus Furcht gefolgt, nun versammelte sich die große Menge rechter und linker Hand des Geweihten auf der Brücke und den Plätzen und fiel auf die Knie. Auch Efferdwin war näher an die Brücke getreten, um zu vernehmen, was weiter geschah. Mißtrauisch schob er sich langsam näher heran. Was immer auch kommen mochte, ein weiterer Frevel mußte verhindert werden.

»Efferd, hör meine Worte! Verzeih diesen Frevlern ihre Tat, vergib Deinen Dienern und Gläubigen, zürne nicht länger! Hier, in Deinem Angesicht, steht Efferdhilf der Blaue, und just an diesem Morgen habe ich dem Fürsten Havenas Deinen göttlichen Wunsch offenbart! Albhernia ist frei vom Reich, und so soll Havena auch frei von Praios sein! Nicht länger soll er Fürst der Götter sein, sondern *Du*, Efferd, Du allein sollst gebieten! Niemand, nicht einmal die andern Elf, sollen Dir diesen Platz streitig machen, denn Du bist das Meer, das Leben, Du bist Sumus Bett und Grab!« Efferdwin schüttelte ungläubig den Kopf. Wußte der Mann überhaupt noch, was er da tat? Inzwischen mußte er seine Worte hinausbrüllen, denn das Getöse der elementaren Gewalten um ihn herum dröhnte immer stärker, Haar und Gewand des Hohenpriesters flatterten im aufkommenden Wind.

»Und niemand«, schrie Efferdhilf, »niemand soll Dir diesen Platz streitig machen, niemals!« Damit holte er mit dem Hammer aus und schmetterte ihn mit aller Wucht auf die Statue des Ingerimm, die er in der anderen hielt, noch bevor Efferdwin losspringen konnte.

Dann rannte der Novize zwischen den knienden Menschen hindurch auf die Brücke, zu Efferdhilf. Ein Donner wie ein gigantischer Hammerschlag erklang gleichzeitig mit dem Beben der Erde, das sowohl den Novizen wie auch den Hohenpriester von den Füßen warf.

Zuerst rappelte sich der Novize auf und kroch auf die ingerimmheilige Statue zu, dann hielt er inne. Stille lag über der Stadt. Das Grollen, das den ganzen Tag bereits in der Luft gehangen hatte, hatte aufgehört, doch die Stille ängstigte Efferdwin nur noch mehr.

Wie in der Ruhe vor dem Sturm hörte man ganz deutlich das Rauschen des Wassers im Flußbett. Die Menschenmenge, die sich um die Brücke versammelt hatte, ja, jedermann in ganz Havena schien den Atem anzuhalten, so still war es.

Das Seebeben hatte Riganna und Niando von den Füßen gerissen. Entsetzt schrie die Geweihte auf und erhob sich wieder. »O Götter! Götter!« Sie griff nach Niandos Hand und half ihm beim Aufstehen.

»Mir scheint, es ist Zeit, Abschied zu nehmen«, murmelte der Priester blaß.

»Komm mit mir! Komm mit!« weinte Riganna, bis sie blind vor Tränen war, doch er schüttelte den Kopf und deutete auf die herrliche Statue. »Ich kann sie nicht verlassen.« Er lächelte zärtlich und schloß die Geliebte in die Arme. Sie griff in den Nacken, nahm die Kette mit der Träne der Göttin ab, um sie Niando um den Hals zu legen, und küßte ihn wild. Dann riß sie sich los. Todesangst breitete sich in ihr aus, Todesangst und Heimweh, jetzt schon. Bei der dunklen Holzstatue der liegenden Rahja angekommen, ergriff sie das Kästchen mit dem Levthansband und den Zweig des Weines und lief zum Ausgang. Dort drehte sie sich noch einmal zu dem Priester um, der näher an die Statue herangetreten war und ihr nachsah.

»Niando…«

»Ich weiß.« Schmerzerfüllt prägte sie sich die lächelnden Augen, die feinen Züge, den schönen Körper ein letztes Mal ein. Er legte eine Hand auf den Leib der Göttin, die andere erhob er zum stummen Gruß.

Riganna wandte sich um und rannte, was ihre Beine hergaben, aus dem Tempel.

Efferdwin griff nach der Ingerimmstatue, die dem Hohenpriester aus der Hand gefallen war. Er raffte sich auf und wollte schon zurück zum Tempel laufen, doch eine Hand schloß sich um sein Fußgelenk, so daß er stürzte. »Gib mir die Statue, du Dämon!« fauchte Efferdhilf der Blaue mit haßverzerrtem Gesicht und riß an der Robe des Novizen.

Schweigend versuchte Efferdwin, sich loszureißen und gleichzeitig die Statue im Arm zu schützen, aber der Hohepriester hielt ihn in erbarmungslosen Griff. Stoff riß, doch Efferdhilf gelang es, den Arm des Novizen zu ergreifen. Der Jüngling erstarrte und blickte voller Verwunderung gen Efferd, an dem Hohenpriester vorbei, der diese Unachtsamkeit nutzte und die Statue zurückeroberte. »Ha!« schrie er triumphierend und reckte die Statue in die Luft, während die gefangenen Zwerge hinter ihm vor Wut aufheulten.

Doch Efferdwin sah nach Westen, woher das Wasser kam. So weit der Horizont reichte, wohin er auch sah, bis in den Himmel reichte die Wand aus Efferds Element, die auf die Stadt zurollte. So gewaltig und schön glitzerte die Flutwelle kristallklar im Schein des Praiosrades, daß er den Atem anhalten und eine Träne fortblinzeln mußte.

Er hatte keine Angst. Efferd hatte ihm gezeigt, daß er Ihn nicht fürchten mußte, daß er, Efferdwin, Ihm vertrauen konnte, was immer auch geschah. »Niemals mehr werde ich Dich fürchten, Herr«, flüsterte er andächtig und meinte, das alte Gesicht des Gottes in der gigantischen Wasserwand zu sehen.

Bei diesen Worten, die der Junge mit merkwürdig verklärtem Gesicht sprach, drehte sich Efferdhilf der Blaue um. Noch immer die Statue gen Alveran gereckt, stieß er einen gellenden Schrei aus und machte Anstalten zu fliehen, konnte sich jedoch vor lauter Angst und Ehrfurcht nicht von der Stelle bewegen. »Möge der Herr der Gezeiten dir verzeihen. Irgendwann.« Efferdwin blickte dem Hohenpriester in die Augen und sah darin Erkenntnis und Angst heranreifen – die Furcht vor dem Zorn des Gottes, vor der eigenen Verdammnis.

Dann riß die Gewalt Efferds sie beide, Novizen und Hochgeweihten, in die Tiefe.

»Efferdwin!« schrie Rhÿs aus Leibeskräften, als er die Flutwelle mit ohrenbetäubendem Getöse achtlos über Häuser und schreiende, fliehende Menschen hinwegrasen sah. Gigantisch hoch ragte sie auf und verschlang Häuser und Menschen gleichermaßen. Der ferne Rahjatempel zerbarst beim Aufprall der Gewalten in tausend Stücke; Rhÿs sah die festen Mauern des Efferdtempels brechen, die Hafentürme wie Strohhalme einknicken. Unter der riesigen Wasserwand glich der prachtvolle Fürstenpalast einer kleinen Sandburg und verschwand krachend, wie von Kinderhand beiseite gefegt. Das prächtige Flaggschiff *Stolz von Gareth* wurde emporgewirbelt und zerschellte. Das Wasser war dunkel von Trümmern und Leibern, Tieren und Erdmassen.

Dann war die Flutwelle heran und schlug über dem Freund zusammen, bis nichts mehr zu sehen war als wilder, wirbelnder Mahlstrom. »O ihr Götter! Efferdwin! Efferdwin!« brüllte Rhÿs.

Wie von Sinnen rannte er die Tempelstufen hinab auf den Efferdplatz, der wie durch ein Wunder kein Tröpfchen Wasser abbekommen hatte. Entsetzt betrachtete er das gesamte Ausmaß des Grauens. Nichts als tobende Fluten sah er, wo eben noch das stolze Havena geprangt hatte.

Keine zehn Schritt entfernt von dem jungen Schnitter hätte die Brücke stehen müssen, auf der Efferdwin eben noch mit dem Hohenpriester um die Statue gerungen hatte, doch nun sah er nicht einmal mehr das Brückengeländer – und erst recht keine Menschen, die darauf gestanden hatten.

»Rhÿs«, flüsterte neben ihm Branwen, die ihm offenbar aus dem Tempel gefolgt war. Er fuhr herum und blickte in ihr starres Gesicht. Ihre Augen waren fest auf das heillose Chaos gerichtet, das soeben Zehntausende von Menschen in den Tod gerissen hatte. Dann verlor sie das Bewußtsein.

»Efferdwin!« hörte der Novize noch Rhÿs' gellenden Schrei, doch dann vernahm er nur noch das taube Glucksen der sich bewegenden Fluten.

In seinen Lungen war noch Luft, doch er wußte, daß dies nicht reichen würde. Efferd zog mit Macht an seinen Gliedmaßen und würde ihn nicht loslassen. Doch er hatte keine Angst.

Efferdhilfs feister Körper schwebte schlaff an ihm vorbei und zog eine dunkle Blutfahne hinter sich her, dann glitt der Leib des ehemaligen Hohenpriesters fort, fort ins Dunkle.

Langsam öffnete Efferdwin den Mund und entließ den Rest Luft in das Wasser. Schutt, Häuser und Körper wirbelten an ihm vorbei, wie Spielzeug mitgerissen von dem gewaltigen Sog.

Dann hörte er den Gesang der Delphine. Sie kamen in Scharen und begrüßten ihn, stießen ihn mit den Nasen an und umringten ihn. Einer von ihnen schimmerte heller als die anderen, ja, er war sogar blendendweiß. Efferdan lächelte, als das Wasser in seine

Lungen eindrang. Er hustete und rang nach Luft, atmete jedoch nur noch mehr des salzigen Nasses. Mit jedem gräßlichen Luftzug, den er tat, mehrten sich die schwarzen Punkte vor seinen Augen, und schließlich hüllte ihn die Dunkelheit so sehr ein, daß er die Augen schloß.

Stille, unendliche Stille umfing ihn, es gab nichts außer ihm und Efferd, bis er unter seiner Hand den kühlen Leib eines Delphins spürte.

*Niemals mehr werde ich Dich fürchten, Herr,* dachte er sterbend und ging auf in Efferds Ewigem Meer.

Gerade noch rechtzeitig hatte Rhÿs Branwen aufgefangen und auf das Pflaster des Efferdplatzes gelegt. Dann mochten Stunden vergangen sein, während er auf die Fluten starrte, wie sie herunterstürzten und alles, was einmal Havena westlich des Alten Efferdtempels gewesen war, unter sich begruben, wie sie alles aufwühlten und tobten wie ein Gigant, wie ein Lebewesen, sich noch einmal auftürmten und schließlich langsam, ganz langsam beruhigten. Sicherlich waren es Stunden gewesen, denn als der Jüngling den Blick wieder loszureißen vermochte, dämmerte bereits der Abend dieses sechzehnten Ingerimm.

Havena gab es nicht mehr. Der Palast, zahlreiche Tempel, Tausende von Häusern, unzählige Menschen lagen auf dem Grund des Wassers in einem nassen Grab. Allein der winzige Ostteil der Stadt stand noch, da die Flutwelle vor dem Alten Tempel haltgemacht hatte.

Langsam trat Rhÿs näher an die Bruchkante heran, die nun unmittelbar hinter dem Tempel begann. Dort, wo sich einst der Flußarm befunden hatte, begann jetzt das Meer. Hier und dort ragten stille Inseln aus dem Wasser, Inseln, auf denen einst Tempel, Häuser und Villen der Stadt gelegen hatten. Die Tempel des Praios, der

Rahja, des Efferd, die große Bibliothek, den Fürstenpalast – das alles gab es nicht mehr.

Als Rhÿs den Blick von den Ruinen des Palastes nehmen wollte, riß er bei genauerem Hinsehen die Augen auf: Einer der Türme dort stand noch völlig unangetastet, als hätte man ihn gerade frisch poliert. Das mußte der Turm der Nahema sein, der Zauberin, die den Fürsten beraten hatte. Sie hatte vor einigen Tagen die Stadt verlassen, wie man sich erzählt hatte. Von diesem Turm ging eine unheimliche Aura aus, fast meinte Rhÿs, die gellenden Schreie der Ertrunkenen zu hören.

Erfüllt von taubem Entsetzen, riß er sich von dem Anblick los. Kaum zwei Monde hatte er Efferdwin nun gekannt, und doch hatte er in ihm seinen besten Freund gesehen.

»Warum, Efferd? Warum er? Er hat doch alles versucht!« schrie der Schnitter nun hinaus auf das Inselmeer. Voller Enttäuschung und Trauer wandte er sich ab und beugte sich über Branwen, die mit offenen Augen dalag. Nun stand sie auf und trat näher an das Ufer heran, an dem die Brücke noch vor wenigen Stunden gestanden hatte. Sie bückte sich und hob einen länglichen Gegenstand auf, den sie in den Arm nahm und damit auf den Efferdtempel zuging.

»Branwen, was hast du da?« Rhÿs folgte ihr und erkannte die Ingerimmstatue wieder, von der ein guter Teil des Schädels und der einen Schulter abgeschlagen war. Die Novizin trug das Stück in den Tempel und stellte es dort an eine Wand. Dann ergriff sie Rhÿs bei der Hand und führte ihn in die Bethalle, um ihm dort mit Gesten zu bedeuten, ihr zu helfen, die Statue des Efferdjünglings wieder aufzurichten.

Natürlich faßte er mit an, doch als sie sich stumm daranmachte, den Wassermechanismus des Springbrunnens wieder zu reparieren, konnte er sich nicht mehr beherrschen. »Branwen, so sag doch etwas!«

Auf dem Boden kniend sah sie auf und blickte ihn an. In ihrem Blick entdeckte Rhÿs eine Spiegelung seines eigenen Entsetzens, seiner Unfähigkeit, das Geschehene zu verstehen. Wieviel schrecklicher mußte das für sie sein, die sich immerhin einem Leben in den Diensten dieses Gottes verschreiben wollte! Dann schüttelte sie den Kopf und wandte sich wieder ihrer Arbeit zu.

Rhÿs nickte und drehte sich um, um dem Tempel des Efferd den Rücken zu kehren. Branwen schien sich immer noch verantwortlich für Efferds heilige Hallen zu fühlen, doch er, Rhÿs, wußte, daß er diesem Gott nicht dienen wollte. Die meisten Menschen, die wie Efferdwin gestorben waren, hatten nichts mit dem Unrecht zu tun, das geschehen war. So viele Unschuldige, um die wahren Schuldigen zu strafen – lodernde Wut flammte in ihm auf, wenn er daran dachte.

Doch wohin sollte er sich nun begeben? Den Efferdtempel wollte er niemals mehr betreten, das schwor er sich. Und so lenkte er seine Schritte gen Marschen, zu den wenigen Häusern, in denen die Menschen den Göttern für die Gnade ihres Lebens dankten, zur Schmiede von Meister Ghundir, wo für ihn in Havena alles begonnen hatte. Vielleicht konnte er hier noch eine Weile bleiben, um Kraft zu sammeln für die Reise. Denn Kraft brauchte er für den Heimweg nach Abilacht.

Tief in den Fluten herrschte vollkommene Stille. Auch wenn oben, an der Oberfläche, die Nacht anbrach, herrschte hier Licht. Neugierig stießen die kleinen Sprotten die leuchtende blaue Perle an, die aus dem Graben rollte, der einstmals ein Seitenarm des Großen Flusses gewesen war. Von den Strömungen getrieben, rollte die blaue Perle geruhsam in den Großen Fluß und hinab ins Meer, wo sie langsam in den Tiefen ihre Leuchtkraft verlor und in den Schoß Efferds hinabsank.

Vielleicht waren die Menschen ja in vielen Jahren bereit, das Geschenk des Meeres anzunehmen.

Im vergehenden Licht der Perle glitt statt dessen ein großer Schatten aus der Dunkelheit empor. Es galt, eine Stadt neu aufzubauen und die Menschen darin zu beschützen. Und es galt, eine junge Novizin zu begrüßen, die einzige Dienerin des Efferd, die in Havena noch lebte.

Lata folgte dem Weg zurück, den die Perle gerade hinabgerollt war, wo Erdmassen sich durch den Strom der Gewalten zu neuen Inseln bildeten, lenkte den gigantischen Leib in den ehemaligen Flußarm und tauchte in die Höhle ein, die bei dem Beben entstanden war.

Als sie in dem See aus dem Wasser kroch, blickte sie alsbald in die großen Augen Branwens, die ihrem Ruf nach unten Folge geleistet hatte, die zerstörte Statue des Ingerimm in den Händen.

*Kapitel 16*

## Fatas

Dieses Mal stieg Efferdan langsam, gleitend aus seiner Vision auf, doch vor Entsetzen und Trauer bebte sein Körper noch immer. Diese Gewalten! Niemals zuvor, wenn ihm das Große Beben in den Sinn gekommen war, hatte er sich auszumalen vermocht, welche Schrecken an diesem Tag tatsächlich geschehen waren.

»Er wacht auf«, hörte er eine Frauenstimme sagen. »Wurde auch Zeit!« Lyn beugte sich über ihn, dann blickte er auch in Rondrianes besorgtes Gesicht. »Efferdan! Ist alles in Ordnung?«

Ordnung? dachte er, denn in seinem Kopf wirbelten die Bilder durcheinander; doch langsam fanden sie tatsächlich alle ihren Platz. »Ja«, krächzte er mit rauher Stimme. Als er sich zu bewegen versuchte, stellte er fest, daß Arme und Beine gefesselt waren. Siedendheiß fiel ihm wieder ein, in welcher Lage er sich befunden hatte, bevor ihn diese letzte schreckliche Vision ereilt hatte, und er sah sich um.

»Man hat uns in ein altes Haus gesperrt. Wir befinden uns auf einer Insel mitten in der Unterstadt, die ich noch nie zuvor gesehen habe. Es sind neun, mit Ghun und Cian elf!« flüsterte Rondriane. Efferdan nickte und musterte die alten Mauern aus Marmor, auf denen noch wenige Wandmalereien zu sehen waren. Delphinschwänze und -schnauzen erkannte er da, Meeresgetier, Efferdsfrüchte.

Kurz lachte er auf und schüttelte ungläubig den Kopf. »Wir sind im zerstörten Efferdtempel.«

»Gab es denn noch einen anderen?« fragte Rondriane erstaunt. Der Prinz nickte. »Dieser wurde bei der Flut vernichtet.«

»Is ja einerlei«, meinte Lyn. »Ich hoffe, uns fällt bald was ein, sonst is Thal nämlich hinüber.«

Als Rondriane nickte, fragte Efferdan besorgt: »Was findet da draußen denn statt?«

»Hör doch mal!« rief Lyn, und sie lauschten auf die Hymnen und Gesänge, die Rondriane und Praiodan schon damals so erschreckt hatten. Nun kroch auch dem Prinzen die Angst in die Glieder. Er verstand die Worte nicht, die da gesungen wurden, doch allein die pervertierten Harmonien der Efferdgesänge jagten ihm Schauer über den Rücken. »Ein Ritual?«

»Schlaues Bürschchen«, feixte Lyn, verstummte jedoch unter Rondrianes strafendem Blick. Praiodan, der still in der Ecke des verfallenen Raumes gelegen hatte, fügte kläglich hinzu: »Ich glaube, sie wollen Thalionmel den Kreaturen der Unterstadt opfern!« Seine Schwester nickte betrübt.

»Wir müssen hier weg«, schloß Efferdan. »Aber das scheint mir gar nicht so einfach... Hört mir zu: Wir müssen neben Thalionmel zuallererst die Perle retten.« Er erwiderte Rondrianes neugierigen Blick abweisend. Später bliebe genügend Zeit, über all das nachzudenken und zu sprechen. Jetzt mußte gehandelt werden. Der Strick saß leider ausgesprochen fest – von den Kultisten beherrschte mindestens einer das Verschlingen von Seemannsknoten meisterlich.

Fahles Licht drang von außen herein, und Efferdan wälzte sich herum, bis er aus der Fensteröffnung in den Nachthimmel schauen konnte. Hier behinderte kein Nebel die Sicht, und er schätzte, daß nur noch wenig Zeit bis Mittnacht fehlte. »Sie werden es vermutlich zur

Mitternacht tun«, mutmaßte er. »Wir haben etwa noch den vierten Teil einer Stunde... Ich frage mich nur, warum sie gerade den heutigen Tag gewählt haben – immerhin bewachen den Tageswechsel gleich drei Götter!«

»Frau Marteniel mutmaßt, daß sie diesen Tag brauchen, um die Macht der Perle zu wecken, die ja immerhin Efferds Artefakt ist«, warf Rondriane ein.

»Wir sollten uns zumindest beeilen«, meinte Efferdan beunruhigt. Versammelt rissen, fingerten und hantierten die vier an ihren Fesseln, vermochten die Knoten jedoch nicht zu öffnen.

»Verdammt!« fluchte Lyn leise, und dem Prinzen war sehr danach, ihr beizupflichten.

Das leise Kratzen lenkte jedoch seine Aufmerksamkeit auf die provisorische Holztür, die an der halb zusammengebrochenen Mauer befestigt war. Die Erde unter der Tür wurde in handgroßen Schüben weggetragen, bis das entstandene Loch schließlich etwa einer großen Katze Durchlaß geboten hätte. Oder einem Biber. Erstaunt beobachteten die Gefangenen, wie sich solch ein Nager mit dunklem Fell durch den Spalt zwängte und schließlich zutraulich hereinwatschelte.

Seine grünen Augen begegneten denen Efferdans und sprachen gar nicht von der Unwissenheit der Tiere, so daß der Prinz dem Biber seine Fesseln darbot. Fast meinte er, daß das Tier ihm zuzwinkere, dann begann es, an den Stricken zu nagen. Es bedurfte einiger langer Momente, bis die scharfen Zähne den Gefangenen die Fesseln gelöst hatten, dann sprangen alle vier auf und rieben sich die Glieder.

»Danke«, nickte Efferdan dem Biber zu. Statt einer Antwort krümmte sich das Tier auf dem schlammbedeckten Boden, wuchs zusehends und verwandelte sich in eine nackte schwarzhaarige Elfe. »Thalionmel?«

fragte Praiodan, doch Efferdan schüttelte den Kopf und meinte: »Aldare.«

»Ja, die bin ich«, erwiderte Thalionmels Schwester, die sich ihrer Blöße kaum zu schämen schien. »Wie gut, daß ich euch so schnell finden konnte; ich dachte schon, mein Zauber reiche nicht mehr.« Sie lächelte kurz. »Der Krakenmolch war dumm – er hatte den Befehl, eine Elfe ins Wasser zu ziehen und zu ertränken. Um einen Biber kümmerte er sich dann nicht mehr.« Schnell jedoch verschwand das vergnügte Funkeln in ihren Augen, und sie blickte besorgt. »Wir müssen uns beeilen.«

»Aber wir haben keine Waffen«, warf Rondriane ein.

»Doch.« Lyn griff sich hinten an den Kragen und zog einen kleinen Dolch aus einer Rückenscheide. »Das ist aber auch schon alles.«

»Immerhin«, lobte Efferdan sie. »Wir müssen es trotzdem versuchen. Aldare, habt Ihr noch Kraft?« Von seinem Neffen wußte er, daß den Zauberern bisweilen die ›Kraft‹ fehlte – was auch immer das sein mochte –, um ihre Sprüche zu wirken.

»Ein wenig. Es wird reichen, einen Menschen zu verletzen. Ich könnte den Nebel so lenken, daß wir in seinem Schutz dort auf den Platz schleichen könnten.«

»Eine gute Idee. Lyn, du solltest Thalionmel losschneiden, wenn du an sie herankommst. Rondriane, Praiodan, Ihr müßt mich decken, damit ich die Perle erreiche. Aldare, Ihr greift am besten den Paktierer an, der Eure Schwester entführt hat.«

Aldare nickte, Rondriane jedoch widersprach. »Praio sollte die Entermesser aus dem Boot holen, dann können wir uns auch vernünftig wehren!«

»Wunderbar«, lächelte Efferdan. »Er soll sie so schnell wie möglich verteilen.«

Sie schlichen zu den Türen und Fenstern, von wo aus Efferdan unmittelbar in den Kreis der Kultisten blicken konnte. Er erkannte den Paktierer sofort, denn er trug hier keinen Mantel, der seine Tentakel verdeckt hätte. Im Licht einiger Gwen-Petryl-Steine – Efferd allein mochte wissen, wo sie die gestohlen hatten –, entdeckte der Prinz, daß die beiden schrecklichen Gliedmaßen tatsächlich aus dem Rücken unterhalb der Schultern herauswuchsen. Dieses Ungeheuer würde sicherlich der härteste Gegner werden, auch wenn Ghun und Cian, die etwas abseits standen, wahrscheinlich gute Kämpfer waren.

Mit einem Ohr lauschte der Prinz Aldares Singsang, dann krochen auch schon die ersten Nebelschleier von den Wassern herüber auf den Platz neben der Ruine. Wie günstig, daß Nebel hier gar nicht weiter auffällt! freute sich der Prinz und glitt durch die Fensteröffnung, als die Ruine halbwegs verborgen war.

Lautlos huschten die fünf näher an den Ritualplatz heran. Die Perle lag am Rande des Ufers auf einem dreibeinigen Gestell aus verrostetem Eisen, an dem vielerlei Muscheln und Algen hafteten. Davor lag Thalionmel nackt ausgestreckt auf dem Boden, mit Stricken an Pflöcke gefesselt. Der Priester stand vor ihr und wandte den Befreiern den Rücken zu; die acht anderen Kultisten standen – ebenfalls zum Wasser gewandt – im Halbkreis um Opfer und Perle herum. Zwischen zwei von ihnen stand eine große Kiste, die an einen Sarg gemahnte.

»Yonahoh!« rief der Paktierer nun langgezogen in die Nacht hinaus. »Yonahoh!«

Ihnen allen wurde bei der Nennung dieses Namens klar, daß sie schnell handeln mußten. Allein Efferdan ahnte, daß das Ungeheuer, das sich dahinter verbarg, der Riesenoktopode war, eine schreckliche, dämonische Wesenheit, mit dem die Drachenschildkröte Lata seit Urzeiten im Kampf lag. Doch auch die anderen fühlten die Angst, die allein der Ruf des Namens auslöste.

»Yonahoh, Diener der mächtigen H'Ranga, der Herzogin der nachtblauen Tiefen und Herrin der Schrecken der Meere, folge meinem Ruf! Mir sollst du dienen, denn ich trage das machtvolle Krakenauge, einst Zeichen der Diener Charyb'Yzz.« Er hielt einen tiefblau funkelnden großen Stein empor, dann deutete er auf die Efferdperle. »Bringt das Opfer, um dieses heilige Artefakt der *Göttin* zu weihen!«

Zwei der Schwarzgewandeten öffneten die große Kiste, aus der aufgeregtes Planschen zu hören war, und griffen hinein. Unter stärkster Anstrengung zogen sie an den Lederriemen, an denen mit einem festen Geschirr ein weißer Delphin festgezurrt war, der zwar zappelte und sich heftig wand, den Tragegurten jedoch nicht entkommen konnte.

Entsetzen ergriff die Nebelgeister. Dann stürmten sie wie auf ein stummes Signal nach vorn, Praiodan auf das Boot zu, Rondriane und Efferdan gemeinsam in die Mitte, während Aldare, noch immer mit nichts als ihren langen schwarzen Locken bekleidet, einige Schritt weiter hinten stehenblieb und dem tentakelbewehrten Paktierer, der sich gerade herumwarf und die schrecklichen Glieder vorstrecken wollte, ihren Kampfzauber entgegenschleuderte. Der unsichtbare Blitz fuhr ihm ins Hirn, er schrie schmerzerfüllt und zornig auf und wurde erheblich in seiner Konzentration gestört. Die unheiligen Gesänge brachen ab, und während Lyn wieselflink auf Thalionmel zulief, um sie zu befreien, griff Rondriane einen Kultisten an, um dem Prinzen freie Bahn zu verschaffen.

Die schwarzgewandeten Teilnehmer des Rituals brauchten einige Momente, um zu begreifen, was geschah, und sich zum Handeln zu entscheiden – mit Ausnahme von Ghun, der brüllend wie ein Stier auf Rondriane zustürmte. Die versetzte ihrem vorherigen Gegner einen tüchtigen Stoß, so daß er ins Wasser fiel, und sprang aus dem Weg, um Ghun an sich vorbeistolpern zu lassen – gegen das Gestell, auf dem die Perle lag.

Gleichzeitig schrien Efferdan und der Paktierer »Nein!« und sprangen los, während das Kleinod unaufhaltsam auf das Ufer zurollte. Lyn gelang es, Thalionmels Fesseln zu durchtrennen und die Bewußtlose zu schultern, doch Rondriane und Aldare mußten sich nun der zornigen Attacken mehrerer Kultisten und Ghuns erwehren, die allesamt Dolche – Ghun sogar ein Entermesser – gezogen hatten.

Einigen kräftigen Hieben konnte Rondriane ausweichen, doch der nächste traf sie hart am Bein, und sie stöhnte schmerzerfüllt auf. Sie hörte Ghuns Lachen und die Stimme ihres Bruders: »Rondriane, fang!« Trotz der Wunde rollte sie sich kopfüber unter Ghuns erhobener Waffe hindurch und fing das Entermesser im Flug. Auch Lyn und Aldare wurden von Praiodan bewaffnet.

Efferdan stürzte mit dem Paktierer zum Ufer, doch die Tentakel des Mannes rissen den Prinzen zurück, bevor er die Perle ergreifen konnte – mit einem leisen Platschen fiel sie in die dunklen Fluten und versank.

In den widernatürlichen Fangarmen steckte gewaltige Kraft, wie Efferdan zu spüren bekam, als er herumgewälzt und am Boden festgehalten wurde.

»Ergebt euch!« lachte Ghun, nachdem er seiner viel kleineren Gegnerin die dritte schwere Wunde zugefügt hatte, die zurücksprang und sich mit den Gefährten schützend um die bewußtlose Thalionmel stellte. Die neun verbliebenen Gegner zogen ringsum den Kreis enger.

»Wie ihr seht, haben wir sogar den schlüpfrigen Prinzen!« Rondriane drehte sich besorgt herum und zischte zornig.

»Was sollen wir tun?« fragte ihr Bruder Praiodan, der wie seine Schwester bereits einige Dolchhiebe hatte einstecken müssen und am ganzen Leib zitterte.

»Ich weiß es nicht«, fauchte seine Schwester, doch Aldare lächelte plötzlich und flüsterte: »Haltet noch ein wenig aus – die Schwester des Meeres kommt uns zu Hilfe!«

»Ich hab genug von elfischen Orakelsprüchen«, grunzte Lyn, doch sie hielt einige Kultisten mit einem kleinen Ausfall auf Abstand.

Efferdan rang verzweifelt um Halt, als die Tentakel des Paktierers ihn Spann für Spann an den Rand des Ufers schoben. Schon spürte er, wie seine langen Haare durch das Wasser schleiften, doch er konnte sich noch einmal an einer Wurzel festkrallen. Er warf einen kurzen Blick auf die Wasseroberfläche, wo es bereits brodelte.

»Efferd hilf!« keuchte er verzweifelt und löste eine Hand, die sowieso vergebens gegen den ätzenden Tentakel ankämpfte. Er griff sich an den Hals und zerriß das Kettchen, das die Tränenperle hielt, und schleuderte den Stein der Kreatur entgegen, hinein in das schuppenbedeckte Gesicht.

Mit einem gräßlichen Schrei zuckte der Paktierer zurück und entließ sein Opfer, denn dort, wo der Stein ihn getroffen hatte, brannte er sich dampfend in das unheilige Fleisch. In diesem Moment vernahm auch Efferdan den Singsang Leiellas, seiner Geliebten, die hinter ihm aus dem Wasser auftauchte, ihm hastig die heilige Perle in die Hand legte und einen Kuß zuhauchte.

*Tief in den Fluten herrschte vollkommene Stille. Auch wenn oben, an der Oberfläche, Dunkelheit lag, herrschte hier Licht. Aus den Tiefen des Meeres stieg sie nun empor, gewann ihre Leuchtkraft zurück und verließ den Schoß Efferds.*

Vielleicht waren die Menschen endlich bereit, das Geschenk des Meeres anzunehmen…

Efferdan wußte, was zu tun war. In seinen Händen leuchtete die Perle in einem tiefen, satten Blau, heiliger denn je, und erhellte seinen Geist. Der Prinz grüßte sie freudig, denn nun erkannte er den Sinn in Latas Plan, die Vergangenheit Ymras mit der Zukunft Fatas verschmelzen zu lassen, in *ihm*, in seiner Person. Er selbst war das Geschenk, wie es Efferdwin damals hatte sein sollen.

Er stand auf und schritt auf den Paktierer zu, der vor der heiligen Aura des Artefaktes zurückweichen mußte. Neben seinen staunenden Freunden hielt er inne und hob die Perle empor.

»Efferd – Launischer, Gewaltsamer, Sanfter. In Deinem Namen rufe ich jene, die an Dir ihre alte Schuld abzugelten haben.

Efferdhilf, den sie den Blauen nannten, ich rufe dich!«

Ein Wispern aus den Nebeln war zu hören.

»Ardan der Verschlagene, ich rufe dich!« Zur ersten Stimme gesellte sich eine zweite.

»Ingramosch, Sohn des Irgabrosch, Errax, Sohn des Ergasch, Arim, Sohn des Agarim – ich rufe euch! Euch alle stelle ich in den Dienst der Götter, denen ihr vor nun fast dreihundertzwanzig Jahren gefrevelt habt, damit ihr eure Vergehen büßen könnt!«

Der Chor der Geister in den Nebeln flüsterte nun vielstimmig, und den übrigen Anwesenden rannen kalte Schauer den Rücken hinab.

»Fünf seid ihr, des Herrn Borons Zahl. Auch in Seinem Namen befehle ich euch den Kampf gegen die Feinde Efferds, damit Er euch nach getaner Sühne in Sein Reich aufnehme! Kämpft!« Die Stimme des Prinzen gellte durch die Nacht.

Längst hatten sich Aldares magische Schwaden wieder an den Rand der Insel zurückgezogen, doch nun huschten die Nebelgeister der Vergangenheit über den Platz und behinderten die Sicht aufs Neue.

Nach Efferdans durchdringendem Ruf fiel auch die Starre von den beiden Kampfparteien ab, die das Schauspiel fasziniert beobachtet hatten und jetzt erneut die Waffen hoben und sich aufeinanderstürzten. Unter ihnen geisterten die Seelen der Vergangenheit, halb manifeste Körper eines Efferdpriesters, eines Praiosgeweihten und dreier ingerimmgeweihter Zwerge. Als Waffen benutzten sie des Herrn Efferds Element, so daß drei der Kultisten bald gurgelnd an dem Meereswasser in ihren Lungen ertranken.

Rondriane keuchte erschöpft, als sie dem kräftigen Hieb Ghuns im letzten Moment auswich und ihrerseits mit dem Entermesser nach ihm hieb. Ihr Arm erbebte unter dem Aufprall, als ihre Klinge die seine traf, und sie spürte, wie die Kraft sie langsam verließ. Mit seinen langen Armen war er ihr gegenüber deutlich im Vorteil, denn die mußte sie erst einmal überwinden, um seinen Körper zu treffen. Die Wunden an Bein und Seite schmerzten zudem bei Schritt und Tritt und behinderten sie beträchtlich.

Gerade bleckte der Mann die Zähne und lachte sie aus. »Du glaubst gar nicht, wie lange ich mich auf diesen Moment gefreut habe, *Gräfin*!« spie er ihr entgegen. »Und dann« – er wuchtete die verkeilten Klingen herum, um ihr die ihre zu entreißen – »gibt es wieder einen *Grafen*!«

»In den Niederhöllen vielleicht, Verräter!« fauchte Rondriane, und durch den Schwung geriet sie ins Stolpern. Doch es gelang ihr, sich zu fangen und sogar mit stahlhartem Griff das Heft des Entermessers festzuhalten. Sie sammelte die verbliebenen Kräfte und spannte sich zum letzten Schlag. »Und dorthin schicke ich dich jetzt!«

Mit einer einladenden Finte hieb Rondriane auf den Gegner ein, ließ sich auf den Rücken fallen und rollte herum. Der langsamere Ghun stürzte sich auf die Stelle, wo sie eben noch gelegen hatte, unfähig, so schnell zu reagieren wie sie und den eigenen Sturz zu verhindern. Indem er sich herumwarf, kam er ebenfalls auf dem Rücken zu liegen und wollte schon hohnlachen, daß sie ihn verfehlt habe, da spritzte ihm ein Blutstrahl aus der Kehle.

Verdutzt starrte Ghun auf das Stück Stahl, das ihm aus dem Hals ragte und bis zu Rondrianes Händen hinaufreichte. Er rang nach Luft und mußte würgen. Röchelnd und keuchend kämpfte er um einen Atemzug, ertrank schließlich aber doch in seinem eigenen Lebenssaft.

Der Kampf gegen die unheiligen Schergen war schnell und grausam beendet, kaum daß er begonnen hatte. Schließlich wendeten sich die Verfluchten zu dem Paktierer um, der sich noch immer zischend und fluchend im Schein der Perle wand und bisweilen nach dem Prinzen und dem Artefakt hieb, jedoch immer zurückzuckte, bevor er treffen konnte. Efferdhilf der Blaue sprach mit hohler, gespenstischer Stimme: »Efferdwin, du mußt ihn vernichten!« Die fünf Geister hoben die Arme und erschufen einen Ring aus Wasser um die Kreatur.

Langsam trat der Prinz vor und näherte sich dem Paktierer, der dem Kreis der Geister nicht zu entfliehen vermochte und von spritzenden Tröpfchen verbrannt wurde. Bald brach er kreischend mit zuckenden Tentakeln unter dem Licht der Perle in die Knie, die Hände schützend vor das Gesicht gehalten, doch das bewahrte ihn nicht vor der Macht Efferds. Zuerst schmolzen die unheiligen Fangarme, dann die anderen Gliedmaßen und die schuppenbedeckte Haut, bis schließlich der ganze Körper der Kreatur nur noch eine ölige Schleimpfütze auf dem Boden war, die langsam versickerte. Allein übrig blieb das funkelnde Krakenauge, das im Licht der Perle bösartig glitzerte.

Um Efferdan herum näherte sich der Kampf seinem Ende, und der Prinz sah auf, als Rondriane gerade das scharfkantige Heft ihres zerbrochenen Entermessers aus Ghuns Kehle zog. Aldare hatte sich mit ihrer Waffe als ähnlich wehrhaft erwiesen, trug auf der bloßen Haut jedoch schrecklich viele Wunden.

»Praio!« Rondriane warf die Waffe weg und stürzte sich auf ihren Bruder, der reglos am Boden lag, zwischen zwei Feinden, die er offensichtlich mit in den Tod genommen hatte, bevor er über ihnen zusammengebrochen war. Schluchzend nahm die Schwester den erschlafften Körper in die Arme und wiegte ihn sanft. »O Praio.«

»Hat sich wacker geschlagen«, murmelte Lyn und spuckte Blut. »War'n aber zu viele.« Ein Blick auf den drahtigen Körper der Streunerin verriet Efferdan ihren Zustand. Als er herantrat, streckte sie eine Hand nach ihm aus. »Darf ich…« Ihre Finger schwebten vor der Perle, die der Prinz nun senkte, damit sie sie bequem berühren konnte. Die Verwundete seufzte leise und schloß die Augen. »Daß ich so was mal zu seh'n krieg…«

Die nackte Elfe setzte sich nun zu ihrer Zwillingsschwester und strich ihr das Haar aus dem Gesicht; sie schienen die einzigen Überlebenden des Gemetzels zu sein. Auch Leiella erhob sich nun und erklomm das seichte Ufer, an dem sie wartend gehockt hatte.

Einen letzten mißtrauischen Blick warf sie auf die dunklen Fluten, dann wandte sie sich wieder ihrem Geliebten zu. Mit einem erschreckten Schrei stürzte sie jedoch bei ihrem ersten Schritt zu Boden und warf sich hin und her.

»Ayii!« schrie sie, als sie den riesigen schwarzen Tentakel erblickte, der sich um ihr zartes Fußgelenk gewunden hatte und dessen grüner Schleim bereits ihre Haut zersetzte. Dann begann der Fangarm, dessen Umfang selbst am Ende größer war als ihr Körperumfang, sie zum Wasser hinunter zu ziehen.

»Leiella!« schrie Efferdan aus tiefster Verzweiflung und sprang vorwärts, die Perle noch in den Händen. Mit dem ersten Ruck lag die Meerfrau bereits halb im Wasser, während sie verzweifelt festen Halt zu finden versuchte. Dann jedoch erzitterte der Tentakel unter dem Licht der Perle.

»Ayii!« schrie Leiella noch einmal und griff nach Efferdans ausgestreckter Hand. Als sich ihre Hände verbanden, ruckte der Tentakel erneut und zerrte die beiden in der Kürze eines Wimpernschlags unter die dunkle Wasseroberfläche.

Gehör und Sicht wurden Efferdan so plötzlich entrissen, daß es ihm den Atem raubte. Doch noch immer spürte er die Perle Efferds sicher in seiner Hand, und so hob er sie vor die Augen und stellte wenigstens einen seiner Sinne teilweise wieder her. Das Wasser war trübe, so daß er kaum mehr sah als Leiellas schmale Hand, die sich schmerzhaft fest an die seine klammerte. Vor sich erkannte er den riesigen Schatten allein deshalb, weil er noch dunkler als das Wasser war. Bösartigkeit brandete in machtvollen Wellen von dieser Kreatur auf ihn ein, und jede einzelne Welle traf Efferdan wie ein Axtschlag im Genick.

Die Perle in seiner Hand pulsierte immer heller, als wolle sie ihn und Leiella von der dämonischen Macht abschirmen, und mit der Helligkeit nahmen die Zukkungen der unheiligen Kreatur zu.

Der Drang zu atmen schüttelte Efferdan so plötzlich, daß er die Hand der Geliebten fast hätte fahren lassen. Verzweifelt klammerte er sich fest, doch er spürte, daß er nicht genug Luft hatte, um Leiella zu befreien. Doch auftauchen hätte geheißen, sie der Kreatur zu überantworten. Entschlossen zog er sich näher an die Neckerin heran, die mit ersterbenden Kräften ihm zu helfen versuchte.

Als hätte sie sein Entsetzen und seine Angst um sie gespürt, fühlte sich Efferdan von ihrem Geist umhüllt, wie immer wenn sie zu ihm sprach. In seinen Gedanken näherten sich seine Lippen den ihren, und noch während die Not nach Luft ihm fast die Lungen sprengte, küßte er sie zärtlich. Sollten sie doch gemeinsam in Efferds Reich eingehen, allein würde er sie nicht vorausschicken!

Schwarze Punkte vor den Augen erschwerten ihm das Sehen immer mehr, bis ihre kühlen weichen Lippen die seinen trafen und sich zum Kuß öffneten. Da zwang ihn sein Körper in einem gewaltigen Krampf zum Einatmen. Wasser füllte seine Lungen.

Doch plötzlich schwand die Schwärze vor seinen Augen, und der Druck wich vom Brustkorb. Mit einigen ungläubigen Atemzügen prüfte Efferdan, ob dieses Wunder tatsächlich wahr sein konnte – er atmete Wasser! Beinahe schalt er sich einen Narren – wie viele Legenden hatte er doch schon gelesen, in denen die Wassermenschen ihre Geliebten mit in den Ozean nahmen und ihnen die Fähigkeit gaben, dort zu überleben!

Schnell vollendete er den Kuß und sandte Leiella stumm seine tiefe Dankbarkeit und Liebe, dann hangelte er sich an ihrem Körper entlang zu ihren Beinen. Schwarz klebte der riesige Tentakel an ihrer Fessel; Efferdan schmeckte Blut und Gift im Wasser gleichermaßen. Die Macht der Perle hielt den Riesenoktopoden davon ab, die Geliebte weiter hinab in sein Reich zu ziehen, denn je näher sie dem Fangarm kam, um so heftiger zitterte und bebte er. Endlich war Efferdan nahe genug, um die fast glühende Perle in das schwarze Fleisch zu drücken.

Ruckartig peitschte der Tentakel auf und entließ Leiellas Bein, während ein geistiger Schrei aus niederhöllischem Haß und Zorn die Neckerin und – durch ihre Gedankenverbindung – auch den Prinzen überschwemmte. Die Nähe zu Leiella riß so plötzlich ab, daß Efferdan angst und bange wurde, dieser Haß könnte sie getötet haben.

Frei von der dämonischen Kreatur, ergriff er die Meerfrau, schwamm zurück, wo immer dieses ›zurück‹ sein mochte, und betete zu Efferd, Er möge sie nicht in die Irre führen. Der Körper der Geliebten hing schlaff in seinen Armen, so daß sich seine Tränen mit dem Wasser mischten. Ängstlich spürte der Prinz, wie nun auch ihr Zauber nachließ und ihn bereits wieder der Drang nach Luft schüttelte – doch wenn sie tot war, mußte auch er nicht mehr die Küste erreichen.

Hilfreiche Arme bargen ihn aus dem Wasser, denn die Insel befand sich in unfaßbarer Nähe. Der Prinz aber hatte sich längst tief im Ozean gewähnt…

Hustend und röchelnd rang er nach Luft, nachdem er seine Lungen vom Wasser geleert hatte. Als er wieder Atem gefaßt hatte, wandte er sich zu Leiella um. Das schwarze Haar der Elfe verbarg das Gesicht der Meerfrau wie ein Boronsschleier, und Efferdan schluckte. Sein Blick wanderte zu dem gräßlich verunstalteten Bein, dessen offene Wunde schwärte und blutete. Plötzlich stöhnte die nackte Elfe auf und ließ sich erschöpft zur Seite sacken, und Efferdan stürzte an Leiellas Seite.

»Geliebte«, flüsterte er mit rauher Stimme, und er weinte vor Freude, als sie die Augen öffnete und seine Gedanken mit einer Welle der Liebe begrüßte.

»Sie wird leben«, meinte die Elfe beruhigend, und Efferdan nickte glücklich. Doch das Gesicht, in das er blickte, war dasselbe und doch gänzlich anders als jenes, das er in den letzten Tagen kennengelernt hatte.

Nicht offen und verträumt, sondern härter und sinnlicher sah ihn Thalionmel und nicht Aldare an. »Ihr könnt von Glück sprechen, Prinz«, fügte sie hinzu. »Ich konnte meine Kraft nicht verschwenden, da ich kaum bei Bewußtsein war.« Das spöttische Lächeln war Beweis genug, welche der Zwillinge er vor sich hatte.

»Ich danke Euch, Thalionmel.« Ohne Zögern zog er seinen prinzlichen Siegelring aus der Tasche und reichte ihn ihr mit einer herzlichen Umarmung. Sie blickte darauf und nickte, dann schloß sie die Finger darum.

Schließlich stand Efferdan auf und wandte sich wieder zu den fünf wabernden Gestalten um, die ihn, noch immer versammelt, stumm anstarrten und auf etwas zu warten schienen. Der Prinz umfaßte die Perle fester und hob sie hoch, damit ihr Schein sie alle bedeckte. »Im Namen des Herren Efferd verzeihe ich euch eure Schuld. Geht nun, und sucht den Frieden, der euch bis heute verwehrt blieb!«

Das Raunen der Geister lebte noch einmal auf, dann zerfloß der Nebel wieder zu körperlosen Schwaden, und die Perle verlor an Leuchtkraft, bis sie genauso matt wie früher in den Händen des Prinzen lag. Allein an der Stelle, die den Dämon getroffen hatte, war ihre makellose Haut schwarz verbrannt. Efferdan blickte zu dem Krakenauge, dann hinaus auf die dunklen Wellen, dorthin, wo die Kreatur verschwunden war. Dies war nicht *sein* Kampf.

Vorsichtig ging er in die Hocke und umarmte die schlanke Gestalt der Neckerin, die sich eng an ihn schmiegte und deren Augen trotz des Schmerzes vor Freude sprühten. Efferdan hielt sie fest in seinen Armen und flüsterte: »Niemals mehr werde ich dich fürchten, Herr.«

*Epilog*

# Fatas

Larona Seeträumerin kniete vor dem zürnenden Efferd im Allerheiligsten des Tempels. Schritte auf dem Marmorboden kündigten den Besucher an, begleitet vom Rascheln eines weiten Gewandes.

Die Stimme der Alten klang müde. »Es ist also soweit.«

Prinz Efferdan blieb erstaunt im Durchgang stehen, denn sie hatte sich nicht einmal zu ihm umgedreht. »Ja.«

Mühsam erhob sich die Priesterin und strich ihre Robe glatt, die mit kostbarem Schildpatt und Walbeinschnitzereien geschmückt war. Vor der Statue des Gottes hob sie den beinernen Stab, dessen Ende in einen springenden Delphin auslief, und verneigte sich. Dann drehte sie sich um und übergab Efferdan das Zeichen des Hüters des Zirkels, das sie selbst seit nunmehr neunzehn Jahren innegehabt hatte.

Efferdan fiel auf die Knie, beugte das Haupt und ergriff ehrfürchtig das Kleinod. »Ihr habt es gewußt? All die Jahre?«

Die Alte nickte freundlich. »Allerdings dachte ich, daß ich das zwanzigste Jahr auch noch vollbringen könnte«, lächelte sie.

Der Prinz schüttelte verwirrt den Kopf. »Und ich habe immer an mir gezweifelt.«

»Ist das noch wichtig?« fragte Larona und legte ihm die dürre Hand auf die Schulter.

»Nein. Ihr habt recht. Ich war noch nicht bereit.«

Die ehemalige Hüterin des Zirkels nickte. »Ihr solltet Euch erheben, Erhabener.«

Doch Efferdan lächelte, bevor er aufstand. »Vor Euch knie ich gern.«

»Darf ich eine Bitte äußern, Erhabener?« Langsam schritten sie nach vorn, in die Bethalle.

»Sprecht frei heraus. Die Bitte sei Euch gewährt.«

»Ihr nehmt meinen Platz in Bethana ein. Eine schöne, heilige Stadt. Mein Wunsch ist ein Platz hier in Havena, denn hierher gehöre ich. Laßt mich als einfache Priesterin unter meinem alten Freund Graustein dienen, sonst rostet er auf seine alten Tage noch ein. Ich habe lange nicht mehr so gut gestritten wie mit ihm in den alten Zeiten.«

Efferdan lächelte. »Ich bin sicher, er hat Euch ebenfalls vermißt.«

Und gemeinsam stiegen sie die Treppen hinunter auf den Efferdplatz, wo Jubel und Glückwünsche von Volk und Familie bereits auf sie warteten.

# Anhang

## Erklärung aventurischer Begriffe

*Die Götter und Monate*

1. Praios = Gott der Sonne und des Gesetzes – entspricht Juli
2. Rondra = Göttin des Krieges und des Sturmes – entspricht August
3. Efferd = Gott des Wassers, des Windes und der Seefahrt – entspricht September
4. Travia = Göttin des Herdfeuers, der Gastfreundschaft und der ehelichen Liebe – entspricht Oktober
5. Boron = Gott des Todes und des Schlafes – entspricht November
6. Hesinde = Göttin der Gelehrsamkeit, der Künste und der Magie – entspricht Dezember
7. Firun = Gott des Winters und der Jagd – entspricht Januar
8. Tsa = Göttin der Geburt und der Erneuerung – entspricht Februar
9. Phex = Gott der Diebe und Händler – entspricht März
10. Peraine = Göttin des Ackerbaus und der Heilkunde – entspricht April
11. Ingerimm = Gott des Feuers und des Handwerks – entspricht Mai
12. Rahja = Göttin des Weines, des Rausches und der Liebe – entspricht Juni

Die Zwölf = die Gesamtheit der Götter
Der Namenlose = der Widersacher der Zwölf

*Maße, Gewichte und Münzen*

Meile = 1 km
Schritt = 1 m
Spann = 20 cm
Finger = 2 cm
Dukat (Goldstück) = 50 DM*
Silbertaler (Taler, Silberstück) = 5 DM*
Heller = 0,5 DM*
Kreuzer = 0,05 DM*
Maravedi = 20 Silbertaler
Unze = 25 g
Stein = 1 kg
Quader = 1 t

*Himmelsrichtungen*

Osten (Rahja), Süden (Praios), Westen (Efferd), Norden (Firun)

*Begriffe, Namen, Orte*

Abagund = Landstrich in Albernia, umfaßt Teile der Mark Havena, dazu die Gebiete der Grafschaften Honingen und Bredenhag
Abilacht = Stadt im Süden der Grafschaft Honingen in Albernia; Schaffensort des Ingerimmheiligen Rhÿs des Schnitters
Al'Anfa = Sklavenhalterstadt im Süden Aventuriens
Albernia = (altertümlich: Albhernia) westliche Provinz des Mittelreiches mit der Hauptstadt Havena
Albhernaigh = Mundart aus Altgüldenländisch und der alten Sprache Elfen
Altenfaehr = Ort am Großen Fluß
Alveran = Sphäre und mystischer Wohnort der Götter
Alveraniar/-in = Sendbote der Götter
Alwar'za = (Isdira für) Meeresungeheuer

---

* Neue DSA-Regeln sehen einen realistischeren Umrechnungsfaktor vor. Hiernach ist der Dukat ca. DM 250,– wert. Auch die anderen Münzen sind entsprechend anzuheben.

Amene-Horas = Kaiserin des Horasreiches
Andergast = kleines unabhängiges Königreich im Norden Albernias
Angbar = Stadt im Kosch, die neben den Menschen von einem großen Anteil Zwergen bewohnt wird
Angram(runen) = Schriftzeichen der Zwerge
Angrosch = Zwergenname für Ingerimm
Angroschim = Selbstbezeichnung der Zwerge, ›Angroschs Volk‹
Auelfen = Elfenvolk, das meist in den Flußauen lebt
Belhanka = Stadt im Horasreich mit dem aventurischen Haupttempel der Rahja
Bennaindamm = Verbindungsdamm zwischen den havenischen Stadtteilen Fischerort und Südhafen
Bennain = seit 400 Jahren Herrscherdynastie Albernias, erst Fürsten, seit 21 Hal Könige
Bethana = Stadt im Horasreich mit dem aventurischen Haupttempel des Efferd
Bleichgründler = Fischart
Boroninsel = Stadtteil Havenas mit dem Borontempel; wird von den Bürgern abergläubisch gemieden
Bosparan = gestürzte Hauptstadt des Bosparanischen Reiches (nun Horasreich), auf deren Mauern Vinsalt errichtet wurde
Bosparanjer = prickelnder Schaumwein (Champagner)
Bredenhag = Grafschaft und Stadt in Albernia
Brin = ehemaliger Reichsbehüter des neuen Reiches
Cantera = sagenumwobene Hauptstadt des Güldenlandes
Charyb'Yzz = echsischer Name der Erzdämonin Charypthoroth, der Gegenspielerin Efferds
Conchobair = altes Adelsgeschlecht Albernias mit thowalschem Ursprung
Crumold = altes Adelsgeschlecht Albernias
Dela = Dorf in Albernia
Delphinkrone = Königskrone Albernias
Dere = die Welt
Efferdperle = wurde 300 Jahre nach dem Großen Beben in Latas Kaverne gefunden
Efferdschule = Unterrichtsstätte für angehende Kapitäne und die Waisen ertrunkener Seeleute

Efferdsfrüchte = Meeresfrüchte
Elidamuscheln = aventurisch für Miesmuschel
Emeralde = Smaragde
Eslam = Kaisergeschlecht aus Almada, das lange das Neue Reich beherrschte
Fasar = selbständige tulamidische Großstadt
Fatas = mythische Tochter Satinavs, die angeblich die Zukunft formt; Metapher für das Ungeschehene
Ferdokbogen = Triumphbogen, der mit dem Westteil Havenas unterging
Firnelfe = Elfenvolk, das im Ewigen Eis des Nordens lebt
Fulminictus Donnerkeil = elfischer Kampfzauber
Galahan = 1. Fürstengeschlecht Kuslike im Exil; 2. Grafengeschlecht Honingens in Albernia
Garadan = Strategiespiel, vergleichbar dem Schach
Gareth = Hauptstadt des Neuen Reiches
Garethi = Landessprache des Neuen Reiches
Golgari = Alveraniar Borons, trägt die Seelen der Verstorbenen über das Nirgendmeer in Borons Hallen
Gwen-Petryl-Stein = blauer Leuchtstein, wird mythologisch auf die Splitter der Zitadelle Alveran zurückgeführt; gilt dem Efferdkult als heilig
Güldenland = ferner Kontinent im Westen
H'Ranga = anderer Name für Charyb'Yzz (Charypthoroth)
Haffax = Helme Haffax, ehemaliger Graf von Wehrheim und Marschall des Neuen Reiches, lief zu Borbarad über
Hal = ehemaliger Kaiser des Neuen Reiches, Vater Brins
Halman = ehemaliger Fürst Albernias
Havena = Hauptstadt Albernias
Honingen = Grafschaft Albernias
Horasreich = machtvolles Reich im Südwesten des Neuen Reiches
Index Wehrheimium = Auflistung verbotener Gifte
Imman = Sportart mit gekrümmten Schlägern und Bällen
Karracke = Schifftyp
Keft = Oase in der Khomwüste, angeblich Erscheinungsort des novadischen Gottes Rastullah
Khunchom = tulamidische Großstadt an der Ostküste Aventuriens

Kor = Halbgott, Sohn Rondras
Kosch = Provinz des neuen Reiches im Osten Albernias
Krakenauge = Artefakt der Charypthoroth
Krakeninsel = traditionsbewußter Stadtteil Havenas
Krakenmolche (auch Riesenkrakenmolche) = große amphibische Krakenart
Lata = Alveraniarin Efferds, eine riesige Drachenschildkröte
Levthan = Halbgott, Sohn Rahjas; verkörpert die brünstige Ekstase
Levthansband = Artefakt der Rahja oder des Levthan, das im Efferd 29 Hal in Tiefhusen wiedergefunden wurde (siehe das gleichnamige DSA-Abenteuer)
Levthansflöte = Hirtenflöte aus mehreren nebeneinander angebrachten Schilfröhren (Panflöte)
Lex Zwergia = Gesetzwerk zwischen Menschen und Zwergen zur Gerichtsbarkeit
Lhamín = Handwerkerviertel des Alten Havena
Liebfelder/-in = alte Bezeichnung für Bewohner des Horasreiches
Llud = Grafengeschlecht von Bredenhag in Albernia
Lotos = giftige Pflanze
Mada = Halbgöttin, Tochter der Hesinde
Madamal = Mond
Maraskan = große Insel im Osten Aventuriens
Marschen = Stadtteil von Havena, heute Teil der Altstadt
Methumis = Stadt im Horasreich
Mhyridaniumkraut = Weihrauch, sehr kostbar
Moha, mohisch = Urvolk Aventuriens, Bewohner der südlichen Regenwälder
Mondsilber = Platin
Nalleshof = Stadtteil Havenas, ehemals ein Bauerngehöft im Osten des Alten Havena
Necker = nach ihrem Entdecker benannte Meermenschenart, die sich durch ihre Schönheit und ihre fremdartig singende Sprache auszeichnet; Zweibeiner
Neersand = Stadt im Bornland
Noiona = Heilige des Boronkultes
Noioniten = Anhänger der Noiona, die geistig Umnachteten beistehen

Nostria = kleines Königreich im Norden Albernias
Novadi = Reitervolk der Khomwüste; rastullahgläubig
Orkendorf = ärmlicher Stadtteil Havenas, berüchtigt durch seine hohe Verbrechensrate
Paktierer = jemand, der seine Seele an einen Erzdämon verkauft
Perval = dekadenter Kaiser des Neuen Reiches, der in seinen Turnieren mit scharfen Waffen kämpfen ließ
Premer Feuer = Thorwalscher Schnaps
Purpurblitz = tödliches Gift
Raidri Conchobair = legendärer Schwertkönig, Markgraf von Winhall, starb an der Trollpforte
Rashdul = novadische Stadt im Osten Aventuriens
Rastullah = Eingott der Novadis
Rohezal = ›Schatten Rohals‹, ein berühmter Magier der Neuzeit
Salasanya = Seelenvereinigung der Elfen
Salzarele = Plattfisch (Scholle)
Satinav = mythologischer Hüter der Zeit
Satuaria = sterbende Göttin, Urmutter der Hexen
Schneidzahn = Thowalsche Wurfaxt
Seenland = Landstrich in Albernia
Selem = Stadt im Süden Aventuriens, berühmt für sein gut gefülltes Noionitenkloster
Silem-Horas = ehemaliger Kaiser des Alten Reiches, der das Pantheon der Zwölf Götter festschrieb
Skraja = Thowalsche Handaxt
Springegel (Riesenspringegel) = unterarmlange Blutegel
Sumu = mythologische Erdriesin, auf der Aventurien liegt
Swafnir = Halbgott, Sohn Efferds und Rondras, walförmiger Schutzgott der Thorwaler
Tharf = heiliger Wein der Rahjakirche
Thorwal = Landstrich im Nordosten Aventuriens, berühmt für seine Piratenschiffe
Tintlinge = Fischart
Trollpforte = 1. Durchlaß durch die Gebirge Trollzacken und Schwarze Sichel; 2. Schlacht an der T.: auch die Dritte Dämonenschlacht genannt
Tulamiden = Urvolk Aventuriens, lebt im Osten und Süden des Kontinents

Tuzak = Hauptstadt von Maraskan
Unterfluren = Stadtteil Havenas, nach der Großen Flut gebaut
Vinsalt = Hauptstadt des Horasreiches (früher: Bosparan)
Waldemar von Weiden = ehemaliger Herzog von Weiden, Held der Schlacht auf den Vallusanischen Feldern
Walpurgasbotschaft = aventurisch für ›Hiobsbotschaft‹
Windhag = Provinz des Neuen Reiches im Süden von Albernia
Winhall = Grafschaft und Stadt in Albernia
Ymra = mythologische Tochter Satinavs, die angeblich die Vergangenheit formt. Metapher für das Vergangene.
Yonahoh = vielgehörnter Dämon aus der Domäne Charypthoroths
Yppolita von Kurkum = heldenhafte Königin der Amazonen; nach ihrem Tod von der Rondrakirche heiliggesprochen
Zhammorra = untergegangene Stadt im Osten Aventuriens. Selem und Zhammorah gelten als mahnendes Beispiel für dekadente, frevelnde Städte, die durch die Götter vernichtet wurden.
Zyklopeninseln = Inseln im Westen des Horasreiches, bekannt für die Schmiedekunst, die angeblich von den Zyklopen stammen soll

# Das Schwarze Auge

1. Band: Ulrich Kiesow, *Der Scharlatan* · 06/6001
2. Band: Uschi Zietsch, *Túan der Wanderer* · 06/6002
3. Band: Björn Jagnow, *Die Zeit der Gräber* · 06/6003
4. Band: Ina Kramer, *Die Löwin von Neetha* · 06/6004
5. Band: Ina Kramer, *Thalionmels Opfer* · 06/6005
6. Band: Pamela Rumpel, *Feuerodem* · 06/6006
7. Band: Christel Scheja, *Katzenspuren* · 06/6007
8. Band: Uschi Zietsch, *Der Drachenkönig* · 06/6008
9. Band: Ulrich Kiesow (Hrsg.), *Der Göttergleiche* · 06/6009
10. Band: Jörg Raddatz, *Die Legende von Assarbad* · 06/6010
11. Band: Karl-Heinz Witzko, *Treibgut* · 06/6011
12. Band: Bernhard Hennen, *Der Tanz der Rose* · 06/6012
13. Band: Bernhard Hennen, *Die Ränke des Raben* · 06/6013
14. Band: Bernhard Hennen, *Das Reich der Rache* · 06/6014
15. Band: Hans Joachim Alpers, *Hinter der eisernen Maske* · 06/6015
16. Band: Ina Kramer, *Im Farindelwald* · 06/6016
17. Band: Ina Kramer, *Die Suche* · 06/6017
18. Band: Ulrich Kiesow, *Die Gabe der Amazone* · 06/6018
19. Band: Hans Joachim Alpers, *Flucht aus Ghurenia* · 06/6019
20. Band: Karl-Heinz Witzko, *Spuren im Schnee* · 06/6020
21. Band: Lena Falkenhagen, *Schlange und Schwert* · 06/6021
22. Band: Christian Jentzsch, *Der Spieler* · 06/6022
23. Band: Hans Joachim Alpers, *Das letzte Duell* · 06/6023
24. Band: Bernhard Hennen, *Das Gesicht am Fenster* · 06/6024
25. Band: Niels Gaul, *Steppenwind* · 06/6025
26. Band: Hadmar von Wieser, *Der Lichtvogel* · 06/6026
27. Band: Lena Falkenhagen, *Die Boroninsel* · 06/6027
28. Band: Barbara Büchner, *Aus dunkler Tiefe* · 06/6028
29. Band: Lena Falkenhagen, *Kinder der Nacht* · 06/6029
30. Band: Ina Kramer (Hrsg.), *Von Menschen und Monstern* · 06/6030
31. Band: Johan Kerk, *Heldenschwur* · 06/6031
32. Band: Gun-Britt Tödter, *Das letzte Lied* · 06/6032

## Das Schwarze Auge

33. Band: Barbara Büchner, *Das Galgenschloß* · 06/6033
34. Band: Karl-Heinz Witzko, *Tod eines Königs* · 06/6034
35. Band: Hadmar von Wieser, *Der Schwertkönig* · 06/6035
36. Band: Barbara Büchner, *Schatten aus dem Abgrund* · 06/6036
37. Band: Barbara Büchner, *Seelenwanderer* · 06/6037
38. Band: Hadmar von Wieser, *Der Dämonenmeister* · 06/6038
39. Band: Christel Scheja, *Das magische Erbe* · 06/6039
40. Band: Linda Budinger, *Der Geisterwolf* · 06/6040
41. Band: Momo Evers, *Und Altaia brannte* · 06/6041 (in Vorb.)
42. Band: Barbara Büchner, *Blutopfer* · 06/6042
43. Band: Lena Falkenhagen, *Die Nebelgeister* · 06/6043
44. Band: Karl-Heinz Witzko, *Die beiden Herrscher* · 06/6044 (in Vorb.)
45. Band: Bernhard Hennen, *Die Stunde der Schlange* · 06/6045 (in Vorb.)
46. Band: Barbara Büchner, *Das Wirtshaus* Zum lachenden Henker · 06/6046 (in Vorb.)
47. Band: Karl-Heinz Witzko, *Die Königslarve* · 06/6047 (in Vorb.)

*Weitere Bände in Vorbereitung*